Monica McCarty

Après avoir étudié le droit à Stanford et exercé le métier de juriste, elle s'est tournée vers l'écriture. Passionnée depuis toujours par l'Écosse médiévale, elle se consacre au genre des Highlanders avec des séries à succès comme *Les MacLeods*, *Le clan Campbell* ou *Les chevaliers des Highlands*. Elle est aujourd'hui une autrice incontournable de la romance historique.

Trahi

DE LA MÊME AUTRICE AUX ÉDITIONS J'AI LU

Le clan Campbell

1 – *À la conquête de mon ennemie*
2 – *Le proscrit*

Les chevaliers des Highlands

1 – *Le chef*
2 – *Le faucon*
3 – *La vigie*
4 – *La vipère*
5 – *Le saint*
6 – *La recrue*
7 – *Le chasseur*
8 – *Le brigand*
9 – *La flèche*
10 – *Le frappeur*
11 – *Le roc*
12 – *Le spectre*

Les MacLeods

1 – *La loi du Highlander*
2 – *Le secret du Highlander*
3 – *La fierté du Highlander*

Monica

McCARTY

LE CLAN CAMPBELL – 3

Trahi

Traduit de l'anglais (États-Unis)
par Astrid Mougins

J'AI LU

POUR elle

Si vous souhaitez être informée en avant-première
de nos parutions et tout savoir sur vos autrices préférées,
retrouvez-nous ici :

www.jailu.com

Abonnez-vous à notre newsletter
et rejoignez-nous sur Facebook !

Titre original
HIGHLAND SCOUNDREL

Éditeur original
Ballantine Books, an imprint of The Random House Publishing
Group, a division of Random House, Inc., New York

À Maxine, ma petite rouquine.
J'espère que le chemin de l'amour sera pour toi
beaucoup plus doux que celui de mes personnages…
et que tu ne l'emprunteras pas
avant quinze ans au moins.

1

« Ce qui commence dans le noir s'achève dans le noir. »

Proverbe écossais

Près d'Aboyne Castle, Aberdeenshire, automne 1608

Jeannie avait décidé de se rendre au bord du loch sur un coup de tête, ce qui ne lui ressemblait guère. Elle cédait rarement à ses tocades. Eve avait été entraînée dans sa chute par une pomme, mais Jeannie avait une petite voix tout aussi pernicieuse qui lui soufflait parfois de fausses bonnes idées dans le creux de l'oreille. Au fil des ans, elle avait appris à ne plus l'écouter, laissant derrière elle l'impétueuse jeune fille qui avait bien failli courir à sa perte. Dorénavant, chaque fois qu'elle avait une impulsion, elle réfléchissait et, invariablement, elle changeait d'avis.

Pas aujourd'hui. La journée était particulièrement chaude, bien qu'on approchât de la fête de *Samhain*, et l'idée d'un dernier bain dans l'eau fraîche du loch avant l'arrivée de l'hiver était trop tentante. Tout comme celle de jouir d'un moment de solitude, même bref, pour oublier ses ennuis des derniers mois.

Ce n'était qu'une baignade. Elle serait partie une heure, tout au plus, et se ferait accompagner d'un garde. En outre, elle avait son pistolet dont elle ne se séparait plus.

Elle ne pouvait rester enfermée indéfiniment, prisonnière de sa propre demeure. Cette petite sortie jusqu'au loch était exactement ce qu'il lui fallait. Elle avait presque atteint la porte quand une voix sèche l'arrêta net.

— Vous allez quelque part, ma fille ?

Elle serra les dents. Comme si le deuil de son mari ne suffisait pas, elle devait supporter depuis plusieurs mois la présence oppressante de sa belle-mère, la redoutable marquise de Huntly.

Elle ravala la réplique acerbe qui lui montait aux lèvres, inspira profondément, se retourna et parvint même à afficher un sourire, bien qu'un peu crispé.

— Il fait tellement beau aujourd'hui. Je vais aller nager dans le loch.

Anticipant l'objection de sa belle-mère, elle ajouta :

— J'emmène un garde pour me protéger.

Pourquoi se donnait-elle la peine de se justifier ? De toute façon, rien de ce qu'elle faisait ne satisfaisait la marquise. Cette dernière ne l'avait jamais considérée digne de son fils. Maintenant qu'il était mort, elle n'allait pas changer d'avis. Jeannie ignorait pourquoi elle cherchait encore à lui plaire mais ne pouvait s'en empêcher. Ne pas faire d'efforts aurait été admettre qu'elle avait été une mauvaise épouse et ça, elle ne pouvait le supporter.

La marquise lui retourna un sourire aussi forcé que le sien. Sans doute avait-elle été belle autrefois. Toutefois, au fil des ans, l'aigreur avait figé ses traits en un rictus réprobateur et ses lèvres formaient une ligne convexe qui lui donnait un air perpétuellement méprisant. Grande et maigre (elle jeûnait pour prouver sa discipline et sa dévotion), elle faisait penser à un hareng qui séchait au soleil.

Or, Jeannie détestait les harengs.

— Est-ce vraiment raisonnable ? demanda la marquise.

Elle avait l'art de tourner ses critiques en interrogations et semblait prendre plaisir à remettre en question les moindres faits et gestes de sa belle-fille. C'était absurde. Jeannie avait bientôt vingt-huit ans mais, face à ce dragon, elle se sentait toujours comme une gamine prise en faute. La marquise secoua tristement la tête en affectant un air de compassion.

— Vous vous souvenez de ce qui s'est passé la dernière fois que vous êtes sortie seule.

Jeannie serra les poings. Comme si le fait qu'on ait tenté de l'enlever était sa faute ! Comment aurait-elle pu prévoir qu'on profiterait de sa promenade matinale pour tenter de la kidnapper afin de l'épouser de force ? C'était une pratique barbare qui permettait de mettre la main sur une fortune et des terres.

— Je porte mon pistolet sur moi, répondit-elle. En outre, comme je vous le disais, Tavish ne me quittera pas. Il y a une vingtaine d'autres gardes à portée de voix. Le loch est juste au pied du château.

— Une femme seule est toujours une tentation, insista la marquise. Un simple garde ne suffira pas à vous protéger.

Jeannie devina où elle voulait en venir. Elle n'était pas disposée à se laisser intimider par sa belle-mère, qui la poussait à se remarier avec un homme de son choix. Elle n'avait pas choisi son premier mari, ayant été contrainte de l'épouser pour éviter la déchéance, et elle n'avait aucune intention de remettre ça.

— Tout se passera bien, promit-elle.

— Si vous en êtes convaincue, ma chère, répondit la marquise d'une voix grinçante. Francis répétait toujours qu'une fois que vous aviez une idée en tête, rien ne pouvait vous arrêter.

Sauf que Francis le disait avec amour et tendresse, pas sur un ton de reproche. L'espace d'un instant,

Jeannie hésita. Puis elle se rendit compte que cette situation était ridicule. Elle avait travaillé dur pour racheter ses erreurs passées ; elle n'allait pas continuer à les payer jusqu'à la fin de ses jours.

— Ce n'est qu'un bain, déclara-t-elle.

Elle se retint d'ajouter « Nom de Dieu ! », sachant que la satisfaction que lui procurerait son blasphème serait vite tempérée par une semaine de contrition imposée par sa très dévote belle-mère.

— Oui, bien sûr, répliqua la marquise d'un air pincé. Je ne pensais qu'à votre bien.

Jeannie réprima un soupir. Pourquoi fallait-il que cette femme la culpabilise sans arrêt ?

— J'apprécie votre sollicitude, mais vous n'avez aucune raison de vous inquiéter. Tout ira bien.

Avant de changer d'avis, Jeannie tourna les talons et franchit la porte. Elle descendit rapidement les marches et traversa la cour ensoleillée. Tavish l'attendait près du portail. Tandis qu'ils descendaient le versant boisé en direction du loch, elle s'efforça de chasser sa belle-mère de son esprit. Il n'était pas question de laisser la marquise gâcher son plaisir.

Son vœu fut bientôt exaucé. Tous ses soucis s'envolèrent dès l'instant où elle plongea dans le loch depuis un rocher. L'eau glacée était revigorante. Libérée du chagrin et du sentiment de culpabilité qui la tenaillait depuis la mort de son mari, elle se laissa flotter sur l'eau bleu-vert, le soleil réchauffant son visage. Le doux clapotis la berçait et un sentiment d'apaisement comme elle n'en avait pas éprouvé depuis des lustres l'enveloppa.

Elle flotta encore un long moment, bien que l'heure qu'elle s'était accordée soit déjà passée. La brise caressait sa poitrine, lui donnant la chair de poule. Soudain, une ombre noire voila ses yeux : un épais nuage masquait le ciel bleu.

C'était sûrement le signe que son moment de sérénité était terminé.

Elle se retourna, plongea dans les profondeurs du loch et nagea sous l'eau pour atteindre la rive avant de crever la surface dans une explosion d'air et de lumière.

Elle se redressa, de l'eau jusqu'à la taille, et marcha vers la berge, la vase s'infiltrant entre ses orteils. Elle souriait, se sentant plus légère, plus heureuse, presque purifiée. Pour la première fois depuis la mort de Francis, elle avait l'impression de respirer. L'étau qui comprimait son cœur depuis ce jour terrible semblait s'être desserré.

Elle avait bien fait de venir. Pour une fois, son instinct ne l'avait pas trompée.

Elle sortit de l'eau et serra les bras contre sa poitrine pour tenter vainement de se protéger du vent frisquet. Claquant des dents, elle baissa les yeux et rougit. Sa chemise en lin collait à sa peau, révélant chaque parcelle de son corps. Elle lança un regard autour d'elle, espérant que Tavish avait respecté sa promesse de monter la garde à distance. Autrement, il devait sacrément se rincer l'œil. Comme le disait autrefois sa vieille nourrice, sa tenue ne laissait pas grand-chose à l'imagination. Tout, autour d'elle, était parfaitement immobile… et silencieux.

Trop silencieux.

Une vague inquiétude s'insinua en elle.

Non. Pas question de laisser la morosité et le pessimisme de sa belle-mère lui gâcher la journée.

Elle courut vers ses affaires qu'elle avait empilées sur un rocher et saisit un linge sec qu'elle drapa autour d'elle. Elle frotta énergiquement son visage et ses membres puis tordit sa longue chevelure pour l'essorer. Elle était tellement épaisse qu'il faudrait des heures, même assise devant un feu, avant qu'elle ne sèche.

Maudissant son étrange appréhension, qu'elle imputa aux menaces voilées de la marquise, elle lança à nouveau un regard à la ronde pour s'assurer qu'elle était seule, puis ôta rapidement sa chemise trempée afin d'en enfiler une sèche.

Nue comme un ver, elle se pencha en avant et entendit un bruit derrière elle. Un craquement sinistre qui lui glaça le sang.

Entièrement occupé à lorgner la femme qui nageait dans le loch, le garde ne vit rien venir. Il s'effondra inconscient aux pieds de Duncan comme une poupée de chiffon. Un filet de sang s'écoulait de l'entaille sur sa tempe.

Duncan était presque désolé pour lui. Ce n'était pas la première fois que cette femme était responsable de la chute d'un homme.

Cela n'excusait pas sa conduite ignoble. S'il avait été l'un de ses gardes, un tel comportement lui aurait valu bien plus qu'un simple coup sur le crâne. Ses hommes étaient connus pour leur retenue et leur discipline, tout autant qu'ils étaient redoutés pour leur bravoure sur le champ de bataille.

Duncan se pencha vers l'homme étendu sur le sol et le dépouilla rapidement de ses armes, avant de ranger sa propre dague dans le fourreau en or accroché à sa ceinture. Il ne l'avait pas grièvement blessé. Il se réveillerait avec un sérieux mal de crâne qui lui donnerait de quoi réfléchir. Cela dit, il ne reprendrait pas connaissance de sitôt, ce qui laissait à Duncan le temps d'accomplir sa tâche désagréable.

Il tenait à parler à Jeannie seul à seule et sans être interrompu.

Il entendit des éclats d'eau en contrebas mais résista à l'envie de regarder ce qui avait tant fasciné le garde. Il savait déjà. Tournant résolument le dos au loch, l'homme que l'on redoutait d'Irlande au continent, celui qu'on avait surnommé le Highlander noir, en raison de la couleur de ses cheveux mais également de son art mortel de la guerre, fit signe à ses hommes de se poster en lisière de la forêt pour surveiller le garde inconscient. Puis il fit un détour à travers les bois pour rejoindre l'endroit où elle avait laissé ses affaires.

Jeannie n'avait pas changé : sortir du château pour batifoler dans l'eau accompagnée d'un bon à rien de garde en témoignait. Il avait supposé qu'elle se rendait à un rendez-vous galant et avait attendu avant de se montrer, au cas où. Toutefois, elle semblait seule ; cette fois, du moins.

Il se glissa sans bruit entre les arbres, tel un spectre. Il était resté absent longtemps.

Trop longtemps.

Il avait fallu qu'il revienne pour s'en rendre compte.

Il avait rongé son frein pendant dix ans, se construisant une nouvelle vie à partir des cendres de l'ancienne, celle qu'on lui avait déniée par traîtrise et en raison de sa naissance. Il avait attendu le bon moment pour faire son retour, après dix longues années à guerroyer, à peaufiner ses talents et à répandre la terreur sur les champs de bataille.

Durant toute cette période, il s'était efforcé d'oublier tout ce qui pouvait lui rappeler les Highlands. Cependant, depuis qu'il avait débarqué à Aberdeen deux jours plus tôt, chaque pas qu'il faisait sur la lande parsemée de bruyère, dans les prés verdoyants et les vallons boisés du Deeside, lui rappelait cruellement ce qu'il avait perdu.

Cette terre était dans son sang. Elle faisait partie de lui et plus rien ne le forcerait à la quitter.

Quel qu'en soit le prix, il blanchirait son nom et sa réputation.

Il s'efforça de se préparer à l'affrontement. Son air posé ne trahissait rien de son agitation intérieure.

Pourtant, la colère qu'il avait mis des années à maîtriser remontait en lui avec une force surprenante. Il la réfréna. Il s'était juré de ne plus jamais se laisser guider par ses émotions. Jeannie Grant, ou plutôt Jeannie Gordon, corrigea-t-il avec une pointe d'amertume, n'était plus pour lui qu'un mauvais souvenir de ses propres faiblesses. Il l'avait chassée de son esprit comme on cherche à oublier sa première grande humiliation. S'il lui arrivait de penser à elle, c'était uniquement pour se remémorer l'erreur qu'il ne commettrait plus jamais.

Cette fois, néanmoins, il n'avait pas le choix. Même s'il aurait préféré la laisser enfouie dans le passé, il avait besoin d'elle.

Les clapotements s'intensifièrent. Il ralentit, se faufilant entre les troncs en prenant soin de ne pas être vu. Compte tenu de sa taille et de sa carrure, on avait peine à croire qu'il puisse passer inaperçu, même dans un sous-bois dense, mais au fil des ans, il avait maîtrisé l'art de se fondre dans la nature.

Il s'arrêta près du rocher où elle avait déposé ses vêtements et se cacha derrière un grand sapin.

Il scruta les eaux vert mousse du loch, tous ses sens aux aguets.

Là !

L'ovale pâle d'un visage se détacha à la surface, le soleil illuminant des traits d'une symétrie parfaite une fraction de seconde.

C'était bien elle. Jean Gordon, née Grant. La femme qu'il avait fait l'erreur d'aimer autrefois.

Les souvenirs affluèrent : l'incrédulité, la douleur, la haine et, enfin, l'indifférence durement acquise.

Elle n'avait pas détruit que sa réputation : elle avait fait voler en éclats sa confiance et, avec elle, l'idéalisme d'un jeune homme de vingt et un ans. Sa trahison avait été une leçon cruelle. Il ne laisserait plus jamais son cœur le dominer.

C'était dans une autre vie. Aujourd'hui, cette femme n'avait plus aucun pouvoir sur lui. Elle n'était qu'un moyen d'arriver à ses fins.

Il fixa l'endroit où elle venait de disparaître et attendit. Au bout d'un moment, il fronça les sourcils. Il la savait bonne nageuse, mais elle était sous l'eau depuis longtemps. Il avança vers le loch puis recula précipitamment quand elle resurgit telle une nymphe dans une gerbe d'écume luminescente. Elle avait refait surface près de la berge et se trouvait désormais à quelques mètres de lui. Il la distinguait clairement.

Beaucoup trop clairement.

Les cheveux lissés en arrière, le visage ruisselant, elle émergea du loch telle Vénus sortant des eaux et se dirigea droit vers lui. Il avait oublié sa démarche... le lent balancement de ses hanches. L'air se chargea d'une électricité familière, de cette même force d'attraction qu'il avait ressentie lorsqu'il l'avait aperçue pour la première fois, au milieu d'une foule dans la grande salle de Stirling Castle, des années plus tôt.

Il se raidit. La chemise qu'elle portait était transparente et dévoilait des seins plus pleins que dans son souvenir, mais tout aussi envoûtants. Ses mamelons durcis pointaient comme deux baies prêtes à être cueillies.

Mal à l'aise, il déglutit. Dix maudites années plus tard, il se souvenait de la saveur de ses lèvres, de la douceur de ses seins qu'il avait embrassés si goulûment, de l'odeur de chèvrefeuille de sa peau.

Il avait beau être maître de lui, il ne put empêcher le soudain afflux de sang dans ses veines. Il lâcha un juron, furieux contre lui-même, mais cela ne suffit pas à calmer sa mauvaise humeur : quoi qu'il pense d'elle, il n'était qu'un homme et, en dépit de ce contrôle sur lui-même dont il était si fier, un homme au sang chaud.

Jeannie avait un corps qui aurait tenté un eunuque.

La comparaison avec Vénus était pertinente à plus d'un titre : la déesse de la beauté était née d'une écume produite par le sexe tranché d'Uranus jeté dans la mer. Cela illustrait bien ce dont cette femme était capable.

Déjà, lorsqu'elle n'était qu'une innocente jeune fille, sa sensualité crevait les yeux. Elle dégageait une aura qui allait au-delà de la simple beauté physique. Sa chevelure roux foncé, ses yeux verts effrontés, sa peau d'ivoire, ses lèvres roses aux formes pleines, les courbes voluptueuses de son corps : tout chez elle évoquait la luxure. Pas n'importe quelle luxure : une lubricité déchaînée, échevelée, du genre qui vous laissait éreinté et hors d'haleine.

Maintenant que son corps de jeune fille s'était épanoui, l'effet était encore plus saisissant.

Pire encore. Il savait d'expérience que ce n'était pas qu'une illusion. Elle était aussi lascive qu'elle en avait l'air.

Jeannie était la tentation même, l'incarnation du sexe et des plaisirs de la chair.

Il avait su que la revoir après toutes ces années serait une épreuve, mais il ne s'était pas préparé au déluge d'émotions que cela provoquerait en lui. Il était à nouveau la proie de cette force qui avait déjà provoqué sa perte : le désir.

Il s'était attendu à ressentir de la colère, de la haine, de la tristesse... voire de l'indifférence. Mais du désir ?

Il avait aimé cette femme et avait eu la folie de croire qu'elle pourrait être à lui. Il avait été fermement remis à sa place.

Cependant, il n'était plus ce jeune amoureux transi, piégé par des mots doux et un corps de déesse, deux armes plus létales que toutes celles qu'il avait affrontées sur les champs de bataille. Désormais, il était un homme aguerri par les coups durs de la désillusion.

L'ardeur de son désir s'émoussa.

Puis elle ôta sa chemise.

Son ventre se noua. Son souffle devint rauque. Tous ses muscles se contractèrent. Une onde de chaleur l'envahit et il sentit son sexe durcir. Non ! Il devait lutter de toutes ses forces pour se contrôler. Cette créature infernale ne pouvait plus lui servir qu'à une seule chose, et ce n'était pas à satisfaire ses pulsions lubriques.

Plus jamais il ne se laisserait dominer par le désir et l'émotion.

Pour se le prouver, il se força à la contempler. Froidement, sans passion, comme on admire une belle jument. Il laissa son regard errer sur son dos, sur la peau douce de ses fesses rondes, les muscles fermes de ses longues jambes, s'attardant sur chaque centimètre de cette peau nue et laiteuse.

Elle était belle. Il n'avait jamais vu une femme plus désirable. Autrefois, il aurait donné sa vie pour elle. D'ailleurs, c'était ce qu'il avait fait, mais pas de la manière qu'il avait prévue.

Satisfait, il détacha son regard. Ce qu'il y avait eu entre eux était désormais mort. Ses charmes considérables ne représentaient plus une menace.

Se concentrant à nouveau sur la tâche qui l'avait conduit ici, il se dit qu'il pouvait tirer profit de sa nudité. Elle était vulnérable, ce qui, avec Jeannie, était toujours un bon début.

Il inspira profondément, se préparant pour la scène pénible qui allait suivre, et sortit de sa cachette.

Jeannie ne réfléchit pas. Elle entendit une branche craquer derrière elle et bondit vers ses affaires.

Au lieu de saisir sa chemise, ses doigts se refermèrent sur la crosse en cuivre de son pistolet. Elle murmura une prière silencieuse, remerciant le Ciel d'avoir pensé à l'amorcer à l'avance.

Elle fit volte-face et pointa l'arme en direction du bruit. Elle vit la silhouette d'un homme si grand et si large d'épaules que la panique lui figea le cœur.

Elle avait récemment pris la mesure de sa vulnérabilité quand ce misérable Mackintosh avait tenté de l'enlever. Elle était forte, mais même la plus coriace des femmes ne faisait pas le poids face à un guerrier des

Highlands, et l'homme devant elle en était certainement un.

Il ouvrit la bouche, mais elle n'entendit pas ce qu'il disait. Elle ne se laisserait pas capturer. Elle appuya sur la détente, entendit le déclic de la platine à rouet, sentit l'odeur de poudre et, une fraction de seconde plus tard, fut projetée en arrière dans un bruit assourdissant.

Le brigand poussa un cri et s'effondra à genoux en se tenant le ventre. Elle se félicita de s'être entraînée au tir ces derniers mois ; elle visait juste.

Elle ne pouvait voir son visage baissé, mais ses vêtements étaient de trop bonne qualité pour être ceux d'un vulgaire bandit.

— Un coup de poignard dans le dos ne te suffisait pas ? gémit-il. Tu as décidé de m'achever une fois pour toutes ?

Elle frissonna. La voix grave et puissante résonna dans sa tête, sondant les profondeurs de sa mémoire jusque dans un recoin qu'elle pensait avoir verrouillé à jamais.

Elle blêmit.

Ce ne pouvait être...

Cette mâchoire carrée, ces cheveux noirs, ce nez ferme, cette bouche large... Il était beau, mais avec des traits durs, trop durs. Ce ne pouvait être lui. Puis elle vit ses yeux. Clairs, bleus comme un ciel d'été. Ils la fixaient avec une intensité familière qui ne laissait planer aucun doute.

Sa poitrine se serra. Ses poumons étaient en feu. Elle ne pouvait plus respirer.

Le choc n'aurait pas été plus violent si elle avait vu un fantôme. L'homme agenouillé devant elle était bien fait de chair et de sang. Le fils prodigue était de retour. Duncan Dubh Campbell était rentré chez lui.

L'espace d'un instant, son cœur bondit et elle fit un pas en avant.

— Tu es revenu !

Le cri avait jailli avant qu'elle ne puisse le retenir, chargé de tout l'espoir d'une jeune fille innocente qui ne pouvait croire que l'homme qu'elle aimait l'avait abandonnée. Il fut un temps où elle aurait tout donné pour revoir son visage.

Mais c'était un autre temps. Elle recula.

C'était avant qu'il ne lui brise le cœur. Avant qu'il ne lui prenne son innocence, jure de l'épouser puis la quitte sans un mot d'explication. Avant toutes ces semaines qu'elle avait passées assise sur le rebord de la fenêtre à scruter l'horizon, priant pour qu'il revienne, qu'il ait foi en elle. Avant qu'elle ne verse toutes les larmes de son corps jusqu'à ce que la dernière étincelle de son amour se soit éteinte.

Les souvenirs douloureux affluaient. Pas un mot durant dix longues années. Au début, elle avait plongé dans une profonde affliction, puis elle avait oscillé entre la haine et l'amertume.

S'il y avait un homme qu'elle souhaitait ne jamais revoir, c'était bien Duncan Campbell.

Combien de fois avait-elle rêvé de lui envoyer une balle dans le ventre ? Elle n'aurait jamais imaginé que ce jour viendrait. Son premier instinct avait été de se précipiter pour l'aider. Elle se retint. Autrefois, elle avait cru le connaître mieux que quiconque. Aujourd'hui, c'était un étranger.

Elle pinça les lèvres. Elle refusait de s'émouvoir en apercevant le filet de sang qui s'écoulait entre ses doigts tandis qu'il tentait de comprimer la tache cramoisie qui s'étalait sur son pourpoint. Il n'allait quand même pas mourir… Elle demanda d'une voix tremblante :

— Que veux-tu ?

Il était livide mais son regard brûlant la détaillait.

Elle comprit soudain pourquoi. Seigneur, elle était complètement nue !

Le feu lui monta aux joues, plus par colère que par honte. Elle prit la chemise sèche sur la pile de vêtements et l'enfila rapidement. Elle saisit un châle qu'elle enroula autour d'elle comme un *arisaidh* de fortune.

— Je vois que tu aimes toujours autant nager, déclara-t-il.

Elle tressaillit. Il faisait allusion à une nuit qu'elle préférait oublier. Après ce qu'il lui avait fait, comment osait-il la provoquer en lui rappelant son ingénuité d'antan ? Ses doigts se crispèrent autour de la crosse du pistolet. S'il avait été rechargé, elle lui aurait volontiers tiré à nouveau dessus. Elle soutint son regard et répondit froidement :

— Et toi, tu es toujours le même bâtard.

À la lueur assassine dans ses yeux, elle sut qu'elle avait fait mouche. L'armure d'acier du justement nommé Duncan « le noir » (plus en raison de la couleur de son âme que de celle de ses cheveux) avait un point faible : sa naissance.

Il se ressaisit si rapidement qu'elle n'aurait rien décelé si elle ne l'avait aussi bien connu. Ils savaient tous deux frapper où cela faisait le plus mal, un art qu'ils avaient peaufiné des années plus tôt.

Il afficha un sourire aussi chaleureux que les sommets enneigés des Cairngorms au cœur de l'hiver.

— Je constate que certaines choses ne changent jamais, déclara-t-il.

Pourtant, lui avait changé.

Elle étudia son visage si familier et si différent. Le jeune guerrier était devenu un homme. Le passage du temps l'avait rendu encore plus séduisant. Le contraste entre ses cheveux noirs d'encre et ses yeux bleu clair avait toujours été saisissant. Avec l'âge, ses traits s'étaient creusés et affinés. Il portait ses cheveux plus courts : les boucles douces étaient désormais coupées juste sous les oreilles. Sa peau était tannée, ce qui accentuait sa virilité. Il était imposant, presque dangereux.

En dépit de son attrait indéniable, elle n'était pas émue. Elle ne ressentait rien en le regardant. Il avait tué ce qu'il y avait entre eux de longues années plus tôt.

— Nous n'avons pas beaucoup de temps, reprit-il. On a dû entendre le coup de feu.

Il secoua la tête avant d'ajouter :

— Je n'arrive pas à croire que tu m'aies tiré dessus.

Il essayait de ne pas montrer qu'il souffrait mais il tordait les lèvres, ce qui creusait la fossette dans sa joue gauche. Ce petit détail la troubla. Elle avait trouvé cette fossette irrésistible autrefois. Son cœur se mit à battre plus fort quand elle songea à tout ce qu'elle risquait de perdre à cause de son retour.

— Que fais-tu ici, Duncan ?

— Je suis venu prouver mon innocence. J'ai besoin de ton aide.

— Pourquoi t'aiderais-je ? Je croyais que je t'avais trahi ?

Elle ne pouvait masquer l'amertume dans sa voix.

— Si je me souviens bien, tu le niais.

Il bascula en arrière et atterrit sur les fesses. Elle ne bougea pas. Il avait failli la détruire une fois ; elle ne lui donnerait plus jamais l'occasion de lui nuire.

À présent, il n'y avait pas que sa vie qui était en jeu.

— Tu veux bien m'écouter ? insista-t-il.

Elle s'esclaffa.

— Tu as dix ans de retard, Duncan. Tu n'aurais jamais dû revenir. La seule chose qui t'attende ici, c'est un nœud coulant. Et je serais ravie qu'on te pende.

2

Dix ans plus tôt.
Stirling Castle, Stirlingshire, fin de l'été 1598

Peut-être que cela ne se passerait pas si mal.

Se tenant entre son père et sa tante au milieu de la grande salle de Stirling Castle, Jeannie Grant sentit sa nuque se raidir et ses épaules s'affaisser. Quelques instants plus tard, elle parvint même à sourire, sans se forcer, à l'un des courtisans qui lui était présenté. Au fond, elle s'amusait bien.

S'était-elle inquiétée pour rien ?

Quand son père, le chef des Grant de Freuchie, avait insisté pour qu'elle l'accompagne à la cour où il devait répondre à la convocation du roi Jacques, elle avait craint le pire : des regards lourds de sous-entendus, des remarques sournoises, des chuchotements comme durant son enfance.

Cependant la disgrâce de sa mère datait de plus de huit ans. Depuis, il y avait eu de nombreux autres scandales. Aussi inexorablement que la nouvelle aube, une infamie en chassait une autre. D'ailleurs, depuis leur arrivée au palais, on ne parlait que du bannissement de l'une des dames de compagnie de la reine.

Jeannie en ignorait les circonstances, mais elle ne puisait aucun réconfort dans les malheurs d'autrui. Elle avait passé presque toute sa vie dans l'ombre du scandale de sa mère, Janet Grant, qui s'était enfuie avec un « cochondanglais » (son père ne séparait jamais les deux mots) alors qu'elle n'avait que neuf ans.

Elle savait mieux que quiconque comment l'opprobre et les médisances faisaient l'infortune de tous ceux qu'ils touchaient, même les innocents. Surtout les innocents.

Alors que son père et sa tante conversaient avec une vieille connaissance, Jeannie regarda autour d'elle. La grande salle étincelait de lumières et de courtisans richement vêtus. C'était un véritable plaisir pour les yeux. Cela n'avait rien de la « petite réunion » annoncée par son père.

Elle concentra son regard sur l'autre extrémité de la salle, essayant d'apercevoir le roi Jacques et la reine Anne. Pour le moment, un rempart de robes à panier et de culottes bouffantes entourait le couple royal, lui bouchant la vue.

Au-dessus du brouhaha, elle distinguait des accords de luth et la mélodie envoûtante de sa chanson préférée, bien qu'elle ait été composée par un Anglais : *Greensleeves*. Les paroles familières résonnèrent dans sa tête :

Hélas, mon amour, vous me blessez
En me repoussant si brutalement
Moi qui vous aime depuis longtemps
Et me délecte de votre compagnie...

Elle agita son éventail devant son visage. Les quatre immenses chandeliers suspendus au plafond croulaient sous le poids des bougies, qui diffusaient une lumière magique dans la salle et dégageaient également une chaleur étouffante. La température et le brouhaha ajoutaient encore à l'excitation ambiante.

— Ce doit être ta fille ? demanda un homme.

Elle se tourna machinalement vers le nouveau venu. C'était un homme distingué d'âge moyen aux yeux gris pétillants. Il devait avoir quelques années de moins que son père, âgé de quarante-huit ans. Il était petit, à peine quelques centimètres de plus qu'elle, et bâti comme un tonneau. Il commençait à se dégarnir sur le haut du crâne, ce qu'il compensait largement par une impressionnante moustache, longue et bien fournie, qui s'incurvait aux extrémités. Il lui rappelait un lion de mer. Il affichait un sourire jovial.

— En effet, répondit son père. C'est ma fille aînée, Jean.

Il se tourna vers elle.

— Ma fille, je te présente un vieil ami, le laird de Menzies.

Les Menzies. Leur château se trouvait dans le Perthshire, près de là où sa mère avait grandi.

— Je ne suis pas encore sénile au point de ne pas pouvoir apprécier la beauté d'une jeune fille, répondit le laird avec un petit gloussement.

Il prit sa main gantée et s'inclina galamment. Puis il ajouta :

— Je reconnaîtrais cette chevelure de feu n'importe où.

Jeannie se tendit, se préparant à ce qui allait suivre. Tout commentaire sur ses cheveux s'accompagnait invariablement d'un regard entendu et de l'inévitable « tout comme sa mère ». Comme si la rousseur était le signe d'un tempérament fougueux et aventureux, voire pervers.

La remarque de Menzies avait également affecté son père, qui s'était raidi lui aussi.

Cependant, le laird ne fit aucune allusion déplacée et enchaîna :

— Votre mère pouvait illuminer une pièce avec sa beauté et son sourire. Quelle énergie, quelle lumière !

C'était une bouffée d'air frais. J'ai eu beaucoup de peine en apprenant qu'elle nous avait quittés.

Il lui adressa un sourire chaleureux qui creusa les petites rides aux coins de ses yeux.

— Je n'ai jamais rencontré sa pareille, mais je constate que vous avez hérité de son aura.

Jeannie ne décela aucune méchanceté dans sa voix. Lorsqu'elle le regarda dans les yeux, elle n'y lut que de la bonté.

Elle rougit et marmonna un bref remerciement. Cela faisait si longtemps qu'on ne lui avait rien dit de gentil à propos de sa mère qu'elle ne savait pas quoi répondre. À force, elle avait oublié qu'elle avait des qualités.

Elle n'avait que de vagues souvenirs de sa mère. Ils lui revenaient parfois par bribes : son rire cristallin, l'odeur de l'eau de rose et du vin de champagne qu'elle aimait tant ; son épaisse chevelure auburn qui flamboyait à la lueur des chandelles, ses belles robes de bal qui auraient fait pâlir d'envie la reine Elizabeth d'Angleterre.

Janet Grant avait adoré la cour du jeune roi Jacques au palais de Holyrood. Elle trouvait les Highlands sauvages et inhospitalières, et évitait autant que possible d'y séjourner. Elle avait été comme un beau papillon voletant autour de Jeannie.

« Voleter », ce verbe la résumait bien. Janet Grant ne suivait jamais un chemin bien tracé, préférant aller au gré de ses caprices. Elle s'était entichée de Grant, le laird de Freuchie, et l'avait épousé. Quatre enfants plus tard, son cher époux ne la couvrant plus d'attentions, elle s'était amourachée du « cochondanglais » (il n'avait pas d'autre nom dans leur maison) et était partie avec lui.

Pour Jeannie, la douleur de son départ ne s'était jamais atténuée. Les regrets de sa mère n'avaient rien arrangé. Le mal était fait. Donald Grant avait refusé de la reprendre. L'amour qu'il portait à sa femme ne faisait pas le poids face au coup porté à son orgueil. En dépit de ses ancêtres normands, son père était un pur chef des Highlands et le pardon ne faisait pas partie de son univers.

La belle et impétueuse Janet était morte moins d'un an plus tard dans un accident de calèche, le résultat d'un pari fou sous l'emprise de l'alcool. Jeannie, l'aînée des enfants, avait dû s'occuper de ses frère et sœurs tout en étant étroitement surveillée par son entourage, inquiet qu'elle ait hérité du tempérament maternel.

— Jeannie ne ressemble en rien à sa mère, rétorqua son père.

Se rendant compte de sa gaffe, le laird de Menzies balbutia des excuses et s'éclipsa.

Jeannie avait bien remarqué le ton défensif de son père et décida de ne pas s'en préoccuper. C'était lui qui avait insisté pour qu'elle l'accompagne à la cour et cesse de se cacher à la campagne, même s'il craignait qu'elle soit attirée, comme sa mère, par ce monde de luxe et de faux-semblants. Ce qui expliquait la présence de son austère tante qui lui servait de chaperon.

Elle ne doutait pas d'être aimée de son père, mais elle surprenait souvent ses regards inquiets. Il semblait retenir son souffle, attendant qu'elle commette un faux pas.

Pire, elle savait que ses craintes n'étaient pas totalement infondées. Elle avait parfois des idées saugrenues qui, sur le coup, lui paraissaient toujours excellentes. Comme lorsqu'elle avait caché les vêtements de cet horrible Billy Gordon alors qu'il nageait dans le loch et qu'il avait dû rentrer chez lui nu comme un ver. Ou quand, à l'âge de six ans, elle avait décidé de marcher jusqu'à Inverness pour se rendre dans une confiserie. Ou encore, lorsqu'elle avait fait boire le meilleur bordeaux de son père à ses chiots qui avaient sombré dans un coma éthylique.

Elle ne faisait plus ce genre de bêtises.

Elle aurait voulu effacer l'expression inquiète sur le visage de son père, le rassurer en lui montrant qu'elle n'était pas comme sa mère, qu'elle ne se comporterait jamais de manière aussi irréfléchie.

Toutefois, lui parler n'aurait fait que raviver son chagrin. Aussi, elle garda ses promesses pour elle-même et préféra changer de sujet.

L'attente touchait à sa fin. Le laird de Grant était arrivé.

Duncan Campbell examina la cohue qui s'était formée dans la cour et bloquait l'entrée de la grande salle. Il ne se laissa pas décourager. Même s'il aurait préféré nettoyer les écuries du château plutôt que de subir une autre soirée de festivités à la cour (où le spectacle se déroulait plus souvent dans les alcôves que dans la salle), il avait une tâche à accomplir.

Il se faufila dans la foule avec la détermination d'un *birlinn* fendant les flots. Plus d'une jeune femme le repéra et se retrouva « accidentellement » sur son chemin, murmurant une excuse tout en lui lançant une œillade. Quelques-unes d'entre elles aspiraient à plus qu'un simple badinage, ce qui était une nouveauté pour lui. Les rumeurs se propageaient vite à la cour et la nouvelle de sa nomination en tant que capitaine de la garde des Campbell d'Auchinbreck et gardien de Castlewene n'avait échappé à personne. Pour certaines femmes, son nouveau statut suffisait à effacer la tache de sa naissance.

Néanmoins, aucune tentation, si séduisante soit-elle, ne lui ferait oublier sa mission. Il avait passé ces derniers jours à piaffer d'impatience. Maintenant que le moment était arrivé, il avait hâte d'en finir. Son père, le puissant Campbell d'Auchinbreck, l'avait envoyé à la cour afin qu'il convainque le chef des Grant de joindre ses forces à celles du roi dans la bataille imminente contre le comte de Huntly. Son père lui offrait ainsi une occasion de montrer sa valeur et il n'avait aucune intention de laisser passer cette chance.

Quand il entra dans la grande salle, il fut frappé par la chaleur suffocante, l'odeur de sueur et les relents de parfums. Il grimaça. Il aurait tout donné pour respirer l'air pur des Highlands fleurant bon la bruyère.

Il chercha Grant. Comme sur le champ de bataille, sa haute taille lui donnait un net avantage et son regard pouvait se promener au-dessus de la masse des courtisans.

Son jeune frère Colin le rejoignit.

— Bigre, Duncan, tu pourrais ralentir ! Tu es aveugle ou quoi ? Les superbes seins de lady Margaret étaient pressés contre ton bras. Elle te les offrait sur un plateau.

Duncan baissa les yeux vers lui. Âgé de dix-huit ans, rien n'intéressait plus Colin que les charmes des femmes. Duncan n'y était pas indifférent non plus.

— Oui, je m'en suis rendu compte.

— Et tu ne t'es pas arrêté pour lui offrir quelques paroles d'encouragement ? demanda Colin, incrédule. Le champ a peut-être déjà été labouré, mais la récolte promet d'être abondante. Elle aime ça, la gueuse ! Et il paraît que c'est une brailleuse. Thomas m'a dit qu'il avait dû lui plaquer une main sur la bouche pour qu'elle ne réveille pas tout le château.

Duncan fronça les sourcils. Même si la dame accordait librement ses faveurs, il n'appréciait pas que son frère parle grossièrement des femmes.

— Je n'ai pas le temps de folâtrer, Colin. J'ai d'autres chats à fouetter pour le moment.

— Tu en auras pour combien de temps ?

Colin s'interrompit en voyant la jeune femme en question approcher. Elle observait les deux frères avec un intérêt non dissimulé. Elle passa devant eux en ondulant les hanches et Colin la suivit du regard, les yeux fixés sur son postérieur rebondi. Lorsqu'elle fut hors de vue, il se tourna à nouveau vers son frère.

— Cette femme te veut. Grant vient juste d'arriver. Ton entretien avec lui peut bien attendre une heure, non ?

— Plus tôt je parlerai avec lui, plus tôt je pourrai lui faire entendre raison.

Et plus tôt il retournerait à Castlewene pour préparer ses hommes à la bataille.

— Tu ne penses qu'à une chose, soupira Colin.

L'air dépité de son jeune frère fit sourire Duncan. Puis il le vit qui suivait du regard une autre fille et répondit :

— Je pourrais en dire autant de toi, petit frère.

Colin sourit sans chercher à le démentir.

Si Duncan était aussi déterminé à se forger une réputation, c'était parce qu'il n'avait pas le choix. Il n'enviait pas pour autant la liberté que son rang offrait à Colin. Il acceptait sa situation avec pragmatisme.

Pour un fils illégitime, il avait plus de chance que d'autres. Après avoir été abandonné par sa mère, son père l'avait recueilli dans son château et élevé avec ses demi-frères et sœurs, le traitant sans faire de distinctions. Il avait même du mal à cacher son affection pour son fils bâtard. Néanmoins, c'était Colin, qui avait trois ans de moins, qui était l'héritier légitime et le *tanaiste* du laird d'Auchinbrek. Même l'amour de son père ne pouvait rien y changer.

Duncan n'avait pas laissé les circonstances de sa naissance l'entraver. Il avait travaillé dur pour arriver là où il était aujourd'hui et ne rien devoir à personne lui procurait une grande satisfaction. Il avait été fait capitaine et était devenu le bras droit de son cousin, le comte d'Argyll, grâce à ses qualités et en dépit de ses origines.

C'était un bon début, et il ne comptait pas s'arrêter là.

Il chercha à nouveau Grant.

Un rire attira son attention. Doux et cristallin, empli d'une fraîcheur et d'une innocence qui contrastaient avec le brouhaha des courtisans blasés. Il scruta la foule plus attentivement et soudain il se figea.

Un seul mot lui vint à esprit : *magnifique*.

La fille était d'une beauté indéniable avec son épaisse chevelure blond vénitien, ses grands yeux verts, sa peau ivoire, ses traits fins et délicats.

La salle était remplie de jolies femmes mais celle-ci avait quelque chose en plus. Quelque chose qui le touchait et le troublait.

L'espace d'un instant, il l'imagina nue dans ses bras, les lèvres entrouvertes, le regard voilé par le plaisir. L'image était si nette que son corps réagit aussitôt.

Que lui arrivait-il ? Il se comportait comme un jeune puceau.

— Ça ne va pas ?

Il fut extirpé de sa stupeur par la voix de son frère. Celui-ci l'observait d'un air intrigué.

Duncan désigna l'inconnue d'un signe de tête.

— Cette fille là-bas, qui est-ce ?

— Quoi, tu ne le devines pas ?

— Que veux-tu dire ?

— Elle est en compagnie de celui que tu attends depuis une semaine.

Confus, Duncan se tourna à nouveau vers la jeune fille. Elle échangeait un regard affectueux avec l'homme qui se tenait près d'elle. C'était celui qu'il recherchait, le laird des Grant. De toute évidence, ils étaient proches.

— Ce doit être sa fille, ajouta Colin. Tu es au courant de ce qui est arrivé à sa femme.

La fille de Grant ? Duncan était déçu. La fille d'un puissant chef de clan des Highlands était hors de portée d'un bâtard.

Il serra les dents. Il était inutile de se lamenter pour une réalité qui ne pouvait être modifiée. Il avait trouvé Grant et, fille ou pas, il avait un travail à accomplir.

Il n'avait fait que quelques pas dans leur direction quand il fut intercepté par son cousin, le puissant comte d'Argyll.

— Ah te voilà, Duncan ! Je te cherchais. Suis-moi, quelqu'un souhaite te parler.

— Grant vient d'arriver, objecta Duncan.

Son cousin sourit.

— Grant peut attendre. Le roi, non.

Il aperçut Colin à ses côtés et ajouta :

— Tu peux venir toi aussi.

Duncan suivit son cousin dans une petite antichambre attenante à la grande salle. Il aurait dû être ravi de cette occasion, et l'aurait sûrement été quelques minutes plus tôt. Au lieu de cela, il était légèrement contrarié.

Une contrariété qui n'avait aucun rapport avec Grant et tout à voir avec sa fille.

Jeannie eut à nouveau cette étrange sensation d'être observée. Elle l'avait déjà ressentie plus tôt, mais, en regardant autour d'elle, n'avait rien constaté d'inhabituel et en avait déduit que son imagination lui jouait des tours.

Elle écouta d'une oreille distraite la femme à son côté, Elizabeth Ramsey, qui deux minutes après avoir fait sa connaissance, avait entrepris de lui raconter dans les moindres détails le dernier scandale de la cour. Pendant que l'autre pérorait, elle chercha à nouveau autour d'elle la source de cette étrange impression.

Puis elle le vit. En réalité, il ne regardait pas dans sa direction, mais il était impossible de ne pas le remarquer. Grand et large d'épaules, son corps svelte et musclé tendu comme un arc, il se détachait nettement parmi les courtisans des Lowlands et les Highlanders qui, comme son père, avaient répondu à la convocation du roi.

Elle sentit son corps vibrer d'une étrange énergie.

Tout d'abord, en raison de sa taille et de sa carrure, elle se demanda si ce n'était pas un homme d'armes, le guerrier d'un grand seigneur. Toutefois, la qualité de ses habits indiquait le contraire, tout comme son allure fière et autoritaire. Elle s'interrogeait toujours quand il se tourna vers elle.

La musique se tut soudain et les tourbillons chaotiques autour d'elle s'immobilisèrent. Une décharge électrique la parcourut, galvanisant toutes ses terminaisons nerveuses. Une nouvelle sensibilité irradiait de ses orteils à la racine de ses cheveux et les battements de son cœur s'accélérèrent.

Elle avait entendu des bardes chanter un amour qui frappait comme la foudre et avait toujours pensé qu'il s'agissait d'une exagération poétique. Ou peut-être pas ?

Leurs regards se rencontrèrent et se soutinrent.

Elle subit un second choc. Ses yeux semblaient venir d'un autre monde, d'un bleu cobalt qui appartenait aux cieux. Le contraste avec ses cheveux noirs comme l'ébène qui retombaient dans son cou en boucles douces était saisissant.

Dire qu'il était beau aurait été totalement insuffisant. Il haussa les sourcils d'un air surpris et elle rougit en se rendant compte qu'elle le fixait. Pourtant, elle ne put détacher son regard.

Apparemment, ce manque de pudeur virginale amusa l'inconnu car un petit sourire apparut au coin de ses lèvres, révélant une profonde fossette dans sa joue gauche. Sur un visage aussi grave, c'était une incongruité charmante qui fit chavirer son cœur encore un peu plus.

Il se tourna à nouveau vers l'homme à ses côtés, qui venait de lui parler. La connexion fut rompue.

Elle demanda à Elizabeth :

— Qui est cet homme, là-bas ? À côté du comte d'Argyll.

Elizabeth suivit son regard et poussa un soupir rêveur.

— C'est son cousin, Duncan Campbell. N'est-il pas superbe ?

— Le cousin d'Argyll ? répéta Jeannie sans cacher son intérêt autant qu'elle l'aurait dû.

Le regard d'Elizabeth pétillait de malice.

— Ne vous faites pas d'illusions, ma chère. En tout cas, pas des permanentes. Moi-même, je ne dirais pas non à une petite chevauchée sur ce bel étalon.

Jeannie écarquilla les yeux devant une telle liberté, mais Elizabeth ne le remarqua même pas. Tout en continuant à dévorer des yeux celui qu'elle avait appelé Duncan, elle ajouta :

— C'est le fils naturel de Campbell d'Auchinbreck.

Jeannie ressentit une pointe de déception. En dépit de la crudité d'Elizabeth, elle avait raison. Un fils bâtard, même celui d'un homme aussi puissant que Campbell d'Auchinbreck, n'était pas un prétendant convenable pour la fille du laird des Grant de Freuchie.

Ses origines auraient dû la décourager, mais il y avait quelque chose en lui qui la fascinait. Quelque chose qui allait au-delà des circonstances de sa naissance : une autorité naturelle et cette aura typique d'un homme qui connaissait sa propre valeur.

— La voilà ! chuchota soudain Elizabeth sur un ton jubilatoire.

Jeannie, encore concentrée sur Duncan Campbell, demanda distraitement :

— Qui donc ?

— Mais celle dont je vous parlais tout à l'heure, répondit sa voisine en levant les yeux au ciel. Lady Catherine Murray, la sœur de lady Anne.

Lady Anne était la dame de compagnie de la reine qui avait été chassée du château.

— Je ne comprends pas qu'elle ne soit pas partie avec sa sœur, poursuivit Elizabeth.

— Pourquoi ? Elle n'a rien fait de mal.

Elizabeth la dévisagea interloquée, ne pouvant croire qu'elle soit aussi obtuse.

— Mais sa sœur, oui ! Elle est désormais souillée par association. Le mauvais sang, vous savez.

Jeannie se crispa et Elizabeth rougit, se rendant compte de sa maladresse.

— Naturellement, je ne parlais pas de…

Vous. Jeannie ne faisait pas encore l'objet de commérages, mais il était clair que les transgressions de sa mère n'avaient pas été oubliées. Et de son côté, Jeannie n'avait pas oublié non plus ce que signifiait être la cible de langues de vipère.

Elle s'excusa puis bomba le torse, releva le menton et se dirigea vers la jeune fille qui faisait de son mieux pour ne pas remarquer que tout le monde échangeait des messes basses dans son dos.

Tout en écoutant son cousin, Duncan prit vaguement conscience que le bruit était monté d'un cran dans la salle. Les chuchotements bruissaient comme des feuilles mortes emportées par une rafale. Et la fille de Grant semblait au centre de la bourrasque.

Après l'avoir surprise le lorgnant avec une candeur aussi rafraîchissante, il s'était décidé à l'aborder en dépit du fait qu'elle ne se tenait plus aux côtés de son père. Puis, elle avait semblé troublée par quelque chose et s'était dirigée d'un pas déterminé vers une autre jeune femme.

Le plus étrange, c'était que personne ne se joignait à elles.

— As-tu écouté un seul mot de ce que je viens de te dire ? demanda Argyll sur un ton agacé.

Duncan lui indiqua les deux femmes.
— Que se passe-t-il là-bas ?
Argyll lui adressa un sourire narquois.
— Je croyais que monsieur n'aimait pas les ragots.
Duncan lui lança un regard noir ; tout le monde savait qu'il les méprisait.
— C'est simplement le dernier scandale de la cour, expliqua son cousin amusé. Apparemment, l'une des dames de compagnie de la reine a laissé une chandelle allumée trop près des rideaux de son lit. L'incendie a été rapidement éteint mais pas avant d'avoir attiré pas mal de monde. Lorsque les domestiques se sont précipités pour l'aider, la dame était entièrement nue dans son lit.
Le jeune comte marqua une petite pause théâtrale avant de conclure :
— Malheureusement pour elle, l'homme couché à ses côtés l'était également et ce n'était pas son mari.
— Quel rapport avec ces deux femmes ?
— La brune est sa sœur, lady Catherine Murray.
Archie Argyll observait attentivement son cousin. Un peu trop attentivement.
— Quant à l'autre, c'est la fille de Grant. Mais je suppose que tu le savais déjà.
Duncan préféra ne pas relever son sarcasme. Il observa la scène. Ainsi, la sœur avait été mise à l'index et la fille de Grant avait décidé de la soutenir. C'était un beau geste.
— C'est une étrange compagnie, observa Archie. J'aurais cru que la fille de Grant souhaiterait éviter toute association.
— Que veux-tu dire ?
— Tu ne te souviens pas de la femme de Grant ? Elle a provoqué un beau scandale quand elle s'est enfuie avec son Anglais.
Le regard de Duncan se durcit. Il ravala son agacement. Il comprenait trop bien la situation.
— Présente-moi, demanda-t-il.

— Pourquoi ? demanda son cousin surpris.

— Parce que tu vas inviter lady Catherine à danser.

Archie ne cachait pas son amusement.

— Et pourquoi ferais-je une action aussi noble ?

— Parce que c'est dans ta nature. Tu as simplement besoin que je te le rappelle de temps à autre.

C'était horrible. Personne ne leur adressait la parole. Jeannie pouvait constater l'effet dévastateur de cet ostracisme sur la jeune femme fragile à ses côtés. Elle savait d'expérience que la fierté était la seule chose qui empêchait lady Catherine de fondre en larmes.

Les souvenirs des années qui avaient suivi le scandale de sa mère se bousculaient douloureusement dans sa mémoire. La honte. L'humiliation. La solitude.

Puis, quand elle releva les yeux, il était là : Duncan Campbell, accompagné de son cousin, l'un des hommes les plus puissants d'Écosse.

Elle entendit à peine les présentations d'usage prononcées par Argyll. Elle ne pouvait détacher ses yeux de l'homme devant elle et ne cacha pas l'immense gratitude qu'elle ressentait.

C'était lui qui avait pris cette décision, elle n'en doutait pas.

Il était encore plus impressionnant de près. Le mélange de ses yeux bleus et de ses cheveux noirs était frappant. Son beau visage était tout en angles. Il était plus jeune qu'elle ne l'avait cru – son allure autoritaire l'avait trompée. Il ne devait avoir que quelques années de plus qu'elle.

Il était grand. Elle mesurait un mètre soixante-sept et il la dépassait d'une trentaine de centimètres, la dominant d'une manière qui n'avait rien de menaçant. Au contraire, c'était étrangement apaisant. Quant à sa carrure... un petit frisson la parcourut. L'étoffe noire de son pourpoint était étirée par ses épaules musclées et son torse puissant.

Il avait le corps et la présence d'un guerrier, d'un homme prêt à protéger et à défendre jusqu'à son dernier souffle.

Il prit la main de lady Catherine et s'inclina respectueusement, puis il fit de même avec elle.

Elle retint son souffle. Le contact de leurs doigts fut électrique. Elle eut soudain très chaud et l'impression que toutes les terminaisons nerveuses de son corps prenaient vie. Elle ne voulait plus que cesse ce lien entre eux. Leurs regards se rencontrèrent et elle sut qu'il avait remarqué sa réaction. Peut-être avait-il ressenti la même chose. Il retint sa main un instant de trop, puis la lâcha comme à contrecœur.

Son cœur battait trop vite. Sa peau était brûlante. Elle pouvait à peine respirer. Elle avait l'impression que ses entrailles étaient ballottées comme une barque dans la tempête.

Que lui arrivait-il donc ?

Les deux hommes posèrent quelques questions courtoises à tour de rôle. Même le son de sa voix l'affectait. Son timbre riche et grave ainsi que son accent gaélique saccadé et sensuel résonnaient jusque dans ses os.

Il échangea un regard avec son cousin puis ce dernier déclara :

— Je les entends entamer un *reel* écossais. Je serais très honoré si vous acceptiez de danser avec moi, lady Catherine.

Le soulagement qui illumina le visage de la jeune fille réchauffa le cœur de Jeannie. En lui tendant son bras, Argyll, l'homme le plus puissant de la salle après le roi, lui exprimait publiquement son soutien.

Tandis que lady Catherine acceptait avec empressement, Jeannie se tourna vers l'homme devant elle et murmura :

— Merci. Vous n'imaginez pas ce que cela représente pour elle.

Un petit sourire apparut aux coins des lèvres de Duncan.

— Je l'imagine très bien.

Un courant passa dans leurs regards. Puissant et lourd de sens. Il semblait comprendre parfaitement ce qu'elle avait voulu dire.

— Et vous, ma demoiselle, aimeriez-vous danser ?

Pour rester en sa compagnie, elle l'aurait suivi n'importe où. Elle lui adressa un large sourire.

— Avec plaisir.

Il lui prit la main et l'entraîna vers la piste de danse.

Elle aurait aimé qu'il ne la lâche plus jamais. L'avenir semblait soudain passionnant et chargé de promesses.

3

Après deux semaines d'une cour furtive, Jeannie était plus que jamais convaincue que Duncan était l'homme de sa vie.

Il avait intérêt à l'être compte tenu des risques qu'elle encourait.

Son cœur palpitait à la vitesse des ailes d'un colibri. L'attente et le danger formaient une puissante combinaison. Tous ses sens étaient en alerte, affûtés aux moindres détails de son environnement. À la lueur de torches, les longs couloirs étroits ressemblaient à un sinistre labyrinthe d'ombres et de pierres froides.

Elle abaissa la capuche de sa cape, veillant à cacher son visage tandis qu'elle avançait en silence dans les galeries du palais, se dirigeant discrètement vers la grande salle.

Elle entendit des voix et se réfugia rapidement dans une alcôve, attendant que les hommes passent. Au cliquetis de métal qui résonnait dans leur sillage, elle devina qu'il s'agissait de gardes. Elle retint son souffle jusqu'à ce que le bruit de leurs pas se soit éloigné.

Il s'en était manqué de peu. Elle hésita un instant. Devait-elle rebrousser chemin ? Si elle était découverte, les conséquences seraient désastreuses. Elle aurait du mal à justifier sa présence. Une visite tardive aux cabinets d'aisances ? Une petite faim nocturne ? Un besoin d'air frais ? Elle entendait déjà les ricanements. Une jeune femme ne pouvait avoir qu'une seule raison de déambuler seule dans le château au milieu de la nuit et tout le monde saurait exactement laquelle.

Jeannie n'aurait jamais imaginé se rendre un jour en secret à un rendez-vous galant. Sa vertu en prenait un coup. Elle s'était toujours efforcée de donner l'exemple à ses frère et sœurs plus jeunes, ce qui rendait sa situation actuelle d'autant plus scandaleuse.

Cette fois, c'est différent, se répéta-t-elle. Elle n'avait encore jamais été amoureuse… du moins pas de cette manière. Le garçon du village qui la bombardait de vessies de porc remplies d'eau quand elle avait dix ans et le palefrenier qui l'avait un jour coincée contre un mur pour lui voler un baiser maladroit ne comptaient pas.

Duncan était un homme, un vrai.

Ses premières appréhensions au sujet de sa naissance s'étaient vite envolées. Au fil de leurs conversations à la dérobée au cours des deux dernières semaines, sa première impression s'était renforcée : bâtard ou pas, Duncan Campbell était un homme admirable.

C'était un meneur-né, avec toute la présence et l'autorité d'un chef. Il semblait destiné à de grandes choses, ce dont sa famille semblait consciente. Non seulement son père l'avait nommé capitaine de sa garde et gardien de Castlewene, mais il était très proche de son cousin. On disait même qu'il était le bras droit d'Argyll.

Et c'était elle qu'il avait choisie parmi toutes les femmes se disputant son attention. Il dansait rarement, mais, s'il le faisait, c'était avec elle ou avec l'épouse de l'un de ses proches compagnons. Il semblait chercher des prétextes pour la rencontrer, et s'était même récemment joint à la chasse matinale pour avoir le plaisir de sa compagnie. C'était d'autant plus flatteur qu'il ne semblait guère du genre à courir le jupon. Il se trouvait à la cour pour une affaire importante. Néanmoins, il la courtisait indubitablement.

Certes, son père serait déçu ; il nourrissait d'autres projets pour elle. Toutefois, il l'aimait et elle ne doutait pas de pouvoir le convaincre tôt ou tard.

Plutôt tôt que tard.

Elle ne pouvait attendre.

Elle fut prise d'un léger remords qu'elle se hâta de chasser de son esprit. Elle n'avait encore rien fait de mal et prenait juste du bon temps.

Dans ce cas, pourquoi avait-elle les paumes moites et le cœur qui battait la chamade ?

— Venez me retrouver, lui avait-il glissé plus tôt dans la soirée.

Sa voix grave et chaude s'était infiltrée par tous les pores de sa peau. Une fille pouvait se perdre dans les promesses que recélaient les profondeurs de ce timbre soyeux. C'était injuste. Comment lui résister ?

Elle aurait rapidement écarté une telle invitation venant de n'importe quel autre homme. Avec Duncan, il n'y avait aucun artifice. S'il avait eu l'intention de la séduire, il le lui aurait annoncé d'emblée et ne l'aurait pas attirée sournoisement avec la proposition d'un bain de minuit. Il respirait la noblesse et l'intégrité. Elle avait confiance en lui.

— Je ne peux pas, avait-elle répondu faiblement.

Pourtant, ils savaient tous les deux qu'elle mourait d'envie de répondre oui. Elle s'était mordu la lèvre. Ce qu'il proposait était scandaleux, inacceptable… non ?

— Si quelqu'un nous voyait ?

— Personne ne nous verra, avait-il promis. J'y veillerai. Vous ne le regretterez pas.

La lueur dans son regard lui avait procuré des frissons dans tout le corps, s'insinuant *partout*.

— Il fera chaud cette nuit, avait-il repris. L'eau sera délicieuse. Vous avez dit que vous aimiez nager ? Je vous assure qu'il n'y a rien de plus divin qu'un bain rafraîchissant au clair de lune.

Il avait marqué une pause avant d'ajouter :

— Nous serons seuls.

Il avait ensuite tendu la main et écarté une mèche de cheveux qui retombait devant son visage. Son pouce rugueux avait effleuré la courbe de sa joue. La sensation de ses doigts sur sa peau était aussi bouleversante que dangereuse.

Elle avait lancé un regard furtif à la ronde pour s'assurer que personne n'avait remarqué son geste intime. La foule assemblée dans la grande salle était trop absorbée par la danse et le bon vin pour prêter attention à la tension amoureuse entre la fille de Grant de Freuchie et le fils illégitime de Campbell d'Auchinbreck. Elle soupçonnait Colin, le frère de Duncan, de s'être rendu compte de quelque chose, mais il était reparti depuis une semaine.

Puis Duncan lui avait donné l'estocade.

— Je vais devoir partir bientôt. Peut-être même demain.

Elle avait senti son cœur s'arrêter. L'idée de ne plus le voir la paniquait. Quand se retrouveraient-ils ? Lui demandait-il de le rejoindre cette nuit afin d'en discuter ?

Il ne lui avait pas laissé le temps de répondre, s'éclipsant avant qu'elle n'ait pu décliner à nouveau son invitation. Mais ce regard… c'était comme s'il avait su que la tentation serait trop forte pour y résister.

Elle avait eu la ferme intention de ne pas se rendre au rendez-vous. Elle avait retenu les leçons de sa mère. Toutefois, une fois la graine plantée, elle avait répandu ses racines. Au fond de son cœur, elle avait envie de le retrouver et elle eut bientôt mal à la tête à force d'essayer de se convaincre du contraire. Durant des années, elle avait été prudente, mais pas cette fois.

Je ne suis pas ma mère.

L'occasion d'être enfin seule avec lui après deux semaines de moments volés à la surveillance de son père et de sa tante était trop tentante. Elle avait pris soin de ne pas éveiller les soupçons, mais le flirt discret au cours d'une danse occasionnelle ne lui suffisait plus. Elle voulait sentir ses bras autour d'elle, regarder au fond de ses yeux bleus et entendre les paroles qui étaient en suspens entre eux depuis le premier instant. Sentir ses lèvres sur les siennes pour la première fois.

Elle ne comprenait pas vraiment cette urgence qui bouillonnait en elle, mais elle craignait qu'en ratant cette occasion, Duncan Campbell disparaisse de sa vie à jamais.

Voilà donc pourquoi, ayant jeté la prudence aux orties, elle déambulait dans les couloirs du palais dans ses vêtements de nuit, rasant les murs, se cachant dans des alcôves, suivant l'appel de son cœur.

Elle soupira de soulagement en sortant enfin de la grande salle et en se retrouvant dans la cour éclairée par la lune. Celle-ci baignait les remparts dans une lumière douce et céleste. Il faisait plus clair au-dehors qu'à l'intérieur, ce qui présentait un problème : où se cacher ?

Le donjon de Stirling Castle était le plus vaste jamais construit en Écosse et ses murs massifs auraient dû fournir de nombreuses ombres, s'ils n'avaient été blanchis à la chaux. Cela faisait de l'édifice un symbole de la suprématie royale visible des kilomètres à la ronde, mais n'offrait guère de possibilités de se soustraire à la vue des nombreux gardes.

— Près de la porte du Nord, avait-il dit.

Elle aurait aimé qu'il soit plus précis. D'un autre côté, elle ne lui avait pas posé de questions, n'ayant pas eu l'intention de venir.

Elle prit une grande inspiration et courut à travers la cour en direction des cuisines. Puis elle attendit.

Où était-il ?

Elle se mordit la lèvre. N'était-elle pas en train de commettre une grave erreur ?

Soudain, elle sentit un bras se glisser autour de sa taille et se retrouva plaquée contre un torse plus solide que la muraille en pierre. Elle voulut crier, mais une main se posa sur sa bouche tandis qu'on lui murmurait à l'oreille :

— Chut, ce n'est que moi.

Une fois que son cœur se remit à battre, elle prit conscience du corps contre le sien. Elle n'avait jamais été aussi proche d'un homme. C'était une sensation étrange... et excitante. Le corps de Duncan était dur et rigide ; pourtant elle se sentait en sécurité et protégée. Un vague parfum chaud et boisé de savon lui titilla les narines. Elle se retint d'inhaler profondément. Il sentait merveilleusement bon.

Cela étant, elle avait failli mourir de peur.

Elle se retourna afin de lui faire savoir ce qu'elle pensait de ses manières mais il posa un doigt sur ses lèvres, lui indiquant de ne pas faire de bruit. La lueur amusée dans son regard indiquait qu'il avait parfaitement compris son intention.

Son air malicieux acheva de la charmer. Il contrastait avec son allure habituelle. Au cours des deux dernières semaines, elle l'avait observé sans doute plus qu'il n'était convenable de le faire. Sa réputation de sérieux et de bon sens était amplement méritée. Ce qui lui avait été refusé en raison de sa naissance, il le compensait par son ambition et son travail. Toutefois, avec elle, il était différent. Lorsqu'il lui souriait, c'était comme s'il lui offrait un présent précieux, un cadeau secret qui n'était destiné qu'à elle.

Il la prit par la main comme si c'était la chose la plus naturelle du monde et l'entraîna dans la galerie de la porte du Nord qui débouchait sur le Nether Bailey en contrebas. Elle leur évitait de passer devant la maison des gardes. La chaleur et la force de sa main dans la sienne établissaient un lien à la fois intime et réconfortant. Elle commençait à y prendre un peu trop goût.

Il avait changé ses habits de cour pour un *leine* et un *breacan feile*. C'était la première fois qu'elle le voyait dans la tenue traditionnelle des Highlands et elle fut surprise de constater combien elle lui seyait. D'un autre côté, il aurait sans doute eu l'allure d'un roi même en haillons. La noblesse de son port et de son visage fier sautait aux yeux. Néanmoins, sa chemise simple et son tartan retenu par une large ceinture accentuaient sa virilité, donnant un aperçu du redoutable guerrier qu'il était réputé être.

Lorsqu'ils atteignirent la poterne dans le mur d'enceinte, il lui chuchota de baisser la tête et passa un bras autour de son épaule. La serrant contre lui, il lança une plaisanterie grivoise aux gardes, expliquant qu'il allait faire un « petit galop avec son amie ». Elle devint cramoisie.

— C'est le cousin d'Argyll, dit l'un des gardes à ses camarades. Laissez-le passer. Où est ton compagnon de beuverie ce soir, Campbell ?

Duncan se mit à rire et répondit quelque chose à propos d'une nouvelle comtesse.

Lorsqu'ils se furent éloignés de la poterne, il la libéra. Elle se tourna aussitôt vers lui d'un air furieux.

— Vous lui avez laissé croire que j'étais une catin ! Vous emmenez souvent des filles prendre un bain, Duncan Campbell ?

— C'est la première fois, répondit-il d'un air confus. Mon cousin et moi allons souvent boire une chope de bière au village, rien de plus.

Voyant qu'elle hésitait encore à lui pardonner, il ajouta :

— Je suis navré de vous avoir embarrassée, mais je voulais éviter des questions. J'ai réussi.

Ils avancèrent dans un silence gêné sur le sentier qui descendait du promontoire rocheux sur lequel Stirling

Castle était bâti. Au bout d'un moment, il déclara comme s'il n'y croyait toujours pas :

— Vous êtes venue.

Elle lui lança un regard de biais. Elle ne parvenait pas à déchiffrer son expression. Ce côté implacable qu'elle trouvait si frustrant était sans doute ce qui en faisait un négociateur si précieux pour son cousin : il ne laissait rien paraître de ses émotions. Il aurait fait fortune au jeu, pensa-t-elle amusée.

— Vous en doutiez ?

Duncan Campbell baissa les yeux vers la jeune femme cachée sous sa capuche, essayant de se convaincre qu'elle était bien réelle. En vérité, c'était la question qu'il se posait à chaque instant qu'il passait en sa compagnie depuis deux semaines.

Jeannie Grant l'ensorcelait. Ce n'était pas uniquement en raison de sa chevelure flamboyante, de ses yeux d'émeraude, de sa peau d'ivoire si lisse et lumineuse qu'elle évoquait des déesses et autres créatures célestes, même chez un homme peu porté sur des images aussi romantiques. Ce n'était pas non plus en raison de sa silhouette élancée ni de ce qui semblait être une poitrine fort généreuse sous le carcan rigide de son corsage (même si, comme tout jeune homme, il ne pouvait s'empêcher de baisser occasionnellement les yeux vers les rondeurs de son buste).

C'était son énergie, l'esprit qui pétillait en elle en dépit de ses efforts évidents pour le contenir derrière des manières posées et convenables. Il comprenait mieux que quiconque pourquoi elle luttait si fort pour réprimer son exubérance naturelle. Ils partageaient cette tache sur leur nom, lui pour sa naissance, elle pour la conduite de sa mère. Lui aussi, il savait ce qu'était d'être abandonné.

Toutefois, les épreuves qu'elle avait traversées n'avaient pas entamé son entrain. Pour un homme aussi sérieux que Duncan, cette vitalité était un nectar. Il était attiré vers elle comme un papillon par les flammes ; aucune autre femme n'avait eu sur lui un tel effet.

Il savait qu'elle n'était pas pour lui, mais il ne pouvait se tenir à distance.

Une chose était sûre : aucune femme ne l'avait déconcentré à ce point. Ils étaient sur le point d'entrer en guerre contre Huntly, et il ne pensait qu'à s'éclipser pour un bain de minuit afin d'être seul avec elle.

Avant de rencontrer Jeannie, son unique ambition avait été de se faire un nom et d'acquérir un rang qui lui serait revenu de droit s'il avait été un enfant légitime.

Jusqu'ici, il n'avait jamais été confronté aux limites imposées par sa bâtardise. Il n'avait pas encore songé à prendre une épouse et considérait le mariage comme un moyen d'avancement auquel il réfléchirait plus tard. Il n'aurait certainement pas rêvé de viser si haut. Toutefois, dès qu'il avait aperçu Jeannie, il l'avait voulue. Il l'avait voulue comme il n'avait encore jamais désiré quelque chose ou quelqu'un. Savoir que sa condition lui interdisait de la convoiter était une pilule difficile à avaler et, pour la première fois, il en ressentait de l'amertume.

Il avait donc été d'autant plus surpris lorsque Jeannie lui avait clairement indiqué que sa naissance lui importait peu. Elle avait retourné ses attentions avec un tel enthousiasme qu'il s'était laissé aller à penser qu'ils avaient peut-être un avenir ensemble.

Lorsqu'il rentrerait à Castlewene, il comptait parler à son père d'une alliance possible. Mais, avant cela, il n'avait pu résister à l'envie de la voir seule.

Avait-il vraiment pensé qu'elle viendrait ? Elle n'aurait pas dû. Toutefois, elle avait beau s'efforcer de refouler sa spontanéité et sa soif d'aventure, il la connaissait déjà suffisamment pour savoir qu'elle aurait le plus grand mal à résister.

— Je n'en étais pas sûr, répondit-il prudemment.

Ils étaient arrivés au pied de la colline. Elle rejeta sa capuche en arrière et se tourna vers lui, les mains sur les hanches et ses yeux émeraude brillant de colère.

— Je crois que vous n'êtes qu'un voyou arrogant et que vous saviez pertinemment que je viendrais.

Il éclata de rire. Savait-elle à quel point elle était adorable ? Son innocence et son absence totale de prétention étaient aussi rares que charmantes.

Personne ne l'avait encore traité de voyou. Sérieux, concentré, déterminé, ambitieux, impitoyable, certes. Jeannie faisait ressortir en lui des traits de caractère qu'il ignorait avoir. Son enjouement, une qualité qui lui était étrangère, était contagieux. Au cours des deux semaines qu'il avait passées en sa compagnie, il ne s'était jamais senti aussi insouciant.

Il lui attrapa le poignet et l'attira à lui. Ils ne se touchaient pas, mais son corps s'embrasa au seul fait de la sentir si proche. Il lui prit le menton et lui releva la tête pour la regarder dans les yeux. La douceur de sa peau sous ses doigts était presque irréelle.

— Je ne m'excuserai pas pour avoir voulu être seul avec vous.

Il étudia son visage, s'attardant sur ses lèvres. Son être tout entier était consumé par l'envie de l'embrasser. Il la sentit trembler et comprit qu'elle ressentait le même désir, cette puissante force qui les attirait l'un vers l'autre.

Elle avait les lèvres entrouvertes. Dieu qu'elles paraissaient douces ! Son subtil parfum fleuri s'enroula autour de lui, l'attirant encore plus près d'elle. Juste un léger baiser…

Il jura en lui-même et lâcha son poignet. Il ne l'avait pas amenée ici pour la séduire.

Il était conscient de jouer avec le feu. Il ne pouvait la regarder sans sentir un étirement sous son tartan. Il semblait avoir perdu le contrôle de son corps, succombant à cette maladie qui affectait les hommes de son âge et qui concentrait toutes leurs pensées sur une idée fixe.

Elle baissa les yeux. Il devina à ses joues rouges qu'elle ne comprenait pas pourquoi il s'était écarté. Il essayait de la protéger, et devait se rappeler qu'elle était jeune et innocente.

Il lui indiqua un sentier qui se faufilait entre les arbres.

— Venez, dit-il doucement. Le loch est tout près.

Il faisait nuit, mais la lune diffusait largement assez de lumière pour se frayer un chemin entre les bouleaux.

Le corps encore vibrant de désir, il résista à l'envie de lui prendre à nouveau la main, ne se fiant pas à ses propres pulsions. Ils marchèrent en silence côte à côte. C'était un autre trait qu'il appréciait chez elle : ils n'avaient pas besoin de parler pour se sentir à l'aise. Au bout de quelques minutes, il lui demanda :

— Comment avez-vous fait pour échapper à la vigilance de votre redoutable chaperonne ?

Elle prit un air penaud.

— Ma tante a un péché mignon : elle aime boire un verre de vin avant de se coucher.

— Laissez-moi deviner : vous vous êtes assurée qu'elle en sifflerait plus d'un ?

Elle se mordit la lèvre, une habitude de petite fille qui attira l'attention de Duncan sur sa bouche sensuelle. La réaction que cela provoqua en lui n'avait rien d'innocent. Une telle bouche pouvait déclencher chez un homme une avalanche d'images érotiques à rendre fou. Ces belles lèvres pulpeuses autour de… Hum, il chassa cette vision et regarda droit devant lui.

— En fait, je lui ai fait monter une carafe pleine, avoua-t-elle. Je ne voulais pas courir de risques.

Sa prévoyance et son ingéniosité le firent rire.

— Je vois que vous avez l'habitude, déclara-t-il.

Elle se tourna vers lui offusquée.

— Pas du tout !

Elle s'interrompit, se rendant compte qu'il la taquinait. Leurs regards se croisèrent et elle éclata de rire. Le doux son cristallin lui réchauffa le cœur et il se dit qu'entendre ce rire pour le restant de ses jours ferait de lui un homme heureux.

Il le comprit avec une certitude qui le surprit lui-même. Il n'était pourtant pas du genre à prendre des décisions instinctives, étant un être rationnel. Mais pas cette fois.

Il n'avait jamais cru au destin, pourtant il ne pouvait décrire autrement ce qu'il ressentait pour Jeannie Grant. La puissance de ce sentiment le troublait. L'amour romantique était l'apanage des troubadours, pas des guerriers. Il s'était cru immunisé contre les émotions qui vous affaiblissaient. Cela ne voulait pas dire qu'il était incapable d'aimer. Il avait une profonde affection pour les membres de sa famille, mais ce n'était pas pareil. L'intensité et la férocité de ses sentiments pour Jeannie étaient son talon d'Achille.

Tout allait trop vite, et, pour la première fois de sa vie, il était incapable de se réfréner. Dès qu'il pensait à Jeannie, son pragmatisme et son sang-froid, dont il était si fier, partaient à vau-l'eau.

Il fallait espérer qu'elle ressentait la même chose. Il en avait l'impression, mais elle était si jeune. En outre, sa propension à suivre les élans de son cœur n'était pas nécessairement signe de constance ni de profondeur de sentiments.

Au bout de quelques minutes de marche, ils parvinrent au bord de l'eau. Ils étaient à moins d'un kilomètre du château et semblaient pourtant avoir pénétré dans un autre monde. Bordée d'arbres d'un côté et d'un escalier naturel creusé dans la roche de l'autre, la clairière formait un îlot de verdure qui rappelait un recoin isolé des Highlands. La pleine lune flottait bas dans le ciel, juste au-dessus du loch. La scène n'aurait pu être plus pittoresque s'il l'avait peinte lui-même.

— Que c'est beau ici, murmura-t-elle. Comment avez-vous trouvé cet endroit ?

— C'est un coin très prisé.

En voyant son expression, il se hâta d'ajouter :

— Durant la journée.

— Je ne suis pas sûre que ce soit une bonne idée.

Il arqua un sourcil sarcastique.

— Quoi, vous n'allez pas rebrousser chemin maintenant ?

Elle se mordilla à nouveau la lèvre, ses dents blanches s'enfonçant dans la chair rose.

— Je ne sais pas...

Seigneur, elle n'avait pas idée de l'effet qu'elle lui faisait. Il arracha son regard de sa bouche pulpeuse. Il avait besoin de se rafraîchir. Il se débarrassa rapidement de ses vêtements et de ses armes. À la cour, il délaissait l'imposante *claidheam da laimh* et l'arc qu'il portait sur le champ de bataille pour un pistolet, une courte épée (surtout décorative, pour les courtisans des Lowlands) et une dague. Après avoir dénoué son épaisse ceinture en cuir, il ôta son tartan et le jeta sur la pile de ses affaires. Par égard pour la pudeur de la jeune fille, il conserva sa chemise en lin qui lui tombait presque aux genoux. Il lui adressa un sourire malicieux en la voyant rougir.

— Comme vous voudrez, lança-t-il avant de courir vers la berge et de plonger.

L'eau froide lui procura un choc revigorant et calma un peu ses ardeurs. Il refit surface non loin de là où elle se tenait. Elle paraissait indécise, lançant des regards furtifs vers la surface du loch.

Il barbota sur place quelques instants, l'observant en s'efforçant de ne pas rire.

— L'eau est délicieuse, dit-il. Vous ne savez pas ce que vous ratez.

Elle posa ses poings sur ses hanches.

— Vous n'êtes pas très gentil, Duncan Campbell.

— Je n'ai jamais affirmé le contraire.

Il l'entendit marmonner quelque chose puis elle dénoua le lacet de sa cape et la laissa tomber à ses pieds. Il s'immobilisa, oubliant toute envie de plaisanter. Il était transfiguré par la scène sur la rive. La regarder se déshabiller était le spectacle le plus érotique qu'il eût jamais vu. Une pure torture dont il ne pouvait détacher les yeux.

De là où il se tenait, sa chemise de nuit en lin beige paraissait très chaste, mais son corps s'embrasa à l'idée que seule cette fine couche de tissu la séparait de la nudité. Un tissu qui deviendrait transparent une fois mouillé. Le soulagement que lui avait apporté l'eau froide quelques minutes plus tôt disparut aussitôt. Heureusement, l'eau sombre cachait la puissance de sa réaction.

Elle ôta ses souliers et retira les peignes qui retenaient ses cheveux. Les longues boucles retombèrent en une vague auburn chatoyante. Il aurait voulu enfouir son visage dans cette masse soyeuse, la sentir retomber sur son torse nu tandis qu'elle le chevauchait. Ces images crues le firent presque gémir.

Maintenant que sa décision était prise, elle n'hésita plus. Elle courut vers l'eau et plongea à son tour en projetant de grandes éclaboussures.

Il observa les remous à la surface tandis qu'elle nageait vers lui sous l'eau et attendit qu'elle refasse surface. Son cœur battait violemment. Son corps tout entier palpitait de désir. Comment allait-il parvenir à ne pas se jeter sur elle ?

Elle réapparut à quelques mètres de lui, les cheveux lissés en arrière, des gouttelettes scintillant sur sa peau telle de la poussière de fée, un sourire de plaisir pur sur les lèvres. Elle était radieuse. Savait-elle seulement à quel point elle était belle ?

S'il lui était resté un doute, il s'était envolé. Il l'aimait. Avec une intensité qui lui coupait le souffle. Il n'aurait jamais cru pouvoir ressentir une telle émotion.

— Vous aviez raison, misérable. Elle est délicieuse.

Sa voix rieuse le fit sourire.

— Dans ce cas, j'éviterai de vous rappeler que je vous l'avais dit.

— Vous venez de le faire.

Elle frappa l'eau du plat de la main et l'éclaboussa copieusement. Il agita la tête pour chasser les gouttes dans ses yeux et la fixa d'un regard prédateur.

— Ah, c'est comme ça, hein ? On ne vous a jamais dit qu'il ne fallait pas déclencher une guerre que vous ne pouviez pas gagner ?

Il bondit vers elle, mais elle donna un grand coup de jambes et recula pour lui échapper. Elle secoua la tête d'un air faussement déçu.

— Je m'attendais à mieux de la part d'un brave guerrier des Highlands. Il va falloir faire un effort si vous voulez m'attraper.

Là-dessus, elle disparut sous l'eau.

Il s'élança à sa poursuite. Ayant grandi au bord d'un loch, Duncan était le nageur le plus rapide de son clan. L'année précédente, il était arrivé second après Rory MacLeod lors de l'épreuve de natation de l'assemblée des Highlands. Cette année, il entendait bien être le premier.

Il s'attendait à la rattraper en deux temps trois mouvements, mais elle le surprit. Ce qui lui manquait en puissance, elle le compensait par son agilité et sa rapidité.

Il esquissa un sourire vorace. Elle nageait peut-être comme un poisson, mais pas aussi vite que lui.

Il se retint, lui donnant une légère avance afin qu'elle se croie en sécurité, puis la rattrapa en quelques mouvements puissants. Tendant la main devant lui, il attrapa une mince cheville et la tira vers lui. Le lin crème de la chemise de Jeannie se gonfla telle une voile, révélant de longues jambes élancées. Elle donna de grands coups de pied pour se libérer, mais il la retint fermement. Il l'attira à lui et lui encercla la taille. Ils s'enfoncèrent sous l'eau, puis remontèrent à la surface pour prendre une grande goulée d'air.

Elle tenta de s'écarter tout en riant.

— Lâchez-moi !

— Pas question.

Il la serra plus fort contre lui. La sensation était enivrante. Torse contre torse, hanches contre hanches, leurs jambes s'entremêlant. Il sentait chaque centimètre de son corps, le doux coussin de ses seins généreux, les pointes dures de ses mamelons, les os de ses hanches, les muscles puissants de ses jambes. Ils auraient pu être nus : il n'y avait rien entre eux que de l'eau et du tissu mouillé.

Tu joues avec le feu...

Soudain, elle sembla prendre conscience de leur position très intime. Sans doute sentit-elle aussi la proéminence de son état d'excitation. Elle écarquilla les yeux et laissa échapper un petit « oh ! » de surprise. Elle ne s'écarta pas pour autant. La curiosité innocente dans son regard ne fit qu'attiser la flamme de Duncan, et son supplice.

— Vous avez triché, dit-elle hors d'haleine.

Il sentait ses seins lourds se soulever et s'affaisser contre son torse à chaque respiration. Il s'efforça de se concentrer à nouveau sur leur conversation. De quoi s'agissait-il déjà ? Ah oui, de tricherie.

— Comment ça, j'ai triché ?

— Vous m'avez retenue par la cheville.

— À la guerre, tous les coups sont permis. Un bon guerrier sait se saisir de la moindre opportunité.

— Et l'honneur, alors ?

— L'honneur est une vertu surestimée.

Elle gloussa de rire.

— Vous n'êtes qu'un scélérat !

Elle gigota pour se libérer et, cette fois, il la laissa partir. C'était préférable car, autrement, il n'aurait pu s'empêcher de l'embrasser.

Elle nagea jusqu'à la rive et grimpa sur un long rocher plat qui faisait office de plongeoir. Il posa les mains sur le bord de la roche, et se hissa à ses côtés. Il la surprit en train de regarder ses biceps et, gênée, elle détourna les yeux. Il se retint de sourire. Apparemment, elle n'était pas indifférente à sa musculature saillante acquise durant des heures d'entraînement au combat.

Elle replia ses jambes contre son torse, cachant sa nudité. Il n'aurait pas osé la regarder de toute manière, de peur de ne pouvoir se contrôler. Ils restèrent assis ainsi dans un silence paisible, contemplant le reflet argenté de la lune danser sur les eaux noires du loch.

— Vous repartez bientôt ? demanda-t-elle soudain.

Il acquiesça.

— En effet, la crise avec Huntly s'est encore aggravée. Je dois rentrer à Castlewene pour en informer mon père.

Il ignorait si elle était au courant des raisons de sa présence à la cour.

Le roi Jacques était furieux contre le comte de Huntly et comptait bien lui faire entendre raison. Non seulement Huntly refusait de renoncer à sa foi catholique ou à quitter le pays comme l'ordonnait un décret de l'année précédente, mais il était accusé de conspirer avec le roi d'Espagne en vue de restaurer la religion papiste en Écosse. Cette provocation persistante était un affront direct au roi alors que ce dernier tentait de faire valoir ses droits à la couronne d'Angleterre pour succéder à la reine Elizabeth vieillissante.

— Vous pensez qu'il y aura la guerre ? demanda Jeannie.

— Cela paraît inévitable. À moins que Huntly ne se plie enfin à la volonté du roi et abjure la foi catholique.

— Il n'acceptera jamais.

— En effet.

— Vous irez au combat ? demanda-t-elle d'une voix légèrement tremblante.

— Oui.

Elle sembla sur le point de dire quelque chose, mais il la devança :

— C'est mon devoir, Jeannie.

Ce dernier passait avant tout et il ne pouvait y renoncer, même pour elle.

Elle le dévisagea longuement en silence. Puis elle demanda :

— Quel rôle vient jouer mon père dans cette affaire ?

— Tout dépendra de lui. Le roi espère qu'il verra la justesse de sa cause et ralliera son camp.

Jeannie prit un air songeur.

— Si je comprends bien, le roi espère tirer profit du conflit qui oppose actuellement mon père et Huntly.

Elle avait parfaitement évalué la situation. Scandalisé par le rôle qu'il avait joué dans le meurtre du comte de Moray, son père avait rompu son accord de vassalité avec Huntly et les deux hommes étaient à couteaux tirés. Le roi espérait enfoncer le clou encore plus loin entre les deux clans.

— Vous avez raison, admit Duncan.

— Il y parviendra peut-être, mais la querelle entre mon père et Huntly est déjà vieille. Leur affrontement a été sanglant et je doute que mon père ait envie de reprendre les armes. Il est plus probable qu'il décide de rester neutre. Ce n'est pas sa bataille. Les Grant ont abjuré la foi catholique il y a des années.

Elle déplia les genoux et plongea les pieds dans le loch, les agitant sous la surface de l'eau. Même ses petits petons étaient adorables.

Duncan était surpris de constater qu'en dépit de sa naïveté apparente, elle était très au fait de la situation politique. Ses paroles faisaient écho à la réponse de Grant lorsque Duncan l'avait sollicité.

— Votre père m'a tenu pratiquement les mêmes propos, mais il sera peut-être contraint de choisir son camp, qu'il le veuille ou non.

Et plus tôt qu'il ne le pensait. Le roi avait accordé une commission royale à Argyll, son second, afin qu'il marche sur Huntly avant la fin du mois.

— Vous êtes proche de votre père ? demanda Duncan.

— Sans doute plus qu'il n'est habituel pour un père et une fille, répondit Jeannie avec une moue ironique. Nous sommes tous très proches : mon père, mon frère, mes sœurs et moi. Les circonstances...

Elle s'interrompit et poussa un soupir.

— Disons simplement que l'union fait la force. Tous ensemble, il nous est plus facile de faire front.

Il savait qu'elle faisait allusion au passé scandaleux de sa mère. Ils n'en avaient jamais parlé. Ce n'était pas un sujet facile à aborder sur une piste de danse.

Elle s'exprimait sur un ton détaché, mais Duncan devina que ce n'était qu'une façade.

— Cela a dû être très difficile pour vous. Vous êtes l'aînée, n'est-ce pas ?

Elle acquiesça.

— Quel âge aviez-vous quand elle est partie ?

— Neuf ans.

Elle n'avait été qu'une enfant. Duncan ressentit soudain de la colère contre la femme qui avait abandonné sa progéniture avec une telle légèreté.

— Et vous avez dû prendre la place de votre mère, je suppose.

Jeannie haussa les épaules.

— Autant que j'ai pu, mais j'étais petite.

Elle n'avait visiblement pas envie d'en discuter.

— C'était il y a longtemps, reprit-elle. Je n'y pense pratiquement jamais.

Duncan en doutait. Il la soupçonnait d'y penser tous les jours.

— On ne se remet jamais de l'abandon d'un de ses parents, déclara-t-il.

Il fut le premier surpris de cet aveu involontaire. Il ne parlait jamais des circonstances de sa naissance, mais avec Jeannie... c'était différent. Il avait envie de partager avec elle des choses intimes. Il sentait qu'elle le comprendrait.

— Vous parlez en connaissance de cause, je présume ? demanda-t-elle.

Ce fut au tour de Duncan de faire une moue ironique.

— Peut-être, répondit-il.

— D'après ce que j'ai entendu, votre père a de quoi être fier. Vous vous êtes forgé une belle réputation. Il doit se réjouir d'avoir un tel fils.

Ce compliment le flatta, peut-être un peu trop.

— Je vois que vous vous êtes renseignée sur moi.

Elle rougit.

— Pas du tout !

Puis, constatant qu'il la taquinait à nouveau, elle sourit tout en marmonnant :

— Petit prétentieux.

Elle lança un caillou dans l'eau avant de demander :

— Si vous partez, cela veut dire que vous avez accompli votre mission ?

Il haussa les sourcils et elle précisa :

— Je suppose que c'est vous qu'on a chargé de convaincre mon père ?

Décidément, elle ne cessait de le surprendre par sa perspicacité.

— Je reste optimiste, et prudent.

— En d'autres termes, vous n'abandonnez pas.

Il se mit à rire.

— Vous feriez une bien mauvaise politicienne, vous êtes beaucoup trop directe.

Elle rit à son tour.

— C'est vrai. Mon père me dit toujours que je ne réfléchis pas assez avant de parler et que je ne suis pas obligée de dire tout ce qui me passe par la tête.

— Moi je trouve ça absolument charmant. Cela dit, vous avez raison au sujet de votre père. Il n'est pas convaincu, mais j'ai peut-être une autre proposition à lui faire. Un moyen de rendre notre alliance plus intéressante.

Jeannie se tourna vers lui. Le clair de lune illuminait ses traits délicats, la nimbant d'une aura éthérée. Elle était si jeune. Si pure. Avec ses cheveux mouillés retombant sur ses épaules, on aurait dit une néréide ou une sirène.

Il brûlait d'envie de la toucher, de sentir sa paume contre la courbe douce de sa joue, d'approcher son visage du sien et de poser ses lèvres sur les siennes. Il la désirait plus que tout ce qu'il avait désiré dans sa vie.

— Quel genre de proposition ? demanda-t-elle.

Il la regarda dans les yeux.

— Peut-être une alliance par mariage ?

Elle scruta son visage d'un air inquiet, comme si elle cherchait une faille.

— Que suggérez-vous ? insista-t-elle.

Il se sentit encouragé par l'excitation dans sa voix.

Il voulait lui dire ce qu'il avait sur le cœur : qu'il avait su dès le premier regard qu'elle était pour lui, qu'il n'avait encore rien ressenti de pareil, qu'elle avait apporté du rire et de la légèreté dans une existence qui n'avait été guidée jusque-là que par le devoir et l'ambition. Toutefois, les mots étaient le domaine du poète et du barde. Duncan était un homme d'action. Il lui montrerait ce qu'il ressentait, le lui prouverait pour le reste de sa vie si elle l'acceptait.

Il lui prit la main. Elle était si minuscule et si douce dans la sienne. Il était trop tôt, mais il demanda quand même :

— Épousez-moi.

Il cessa de respirer tandis qu'il attendait une réponse, un signe…

Sa vie tout entière semblait en équilibre au bord d'un gouffre, prête à dégringoler ou à prendre son essor selon la décision de la jeune femme.

4

Épousez-moi. Qui aurait cru que ces deux mots pouvaient être la source d'un tel bonheur ? La joie explosa en elle dans une cacophonie effervescente. Un sourire radieux illumina lentement son visage et ses yeux se remplirent de larmes.

— Oui, oui. Je vous épouserai.

Le regard qu'il lui adressa resterait à jamais gravé dans sa mémoire. L'espace d'un instant, il lui ouvrit son cœur, lui montrant toute la force de son amour.

Duncan Campbell n'était pas homme à lui chanter des ballades sentimentales ni à composer des odes à sa beauté, mais la profondeur de ses sentiments était d'une pureté simple et parfaite. Ce jeune et puissant guerrier l'aimait et, en lui, Jeannie avait trouvé un avenir solide : il ne la laisserait jamais tomber.

Il lui rendit son sourire, ses dents blanches luisant dans la pénombre. Regardant au fond de ses magnifiques yeux bleus, Jeannie ne s'était jamais sentie aussi heureuse.

Puis, comme si rien au monde n'était plus naturel, il se pencha vers elle et posa ses lèvres sur les siennes.

La soie douce de sa bouche, sa saveur subtile, la chaleur de son souffle : ce fut pour elle un déferlement de sensations. Le temps qu'elle comprenne ce qui lui arrivait, il s'écartait déjà.

Elle cligna des yeux, étourdie. Elle se sentait comme une enfant à qui on aurait offert un bonbon, pour le lui enlever à peine l'aurait-elle goûté.

Il devina ses pensées, posa une main sur sa joue et caressa du pouce sa lèvre inférieure.

— J'avais envie de t'embrasser depuis le premier instant où je t'ai vue.

— Encore, demanda-t-elle sans même réfléchir.

Les traits de Duncan devinrent graves. Un feu brûlait dans son regard. Il se pencha vers elle et l'embrassa à nouveau. Ses lèvres se firent plus pressantes cette fois, plus fermes, plus énergiques contre les siennes.

Les sens de Jeannie s'épanouirent telle une fleur au soleil. Elle devint consciente de tous les détails de Duncan : son goût riche et épicé, la chaleur qu'irradiait son corps puissant, le frottement rêche de son menton contre sa joue.

Ce baiser chaste lui fit l'effet d'une marque au fer rouge.

Elle n'avait encore jamais rien connu de semblable. Le courant entre eux était plus puissant que ce qu'elle avait imaginé. Rien ne lui avait jamais semblé aussi juste.

La passion déployait ses ailes en elle, provoquant une onde de chaleur et d'excitation.

Il commença à s'écarter à nouveau, mais elle émit un son de protestation, se penchant vers lui. Elle en voulait encore.

Il gémit et son baiser s'intensifia. Sa bouche était à la fois tendre et exigeante. Elle s'affaissa contre lui, son corps se dissolvant en une mare de chaleur liquide. Elle posa les mains sur ses épaules larges pour se stabiliser. Seigneur, qu'il était fort ! Elle revit en pensée ses muscles bandés quand il était sorti de l'eau. Sa chemise mouillée moulait son torse et ses bras, laissant voir le relief de son torse et de ses épaules sculptées dans le marbre.

Maintenant qu'elle le touchait, l'effet était encore plus saisissant. Ses longs muscles se tendirent sous ses doigts, comme s'il se contractait pour mieux se contrôler. Comme s'il se retenait. Elle aussi, elle était consciente du danger, mais elle était trop emportée par le tourbillon de sensations pour s'en préoccuper.

Suivant son exemple, elle l'embrassa à son tour, se pressant contre sa bouche, son buste, son corps. Elle aurait voulu se fondre en lui tout entière.

Il glissa un bras autour de sa taille et la cala plus fermement contre lui. Sa peau semblait grésiller à son contact. Ses seins étaient écrasés contre son torse, ses mamelons durcis s'enfonçant dans sa chair. Elle entendait les battements de son cœur. De savoir qu'elle avait un tel effet sur lui était enivrant.

Il lui caressa la joue, l'incitant doucement à entrouvrir la bouche. Un puissant frisson la parcourut quand il glissa sa langue entre ses lèvres, son goût chaud et épicé se répandant en elle.

Il passa une main dans ses cheveux mouillés, lui soutenant la nuque, la pressant contre lui pour resserrer leur étreinte.

Mon Dieu, l'émotion était incroyable ! Sa saveur, cette union, la sensation érotique de sa langue glissant contre la sienne.

Il exigeait une réponse et elle la lui donna. Elle s'enhardit, entremêla sa langue avec la sienne. Le désir s'enroulait en elle comme un serpent brûlant. Tout son corps vibrait, sensible et palpitant d'excitation.

Elle avait enfin trouvé sa juste place. Dans ses bras, blottie contre son torse chaud et protecteur, l'embrassant, le caressant.

C'était comme d'être emportée par un torrent puissant vers un océan de plaisirs inconnus. Elle ne pouvait penser à rien d'autre qu'à cette merveilleuse sensation.

Chacun de ses nerfs était à vif, dans l'attente de quelque chose qu'elle ne comprenait pas, mais que son corps appelait de toutes ses forces.

Duncan avait simplement voulu l'embrasser pour sceller leur accord. Il ne s'était pas attendu à un tel embrasement.

La réaction enthousiaste de Jeannie le prit de court. Elle n'imaginait pas l'effet que ses petits bruits de plaisir et ses trémoussements produisaient sur lui. Il lutta pour garder le contrôle de lui-même tandis qu'il se sentait entraîné dans un flux de désir plus puissant que tout ce qu'il avait connu jusqu'ici.

Jamais un baiser n'avait eu sur lui un tel effet. D'ailleurs, il ne se souvenait pas d'avoir été dans un tel état même durant un acte sexuel.

Il en voulait plus, enivré par le miel de sa bouche, le délicat parfum de sa peau et de sa chevelure, le moelleux de son corps contre le sien. Il voulait la dévorer, goûter chaque parcelle de son corps.

Enfonçant les doigts dans ses longs cheveux mouillés, il pressa ses lèvres contre les siennes, sa langue imitant le rythme primal de ce qu'il avait envie de lui faire. De ce qui commençait à devenir la seule issue possible.

Ils s'approchaient rapidement du point de non-retour. S'il ne s'arrêtait pas bientôt, il ne pourrait plus faire marche arrière.

Quand on joue avec le feu…

Il aurait dû s'arracher à elle, mais elle glissa les mains sur ses épaules, le serra contre elle, explora les muscles de ses bras et de son dos. Il se contracta instinctivement sous son toucher et son murmure d'appréciation enflamma une vanité masculine qu'il ignorait avoir. De savoir qu'elle était autant excitée par lui qu'il l'était par elle réveilla en lui un instinct primitif. Un besoin de la posséder jaillit en lui, puissant et ardent.

Elle poursuivit ses explorations innocentes, ses doigts glissant le long de sa boutonnière, suivant la forme de ses côtes, descendant le long des muscles durs de son ventre, s'approchant dangereusement du renflement de sa virilité. Il gémit et écarta sa main avant qu'elle n'aille plus loin.

Il était dur comme un roc, son sexe palpitant douloureusement contre son bas-ventre. Une caresse de trop et il aurait explosé comme un baril de poudre.

Il l'embrassa plus fort, plus profondément, ne pensant qu'à ses longs doigts doux autour de son membre brûlant. Le désir battait dans ses tempes, son pouls s'accélérant hors de tout contrôle.

Ressentant le besoin de la sentir sous lui, il l'allongea doucement sur le dos, la serrant dans ses bras afin de la protéger contre la froideur de la pierre. Il déposa des baisers sur sa joue, derrière son oreille, le long de la colonne lisse de sa gorge. Les pulsations effrénées de son cœur résonnaient comme les battements hypnotiques d'un tambour, le poussant en avant.

Touche-la. Prends-la. Fais-la tienne. La voix de la tentation étouffait tout le reste.

Il posa une main sur son sein et sentit la chair chaude et souple sous ses doigts. La fine chemise mouillée ne cachait rien de la perfection de sa superbe poitrine. Ses seins hauts et fermes étaient également doux et ronds. Et généreux, à en faire venir l'eau à la bouche. Ses mamelons étaient tendus comme deux petites perles roses. Elle gémit et se cambra instinctivement au contact de sa paume.

Elle le rendait fou en réagissant à son moindre contact. Elle compensait son manque d'expérience par l'instinct et l'ardeur. Ses gestes étaient purs et inconscients. Avec Jeannie dans son lit, il n'aurait plus jamais besoin, ni envie, d'une autre.

Ma femme. Il ne pouvait croire à sa chance.

Il embrassa le creux à la base de son cou tout en caressant son sein, laissant glisser son pouce sur la pointe dure et sensible de son mamelon.

Elle se tendit, attendant... non, implorant ses caresses.

S'il n'avait pas été aussi excité qu'elle, il aurait été amusé, mais il avait perdu l'assurance et le détachement dont il avait fait preuve lors de ses rencontres sexuelles précédentes. Tout comme Jeannie, il était emporté par le tourbillon des sens.

Néanmoins, il était encore maître de lui-même.

Il roula son mamelon entre son pouce et son index, le pinçant délicatement tandis que ses lèvres dévoraient la chair tendre et douce de son cou. Elle fondait pratiquement dans sa bouche. Son odeur et sa saveur l'enveloppaient, accaparant toutes ses pensées.

Le lacet qui retenait le col de la chemise de Jeannie s'était dénoué. Il déposa une ligne de baisers jusque dans la faille profonde entre ses seins avant d'y enfouir son visage, inhalant son odeur féminine.

Il glissa la langue sous le tissu et le long de la courbe d'un sein, le léchant lentement jusqu'à sa pointe dressée. Elle s'immobilisa, le souffle court. Il espérait presque qu'elle l'arrêterait, n'étant plus certain de pouvoir s'arrêter lui-même. Cependant, elle s'était totalement abandonnée à lui, ses réticences de jeune fille ayant cédé le pas à la curiosité et à sa sensualité naturelle. Il s'arrêterait, mais pas avant de lui avoir donné du plaisir.

Il passa la langue sur la peau froncée de son mamelon succulent avant de le pincer délicatement entre ses dents. Elle gémit avec une force qui résonna jusque dans son entrejambe. Il suça plus fort, aspirant son sein dans sa bouche avide. Elle se cambra contre lui, ses hanches se pressant contre son érection, menaçant de le faire exploser à tout instant. Il savait ce qu'elle voulait. Il glissa une main sous sa chemise, la remontant haut sur sa hanche. Il fit courir ses doigts rugueux sur la peau de satin, s'immisçant entre ses cuisses. Il allait trop vite, s'aventurant sur un terrain inconnu. Il ne s'agissait pas de l'acte physique, il avait suffisamment d'expérience en la matière, mais rien ne l'avait préparé à ce sentiment d'urgence, ce besoin indescriptible d'unir non seulement leurs corps, mais aussi leurs âmes.

À l'instar de Jeannie, il réagissait d'instinct et, pour le moment, il ne pensait qu'à lui procurer un plaisir comme elle n'en avait jamais connu.

Son index se promena sur son sexe. Elle était humide.

Elle retint son souffle, tout son corps se tendant comme un arc, en suspens entre le choc et l'anticipation.

Il ne lui laissa pas le temps de réfléchir. Il suça son sein plus avidement et enfonça son doigt en elle. Une moiteur chaude se referma sur lui.

Elle poussa un petit cri, ne pouvant plus retenir son plaisir.

Seigneur, savait-elle seulement à quel point elle était irrésistible, avec ses joues rougies, ses lèvres entrouvertes gonflées par ses baisers, ses yeux clairs voilés par le désir ?

Il la désirait plus qu'il n'avait jamais rien désiré, au point que, pour la première fois, il n'était pas certain de pouvoir se contrôler.

Jeannie pensa qu'elle aurait dû être choquée. Elle l'était, mais pas assez pour l'arrêter. Pas quand les sensations étaient si merveilleuses.

Elle savait ce qui se passait entre un homme et une femme. La vie dans un château grouillant de monde offrait de nombreuses leçons d'histoire naturelle, mais elle n'avait jamais pensé que les caresses d'un homme puissent procurer des sensations aussi intenses ni un plaisir aussi incomparable. Soudain, les gémissements et les grognements qu'elle avait souvent entendus au milieu de la nuit prenaient tout leur sens.

Elle n'avait jamais imaginé non plus le lien, le sentiment d'intimité, que pouvaient créer un baiser ou une caresse. Elle se sentait connectée à lui. Comme si elle faisait partie de lui, étant possédée et le possédant en même temps.

Lorsqu'il la tenait dans ses bras, l'embrassait, la touchait, elle avait l'impression que rien ne pouvait se mettre entre eux. Elle se sentait en sécurité, à l'abri... aimée. Il lui appartenait comme elle lui appartenait.

Naturellement, elle était consciente de ce qui était en train de se passer. Peu lui importait. Tous les efforts qu'elle avait faits jusqu'à ce jour pour préserver sa vertu lui paraissaient désormais dérisoires. Il allait devenir son mari. Chaque fibre de son corps lui criait que ce qu'ils étaient en train de faire était juste. Des gestes qui procuraient un tel plaisir ne pouvaient être mauvais. Tous ses scrupules s'envolaient en fumée dans le feu de l'instant.

La bouche de Duncan sur son sein avait provoqué des vagues successives d'un plaisir intense mais ce n'était rien comparé aux sensations déclenchées par sa main entre ses cuisses.

L'étrangeté et la surprise s'évanouirent rapidement tandis qu'une onde de chaleur se propageait autour de son doigt. Elle se sentait fondre et se liquéfier. Elle écarta les cuisses, s'ouvrant un peu plus, lui offrant son corps.

Elle était possédée par une puissance supérieure, comme s'il l'avait entraînée dans un lieu magique où plus rien n'avait d'importance hormis de s'abandonner aux sensations qui envahissaient son corps.

Il appuyait sa main sur son mont de Vénus tandis que son doigt décrivait de petits cercles en elle, la caressant, plongeant et ressortant jusqu'à ce que ses hanches se soulèvent d'elles-mêmes pour inviter ses explorations.

Elle frémit, ses cuisses emprisonnant sa main, l'appelant à augmenter la friction.

Elle s'agrippa à ses épaules, à son dos. Elle ne se contrôlait plus.

— Oh mon Dieu ! s'écria-t-elle.

Il libéra son sein et redressa la tête vers elle.

— Ne lutte pas, mon amour. Laisse venir.

Elle fit non de la tête. Il lui en fallait plus. Elle voulait qu'il partage son plaisir. Elle avait besoin de lui dans sa totalité. Son érection massive était brûlante contre sa cuisse.

— Je te veux, gémit-elle. Je t'en prie.

Elle sentit le changement s'opérer en lui, le moment où il perdait la maîtrise de lui-même.

Duncan savait ce qu'elle voulait.

La douce imploration de Jeannie eut raison de lui. Chaque muscle de son corps était bandé, à l'extrême limite de la retenue. Son cœur battait à tout rompre et il se sentait sur le point d'exploser.

Le moment où il aurait encore pu faire marche arrière était passé.

Sans même qu'il s'en rende compte, son sexe remplaça son doigt et il commença à la pénétrer. Ses mâchoires étaient crispées, les veines de son cou saillaient.

Elle était trop étroite et lui, trop massif, mais elle était prête pour lui et le voulait. Il glissa une main sur une de ses jambes et la cala contre sa hanche pour l'ouvrir un peu plus.

Il la regarda dans les yeux tandis qu'il s'enfonçait centimètre par centimètre en elle. Il n'avait encore jamais vécu un instant aussi intense. Seigneur, il l'aimait. Il l'aimait tant qu'il en avait presque peur.

Elle se referma sur lui tel un poing brûlant. Son front ruisselait de transpiration tandis qu'il résistait à l'envie de plonger en elle d'un seul coup. Elle aurait mal et il tenait à ce que l'expérience soit pour elle la plus agréable possible.

Lentement...

Il n'aurait jamais dû baisser les yeux. La vue de son membre s'enfonçant en elle manqua de lui faire perdre la raison. Il ne pouvait plus respirer, plus réfléchir.

Il la regarda à nouveau et gémit entre ses dents :

— Je suis désolé. Je t'aime tant !

Là-dessus, il déchira son hymen d'un coup de reins.

Jeannie crut que son cœur allait exploser.

— Moi aussi, je t'ai... commença-t-elle avant de pousser un cri étranglé.

Elle le regarda dans les yeux avec un air plus surpris qu'accusateur. La douleur vive et cuisante avait interrompu son plaisir et déclenché un début de panique. *Que suis-je en train de faire ?*

Il était entièrement en elle ; elle n'était plus vierge. Ce qu'ils venaient de faire ne pourrait jamais être défait.

Il la fixait, les mâchoires crispées, tous les muscles de son cou et de ses épaules contractés. Il était parfaitement immobile et semblait avoir cessé de respirer. À le voir ainsi, elle songea qu'elle n'était pas la seule à souffrir.

— Je suis navré, haleta-t-il. C'est assez douloureux la première fois. Je ne voulais pas te faire de mal, mais je n'ai pas pu...

Il s'interrompit et elle se rendit compte qu'il était gêné. Il paraissait toujours si sûr de lui qu'elle en oubliait qu'il n'était guère plus âgé qu'elle. Même s'il avait indubitablement plus d'expérience, elle trouvait réconfortant de constater qu'il avait été, lui aussi, dépassé par les événements.

— Ça va, répondit-elle faiblement.

Tout en disant cela, elle se rendit compte que la douleur s'était considérablement estompée. Elle avait enroulé ses jambes autour de sa taille et sentait tout son poids sur son bassin. Son désir se ranima. Il était en elle, la remplissait, épais et chaud.

Il se pencha et l'embrassa doucement sur les lèvres.

— Tu es sûre ? demanda-t-il.

Elle acquiesça et glissa les mains autour de son cou. Elle regarda dans le fond de ses beaux yeux bleus, luttant contre l'émotion qui lui nouait la gorge.

— Je t'aime, murmura-t-elle.

Un grand sourire illumina le visage de Duncan.

— Je t'aime aussi.

Quelle chance inouïe de s'être trouvés l'un l'autre si jeunes. Ils avaient toute la vie devant eux pour être heureux.

Il l'embrassa à nouveau, plus fougueusement cette fois, sa langue décrivant de longs mouvements charnels. Elle enfonça ses doigts dans la chair de ses épaules à mesure que leur baiser se faisait plus ardent. Elle le sentait dur et immense en elle. Anticipant le plaisir qu'il allait lui procurer, elle souleva les hanches vers lui. Un simple mouvement qui sembla le libérer car il émit un grognement et se mit aussitôt à bouger.

La sensation de son membre entrant et sortant en longues pulsations rythmiques souleva en elle des vagues successives de pure volupté. Elle sentit à nouveau la tension s'accumuler dans son bas-ventre, formant un nœud dense.

Son pouls s'accéléra, sa respiration se fit plus saccadée.

Il s'enfonçait de plus en plus profondément, plus puissamment, plus rapidement.

Soudain, elle cambra les reins et poussa un long cri tandis que la tension en elle se cristallisait, puis se désagrégeait. Son ventre se noua tandis que des spasmes de plaisir la parcouraient tout entière. Il la rejoignit, renversant sa tête en arrière et émettant un son de pure satisfaction masculine. Son corps se raidit puis trembla, agité par une décharge extatique qui la transperça et l'inonda de sa chaleur.

Après que la dernière vague de plaisir se fut dissipée, il se tint encore un moment au-dessus d'elle, la regardant dans les yeux.

— Je n'ai encore jamais rien ressenti de pareil.

— Vraiment ?

Il acquiesça, ses cheveux noirs retombant sur son front et lui donnant un air à la fois canaille et incroyablement jeune. Il roula sur le côté tout en gardant un bras autour de sa taille, la serrant contre son flanc. Elle sentit un courant frais entre ses cuisses et le vide laissé par son absence.

Ils restèrent silencieux un long moment, contemplant le tapis d'étoiles au-dessus d'eux. Elle avait du mal à comprendre ce qui venait de lui arriver. Un instant, ils s'embrassaient ; l'instant suivant ils faisaient l'amour. Les sentiments qu'il éveillait en elle étaient trop puissants pour qu'elle puisse les ignorer. Elle ne pouvait pas non plus feindre de regretter ce qui s'était passé. Duncan Campbell avait fait d'elle une femme. Il avait fait naître un aspect d'elle-même qu'elle n'avait jamais soupçonné, tout en lui faisant entrevoir le paradis.

Qui aurait imaginé que l'union d'un homme et d'une femme puisse être aussi magique ? Avec sa connaissance rudimentaire du devoir conjugal, elle avait trouvé le concept… étrange. Elle n'aurait jamais pensé que son corps désirerait autant celui d'un homme.

Elle n'avait pas prévu d'offrir sa virginité à Duncan cette nuit et reconnaissait qu'il aurait été plus prudent d'attendre qu'ils soient au moins officiellement fiancés. Cependant, elle n'avait aucun remords. Ils s'aimaient. Ils étaient destinés à être ensemble ; elle le savait au plus profond de son cœur.

Son euphorie fut légèrement tempérée par le long silence de Duncan. Il ne disait rien.

Elle lui lança un regard de biais. Il avait retrouvé son expression indéchiffrable et semblait perdu dans ses pensées. Elle devina que, comme elle, il réfléchissait aux implications de ce qui venait de se passer. Toutefois, contrairement à elle, il ne semblait pas heureux. Les soupçons de Jeannie se confirmèrent lorsqu'il prit enfin la parole :

— Je suis désolé, Jeannie. Quand je t'ai demandé de me retrouver ce soir, je te jure que ce n'était pas pour te séduire.

— Tu n'as pas à t'excuser. Je sais que tu ne m'as pas amenée ici dans cette intention, mais je ne regrette rien.

Il lui lança un regard sceptique.

— Ah non ?

— Nous allons nous marier, n'est-ce pas ? Je sais qu'il n'est pas rare que les couples prennent un peu d'avance sur leur nuit de noces.

Il sourit brièvement.

— Sans doute. Mais nos fiançailles ne sont pas acquises. Ton père risque d'avoir quelques objections.

À cause de sa naissance. Jeannie étudia son visage dans la pénombre. Hormis une certaine crispation autour de la bouche, il paraissait calme. Trop calme. Cette absence de réaction en disait long. Duncan faisait mine d'accorder peu d'importance à son statut de bâtard, mais pour la première fois, Jeannie se rendit compte qu'il en avait honte.

En réalité, elle le connaissait fort peu.

Elle chassa son trouble en se jurant de changer cette situation le plus rapidement possible. Elle voulait tout savoir sur lui.

— Je convaincrai mon père que tu es le seul homme qui me convienne.

Constatant que Duncan ne paraissait pas soulagé, elle ajouta :

— Ne t'inquiète pas. Mon père m'aime, il veut mon bonheur.

— J'espère que tu as raison. Le soutien de mon père nous sera également utile. Je lui parlerai dès mon retour. Avec de la chance, nous pourrons nous marier dès que les bans seront annoncés.

Il leva les yeux vers la lune.

— Je ferais bien de te raccompagner au château avant qu'on remarque ton absence.

Il se leva et l'aida à se hisser debout. Elle avait les jambes molles comme un poulain à peine né. Une fois qu'elle eut retrouvé son équilibre, elle avança vers le bord du rocher et se tourna vers lui.

— Le premier qui atteint l'autre rive a gagné !

— Marché conclu ! répondit-il.

Ils plongèrent ensemble dans l'eau noire et nagèrent vers l'autre côté du loch où ils avaient laissé leurs affaires.

Jeannie l'emporta haut la main.

Sur le chemin du retour vers le château, elle menaça de le mutiler grièvement s'il faisait à nouveau exprès de la laisser gagner. Maintenant qu'elle connaissait intimement son corps, elle saurait où frapper.

5

En dépit des paroles rassurantes de Jeannie, Duncan restait convaincu d'avoir commis une faute grave. En lui faisant l'amour, il avait manqué à tous ses devoirs.

Il en assumait toute la responsabilité. Il avait plus d'expérience qu'elle.

Rien de ce genre ne lui était encore arrivé. Il n'avait jamais perdu à ce point le contrôle de lui-même. Certes, ce n'était pas la première fois qu'il désirait une femme mais ce qu'elle éveillait en lui allait bien au-delà du simple désir. Il n'avait pas uniquement voulu son corps, mais elle tout entière.

Toutefois, l'amour n'était pas une excuse.

Lui prendre sa virginité était indigne. C'était une tache qui ne s'effacerait que lorsqu'ils seraient mariés.

Il avait joué avec le feu et les avait brûlés tous les deux. Il priait pour que cette erreur ne soit pas irréparable.

Il restait à espérer qu'elle ne se trompait pas au sujet de Grant.

Au moins, il pouvait compter sur le soutien de son propre père. Seule cette certitude parvenait à atténuer son appréhension.

Il avait dû prendre congé de Jeannie devant tout le monde, un adieu frustrant car il n'avait pas pu lui dire la moitié de ce qu'il aurait voulu. Pressé de parler à son père afin qu'il accomplisse les démarches nécessaires auprès de celui de Jeannie, il galopa ventre à terre vers Knapdale et Castlewene. Il mit moins de deux jours à parcourir un trajet qui en prenait normalement plus de trois, voyageant par terre et par mer.

Il trouva son père dans le bureau du laird, une petite antichambre attenante à la grande salle.

Il était plongé dans une profonde discussion avec quelques-uns de ses gardes *luch-taighe*. Dès qu'il aperçut Duncan, il les congédia.

Le chef des Campbell d'Auchinbreck se leva de son siège derrière la grande table et saisit son avant-bras des deux mains. Duncan en fit de même, dans ce salut viril traditionnel qui était à mi-chemin entre une poignée de main et une étreinte.

Duncan regarda droit dans ces yeux aussi bleus que les siens. Bien qu'il fasse la même taille que son père, ce dernier avait une bonne dizaine de kilos de muscles en plus, durement gagnés dans le feu des combats. Il avait un visage buriné et marqué de nombreuses cicatrices. Âgé d'une quarantaine d'années, ses cheveux châtain clair commençaient à grisonner aux tempes.

Son expression impavide ne laissait rien deviner de ses pensées, mais Duncan avait surpris la petite lueur dans son regard quand il l'avait aperçu. Son père ne pouvait jamais complètement masquer le plaisir qu'il avait de retrouver son fils préféré.

Une fois les salutations d'usage échangées, Auchinbreck se rassit tandis que Duncan restait debout de l'autre côté de l'énorme table en chêne sculpté. Faisant plus de trois mètres de long sur un mètre de large, elle occupait presque toute la pièce.

Le chef qui lui ressemblait tant l'étudia un moment avant de déclarer :

— Grant n'a pas été convaincu, hein ?

Duncan se raidit. Son père avait-il envoyé un autre émissaire à la cour ? Colin était parti depuis plus d'une semaine et donc l'information ne pouvait venir de lui. Son père avait-il pensé qu'il ne serait pas à la hauteur de sa mission ? Sa fierté en prit un coup.

— On vous a déjà fait un rapport ?

Le laird avait deviné ses pensées.

— Non, répondit-il. Je te connais trop bien. Je l'ai compris à ta nervosité dès que je t'ai vu entrer.

Il avait raison, même s'il se trompait sur les raisons. Duncan était presque certain que Grant finirait par se rallier au roi. Quelque chose lui avait fait changer d'avis le jour de son départ de Stirling Castle. Il était nettement moins sûr qu'il accepterait de lui donner la main de sa fille.

— Grant était d'abord réticent, mais je crois qu'on peut encore le convaincre. Le roi lui a clairement fait savoir qu'il attendait son soutien.

— Il a donc le choix entre s'attirer la colère de son souverain ou celle de son seigneur.

— Exactement. En outre, il est bien obligé de tenir compte du roi maintenant qu'il est admis qu'il sera probablement désigné comme successeur au trône d'Angleterre. Il aura bientôt toute la flotte anglaise à sa disposition. En le défiant, Grant courrait un grand risque.

Duncan fronça les sourcils avant d'ajouter :

— Même si, il y a encore quelques jours, il semblait à deux doigts de le faire.

Cette remarque sembla faire plaisir à son père.

— Ah, c'est qu'il a dû recevoir ma missive.

— Votre missive ? répéta Duncan sur un ton faussement détaché.

— Oui, en rentrant de Stirling Castle, Colin m'a fait une suggestion qui m'a paru très bonne. Elle est sans doute pour quelque chose dans le changement d'attitude de Grant.

Colin ? Duncan était perplexe. Que venait faire son frère dans cette histoire ? Son père le dévisageait attentivement.

— Ce sont là de bonnes nouvelles. Pourquoi fais-tu cette tête ?

Duncan croisa les mains dans son dos, essayant de calmer le fourmillement dans ses membres. Il ne se souvenait pas d'avoir été aussi nerveux. Il ne savait pas par où commencer.

— Moi aussi, j'ai une proposition qui pourrait consolider l'alliance entre Grant et notre clan.

Il s'interrompit et attendit.

— Je t'écoute, l'encouragea son père.

Il prit une profonde inspiration.

— J'ai demandé à Jean Grant, sa fille aînée, de m'épouser. Elle a accepté.

Les traits de son père se décomposèrent. Il paraissait profondément choqué. Avant qu'il ne puisse parler, Duncan reprit :

— Je sais qu'il risque d'y avoir des objections, c'est pourquoi j'ai besoin de votre aide pour persuader Grant de l'avantage de notre alliance.

Son père secoua la tête.

— C'est impossible.

Sa réponse était tellement inattendue qu'il fallut quelques instants à Duncan pour comprendre. Il se raidit.

— Je ne comprends pas. La jeune fille m'a donné son consentement.

Duncan n'avait encore jamais vu son père l'air aussi embarrassé. Son expression habituellement indéchiffrable était soudain très expressive. Il était à la fois stupéfait et furieux.

— Que la fille ait donné son consentement ou pas n'y changera rien, répondit-il sèchement. D'autres arrangements ont été faits.

— Quels autres arrangements ?

— La missive dont je viens de te parler. J'y demande la main de la fille de Grant pour ton frère.

Duncan sentit son sang se figer.

— Colin ?

Son père acquiesça, ajoutant :

— Il est très épris d'elle.

— Comment est-ce possible ? Ils ont à peine échangé deux mots.

— Deux mots ou cent, l'offre a été faite et ne peut être retirée.

Duncan n'en croyait pas ses oreilles.

— Mais tant que Grant n'a pas accepté…

— Peu importe. Tu comprends sûrement pourquoi on ne peut plus modifier la proposition à présent.

Duncan crut sa poitrine sur le point d'exploser. Oui, il ne comprenait que trop bien. Remplacer l'héritier par un bâtard serait perçu comme un affront.

Pour la première fois, il sentit monter en lui ce qu'il ne pouvait qualifier que comme du ressentiment. Il serra les poings. Il ne se laisserait pas faire. Il ne pouvait pas renoncer, pas à Jeannie. L'idée de son propre frère marié à la femme qu'il aimait…

— Trouve-toi une autre épouse, lui dit son père sur un ton plus doux.

Duncan secoua la tête d'un air entêté. Il devait faire comprendre la situation à son père.

— Il n'y aura pas d'autre épouse. Je l'aime.

La lueur de compassion dans le regard de son père ne lui fut d'aucun réconfort.

— Je suis navré. Je ne peux rien y faire.

Duncan ne s'était pas attendu à une telle réaction de sa part. Il avait toujours pu compter sur le soutien de son père. Toujours.

— Vous ne pouvez pas me faire ça.

— C'est déjà fait.

— Vous ne comprenez pas…

Tout à coup, son père comprit. La colère étouffa aussitôt sa commisération. Il bondit sur ses pieds, se pencha au-dessus de la table et attrapa Duncan par le collet de son pourpoint en cuir. Son regard était soudain glacial.

— Qu'as-tu fait, malheureux ?

Duncan se libéra. Il n'était plus un gamin qui se soumettait sans broncher aux réprimandes de son père. Il n'était pas fier de sa conduite mais considérait ne pas avoir à se justifier. Regardant son père dans les yeux, il répondit froidement :

— Rien de plus que ce qui est naturel entre deux personnes qui s'aiment et comptent se marier.

Son père lui lança un regard où la déception rivalisait avec le dégoût.

— Comment as-tu pu ? Tu réfléchis avec ce qui te pend entre les jambes plutôt qu'avec ta tête !

— Ce n'était pas comme ça, se défendit Duncan.

Pourtant, il devait reconnaître que son père n'avait pas tort sur ce point.

Le laird frappa sur la table d'un coup de poing qui résonna dans toute la pièce.

— Appelle ça comme tu voudras, cela ne change rien au fait que tu as mis en péril tout ce pour quoi nous avons œuvré. Je t'ai confié une mission importante et c'est ainsi que tu me remercies de ma confiance ? Tu t'imagines que Grant nous rejoindra quand il apprendra que tu as séduit sa fille ? Le roi compte sur son soutien et si nous perdons la guerre contre Huntly à cause de tes égarements, il te tiendra responsable de notre échec. Tu t'es déshonoré et tu as discrédité notre famille par la même occasion.

Il marqua un temps d'arrêt avant de lancer sur un ton hautain :

— Tu vises au-dessus de tes moyens, mon garçon.

Duncan tressaillit. La personne qu'il estimait le plus au monde venait de lui planter un couteau dans le dos.

Bâtard, corniaud, fils de catin, demi-sang. Il n'avait jamais été atteint par toutes ces épithètes dont on l'avait affublé au fil des ans parce que son père ne le considérait pas ainsi.

Il se trompait.

La rage lui brûlait les yeux. Il lutta pour refouler sa fureur. Il devait apprendre à ne compter que sur lui-même. Il se répéta que cela n'avait pas d'importance mais cela n'atténuait pas la douleur d'entendre son père lui lancer aussi brutalement au visage la honte de sa naissance.

Duncan redressa le dos, faisant appel à toute l'opiniâtreté de sa fierté de Highlander. Son père ne saurait jamais à quel point il l'avait blessé.

— Vous n'avez pas besoin de me rappeler les circonstances de ma naissance. Je suis parfaitement conscient de n'être qu'un bâtard. Cela n'avait pas d'importance pour la femme que j'espérais épouser, et je n'aurais jamais pensé que cela en avait pour l'homme qui m'a fait tel que je suis.

En voyant son père tiquer, il sut qu'il avait frappé au bon endroit. Sous sa colère, il sentit une pointe de tristesse. Il ne considérerait plus jamais son père comme un allié, son défenseur. Il s'était fait des illusions en le croyant de son côté.

Ce qui était resté non dit depuis son enfance venait d'être prononcé. Plus rien ne serait jamais pareil entre eux. Il n'était pas l'égal de ses frères et sœur. Il était leur inférieur et il en serait toujours ainsi.

Il tourna les talons et sortit.

Frenchie Castle, Moray, deux semaines plus tard

Jeannie pouvait à peine contenir son excitation en se dirigeant vers la grande salle pour accueillir leurs « invités » inattendus.

Son cœur battait comme les ailes d'un papillon. Duncan était chez eux.

Après deux semaines interminables, elle allait enfin le revoir.

Elle sourit à Colin Campbell et le remercia de son compliment. Oui, son père était très fier du *cuirm* de leur château. Colin ressemblait vaguement à son frère aîné, mais il ne possédait pas son autorité naturelle. Âgé de dix-huit ans, soit ayant à peine quelques années de moins que Duncan, il faisait gamin à ses côtés.

Elle répondit de son mieux à ses questions sur leurs techniques de brassage, se retenant de regarder par-dessus son épaule toutes les deux secondes pour tenter d'apercevoir Duncan lorsqu'il sortirait du bureau du laird où il était enfermé avec son père, le chef des Campbell d'Auchinbreck et le jeune comte d'Argyll.

Les guerriers Campbell étaient arrivés en masse, se faisant annoncer à la dernière minute. Ils ne demandaient pas simplement l'hospitalité ; ils étaient surtout venus pour tenter d'enrôler son père et le clan des Grant.

La guerre contre Huntly paraissait désormais inévitable. Elle ne pouvait s'empêcher de trembler à l'idée de Duncan marchant à la bataille. S'il lui arrivait quelque chose…

Elle repoussa cette idée macabre. Penser à la mort portait malheur.

Néanmoins, elle prenait conscience de ce qui l'attendait en tant qu'épouse d'un guerrier.

Elle avait été surprise que Duncan n'ait pas tenté de la voir et se soit immédiatement rendu dans le bureau du laird avec son père et leurs gardes. Elle avait espéré qu'il lui donnerait un peu de courage avant que la question de leur mariage soit abordée avec son père. Il ne lui avait même pas jeté un coup d'œil.

Elle savait que son père ne se laisserait pas convaincre facilement, mais elle avait pleine confiance en

Duncan. Il se battrait pour elle, elle en était sûre. Son père ne pourrait manquer de voir l'homme merveilleux qu'il était.

Toutefois, elle était inquiète. Elle essuya ses mains moites sur sa jupe. Son père s'était montré si distrait ces derniers temps, mal à l'aise. De mystérieux cavaliers arrivaient et repartaient au milieu de la nuit. Ce n'était peut-être pas le moment idéal...

Elle sursauta en se rendant compte que Colin la regardait fixement. Il avait dû lui poser une question.

— Je vous demande pardon ?

— Je vous demandais si vous aimiez la chasse ?

Elle acquiesça.

— Oui, beaucoup. Malheureusement, je manque terriblement d'entraînement au tir à l'arc.

— Je serais ravi de vous aider à retrouver toute votre dextérité.

Elle se mit à rire.

— J'ai bien peur de n'avoir jamais été très douée dans cette discipline. Êtes-vous un archer hors pair, vous aussi ?

Il arqua un sourcil surpris.

— Moi aussi ?

L'espace d'un instant, son expression lui rappela tellement Duncan qu'elle fut prise de court.

— Je... j'ai entendu dire que votre frère était un excellent archer.

Elle balbutiait et ses joues rouges étaient beaucoup trop révélatrices.

Il la regarda étrangement, puis esquissa un sourire ironique.

— Il existe peu de domaines dans lesquels mon frère n'excelle pas.

Il avait parlé sur un ton détaché, mais Jeannie remarqua que son regard s'était brusquement durci et se demanda ce qui se cachait derrière cette observation. Ce devait être difficile d'avoir un frère aussi accompli que Duncan : il plaçait la barre haut. Elle jugea plus prudent de changer de sujet. Il était trop difficile de feindre de ne pas être intéressée.

— Vous avez plus d'un frère, il me semble.

— En effet. Jamie est aujourd'hui au service de notre cousin Argyll à Inveraray. J'ai également une jeune sœur, Elizabeth. Elle a pris ses quartiers à Inveraray avec la comtesse pendant notre absence.

Il la dévisageait avec une telle intensité qu'elle se passa inconsciemment une main sur le visage, au cas où il lui resterait autour des lèvres des miettes du gâteau qu'elle avait chapardé dans les cuisines.

— J'espère que j'aurai bientôt le plaisir de vous emmener à la chasse, reprit-il. J'aimerais faire plus ample connaissance avec vous.

— Moi de même, répondit-elle aimablement.

Elle n'en dit pas plus car, au même instant, Duncan entra dans la salle.

Elle se tourna instinctivement vers lui, cherchant cette connexion à laquelle elle s'était habituée.

Le regard qui croisa le sien n'était en rien ce à quoi elle s'attendait. Il était dur, noir et rempli d'une émotion qu'elle ne lui avait jamais vue… de la rage.

Duncan ne savait plus quelle attitude adopter. Les deux dernières semaines avaient été les plus pénibles de son existence. Son devoir exigeait qu'il s'efface devant son frère, du moins jusqu'à ce qu'ils aient remporté la bataille contre Huntly. Toutefois, il ne pouvait s'y résoudre. Jeannie était à lui et il la voulait. Il n'en avait jamais voulu à Colin pour son statut d'héritier et de *tanaiste*, jusqu'à ce jour.

Quand il entra dans la grande salle et aperçut son frère et Jeannie ensemble, il fut envahi par une série d'émotions qui n'avaient rien de nobles : de la colère, de la rancœur, et même de la jalousie.

Il préférait être maudit plutôt que de céder sa place. Pas cette fois. Pas avec Jeannie. Cela prendrait le temps qu'il faudrait, mais, quoi qu'il advienne, elle serait sa femme.

Il sentit la présence de son père à ses côtés. Ce dernier lui glissa :

— Prends garde, mon garçon. Tes émotions se lisent sur ton visage. Nous avons ce que nous sommes venus chercher. Ne fais rien qui puisse inciter Grant à changer d'avis.

Non seulement Grant avait accepté de marcher à leurs côtés sur Strathbogie Castle pour combattre Huntly, mais également de réfléchir à la demande de Colin. Duncan avait dû faire un effort surhumain pour rester assis sans rien dire pendant qu'on négociait âprement le mariage entre son frère et la femme qu'il aimait.

Néanmoins, de les voir ensemble... son sang-froid avait des limites. Il avait l'impression qu'on lui avait planté un fer rouge entre les omoplates. L'espace d'un instant, en voyant Jeannie sourire à son frère, il se demanda si elle était aussi réticente à ce mariage qu'il l'aurait souhaité.

Son frère était le futur laird, et lui un bâtard. Le fils préféré, peut-être, mais pour combien de temps encore s'il défiait son père ? En épousant Jeannie contre vents et marées, il mettrait en péril sa position auprès de son père et de son cousin... tout ce qu'il avait tant lutté pour obtenir.

Duncan ne répondit pas à son père. Il s'efforça d'arracher son regard de Jeannie et de maîtriser la colère qui bouillonnait en lui. Il valait mieux qu'il l'évite jusqu'à ce qu'ils aient une occasion de discuter seul à seule. Compte tenu de la situation, cela ne risquait pas d'arriver de sitôt.

La grande salle de Freuchie Castle, la forteresse du clan des Grant, avait été préparée pour un banquet spectaculaire. L'immense pièce, avec ses hauts plafonds et ses tapisseries colorées, brillait de mille feux.

Sur l'épais manteau de la cheminée en bois était posé le célèbre crâne de Comyn : un trophée macabre conservé en mémoire d'un amour malheureux entre un Comyn et une Grant quelques siècles plus tôt. Selon la légende, le jour où les Grant perdraient ce crâne, ils perdraient également leurs terres de Strathspey.

Duncan tourna à nouveau son attention sur le festin qu'on leur avait préparé. De grands plats de gibier rôti et de tubercules cuits avaient été disposés sur des tables joyeusement décorées, aux côtés de dames-jeannes de vin rouge et de brocs contenant le fameux *cuirm* brassé au château.

Compte tenu de leur arrivée inopinée, c'était une prouesse remarquable. Il savait qui en était responsable. Il aurait dû être ravi de constater que la femme qu'il comptait épouser était une maîtresse de maison accomplie, mais cela ne le fit que l'enrager un peu plus, lui rappelant tout ce qu'il ne serait probablement pas en mesure de lui offrir.

Il n'était pas le seul à apprécier ses efforts. Le chef des Grant contemplait sa fille aînée le visage rayonnant de fierté. Jeannie croisa son regard et lui sourit. Ses joues rosirent de plaisir devant ses éloges tacites.

Ce bref échange troubla Duncan. Grant était connu pour être un guerrier dur et bourru, mais sa fille et lui semblaient très proches. Jeannie serait-elle capable de défier son père et de s'enfuir avec lui si nécessaire ?

Les Campbell prirent place à la table d'honneur. Duncan était assis à une extrémité et il ne lui échappa pas que Colin avait été placé à côté de Jeannie.

Il remplit sa chope de bière à ras bord et passa les deux heures suivantes à boire plus que de coutume. Toutefois, même les vapeurs abrutissantes de l'alcool ne parvinrent pas à émousser sa mauvaise humeur.

À un moment, il lança un regard vers Jeannie et constata qu'elle le fixait. Il détourna rapidement les yeux mais pas avant d'avoir lu la confusion et la peine sur ses traits.

Elle ne comprenait pas sa colère ni pourquoi il l'évitait. Cependant, les remords qu'il aurait pu avoir furent étouffés quelques minutes plus tard quand il entendit son rire cristallin à l'autre bout de la table.

Sa rage menaçait de l'étouffer. Il n'avait pas besoin de regarder vers elle pour savoir qui la faisait rire ainsi. Il serra les mâchoires et remplit à nouveau sa chope.

Il ne me regarde même pas.

Jeannie tenta de refouler la panique qui montait en elle mais, à mesure que la soirée se déroulait, elle dut se rendre à l'évidence : quelque chose n'allait pas, pas du tout.

Duncan n'avait pas abordé le sujet de leur mariage avec son père ; elle en était certaine. Ce dernier était de trop bonne humeur.

Duncan avait-il changé d'avis ? Ne voulait-il plus l'épouser ?

Non. Elle ne pouvait le croire. Il devait y avoir une autre raison.

Je devrais aller lui parler. Peut-être ne se rendait-il pas compte…

Elle fit quelques pas vers lui et s'arrêta. Elle était en train de se ridiculiser en essayant d'attirer son attention et en lui courant après. Elle aussi, elle avait sa dignité.

Tout au long du repas, elle n'avait pu s'empêcher de regarder dans sa direction, espérant qu'il lui donnerait un signe, qu'il la rassure un tant soit peu.

Regarde-moi. Je t'en prie, regarde-moi.

Elle avait été amèrement déçue.

La seule fois où leurs regards s'étaient croisés, il avait brusquement tourné la tête. Pour Jeannie, ce fut comme une gifle.

Il se comportait comme un inconnu. Comme s'il ne l'avait jamais tenue dans ses bras ni uni son corps au sien. Comme s'il ne lui avait jamais dit : « Je t'aime. »

Elle avait entendu parler de l'infortune d'autres filles à la cour ayant commis l'erreur fatale de succomber à un beau garçon, à des propos galants et à la promesse d'un mariage. Toutes avaient été déshonorées. Mais ce qu'il y avait entre Duncan et elle était différent… ou pas ?

Elle avait le ventre noué et sentait la nausée lui monter dans la gorge.

Cela ne pouvait être en train d'arriver.

En dépit de l'étau qui se resserrait autour de son cœur, elle fit de son mieux pour se montrer aimable avec leurs convives. Elle avait été surprise de voir Colin placé à sa droite au lieu du comte d'Argyll, comme le voulait le protocole. Néanmoins, le frère de Duncan était un voisin de table amusant, beaucoup plus que ne l'aurait été son sinistre cousin. Hélas, il ne pouvait remplacer l'homme qu'elle aurait voulu à ses côtés.

Après le repas, les tables furent démontées pour faire place aux danseurs. Elle attendit anxieusement, espérant que Duncan viendrait la chercher, mais ce fut Colin qui l'invita à danser. Après un dernier regard vers Duncan, qui semblait occupé à engloutir d'impressionnantes quantités de *cuirm*, elle suivit Colin sur la piste de danse.

— Tout va bien ? lui demanda-t-il.

Jeannie releva les yeux vers lui et s'efforça de sourire.

— Oui, je vous remercie. Pardonnez-moi si je parais un peu distraite. La journée a été longue et mouvementée.

— Vous vous en êtes magnifiquement sortie. Votre père doit être fier de vous.

Avec un petit sourire, il ajouta :

— Il aura du mal à se passer de vous quand vous partirez.

Jeannie releva des yeux surpris vers lui. Était-il au courant pour Duncan et elle ? Pourtant, son regard paraissait sans malice. Elle en déduisit qu'il n'avait fait qu'une remarque d'ordre général. Heureusement, les figures de la contredanse la dispensèrent de répondre.

Elle adorait danser mais même les sauts guillerets du *reel* écossais et les accords joyeux des cornemuses ne purent lui mettre du baume au cœur. Alors que retentissaient les dernières notes, elle aperçut Duncan quittant la grande salle. Elle marmotta une brève excuse à Colin et se faufila dans la foule bruyante pour le suivre à l'extérieur. Le besoin de lui parler était plus fort que son orgueil.

Le déjeuner s'était étiré jusqu'aux premières heures du soir et le soleil commençait à disparaître quand elle sortit sur le perron. Elle dévala les marches en bois et s'arrêta au pied de l'escalier, le cherchant du regard. La cour était déserte. Tous les hommes participaient au banquet et il ne restait que quelques gardes montant la garde devant le portail.

Freuchie Castle était un grand donjon en forme de Z, entouré d'une vaste et haute enceinte fortifiée. Le mur du sud était bordé de communs en bois qui incluaient les étables et les logements des gardes. Elle décida qu'il avait dû s'y réfugier et traversa la cour dans cette direction.

La grande porte s'ouvrit en grinçant et elle entra.

Il faisait sombre et il fallut quelques instants pour que ses yeux s'accoutument à l'obscurité. Quand elle le distingua enfin, il était assis sur une paillasse, adossé au mur. Une bonbonne était posée à ses côtés. Elle ne l'avait jamais vu boire autant. Il semblait avoir décidé de se saouler.

Il tourna la tête vers elle et ils se dévisagèrent un long moment. Il finit son gobelet d'un trait et se leva.

— Tu ne devrais pas être ici, déclara-t-il.

Elle refusa de se laisser intimider par son ton bourru et répliqua :

— Toi non plus. Le banquet ne te plaît pas ?

Ses yeux bleus brûlaient d'une intensité inquiétante. La colère qu'elle avait perçue un peu plus tôt s'était encore accrue. Le sang-froid qu'elle admirait tant chez lui avait cédé le pas à une irascibilité explosive.

— Pas autant qu'à toi.

Son ton était acerbe et corrosif. Elle ne comprenait pas de quoi il l'accusait.

— Que veux-tu dire ?

— Rien, répondit-il entre ses dents. Retournez auprès de vos convives, ma dame.

Ma dame ? Elle avança vers lui d'un pas hésitant. Où était l'homme qu'elle avait connu à la cour ? Celui auquel elle avait donné son cœur... et son corps ? Les larmes lui montèrent aux yeux et une boule dure se forma dans sa gorge.

— Duncan, que se passe-t-il ? Pourquoi me traites-tu ainsi ? Ai-je fait quelque chose de mal ?

Il baissa les yeux vers elle et, soudain, toute la rage accumulée en lui fondit comme neige au soleil. Ses traits s'adoucirent et elle sentit l'étau autour de son cœur se desserrer. Elle était de nouveau face à l'homme dont elle était amoureuse.

— Non, mon cœur, répondit-il. Tu n'as rien fait de mal.

— Alors que se passe-t-il ? Cela ne s'est pas bien passé avec ton père ?

Il laissa échapper un grognement de dépit.

— C'est le moins qu'on puisse dire !

Il était blessé et, d'instinct, elle voulut apaiser sa douleur. Elle posa une main sur son bras.

— Explique-moi.

Il la dévisagea en silence un moment puis, d'une voix monocorde, lui raconta comment son père avait refusé de les aider et avait demandé sa main pour Colin.

Elle recula d'un pas, abasourdie.

— C'est impossible. Mon père n'aurait jamais accepté un tel mariage sans m'en parler au préalable.

Tout en le disant, un doute l'envahit.

— Rien n'a encore été formellement convenu, répondit-il. Ton père attend sans doute le bon moment pour t'informer.

— Lorsqu'il le fera, je lui dirai que c'est impossible. Que j'en aime un autre.

Il l'observait attentivement.

— Tu es vraiment sûre que c'est ce que tu veux ?

— Bien sûr, comment peux-tu croire que…

Elle s'interrompit et le regarda d'un air suspicieux avant de reprendre :

— Que croyais-tu au juste, Duncan Campbell ?

Il haussa les épaules, cherchant à faire l'indifférent, mais elle remarqua la raideur de son geste.

— Colin sera laird, répondit-il simplement.

Était-ce là la raison de sa colère ? Elle secoua la tête, incrédule.

— Tu es jaloux !

Il croisa les bras sur son torse, se redressant avec toute la fierté d'un guerrier des Highlands.

— Pas du tout.

Elle fut momentanément distraite par le spectacle de ses avant-bras noués de muscles mais se reprit aussitôt.

— Comment as-tu pu imaginer un instant que j'envisagerais d'en épouser un autre que toi ?

— Tu ne comprends donc pas, Jeannie ? Sans le soutien de ma famille, je ne pourrais compter que sur mon épée pour vivre.

Et tout ce pour quoi il avait tant travaillé serait perdu. C'était un coup dur pour un jeune homme ambitieux comme lui. Elle sentit son cœur se serrer. Regrettait-il les promesses qu'il lui avait faites ? Elle inspira profondément. Quel que soit le prix à payer, elle ne l'obligerait pas à l'épouser.

— Tu veux toujours que je sois ta femme ?

Il parut choqué par sa question.

— Bien entendu.

— Même si cela implique de mettre en jeu ta position auprès de ton père et de ton cousin ?

Duncan tiqua comme si cette simple suggestion était une offense à son honneur.

— Je sais parfaitement ce que je risque. Je t'aime et, pour toi, je traverserais les feux de l'enfer.

La conviction et l'intensité de sa voix dissipèrent tous les doutes de Jeannie. Elle sourit à travers ses larmes. C'était la plus belle chose qu'on lui avait jamais dite.

— Ne peux-tu pas me faire l'honneur de croire pareillement à ma sincérité ? Je n'épouserais pas ton frère s'il était le roi lui-même. Je ne veux que toi.

Son pouls s'accéléra devant la portée de ce qu'elle s'apprêtait à dire. Elle n'avait jamais imaginé se retrouver un jour dans une telle situation. Elle pensa à sa mère, aux ravages qu'elle avait laissés dans son sillage. Mais cette fois, c'était différent. Elle n'abandonnait pas un mari et des enfants. Son père serait blessé, certes. Son frère et ses sœurs seraient déçues…

Tant pis. Quoi qu'il advienne, elle écouterait son cœur.

— Je t'épouserai même si nous devons nous passer du consentement de nos familles.

Il la fixait gravement, comprenant ce que cela lui coûtait. Elle lut un immense soulagement dans son regard. Il l'attira à elle et la serra dans ses bras comme s'il ne voulait plus jamais la lâcher. Elle leva le visage vers lui et il l'embrassa. Ce fut un baiser tendre et poignant qui remplit son cœur de bonheur et de chaleur.

Il lui prit le menton et la regarda dans le fond des yeux.

— J'espère que nous n'en viendrons pas là. Quand nous aurons remporté la guerre contre Huntly, je trouverai le moyen de convaincre mon père de nous soutenir.

Jeannie acquiesça, voulant de tout son cœur croire que c'était encore possible, tout en redoutant ce qu'il adviendrait dans le cas contraire. Elle ne pouvait se défaire du sentiment d'une catastrophe imminente.

— Mais si tout ne se passe pas comme tu le souhaites ? demanda-t-elle. Pourquoi ne pas nous enfuir tout de suite ?

Les traits de Duncan se rembrunirent.

— Tu voudrais que j'abandonne les hommes de mon clan à l'aube d'une bataille ? Je reste leur capitaine jusqu'à ce que mon père en décide autrement.

Elle grimaça en entendant le reproche dans sa voix. Naturellement, il ne déserterait jamais son poste. Il accomplirait son devoir non seulement parce qu'il le fallait mais parce qu'il était avant tout un guerrier. Un meneur d'hommes. Elle l'avait compris dès le premier instant de leur rencontre ; c'était l'un des traits qui l'avaient attirée vers lui. Il ne serait pas l'homme qu'elle aimait s'il agissait différemment, même si elle priait avec toute son âme pour qu'il ne lui arrive rien.

Elle pressa sa joue contre sa poitrine, puisant un réconfort dans les battements réguliers de son cœur. Jamais elle n'oublierait son odeur : propre et fraîche telle une brise marine.

— Je ne veux pas que tu t'en ailles.

Il lui caressa les cheveux comme s'il consolait une enfant.

— Je sais.

Elle leva les yeux vers lui.

— Ce sera dangereux, insista-t-elle.

— Oui.

— Et si tu es blessé ?

Il sourit légèrement.

— Je guérirai.

— Mais si tu…

Il l'interrompit d'un regard. Il avait raison, elle ne devait pas penser à ce genre de choses.

— Je reviendrai te chercher, mon amour. Tu ne dois jamais en douter.

Elle n'en doutait plus. Une lueur de malice illumina ses yeux.

— Tâche de me revenir entier. J'ai de plus en plus hâte de devenir une épouse.

Il sourit, une fossette canaille creusant sa joue gauche. Elle était aux anges. Ses cheveux noirs comme la nuit, ses yeux cobalt, ses traits virils… il était tellement beau qu'elle ne pouvait croire qu'il était vraiment à elle.

— Ne t'inquiète pas, mon cœur. Quoi qu'il advienne, nous serons mari et femme.

6

Duncan quitta Freuchie Castle tôt le lendemain matin, le cœur nettement plus léger que lors de son arrivée. Il n'avait pas mesuré à quel point la situation avec Jeannie l'avait oppressé. Maintenant que tout était clair entre eux et qu'il avait la certitude qu'ils s'uniraient en dépit de tous les obstacles, il pouvait concentrer toute son attention sur son devoir : assister son cousin Argyll qui avait reçu la charge royale de faire rentrer le rebelle Huntly dans les rangs par le fer et par le feu.

Après des semaines de pourparlers, les combats étaient désormais imminents. Duncan avait hâte d'y être. Il ressentait toujours la même excitation avant la bataille : il était fébrile, tous ses sens affinés, le sang courant un peu plus vite dans ses veines. Il avait l'étrange sensation de n'être aussi vivant que lorsqu'il courait un risque de mort.

Il savait que Jeannie s'inquiétait pour lui et aurait aimé lui expliquer ce qu'il ressentait, et pourquoi il en avait besoin : au combat, un homme n'était pas jugé sur sa naissance mais sur sa compétence. Sur le champ de bataille, il était dans son élément, menant ses hommes, prenant des décisions, se battant. C'était le seul endroit où il pouvait se faire un nom et où le mot « bâtard » n'avait plus de sens.

Il essuya la poussière et la sueur qui s'étaient accumulées sous son heaume. Ils chevauchaient vers l'est face à un soleil aveuglant. Devant eux se dressaient les sommets de Cromdale et, au-delà, leur destination : Drumin Castle. Drumin était situé stratégiquement au confluent du Livet et de l'Avon, un endroit parfait pour planifier l'assaut sur Strathbogie, la forteresse de Huntly, réputée pour être l'une des mieux bâties d'Écosse. Ironiquement, le château de Drumin appartenait également à Huntly, mais il était actuellement sous l'intendance du père de Jeannie.

Duncan balaya du regard les immenses étendues vallonnées et couvertes de bruyères, cherchant un signe suspect. Les éclaireurs ennemis les guettaient sûrement. Leurs troupes étaient si nombreuses qu'elles ne pouvaient prétendre à l'avantage de la surprise. Il était inévitable que Huntly soit informé de leur présence.

Le plan était de se rassembler à Drumin avec les autres clans ayant répondu à l'appel aux armes du roi, puis d'y attendre l'ordre d'attaquer. Le roi Jacques lui-même n'était qu'à quelques jours de marche, au sud de Dundee. Argyll était aux commandes jusqu'à son arrivée. Le connaissant, Duncan devinait que son cousin aurait du mal à passer les rênes à son souverain.

Archie avait hâte de montrer ce dont il était capable. Il était l'un des hommes les plus puissants d'Écosse et ses relations avec le roi étaient souvent tendues. Tous deux étaient jeunes, récemment libérés du joug de leurs tuteurs, impatients d'établir leur autorité. Du fait de cette ambition commune, ils étaient parfois à couteaux tirés. Il n'avait sûrement pas échappé au jeune monarque que, dans les Highlands, on surnommait Argyll « le roi Campbell ».

Duncan chevauchait à côté de son cousin, à la tête de près de deux mille Campbell. Une fois réunis avec les autres clans et les hommes ayant rallié le camp du roi, ils seraient presque dix mille. Outre les hommes de Grant, ils seraient rejoints par leurs cousins, les Campbell de Lochnell et de Cawdor ; les MacLean de Duart ; les McGregor ; les Mackintosh et les MacNeil.

Cela représentait une armée impressionnante, certes, mais peu d'hommes étaient des soldats entraînés. La plupart d'entre eux ne possédaient pas d'armure, ni même une monture.

Duncan lança un regard derrière lui vers la longue ligne de fantassins. Il n'apercevait qu'occasionnellement l'éclat argenté d'une protection en acier, avec, ici et là, un heaume et un jaseran sans manches tel que celui qu'il portait lui-même.

— Tu parais inquiet, mon cousin.

Duncan se retourna et vit Argyll qui l'observait.

— J'espérais voir plus de cavaliers, répondit-il.

Venant de n'importe qui d'autre, cette remarque aurait été interprétée comme une critique, mais les deux jeunes hommes avaient été élevés ensemble et Duncan n'hésitait jamais à dire ce qu'il pensait. C'était sans doute la raison pour laquelle Argyll se fiait tant à lui. Il savait que son cousin ne cherchait pas à le flatter servilement. Il n'écoutait pas forcément ses conseils pour autant. Le comte avait des idées bien arrêtées, malheureusement teintées de toute l'arrogance de sa jeunesse et de son rang.

— Notre désavantage en termes de cavaliers sera plus que largement compensé par nos nombreuses troupes. Je serais très surpris si les rebelles parviennent à lever le quart de celles dont nous disposons.

Duncan se retint de faire une remarque sur la compétence toute relative de leurs hommes. Certains n'étaient armés que d'épées ou de lances et beaucoup n'avaient répondu à l'appel du roi qu'alléchés par la perspective d'un bon pillage. Les soldats de Huntly seraient moins nombreux, mais ils seraient entraînés à la guerre et mieux équipés.

Toutefois, tout cela changerait avec l'arrivée du roi. Ce dernier serait accompagné des Fraser, des Irving, des Forbes et des Leslie. Ils compteraient parmi eux de nombreux cavaliers.

— Tu as probablement raison, convint-il.

Argyll arqua un sourcil. Son air sardonique accentuait ses traits sombres et acérés hérités de ses ancêtres français.

— Probablement ? répéta-t-il.

Archie aimait à croire qu'il avait toujours raison.

— Certainement, rectifia Duncan avec un sourire.

— J'aime mieux ça. Nous les mettrons en déroute, sans l'ombre d'un doute. Cette fois, Huntly n'échappera pas à son châtiment. Même le roi Jacques ne peut fermer les yeux sur une conspiration pour lui ôter sa couronne et la placer sur le crâne d'un papiste.

Argyll jubilait. La rivalité entre les deux comtes était bien connue. Le roi avait continué d'accorder ses faveurs à Huntly, son ami d'enfance surnommé « Geordie », en dépit de son refus d'abjurer sa religion et de ses provocations répétées. Cela rendait Argyll fou de rage. Il avait hâte de le voir maté, sans compter qu'il espérait bien mettre la main sur quelques-unes de ses terres.

Constatant que Duncan ne le contredisait pas, il lui lança un regard sournois.

— Au fait, où as-tu disparu, hier soir ?

Duncan resta impassible.

— J'étais fatigué. Je suis allé me coucher.

— Mmm… fit Argyll dubitatif. C'est drôle, notre belle et jeune hôtesse s'est éclipsée à peu près au même moment que toi.

Duncan se tendit légèrement.

— Vraiment ?

Le problème avec les amis d'enfance, c'était qu'ils vous connaissaient beaucoup trop bien. Duncan lança un regard torve à son cousin, lui signifiant de ne pas insister. Naturellement, Argyll n'en tint pas compte.

Ravi de constater qu'il avait fait mouche, il sourit tel un chat venant de piéger une belle souris bien dodue. Marié depuis peu, il encourageait sans cesse les célibataires autour de lui à en faire autant et tarabustait Duncan pour qu'il prenne une épouse.

— J'ai été surpris en apprenant que Colin comptait demander sa main. À Stirling, j'étais convaincu que c'était toi qui la voulais.

Son maudit cousin était trop observateur.

— Cela aurait-il changé quelque chose ? demanda Duncan sans parvenir à cacher l'amertume dans sa voix.

Argyll réfléchit à la question, mais pas trop longtemps. Sa réponse fut douloureusement lucide.

— Non, probablement pas.

Lui non plus, il n'hésitait pas à lui dire la vérité, aussi cruelle soit-elle. En cela, ils se ressemblaient.

— Tu es très entiché d'elle ?

Duncan ne lui répondit pas mais son regard féroce fut suffisamment éloquent.

— Je vois, dit Argyll sur un ton détaché. C'est dommage. Colin ne sera jamais un aussi bon meneur que toi.

— Il est encore jeune, le défendit aussitôt Duncan.

Il avait toujours été farouchement loyal envers ses demi-frères et sœurs. Il était particulièrement proche d'eux depuis la mort de leur mère. Sa belle-mère avait fait des efforts, mais elle n'avait jamais accepté la place qu'il occupait au sein de la famille. Sans doute son père n'aurait-il pas dû autant le favoriser. Heureusement, la froideur de sa belle-mère n'avait jamais déteint sur les liens entre ses propres enfants et son beau-fils.

Enfants, Colin et Jamie avaient suivi leur grand frère à la trace, imitant tout ce qu'il faisait, notamment en essayant de manipuler des armes beaucoup trop lourdes pour eux. Leur admiration frôlait l'idolâtrie. À mesure qu'ils avaient grandi, il y avait eu étonnamment peu de rivalité entre eux, ce que Duncan attribuait à la différence d'âge. À présent que Colin était sur le point de devenir un homme, il soupçonnait que cela allait changer.

Surtout quand il apprendrait la relation entre Jeannie et son grand frère.

Maintenant que sa colère était retombée, Duncan se rendait compte que Colin n'était pas vraiment fautif. Lorsqu'ils s'étaient trouvés tous les deux à Stirling, il avait pris soin de lui cacher l'intérêt qu'il portait à Jeannie. Il pouvait difficilement reprocher à son petit frère d'être tombé immédiatement sous le charme de la jeune fille.

Il fronça les sourcils. Il ne lui était pas encore venu à l'esprit que Colin pouvait avoir de vrais sentiments pour elle. Il devrait lui faire comprendre qu'il n'avait jamais eu l'intention de le blesser.

Néanmoins, il connaissait son frère. Il était d'un tempérament sanguin et le prendrait sans doute mal.

À ses côtés, Argyll reprit nonchalamment.

— C'est à cause de la fille de Grant que tu ne chevauches pas aux côtés de ton père ?

Duncan lança un regard par-dessus son épaule. Dans le nuage de poussière qui entourait la masse des soldats, il aperçut Colin et leur père chevauchant côte à côte derrière le clan. Effectivement, il s'efforçait de les éviter le plus possible, n'ayant échangé que quelques mots avec eux depuis le banquet de la veille. Il se redressa sur sa selle et lança sur un ton faussement badin :

— Pourquoi, tu n'apprécies pas ma compagnie ?

— Loin de là, répondit Argyll amusé.

Toutefois, il poursuivit sur un ton qui était à mille lieues de toute plaisanterie :

— Quels que soient tes problèmes avec ton père, ne les emporte pas sur le champ de bataille et ne les laisse pas interférer avec ton devoir. Rien ne doit venir entraver la mise au pas de Huntly, et surtout pas une dispute au sujet d'une fille.

Duncan lui lança un regard noir. Il lui pardonna cet affront parce qu'il connaissait les épreuves que son cousin avait traversées récemment : des hommes en qui il avait eu confiance avaient conspiré pour l'assassiner. Cette trahison le rongeait toujours, et continuerait probablement de le hanter jusqu'à la fin de ses jours.

— Tu me connais mieux que ça, Archie.

Argyll ne répondit pas de suite, puis déclara sur un ton amer :

— Tu es celui en qui j'ai le plus confiance, mais je n'ai une confiance totale en personne. C'est une leçon que tu ferais bien de retenir, cher cousin. Elle pourrait t'éviter de commettre une erreur douloureuse.

Regarder Duncan s'éloigner alors que son instinct lui hurlait de le retenir fut l'une des expériences les plus éprouvantes que Jeannie ait eu à vivre.

Sa mère était partie au beau milieu de la nuit. Jeannie n'avait pas eu la possibilité de tenter de l'en empêcher. De la supplier de rester. De la prévenir qu'elle ne pourrait jamais revenir.

À l'époque, si elle avait été plus âgée, Jeannie aurait compris ce qu'il se passait. Elle aurait pu intervenir.

À présent, elle n'était plus une enfant. Debout devant la fenêtre de sa chambre, serrant dans sa main un mouchoir en dentelle humide, elle contempla la route jusqu'à ce que les derniers Campbell et l'étendard jaune vif du comte d'Argyll aient disparu au loin.

Tout se passera bien, se répéta-t-elle.

Duncan n'est pas comme ma mère. Il reviendra dans quelques jours et nous nous marierons.

Il ne lui arrivera rien.

Même son père avait accepté de se ranger aux côtés d'Argyll et du roi. S'il s'opposait à Huntly, son seigneur, c'était qu'il ne doutait pas de la victoire.

Elle glissa le mouchoir dans la manche de son justaucorps en soie brodée et soupira. Elle allait se détourner de la fenêtre quand un mouvement attira son attention. Une ombre se déplaçait dans le bois au nord du château. Quelques instants plus tard, un cavalier émergea entre les arbres. C'était presque comme s'il avait attendu que le dernier des Campbell soit parti pour faire son apparition. Il galopa à travers la lande, grimpa le monticule sur lequel était perché le château et passa sous la herse.

Elle trouva cela étrange puis n'y pensa plus. Elle versa de l'eau dans une bassine et se débarbouilla pour effacer les traces de larmes, puis sortit de sa chambre. Son père et les hommes du clan partiraient bientôt pour rejoindre les autres à Drumin Castle et elle devait aider aux préparatifs.

Son père…

Elle s'efforça de chasser cette pensée. Son père reviendrait sain et sauf. Il revenait toujours.

La grande salle grouillait de serviteurs nettoyant encore les vestiges des festivités de la veille. Elle la traversa et se dirigea vers le bureau du laird.

Elle s'arrêta devant la porte. Celle-ci était entrouverte et elle pouvait voir un homme se tenant devant son père. Grand et dégingandé, avec des épaules larges, il lui paraissait vaguement familier. Il lui fallut quelques instants pour comprendre qu'il s'agissait du cavalier qu'elle avait vu sortir du bois un peu plus tôt. À la qualité de ses vêtements et à sa luxueuse cotte de mailles, ce ne pouvait être un simple messager.

Elle allait toquer puis hésita. Le cavalier venait de se tourner légèrement et d'ôter son casque, révélant d'épaisses boucles blondes rendues humides par la transpiration. Sa main retomba.

Elle l'avait reconnu. C'était Francis Gordon, le fils cadet du comte de Huntly. Ils s'étaient rencontrés plusieurs fois au fil des ans avant que n'éclatent les guerres de clans. Elle l'avait trouvé beau, à la manière dont les adolescentes se pâment devant un jeune homme avenant légèrement plus âgé qu'elles. À présent, comparé à la beauté virile et ténébreuse de Duncan, il lui paraissait simplement joli. Francis avait toujours été charmant avec elle, lui souriant et lui adressant un clin d'œil chaque fois qu'il la surprenait à l'observer.

Que faisait-il ici ? Elle regarda furtivement à la ronde et, constatant que personne ne lui prêtait attention, se glissa dans l'ombre derrière la porte.

— Vous avez pris un risque, disait son père. Si quelqu'un vous avait vu ?

— J'ai été prudent, répondit Francis.

— Vous êtes venu seul ?

— J'ai pensé que c'était préférable. Mes hommes m'attendent dans la forêt.

— Oui, il vaut mieux que personne ne se rende compte de rien. Il ne faudrait pas qu'Argyll ou le roi apprenne la nouvelle avant qu'il ne soit trop tard.

Trop tard pour quoi ? Jeannie se demanda si elle tenait vraiment à le savoir. La présence de Francis Gordon au château n'était pas de bon augure.

— Nous sommes donc d'accord, reprit Francis. Vous attendrez notre signal. Au premier coup de canon, vous et vos hommes battrez en retraite.

Huntly possédait des canons ? Seigneur !

Elle attendit la réponse de son père, persuadée qu'il allait dénoncer cette traîtrise. Elle fut déçue.

— Parfait, déclara le laird. Il y aura un conseil de guerre ce soir à Drumin. Argyll trépigne d'impatience à l'idée de combattre. Je m'efforcerai de l'encourager, puis je vous ferai parvenir dès que possible son plan de bataille.

Jeannie se plaqua contre le mur froid, refusant de croire ce qu'elle entendait. Son père comptait rejoindre les Gordon et trahir les Campbell.

Abasourdie, elle les écouta discuter d'autres détails de leur projet. Apparemment, Huntly avait l'intention de se lancer à l'assaut de troupes nettement plus nombreuses que les siennes. Cette démarche ne manquerait pas de faire enrager Argyll. Ce ne fut qu'en entendant mentionner son nom qu'elle sortit de sa stupeur horrifiée.

— Et la jeune demoiselle accepte notre accord ? demanda Francis.

Son père hésita.

— Jean est une bonne fille. Elle fera son devoir.

— Vous voulez dire que vous ne lui en avez pas encore parlé ?

La voix de Francis s'était tendue.

— J'ai pensé qu'il valait mieux attendre un peu. Je n'ai pas voulu risquer qu'elle nous trahisse par un lapsus.

Jeannie fut froissée par un tel manque de confiance. Elle savait garder un secret.

— Je ne prendrai pas une épouse sans son consentement, prévint Francis.

Une épouse ? Elle sentit son sang se glacer et ses genoux mollir. Son père ne l'avait pas promise à Colin Campbell, mais au fils de Huntly ?

Son père tenta de rassurer ce dernier. Jeannie en avait entendu assez. Elle s'éclipsa de derrière la porte et retourna dans la grande salle, trop hébétée pour penser clairement.

Les idées se bousculaient dans sa tête, lui faisant entrevoir des milliers de possibilités qui débouchaient toutes sur le même constat : elle ne pouvait rester sans rien faire. La trahison de son père condamnerait définitivement son avenir avec Duncan. Pire encore, en battant en retraite, son père mettrait les forces des Campbell en grand danger. Il y aurait des morts.

Duncan pouvait être tué.

Elle rongea son frein, sachant ce qui lui restait à faire. Lorsqu'elle vit Francis Gordon s'éclipser discrètement, elle prit une grande inspiration et marcha droit vers le bureau de son père.

Celui-ci était assis dans un grand fauteuil face à la cheminée. Il semblait perdu dans ses pensées et ne remarqua pas tout de suite sa présence. Elle huma l'air. Il flottait une forte odeur tourbée de *uisge-beatha*. Le laird tenait un verre à moitié rempli.

Elle reprit espoir. C'était peut-être le bon moment de lui parler. Il était visiblement troublé. Sans doute que l'idée de trahir le roi et les Campbell le perturbait plus qu'il n'avait voulu le montrer à Francis Gordon.

— Père ?

Il sursauta.

— Qu'y a-t-il, Jeannie ? Je suis occupé.

Elle voulait lui expliquer d'une manière soigneusement argumentée et raisonnée pourquoi son projet était néfaste, mais elle se laissa emporter par ses émotions. Elle regarda d'un air implorant celui qu'elle avait toujours considéré comme un noble chevalier, cet homme aux cheveux noirs striés d'argent, aux yeux verts qui ressemblaient tant aux siens, aux beaux traits patinés par les ans, et balbutia :

— Ce que vous comptez faire… il ne faut pas.

Il la dévisagea avec surprise.

— Tu écoutes aux portes, maintenant ? Je croyais que tu avais passé l'âge. Les espions, on les met au cachot.

Jeannie se précipita vers lui, tomba à genoux et prit sa main.

— Oh père, j'ai si peur. Que dira le roi ? Il sera furieux contre vous.

— Tais-toi, ma fille. Tu ne sais pas de quoi tu parles. Quoi qu'en dise l'Église, le roi ne tient pas tant que ça à détruire Huntly. C'est Argyll qui mène cette guerre, et je préfère tenter ma chance auprès de Huntly qu'aux côtés d'un jeunot sans expérience.

— Mais des hommes se feront tuer !

— C'est la guerre, Jeannie. Il y a toujours des morts.

Il la congédia d'un geste de la main, visiblement préoccupé et peu d'humeur à calmer les angoisses de sa fille.

— Retourne dans ta chambre. Ceci n'a rien à voir avec toi.

— Au contraire, cela a tout à voir avec moi ! protesta-t-elle. Je n'épouserai pas Francis Gordon. Je ne l'aime pas.

Ce n'était pas la chose à dire.

— « Aimer » ? répéta son père avec une moue de dédain. L'amour n'a rien à voir avec le mariage. Cette alliance liera nos deux clans et mettra un terme à nos querelles. Tu seras plus riche que tu ne peux l'imaginer. Cesse ces enfantillages. Les contrats ont été signés et j'attends de toi que tu accomplisses ton devoir. C'est pour ça qu'on t'a éduquée.

Jeannie n'avait jamais entendu son père lui parler si froidement.

— Je ne peux pas, répéta-t-elle.

Elle se mordit la lèvre, sachant que c'était le pire moment pour lui parler de Duncan, mais elle n'avait pas le choix. Bientôt, il serait trop tard.

— Je… J'en aime un autre.

Son père sursauta et la fixa d'un regard glacial.

— Qui ?

— Le fils aîné du laird d'Auchinbreck.

— Colin Campbell ?

Elle fit non de la tête. Il fallut un moment à son père pour comprendre de qui elle parlait. Il écarquilla les yeux.

— Quoi, Duncan Dubh, le bâtard ? Tu plaisantes !

Jeannie releva le menton.

— Sa naissance n'a pas d'import…

— Elle est d'une importance capitale ! s'écria-t-il.

Livide de rage, il se leva d'un bond et la hissa debout, enfonçant ses doigts dans la chair de son bras tout en la secouant comme un prunier.

— Si tu t'imagines que je consentirai à une telle union, c'est que tu as perdu la raison ! Tu me déçois profondément. Tu ressembles bien à ta mère !

À l'entendre, c'était la pire des insultes. Certes, sa mère avait commis des erreurs, mais elle n'était pas pour autant foncièrement mauvaise… si ?

Il scruta son visage, soudain suspicieux.

— Qu'as-tu fait ?

Jeannie se recroquevilla.

— R-rien, mentit-elle.

Il ne parut pas convaincu.

— On ne tombe pas amoureuse aussi rapidement ! Que sais-tu au juste du bâtard d'Auchinbreck ?

— Je sais tout ce que j'ai besoin de savoir. Toi-même, tu as bien dû te rendre compte du genre d'homme qu'il est, non ? Il se fera un nom. Déjà, il a toute l'estime de son père et de son cousin. Je l'aime vraiment et si seulement tu voulais bien lui donner une chance…

Il posa son verre sur la table avec une telle violence qu'il renversa la moitié du whisky ambré.

— Je ne veux plus en entendre parler ! Tes fiançailles ont déjà été arrangées. Retourne dans ta chambre. Si j'apprends que tu m'as menti, je te ferai enfermer dans la tour comme ta grand-tante Barbara. C'est ce que j'aurais dû faire avec ta mère.

Jeannie était sidérée. Sa grand-tante avait été cloîtrée dans la tour pour avoir refusé d'épouser un homme qu'elle n'aimait pas. Elle en était morte et, aujourd'hui encore, on disait que la « tour de Barbie » était hantée par son fantôme.

Elle regarda dans les yeux froids et durs de cet être familier qui était soudain devenu un inconnu. La transformation de son père n'aurait pu être plus radicale. Il était sincère. Où était passé l'homme qui l'avait prise sur ses genoux après le départ de sa mère, qui l'avait étreinte dans ses bras puissants et avait séché ses larmes ?

Elle ne l'avait encore jamais défié. Elle avait toujours été une fille douce et docile, s'efforçant de racheter la faute de sa mère. Il l'aimait certainement, mais son amour n'était pas sans limites et elle venait de les franchir.

Elle frémit en songeant à sa réaction s'il apprenait ce qu'elle avait fait avec Duncan.

Il dut lire la peur dans ses yeux car il se radoucit et lui prit la main.

— Pardonne-moi, ma fille. Je n'aurais pas dû dire ça. Je sais bien que tu n'es pas comme ta mère. Tu as toujours été une bonne fille. Je sais que je peux compter sur toi pour accomplir ton devoir envers ton clan, n'est-ce pas ?

Elle avait touché une corde sensible, plus sensible qu'elle ne l'avait crue. Autrement, il ne lui aurait jamais parlé ainsi. La trahison de sa mère l'avait profondément meurtri. Que se passerait-il si elle le trahissait à son tour ?

— O-oui, père, balbutia-t-elle.

Il parut rassuré et parvint même à sourire.

— C'est bien, ma fille. Oublions cet emportement regrettable. Il ne sera plus jamais question d'un Campbell dans ce château. Francis Gordon est un brave garçon. Tu t'attacheras à lui avec le temps.

Mais jamais elle ne l'aimerait comme elle aimait Duncan.

Jeannie sortit du bureau, traversa la grande salle en courant et grimpa l'escalier quatre à quatre, ne s'arrêtant qu'une fois à l'abri dans sa chambre.

Durant des heures, elle resta assise devant la fenêtre, frissonnant en dépit du jour clément et du tartan qu'elle avait drapé autour de ses épaules. Longtemps après que son père et ses hommes furent partis, elle se releva brusquement, sa décision prise.

Je ne le laisserai pas mourir.

Sa tentative de raisonner son père avait échoué. Il ne lui restait plus qu'à prier pour avoir plus de succès auprès de Duncan.

— Je suis d'avis que…

Duncan aurait aimé ne plus jamais entendre ces mots de sa vie. Ils rebondissaient à l'intérieur de son crâne comme des balles de paume, lui donnant un terrible mal de tête. Toutes les voix résonnaient en même temps.

Si c'était ça un conseil de guerre, il préférait mille fois le champ de bataille. Mieux valait risquer sa peau face à une claymore ou une arquebuse que d'écouter les mêmes arguments encore et encore des heures durant.

L'élite des forces du roi Jacques dans les Highlands était réunie dans la grande salle de Drumin Castle : lairds, seigneurs, quelques capitaines de confiance dont Duncan, et tous tenaient à faire entendre leur opinion. C'était comme un concours de cuisiniers où chacun voulait ajouter son assaisonnement à la marmite, aboutissant à une pâtée trop salée.

Cela faisait bientôt trois heures qu'il les écoutait déblatérer. Les autres hommes commençaient tout juste à comprendre ce qu'il savait depuis longtemps : Argyll pouvait être têtu comme une mule.

Son cousin avait pris sa décision et rien ne parvenait à le faire changer d'avis, même si le conseil tentait de le dissuader avec véhémence.

En arrivant à Drumin Castle, ils avaient tous été surpris d'apprendre que Huntly avait déplacé ses troupes à

Auchindoun, à quelques kilomètres de là. Argyll voulait frapper vite et attaquer dès le lendemain matin, avant que le roi et les autres clans du sud n'arrivent avec leurs chevaux. Il était convaincu que leur avantage en nombre suffirait.

Ses principaux conseillers étaient contre. Le père de Duncan, Cawder, MacLean et MacNeil considéraient tous que ce serait précipité. Seuls Grant et Lochnell abondaient dans son sens.

Son père, toujours la voix de la raison dans la houle du mécontentement, fit une nouvelle tentative :

— Nous devrions attendre les ordres du roi, ainsi que les renforts de la cavalerie.

— Le temps que le roi arrive, mon étendard jaune flottera au sommet de la tour de Strathbogie, se vanta Archie. Nous avons tous les hommes qu'il nous faut. Nos éclaireurs estiment les forces de Huntly à deux mille soldats, tout au plus. Nous sommes cinq fois plus nombreux.

— Oui, mais la plupart des hommes de Huntly sont à cheval, objecta encore Auchinbreck comme l'avait fait Duncan avant lui.

— Nos nombres feront la différence, s'entêta Argyll avec un air de défi. Ils sont là où nous les voulions. Je ne vais pas rester assis ici et laisser passer une telle chance.

Duncan savait à quel point son cousin avait besoin de faire ses preuves. S'ils attaquaient maintenant, il pourrait revendiquer cette victoire comme étant la sienne. Personnellement, Duncan était plutôt de son avis. Il serait sans doute plus prudent d'attendre les hommes du roi mais, si Huntly conservait sa position, ils pourraient l'emporter sans l'aide de la cavalerie royale.

Le père de Jeannie, le laird de Freuchie, intervint à son tour.

— Le comte a raison. Les troupes du roi ne nous rejoindront peut-être pas avant plusieurs jours. Tant que les troupes de Huntly restent ici (il posa le doigt sur un petit « x » marqué sur la carte qu'ils examinaient), nous pouvons passer par le sud et nous positionner là. (Il indiqua une colline au-dessus de Glenlivet.) Nous les surplomberons alors, ce qui nous donnera l'avantage pour les attaquer.

Duncan sentit soudain le regard d'Argyll, assis à l'autre bout de la longue table, se poser sur lui.

— Qu'en penses-tu, mon cousin ?

Il y eut un silence étrange dans la salle. Duncan savait ce qu'ils pensaient tous. Pourquoi le comte demandait-il son avis au bâtard d'Auchinbreck ?

C'était la première fois qu'Argyll affichait publiquement ce que beaucoup le soupçonnaient de faire en privé : se fier au jugement de son cousin. Duncan savait que les autres étaient jaloux de cette confiance, surtout leur cousin Lochnell, chef de la branche aînée des Campbell.

Archie le plaçait dans une position délicate, le forçant à choisir entre son père et lui. S'il se rangeait du côté de son père et qu'Archie suivait son conseil alors qu'il avait ignoré celui d'hommes plus importants, les autres seraient furieux. S'il prenait parti pour Archie, comme il était porté à le faire, les autres penseraient qu'il cherchait à flatter son puissant cousin.

Son père avait dû aboutir à la même conclusion car, avant que Duncan ne puisse répondre, il contourna la question :

— Mon fils sera heureux de se battre à tes côtés, demain ou dans deux semaines. Quant au reste d'entre nous, nous voulons simplement ne pas agir dans la précipitation.

— Je crois que nous devrions faire comme dit le comte, déclara soudain Colin.

Personne ne lui prêta attention.

Le débat se poursuivit encore une heure, mais Argyll finit par l'emporter. Ils donneraient l'assaut le lendemain.

À l'aide de la carte, ils définirent leurs positions et leur plan d'attaque. L'avant-garde, forte de quatre mille hommes, serait divisée en trois sections. Le flanc gauche, qui incluait les MacNeil et les McGregor, serait sous le commandement de Grant. Le père de Duncan et Lochnell prendraient le centre. MacLean de Duart dirigerait l'aile droite.

Derrière l'avant-garde, Argyll commanderait le reste des troupes, soit six mille hommes, cette fois répartis en deux divisions.

— Cawdor prendra la gauche, décida Argyll. Quant à la droite…

Il lança un regard à Duncan, souhaitant visiblement lui confier le commandement. Le cœur de Duncan se mit à battre plus fort. Ce serait un immense honneur de se voir promu à un tel rang à son âge.

Une fois de plus, un silence pesant retomba dans la salle. Le ressentiment à l'égard de Duncan était palpable. Argyll le sentit lui aussi.

Il y eut une lueur de regret dans ses yeux avant qu'il ne détourne le regard.

Duncan comprenait la situation délicate de son cousin, mais sa déception n'en était pas moins vive. Un jour viendrait où personne ne pourrait lui nier le droit de diriger des hommes au combat, mais il n'était pas encore arrivé. Il était encore trop jeune, pas assez aguerri, pour que son cousin prenne le risque de hisser un bâtard à un grade aussi important, le faisant passer devant des chefs de clan plus âgés et expérimentés.

Le regard de Colin alla de Duncan à Argyll. Duncan perçut son anxiété. Celle-ci semblait se manifester par une effronterie inhabituelle, même pour Colin. Avant qu'il ne puisse l'arrêter, il déclara :

— Je prendrai la droite, mon cousin.

— Toi ? s'esclaffa Argyll. Tu n'as pas encore gagné tes éperons, gamin. Glengarry se chargera de la droite.

Le visage de Colin devint si rouge que Duncan crut qu'il allait être frappé d'apoplexie.

Flûte. Archie avait autant de tact qu'un sanglier en rut. Il n'aurait jamais dû humilier Colin devant tout le monde. L'ardeur à servir, même malvenue, devait être encouragée.

Duncan crut que leur père allait intervenir, comme il le faisait souvent quand son fils cadet se montrait trop impulsif, mais il se tut, observant Colin d'un air peiné. Il se passait quelque chose entre eux. Duncan avait été trop absorbé par ses propres problèmes pour s'en rendre compte.

Colin bouda dans son coin d'un air teigneux tandis que les derniers détails du plan étaient discutés. Enfin, les hommes se levèrent et le père de Jeannie replia la carte sur laquelle ils avaient été penchés. Il allait la ranger dans son *sporran* quand Argyll l'arrêta d'un geste distrait de la main.

— Non, je préfère que ce soit mon cousin qui la conserve. Il sera à mes côtés demain et je pourrais en avoir besoin.

Duncan et Colin se redressèrent, mais il était clair qu'il voulait parler de Duncan. Son père parut sur le point de protester, ayant sans doute pensé que ses deux fils se battraient à ses côtés, puis se ravisa.

Grant tendit la carte à Duncan en le dévisageant d'un regard méprisant comme s'il venait juste de se rendre compte de sa présence.

— Si vous pensez que c'est préférable, mon seigneur, grogna-t-il à Argyll.

De toute évidence, il n'en était pas convaincu. Duncan accepta la carte, surpris par la haine dans le regard de l'autre. Toute chance de le convaincre d'accepter son union avec sa fille s'envola. *Il savait,* cela ne faisait pas l'ombre d'un doute. Se souvenant qu'il avait promis à son cousin de se concentrer sur la bataille, il se garda du moindre commentaire. Mais un jour, il lui prouverait qu'il était digne de sa fille... Un jour.

Percevant la tension entre eux, son père détourna l'attention de Grant en lui posant une question. Peu à peu, les hommes se dispersèrent et quittèrent la grande salle pour aller parler avec leurs troupes avant de se retirer pour la nuit. Duncan s'apprêtait à sortir avec Colin quand Argyll le retint, désirant revoir avec lui le plan de bataille dans le bureau du laird. Le temps qu'ils aient terminé, il était presque minuit.

Avec tout le monde rassemblé à Drumin, la grande salle et les communs étaient pleins à craquer. Campbell d'Auchinbreck avait décidé de camper hors du mur d'enceinte avec son clan. Un profond silence régnait quand Duncan se faufila entre les rangées d'hommes endormis. La nuit était agréablement fraîche, avec une brise douce soufflant du nord.

Il fut étonné de voir une chandelle encore brûler dans la petite tente qu'il partageait avec Colin. Quand il ouvrit le rabat, il aperçut le visage de son demi-frère, légèrement éclairé par la flamme. Il crut déceler une lueur haineuse au fond de ses yeux.

— Quelque chose ne va pas ? demanda-t-il.

— Non. Tiens, ceci vient d'arriver pour toi il y a quelques minutes, répondit Colin joyeusement.

Duncan en conclut qu'il avait mal interprété son regard et prit le billet que Colin lui tendait.

Duncan le retourna entre ses doigts. Son nom était écrit sur le papier avec une écriture ferme mais distinctement féminine.

— De qui peut-elle être ? demanda Colin sur un ton détaché.

— Je n'en sais rien, mentit Duncan.

Il décacheta le message et le lut. Chaque mot résonna dans sa tête comme un battement de tambour. Elle avait perdu la raison. Il allait l'étrangler.

— Que se passe-t-il ? demanda Colin en voyant son air crispé. De mauvaises nouvelles ?

— Non, non. C'est juste un petit problème que je dois résoudre.

— Maintenant ?

— Oui, ça ne peut pas attendre.

— Mais la bataille ?

— Je serai de retour dans quelques heures. Dors.

— Tu veux que je t'accompagne ?

— Non merci, répondit Duncan d'un air sombre. C'est une affaire que je dois régler seul.

7

Jeannie était assise sur une chaise branlante devant une petite fenêtre, tapant nerveusement du pied sur le parquet. Le son était étouffé par l'épaisse couche de poussière recouvrant les lattes de bois. Elle regarda autour d'elle dans la chambre miteuse, essayant de ne pas s'arrêter sur les détails, mais ne put s'empêcher de grimacer. Il n'y avait pas de cheminée, juste quelques bouts de chandelle en guise d'éclairage, un lit sommaire avec un matelas maigre qui était probablement aussi glacé qu'elle, une table avec une cruche et une cuvette qui était sans doute en cuivre, mais c'était difficile à dire tant elle était crasseuse. Des toiles d'araignées pendaient des poutres du plafond.

Elle frissonna, imaginant les arachnides lui courant sur la peau. Elle écarta sa chaise du mur et se rassit sur le bout des fesses, le dos droit.

À quoi s'était-elle attendue ? Elle devait s'estimer heureuse d'avoir trouvé un hébergement si près de Drumin Castle. Heureusement, chaque village possédait une taverne. La chambre minuscule était située au-dessus de l'une d'elles.

Les gardes qui l'avaient escortée pour cette « visite urgente à sa cousine » dormaient dans l'écurie.

Elle se sentait légèrement coupable pour la série de mensonges qu'elle avait dû inventer, mais plus encore pour la facilité avec laquelle ils lui étaient venus. Elle n'avait pas seulement menti aux gardes mais également à son frère John. Elle avait d'abord envisagé de se confier à lui ; ses sœurs étaient trop jeunes. Toutefois, elle n'avait pas voulu le contraindre à prendre parti pour son cher père ou pour sa grande sœur adorée qui avait été pour lui comme une mère. Elle avait donc déclaré avoir reçu un message de leur cousine Margaret, la nouvelle lady Lovat, réclamant sa présence de toute urgence à Castle Fraser. Puis, alors qu'ils approchaient de Drumin, elle avait feint un malaise, forçant son escorte à lui trouver un logement dans les parages pour la nuit. Un peu d'or avait convaincu la propriétaire de la taverne de fermer les yeux sur le monsieur qui viendrait un peu plus tard, de veiller à ce que ses gardes ne manquent pas de bière, et d'envoyer son fils porter un message à Duncan à Drumin.

Elle fronça le nez en regardant le vieux plaid en laine recouvrant le lit. Finalement, ses gardes n'étaient sans doute pas les plus mal lotis : dormir sur la paille serait sans doute plus agréable. Du moins, Duncan et elle seraient seuls. À condition qu'il vienne.

Elle scruta à nouveau les ténèbres de l'autre côté de la fenêtre, priant pour le voir apparaître. Où était-il ? Cela faisait des heures qu'elle avait envoyé son message. Et s'il ne venait pas ?

Elle refoula un moment de panique. Il viendrait.

Il fallait qu'elle le prévienne, même si elle ne savait pas encore ce qu'elle lui dirait. Elle pouvait difficilement lui répéter ce qu'elle avait appris : non seulement ce serait trahir son père, mais cela mettrait la vie de ce dernier en péril. Elle se mordit la lèvre. Elle se doutait que Duncan ne serait pas vraiment ravi de la savoir ici. Néanmoins, la forteresse de Huntly se trouvait à une certaine distance et elle ne courait pas vraiment de danger.

Ses battements de pied sur le parquet n'arrangeaient guère son anxiété. Elle se leva et se mit à marcher de long en large dans la pièce minuscule, ce qui revenait à faire un ou deux pas dans une direction avant de faire demi-tour.

La nuit était emplie du vacarme des hommes riant et chantant faux à tue-tête. Il était pourtant minuit passé. La bière devait être bonne car le raffut festif n'avait cessé d'augmenter au fil de la soirée, ce qui n'augurait rien de bon pour ceux qui souhaitaient dormir.

Jeannie, elle, ne pensait pas pouvoir trouver le sommeil de sitôt, pas avant que la bataille ne soit terminée.

Si Duncan refusait de l'écouter ?

Elle sentit le désespoir l'envahir et s'efforça de se ressaisir. Elle devait le convaincre coûte que coûte.

Soudain, un cavalier surgit des ténèbres et s'arrêta dans la cour, sous la fenêtre. La silhouette d'un homme aux épaules carrées s'avança dans le cercle de lumière diffusé par les quelques torches accrochées aux murs.

Le cœur de Jeannie fit un bond. Il faisait trop sombre pour distinguer ses traits, mais sa taille et ses mouvements assurés lui apprirent tout ce qu'elle avait besoin de savoir : Duncan avait répondu à son appel.

Elle essaya de se calmer et se rassit sur la chaise face à la porte, les mains posées sur les genoux. Pour la première fois, elle se demanda si elle n'avait pas commis une erreur en venant. Elle ne pouvait s'empêcher de penser que c'était le genre de décision que sa mère aurait prise. De toutes manières, il était trop tard pour changer d'avis. Et puis, avait-elle vraiment le choix ?

Il lui sembla qu'une éternité s'était écoulée avant qu'elle n'entende enfin de lourds pas de bottes dans l'escalier. Ils s'arrêtèrent devant la porte de la chambre puis celle-ci s'ouvrit brusquement.

Heureusement qu'elle était assise, car la fureur de Duncan l'atteignit en plein cœur.

Paré pour la bataille, il offrait un spectacle impressionnant. Il était couvert de cuir noir et d'acier qui mettaient en valeur ses muscles saillants. Avec ses cheveux noirs comme du jais et son expression féroce, il ressemblait à un ténébreux chevalier sorti tout droit d'une joute médiévale, implacable, dangereux et indestructible.

Il dut franchir la porte de biais et baisser la tête pour ne pas se cogner au linteau. Une fois à l'intérieur, la chaleur qu'il dégageait chassa aussitôt l'air froid. La chambre, déjà exiguë, parut soudain aussi petite qu'un trou de souris. Il occupait tout l'espace, le remplissant avec sa force et sa colère. Jeannie sentit mille sonneries d'alarme retentir en elle, la faisant trembler et lui donnant la chair de poule. Elle fut prise d'une soudaine envie de s'enfuir, mais il lui barrait la route.

Dans la lueur vacillante des bougies, les traits de Duncan paraissaient plus menaçants encore, soulignant sa mâchoire carrée et la fente noire de ses lèvres pincées. Il la dévisageait d'un air rapace. Un muscle sursautait dans son cou. Il referma la porte derrière lui et s'avança d'un pas vers elle. Elle lutta contre le réflexe de se recroqueviller.

Il ne dit pas un mot. Il n'en avait pas besoin. La colère qui irradiait de lui était suffisamment éloquente.

Elle rassembla son courage, scruta son visage à la recherche d'une faille, d'une trace d'indulgence, et n'en trouva pas. Son expression était aussi inflexible que le plastron d'acier qui protégeait son torse.

Elle déglutit, l'angoisse lui nouant la gorge. Non, il n'était décidément pas heureux de la voir.

En vingt et un ans d'existence, Duncan n'avait perdu son sang-froid qu'à deux reprises, et chaque fois, la cause en était la jeune fille devant lui, assise sagement les mains sur les genoux comme s'ils se trouvaient à la cour, et non dans une taverne crasseuse à deux pas d'un futur champ de bataille.

Il refoula l'envie de la prendre dans ses bras et de la punir de l'avoir rendu fou d'inquiétude. Au lieu de cela, il sortit le billet de son *sporran* et le lui lança sur les genoux.

— Qu'est-ce que cela signifie ? demanda-t-il d'une voix rauque.

Elle prit le message sans le regarder et le lui rendit.

— J'avais besoin de te voir.

Il reprit le papier froissé et le déplia d'un geste sec du poignet. Il le lui brandit sous le nez.

— Oui, ça je l'ai bien compris. Je sais lire : « Viens vite, il faut que je te voie. Nous devons agir sur-le-champ. »

Il remit le message dans son *sporran* en cuir et se pencha sur elle. Il posa les mains de chaque côté de sa tête sur le chambranle de la fenêtre et approcha son visage à quelques centimètres du sien.

Sacrebleu, il pouvait sentir son odeur. Il inhala malgré lui, inspirant son délicat parfum de chèvrefeuille. Et ces lèvres… si roses et douces. Il aurait dû être interdit d'avoir une telle bouche ; elle évoquait trop d'images capables de pousser un homme à se damner. L'espace d'un instant, le désir l'aveugla, anéantissant presque sa détermination, mais la colère l'emporta.

— Ce que ce message ne dit pas, reprit-il lentement, c'est ce qui t'a pris de me suivre dans une zone de guerre.

Elle leva son petit nez retroussé vers lui, digne comme une reine. Sa beauté délicate et régalienne paraissait déplacée dans ce taudis.

— Cesse de chercher à m'intimider. Si je suis venue ici, c'est pour t'aider.

Dans d'autres circonstances, il aurait admiré son courage. Il n'avait pas l'habitude qu'on le défie lorsqu'il était d'une humeur aussi explosive. Il serra les poings et inspira lentement, puisant dans sa réserve de patience et découvrant qu'elle était épuisée.

— Tu te mets en danger, tu risques non seulement notre avenir ensemble mais également le concours de ton père dans notre armée, et tu appelles ça m'aider ? Te rends-tu compte de ce qu'il se passerait si on apprenait ta présence ici ?

— Je n'y ai pas pensé.

— Bien sûr que non ! lança-t-il, caustique. Tu n'as pas réfléchi un instant. Tu as simplement réagi sur un coup de tête, convaincue que tu tenais une bonne idée.

Elle tressaillit comme s'il l'avait giflée. Il détestait la blesser, mais il ne voulait pas non plus lui céder de crainte qu'elle ne commette à nouveau pareille erreur.

— Tu te trompes, rétorqua-t-elle. Je n'ai pas agi sur un coup de tête, mais parce que je t'aime et que je ne veux pas qu'il t'arrive du mal. Je suis navrée si ma présence ici te déplaît tant que ça, mais je t'assure que je ne cours aucun danger. Je me suis fait accompagner par une demi-douzaine de gardes.

— Aucun danger ? Es-tu seulement consciente que près de quinze mille hommes campent à quelques kilomètres d'ici, prêts à s'entretuer ?

Il n'osait pas imaginer ce qu'elle avait raconté à ses gardes pour les convaincre de l'escorter jusqu'ici.

Elle fronça les sourcils, l'air soudain hésitant.

— Mais... Strathbogie est à plus d'une journée de route...

— Huntly n'est plus à Strathbogie mais à Auchindoun.

Elle pâlit et se mordit la lèvre. Il dut détourner son regard de sa bouche pulpeuse. Comme toujours, l'intensité de son désir menaçait de le détourner de sa mission et il n'aimait pas ça. Conserver son sang-froid était capital. L'amour l'avait frappé telle la foudre de

Thor. Serait-il un jour capable de réfléchir de manière rationnelle en présence de cette femme ?

— Oh, fit-elle doucement.

— Oh ? répéta-t-il. C'est tout ce que tu trouves à dire ?

Son ton accusateur n'eut pas l'effet escompté et déclencha plutôt chez elle une réaction inverse. Les joues de Jeannie s'empourprèrent.

— Je n'ai pas à me justifier devant toi, Duncan Campbell.

Il lui attrapa le poignet avant qu'elle n'ait pu lui tapoter le torse de son index.

— Oh que si ! siffla-t-il entre ses dents. Une fois que nous serons mariés, tu seras sous ma responsabilité.

Elle lui lança un regard de fausse compassion, lui laissant entendre qu'il se berçait d'illusions, et libéra sa main.

— C'est précisément pour cette raison que je suis venue.

Pour la première fois, il remarqua son émoi sincère. Ce qui l'avait conduite ici devait être suffisamment important pour provoquer son désarroi. Sa colère baissa d'un cran. Il se redressa et se passa une main dans les cheveux, essayant de démêler l'enchevêtrement des émotions qui se bousculaient en lui depuis qu'il avait reçu son message.

Il poussa un soupir d'exaspération et s'efforça de parler plus calmement.

— Que fais-tu ici, Jeannie ?

Elle se leva et se tourna vers la fenêtre, ses mains s'agitant nerveusement autour de sa taille.

— Nous devons partir ensemble tout de suite. Dans quelques jours, il sera trop tard.

Une réponse aussi vague n'arrangea pas son humeur. Il parvint néanmoins à masquer sa frustration derrière un ton détaché.

— Au cas où tu ne l'aurais pas remarqué, nous sommes en guerre et je m'apprête à livrer bataille. Je n'ai pas le temps de jouer aux devinettes, Jeannie. Explique-moi pourquoi tu es venue, ensuite tu repartiras te mettre à l'abri dans ton château.

Elle se tourna vers lui, l'air désemparé.

— C'est à cause de... (Elle s'interrompit de justesse et marqua une brève pause avant de reprendre)... d'une impression de catastrophe imminente dont je ne parviens pas à me défaire.

Elle posa les mains sur son torse et se pencha vers lui, le suppliant du regard.

— Si nous ne partons pas tout de suite, nous sommes perdus. Nous ne pourrons jamais nous marier. S'il nous reste encore une chance d'être ensemble, c'est maintenant qu'il faut la saisir, ou jamais.

Il serra les mâchoires, ne pouvant croire qu'elle ait agi de manière aussi précipitée sur un pressentiment.

— À cause d'une... impression ? répéta-t-il.

Elle sentit les larmes lui monter aux yeux.

— Je t'en prie. Je te demande de me faire confiance.

— Sur quelle base ? Celle d'une impression ? J'ai confiance en toi, mais tu me demandes l'impossible. Je viendrai te retrouver dans quelques jours comme nous l'avions prévu.

— Mais tu ne comprends donc pas ? s'écria-t-elle soudain. Dans quelques jours, il sera trop tard ! Nous devons partir maintenant.

Sa peur paraissait tellement intense qu'elle frôlait l'irrationnel.

— Y a-t-il autre chose, Jeannie ? Une autre raison ?

— Non, le coupa-t-elle sèchement.

Un peu trop sèchement. Il étudia son visage, se demandant si elle ne lui cachait pas quelque chose.

Non. Il se souvint à quel point elle avait été angoissée lors de son départ de Freuchie. Ce n'était que la peur d'une jeune fille face à la guerre. Il avait cru qu'elle comprenait à quel point cette bataille était importante pour lui ; il s'était trompé. Il n'était pas un pantin qu'on pouvait manipuler en tirant quelques ficelles.

Il détacha ses mains de sa poitrine et la repoussa légèrement.

— Rentre chez toi, répéta-t-il. Je viendrai te chercher après la bataille.

Elle s'agrippa à son bras.

— Non, tu dois m'écouter. Il va se passer quelque chose de terrible. Je ne veux pas que tu te retrouves au milieu d'un carnage. Je t'en prie, si tu m'aimes, fais-moi confiance.

Les larmes coulaient à présent sur son visage. Il sentit la colère remonter en lui. Pourquoi lui faisait-elle ça ? Ne savait-elle pas combien il lui était difficile de lui refuser quoi que ce soit ? Il n'aspirait qu'à la rendre heureuse.

— Oui, je t'aime, répondit-il. Mais ce que tu me demandes, ce n'est pas de te faire confiance ; c'est de t'obéir aveuglément. Si tu as une autre raison qu'une simple « impression », dis-la-moi tout de suite.

Elle le dévisagea avec de grands yeux impuissants, ouvrit la bouche pour répondre mais aucun son n'en sortit.

Son expression désemparée déchirait le cœur de Duncan. Il fallait qu'il sorte de cette pièce et vite. Il se tourna vers la porte en déclarant :

— Fort bien. Aux premières lueurs du jour, tu rentreras à Freuchie où tu m'attendras.

Il lui lança un dernier regard, ému par la peur qu'il lisait dans ses yeux.

— Je viendrai te chercher, Jeannie. Je te le promets.

J'ai échoué.

Jeannie le vit abaisser le loquet de la porte, absorbant les moindres détails de cet homme qui s'était emparé de son cœur dès le premier instant où leurs regards s'étaient croisés. Ses yeux se promenèrent sur ses épaules larges, sa taille fine, ses longues jambes musclées, ses grandes mains calleuses et ses cheveux noirs qui formaient des boucles soyeuses dans sa nuque.

Il était comme une forteresse imprenable, l'incarnation de la force virile.

En apparence seulement car, même s'il paraissait dur comme un roc, il était fait de chair et de sang.

La peur et le désespoir fusionnèrent en elle, l'exhortant à tenter une dernière fois de lui faire comprendre ce qu'elle ne pouvait lui expliquer : s'il partait à présent, il ne reviendrait peut-être jamais.

— Duncan, attends. Tu ne peux pas partir, je...

Seigneur, comment lui dire ? Comment le mettre en garde sans trahir son père, sans mettre la vie de ce dernier en danger ainsi que celles des hommes de son clan ?

Savoir qui avait tort ou raison dans la querelle religieuse entre Huntly et le roi lui importait peu. Seul comptait le fait que deux hommes qu'elle aimait se trouvaient dans des camps adverses. Comment les protéger tous les deux ?

Le connaissant, si elle lui révélait ce qu'elle avait appris, son devoir le contraindrait à informer son cousin de la perfidie de son père. Il ne pourrait rester sans réagir. Pour un être aussi intègre, une telle trahison ne mériterait aucune compréhension ni aucune clémence. Duncan ferait toujours ce qui lui paraissait juste, indépendamment du prix à payer. Elle n'en doutait pas.

D'un autre côté, si elle ne le prévenait pas ou ne parvenait pas à le retenir, il courrait un grave danger à cause de la fourberie de son père. Quoi qu'elle fasse, elle savait que tout espoir de voir leurs familles respectives accepter leur union s'était envolé. Il y avait plus préoccupant encore : le mariage que son père avait arrangé avec Francis Gordon, et qu'elle avait accepté malgré elle. Elle se sentait coupable. Son père avait invoqué une arme puissante : le devoir. Elle ne voulait pas être une fille indigne et le défier serait extrêmement difficile.

Elle était piégée dans un dilemme impossible, tiraillée entre deux loyautés conflictuelles. Quoi qu'il advienne, elle était perdante.

Elle devait coûte que coûte convaincre Duncan de se mettre à l'abri, mais il fallait être très prudente. Il était intelligent ; si elle en disait trop, il comprendrait qu'elle cachait quelque chose.

Il lui lança un regard par-dessus son épaule. Ses traits étaient froids et déterminés. C'était le regard qu'il adressait habituellement aux autres, pas à elle. Cette capacité à étouffer complètement et si facilement ses émotions était déconcertante.

— Je dois y aller, Jeannie. Ne rends pas cette situation plus pénible qu'elle ne l'est déjà.

Pénible ? C'était le moins qu'il pouvait dire. Il n'imaginait pas à quel point elle était déchirée.

Elle s'accrocha à son bras. La peur et la frustration faisaient couler des larmes chaudes sur ses joues. Elle l'implora avec tout l'amour qui habitait son cœur.

— Je t'en supplie, tu ne peux pas partir comme ça.

Il resta parfaitement immobile. Elle vit la commissure de ses lèvres blêmir. Il luttait contre quelque chose. *Moi*, pensa-t-elle soudain. Il luttait de toutes ses forces pour lui résister. C'était une petite brèche dans une façade par ailleurs impénétrable. Il détacha doucement ses doigts agrippés autour de son avant-bras et tourna le dos.

Elle sentit à nouveau la panique lui glacer le cœur. *Il va partir. Arrête-le ! Accroche-toi à lui.* En désespoir de cause, elle se rua contre la porte, lui barrant la route, puis se jeta contre lui, s'agrippant à son haubert.

Il refusait de baisser les yeux vers elle. Son expression était figée et indéchiffrable ; seul le pouls frénétique dans son cou trahissait son effort. Elle ne supportait pas qu'il se tienne ainsi à l'écart.

— Je t'en prie, ne m'en veux pas. Je sais que tu penses que je réagis comme une enfant et que je n'aurais jamais dû venir ici. Je peux t'expliquer.

Elle s'interrompit pour reprendre son souffle et ravaler ses sanglots.

— J'ai tellement peur.

Ce fut sans doute la sincérité d'un tel aveu qui transperça enfin son armure car, soudain, il la prit dans ses bras et la serra contre lui. Il lui caressa les cheveux et murmura :

— Je sais, mon amour. Aie foi en moi.

Tu as toujours toute ma confiance. C'est la trahison qui me terrifie.

Il baissa enfin les yeux vers elle. Elle ne pouvait plus respirer, attendant, espérant. Il essuya ses larmes avec son pouce, avec une tendresse qui lui serra le cœur. Elle l'aimait tellement. L'idée d'une vie sans lui était intolérable.

— Je t'en prie, répéta-t-elle dans un souffle.

Elle tendit les lèvres vers lui, cherchant une réaffirmation, ayant besoin de lui.

Il résista d'abord, mais le désir et cette connexion indestructible entre eux eurent raison de ses dernières résistances. Il baissa la tête et leurs bouches se rencontrèrent dans un baiser d'une douceur et d'une tendresse infinies. Elle sentit son cœur fondre et le tumulte de ses émotions à vif s'émoussa. Dans la sécurité de ses bras, elle savait que tout finirait par s'arranger.

Il lui transmettait la chaleur de son corps, douce et apaisante comme le soleil du matin sur un lit de rosée.

Elle savoura son goût épicé et masculin, l'essence du fruit défendu. Il était tellement irrésistible que ce ne pouvait être qu'un péché. Il suffisait d'y goûter une seule fois pour être perdue.

Néanmoins, ce baiser tendre était comme une brève averse sur un incendie de forêt, trop doux pour éteindre les flammes de sa peur. Seul un déluge de passion pouvait venir à bout du brasier désespéré qui la dévorait.

Ne le laisse pas partir.

Elle s'affaissa contre lui, cherchant à se rassurer dans la solidité de ses bras. Le cuir et l'acier s'enfonçaient dans sa chair, mais elle ne s'en souciait guère. Il était ferme et stable, un rocher dans une mer houleuse. Tant qu'elle pouvait s'accrocher à lui, rien de mal ne pouvait arriver.

Il sentit son besoin et gémit. Il enfonça ses doigts dans ses cheveux et soutint sa nuque pour presser plus fermement ses lèvres contre les siennes.

Leur baiser se fit plus fougueux et plus ardent. La tendresse et le réconfort cédèrent le pas à la passion et à la possessivité. Toutes les émotions qu'il avait si difficilement contenues jusqu'à présent explosèrent en un torrent de désir brûlant. Elle sentait le besoin avide qu'il avait d'elle et des ondes de sensations parcoururent son corps. Elle ne pouvait plus penser qu'à la manière dont il l'avait touchée avec ses grandes mains chaudes.

Elle se délectait de son odeur. Elle huma le vent et le soleil sur sa peau, un arôme primitif et puissant qui titillait encore plus ses sens. Il remplissait son esprit d'images lubriques. Elle voulait le sentir nu contre elle, glisser la langue sur son torse et goûter le sel sur sa peau chaude tandis qu'il la possédait brutalement.

Elle s'agrippa à ses épaules, cherchant à l'attirer encore plus près. Elle se hissa sur la pointe des pieds pour mieux glisser ses bras autour de son cou, cherchant…

Il glissa une main sous ses fesses et la souleva, la pressant fermement contre lui.

Oh, mon Dieu, oui ! Le plaisir l'inonda en une série de vagues puissantes. Elle sentit ses jambes mollir. Il émit un grognement, un son primaire qu'elle sentit résonner au plus profond d'elle-même. C'était un son charnel, érotique, qu'elle aurait aimé entendre toujours. Elle le voulait fou de désir. Fou d'elle.

Il la plaqua contre la porte et lui souleva une jambe qu'il cala contre sa hanche. Elle sentait son membre dur presser avec insistance entre ses cuisses. Cette fois, sa taille ne lui faisait pas peur. Elle se souvenait de l'avoir senti tout entier en elle, la remplissant, l'étirant, la conduisant au septième ciel.

Elle voulait le sentir à nouveau.

Et lui aussi, à en croire les battements frénétiques de son cœur, ses mouvements saccadés, ses muscles bandés. L'air était chargé d'une passion dangereuse. Il était comme un baril de poudre entre ses mains, prêt à exploser.

Leurs langues s'entremêlaient en baisers avides et exigeants. Elle s'ouvrait à lui, le voulant plus profondément. Il posa une main sur son sein, le pétrissant tandis que leurs corps ondulaient l'un contre l'autre.

Il tira sur les lacets de son corsage pour libérer ses seins puis sa bouche quitta la sienne pour engloutir son mamelon, le suçant goulûment. Une tension délicieuse montait en elle, la chaleur s'intensifiant et se concentrant dans son bas-ventre.

Il dégrafa sa ceinture et elle entendit son *sporran* et son fourreau tomber au sol. Puis elle sentit l'air sur la peau nue de ses jambes tandis qu'il retroussait sa jupe.

Elle frémissait littéralement de désir. Il lâcha son sein et la regarda dans les yeux. Les siens brûlaient de passion ; chaque muscle de son visage était tendu par l'effort.

— Je ne peux plus attendre, haleta-t-il. Seigneur, qu'est-ce que tu me fais ?

Sa voix rauque paraissait presque un reproche.

Il se plaça entre ses jambes, les souleva et s'enfonça en elle avec un grognement guttural de pur contentement.

Elle gémit sous cette pression exquise. Son dos battait contre la porte comme pour signifier sa possession. Car c'était bien de cela dont il s'agissait : il la possédait totalement. Elle sentit sa puissance l'emplir. Leurs regards se croisèrent, l'émotion transperçant le voile de leur passion. Elle sentit l'amour qu'il avait pour elle aussi sûrement que s'il avait touché son cœur.

— Ce que tu es belle, murmura-t-il entre deux baisers. Tu me fais perdre la tête.

— Tant mieux, murmura-t-elle en retour. C'est ainsi que je t'aime.

Les derniers fragments de sang-froid qu'il possédait encore volèrent en éclats. Elle resserra les jambes autour de sa taille tandis qu'il lui agrippait ses fesses. La sensation de ses doigts puissants et calleux de guerrier s'enfonçant dans sa peau nue lui procura des frissons délicieux. Il commença à remuer les hanches, s'enfonçant profondément en elle, puis à aller et venir en rythme. La force de ses assauts se répercutait jusque dans ses os. Elle s'abandonna complètement à lui, découvrant un monde de sensations nouvelles. Jamais elle n'aurait cru que la passion pouvait être aussi puissante et grisante.

Elle respirait par à-coups, faisant écho aux grognements de Duncan. Les battements de son cœur martelaient ses tempes. Elle sentait le paroxysme approcher rapidement. Il plongeait en elle de plus en plus vite, leurs corps se fondant l'un dans l'autre à chaque coup de reins.

— Je ne peux plus… gémit-il, le visage crispé.

— Oh mon Dieu, s'écria-t-elle tandis que des spasmes de volupté parcouraient tout son corps, vague après vague.

Ses cris furent étouffés par celui de Duncan. Il tint fermement ses hanches et plongea une dernière fois en elle, l'écrasant contre lui tandis que tout son corps se contractait. Un gémissement de pure extase monta du fond de sa gorge et il se répandit en elle.

Jeannie ne pouvait plus bouger. Elle était vidée, désincarnée. Elle pendait mollement entre ses bras telle une poupée de chiffon.

Il haletait encore et baissa la tête vers elle.

— Seigneur, je suis profondément navré, dit-il doucement.

— Pourquoi ? demanda-t-elle surprise.

Il paraissait mortifié.

— Pour t'avoir prise comme un animal. Regarde-nous.

Il se retira doucement et la déposa au sol. Elle avait les jambes tremblantes, mais parvint à tenir debout, ce qui n'était pas rien car ses os lui paraissaient aussi mous que de la gelée.

— Je ne me suis jamais comporté de la sorte, s'excusa-t-il encore, penaud comme un enfant. Je ne sais pas ce qui m'a pris... Tu mérites d'être vénérée, qu'on te fasse l'amour convenablement. Sur un vrai lit, pour commencer.

Elle lui caressa doucement la joue, sentant sa barbe gratter sa paume.

— C'était merveilleux, le rassura-t-elle. J'adore ce que tu me fais. Je ne peux rien imaginer de plus... convenable.

Inclinant la tête d'un air coquin, elle ajouta :

— Cela étant, si tu es vraiment confus, tu peux toujours te racheter.

Il sursauta.

— Comment ?

Elle lança un regard par-dessus son épaule vers le lit étroit.

— En me montrant ce à quoi j'ai droit.

Elle tripotait déjà les attaches qui retenaient son haubert aux épaules.

— Dois-je comprendre que vous me défiez, ma dame ?

— Si tu n'es pas trop épuisé. Après tout, c'est toi qui fournis tout l'effort.

— Je t'assure que ce n'était pas de l'effort, mon cœur.

Il déposa un baiser sur ses lèvres, puis un autre sous son oreille avant d'ajouter :

— Et je ne suis pas épuisé du tout…

Il la souleva à nouveau et la prit dans ses bras.

— … Mais touché que tu t'inquiètes de ma santé.

Elle se mit à rire et lui donna une tape sur le torse.

— Mais que fais-tu ? Repose-moi.

Un sourire narquois illumina son beau visage.

— Pas avant de t'avoir montré comment on fait ça convenablement.

Ce qu'il fit, par deux fois.

Quelque temps plus tard, Jeannie s'effondra épuisée dans un enchevêtrement de membres nus comme elle en avait rêvé. Jamais elle n'aurait imaginé ressentir une satisfaction plus complète, un sentiment d'intimité plus grisant forgé dans les bras d'un homme. Elle aurait pu rester ainsi à jamais, blottie contre lui, la tête dans le creux de son épaule, la joue posée sur sa peau. C'était l'endroit qu'elle préférait au monde. Elle inhala son odeur chaude et masculine, savourant l'instant, sachant qu'elle ne l'oublierait jamais.

Il respirait lentement, émettant un son doux qui l'emplit d'aise. Elle sourit et lissa du bout des doigts le triangle de poils sur sa poitrine. Il avait mérité son sommeil.

Elle aussi. Il était ici, avec elle, en sécurité.

Elle poussa un soupir de contentement et se lova plus douillettement contre lui en fermant les yeux. Tout irait bien dorénavant.

Ce fut sa dernière pensée cohérente avant que le sommeil ne l'engloutisse à son tour.

Il faisait encore nuit quand Duncan se réveilla en sursaut.

Il jura, furieux contre lui-même de s'être endormi. Il devait rentrer au camp avant qu'on se pose des questions. Il se dégagea délicatement de l'étreinte de Jeannie et sortit du lit.

Le sommier grinça quand il se leva. Jeannie remua, mais ne se réveilla pas. C'était aussi bien. Il rechignait à la quitter ainsi, sans un au revoir, mais il n'avait pas le temps d'affronter une autre crise de panique.

Il n'avait pas prévu ce qui s'était passé. Il avait simplement voulu la réconforter et apaiser ses craintes d'un baiser. Mais, dès qu'il avait senti son besoin, l'urgence de son corps pressé contre le sien, le désir avait surgi en lui telle une bête sauvage exigeant d'être libérée. En serait-il toujours de même entre eux ? Exalté et explosif, brûlant d'une passion presque désespérée ?

Même après la première fois, ses efforts pour faire durer le plaisir et l'amener lentement au paroxysme avaient été vains. Leurs émotions étaient trop à vif, leur passion trop ardente, leurs besoins trop violents. Quand il était avec elle, il perdait la raison. Il en venait même à se demander s'il était capable de gérer une telle intensité. Rien ne l'avait préparé à une telle relation. Il avait toujours pensé que son destin résidait sur le champ de bataille. L'amour n'avait pas fait partie de ses projets ; il compliquait trop la vie. Il suffisait de se souvenir des anciens contes d'Arthur et de Tristan pour en avoir la preuve.

Il contempla son visage endormi. Ses traits délicats paraissaient presque angéliques, sauf sa bouche qui était une véritable incitation au péché. Même le sommeil ne pouvait effacer les courbes sensuelles de ses lèvres.

Son cœur se serra, ému au-delà des mots de savoir qu'elle était à lui.

Il s'arracha à sa contemplation et tenta de retrouver ses vêtements dans l'obscurité. Dans le feu de l'action, il les avait éparpillés dans la pièce.

À sa grande surprise, il les trouva soigneusement pliés sur une chaise. Quand avait-elle fait ça ? Il avait dû dormir plus profondément qu'il ne l'avait pensé. Compte tenu de leurs ébats (il l'avait prise trois fois en moins d'une heure), ce n'était pas étonnant. Il devait s'estimer heureux de s'être réveillé avant qu'il ne soit trop tard.

Il s'habilla rapidement et déposa un dernier baiser sur sa tempe avant de quitter la chambre. Moins d'une heure plus tard, après avoir demandé à la tavernière de réveiller les gardes avant l'aube, il se glissait à nouveau dans sa tente.

Colin dormait, fort heureusement. Il n'avait pas la force d'inventer des explications. Il ne prit pas la peine de se déshabiller, se contentant de se délester de ses armes et de son *sporran* avant de ramper sur sa paillasse. Il était épuisé.

Il ne restait que quelques heures avant le lever du jour.

8

La fumée âcre et noire qui flottait tel un linceul au-dessus du champ de bataille brûlait les yeux et la gorge de Duncan. Il dégoulinait de sueur. Il était épuisé, crasseux, couvert d'entailles. C'était bien une débâcle, mais pas celle que son cousin avait prévue.

Il aperçut un groupe d'hommes avançant devant lui et cria :

— Reculez !

Trop tard. Le boulet de canon explosa juste devant eux, projetant deux corps dans les airs. Cinq autres explosions se succédèrent, toutes aussi mortelles.

Dans un premier temps, la vue des membres arrachés et des fragments de corps volant autour de lui l'avait éberlué, tout comme l'ensemble des troupes de Campbell. Il avait dû faire appel à toute sa force de persuasion pour empêcher la moitié des hommes de déserter sur-le-champ, tous étant terrifiés par la puissance de cette étrange nouvelle arme dévastatrice.

Le premier coup de canon avait annoncé la couleur. Il visait la position de son cousin et emporta non pas la cible visée, à savoir Argyll, mais Campbell de Lochnell qui chevauchait à ses côtés.

Quelques heures plus tard, une grande partie de l'armée avait pris la fuite. Il ne restait de l'avant-garde que les troupes de son père et l'aile droite, commandée par MacLean de Duart.

Toutefois, le canon de Huntly à lui seul n'aurait pu les décimer s'il n'avait été accompagné d'une manœuvre perfide.

Duncan serra les poings. Le père de Jeannie, le chef des Grant, les avait trahis, se retirant dès la première canonnade. Il avait entraîné avec lui toute l'aile gauche et mis d'emblée l'ensemble de l'avant-garde en grande difficulté.

Jeannie avait-elle su ce que son père projetait ? Tout au long de cette journée interminable, il avait été hanté par cette question, ou plutôt par sa réponse, qu'il pensait connaître.

Lorsque la fumée de la dernière salve se dissipa, il regarda autour de lui, cherchant le comte. Cette fois, son maudit cousin allait l'écouter : Argyll devait sonner la retraite. Si près du front, le danger était trop grand ; il devenait pratiquement impossible de le protéger. Ils avaient perdu l'avantage du nombre. Les hommes qui avaient répondu à leur appel avec enthousiasme, alléchés par la perspective du pillage, avaient changé d'avis dès la première difficulté. Il leur restait environ deux cent cinquante cavaliers et près de mille fantassins, contre les mille cinq cents cavaliers de Huntly. Ceux qui n'avaient pas fui étaient principalement des guerriers bien entraînés, mais les arquebuses et les épées n'étaient guère utiles face aux canons. Les seuls éléments empêchant le centre de l'avant-garde d'être anéanti étaient sa position au sommet d'une colline et le fait qu'il avait le soleil derrière lui.

Il fit tourner sa monture pour rebrousser chemin et prévenir les hommes. En observant la colonne de soldats derrière lui, il aperçut avec soulagement Argyll chevauchant aux côtés de son père.

Son cousin était bon tireur avec un mousquet, mais, dans un combat rapproché, il valait mieux savoir se servir d'une épée. Un tireur avait le temps de se faire trucider avant d'avoir pu recharger son arme. Heureusement, le père de Duncan avait suffisamment d'adresse à l'épée pour deux.

Tout au long de la journée, un détachement des troupes de Huntly avait chargé après chaque tir de canon, profitant des percées créées dans le front par les explosions. Cette fois, Duncan sentit un changement dans leur stratégie. Il y avait de plus en plus d'hommes, de plus en plus de chevaux, de plus en plus de fusils... tous visant directement Argyll et son père.

Il cria pour les avertir, mais sa voix fut noyée dans le vacarme de la bataille. Il éperonna son cheval et partit au galop, mais il était trop loin. Son pouls s'accéléra. Il n'arriverait pas à temps.

À travers la fumée et la masse confuse des hommes qui se battaient, il aperçut soudain le canon d'un fusil braqué droit sur Argyll.

Le temps s'arrêta. Il eut l'impression de se trouver au bord d'un gouffre, un pied dans le vide et agitant les bras pour retrouver son équilibre. Il savait ce qu'il allait arriver. Il voyait presque la balle atteindre son cousin et chaque fibre de son corps se précipita pour l'en empêcher. Hélas, le temps ne pouvait s'arrêter suffisamment longtemps pour qu'il y parvienne.

Le soldat Gordon appuya sur la gâchette.

Il ressentit le déclic, vit l'étincelle, entendit la détonation.

Il dut hurler sans s'en rendre compte car son père tourna brusquement la tête dans sa direction et le vit galoper vers lui. Il comprit rapidement pourquoi. Brandissant son épée, il se jeta sur Archie avec une telle force qu'ils tombèrent tous deux de cheval. Il parvint à se redresser tant bien que mal et pourfendit l'homme qui venait de tirer.

Duncan fondit sur les assaillants en poussant un cri de guerre et en occit deux dans son élan. Les hommes de son père se précipitèrent derrière lui pour repousser la charge, animés d'une férocité renouvelée.

Les Gordon battirent en retraite pour préparer une nouvelle salve de tirs. Duncan sauta de selle et se fraya un chemin à coups d'épée dans la masse d'hommes encerclant Argyll et son père.

Quand il aperçut son cousin en vie, il fut d'abord soulagé. Puis la colère reprit le dessus. Peut-être allait-il enfin l'écouter, à présent.

— Bon sang, Archie ! Tu dois reculer. Tu as failli te faire tuer.

— Duncan, je suis désolé…

En voyant son expression, Duncan sentit son sang se figer. Il soutint son regard un instant, puis le contourna, sachant déjà ce qu'il trouverait derrière lui.

Son père était étendu sur le sol. Un de ses gardes était agenouillé près de lui, pressant un linge contre son flanc pour tenter de contenir le sang qui jaillissait de sa plaie. La balle était entrée juste sous le plastron d'armure.

Duncan tomba à genoux.

— Père !

— Je vais bien, répondit faiblement ce dernier.

Il serrait les dents. Le seul fait de respirer paraissait douloureux. La gorge de Duncan était nouée. Ils savaient tous les deux que c'était un mensonge.

Un autre boulet de canon s'écrasa non loin, projetant une gerbe de terre, de pierres et de fumée dans toutes les directions. Il devait agir avant qu'ils ne soient tous morts ; il aurait voulu conduire son père en lieu sûr, mais tant que ses hommes se battaient, son devoir l'obligeait à rester sur le champ de bataille.

— Il faut vous transporter jusqu'au château.

Il se redressa et donna rapidement des instructions à quelques hommes se tenant autour d'eux.

— Colin ? demanda son père dans un râle.

L'héritier légitime avant tout, bien sûr ! pensa Duncan avec un pincement au cœur.

— Il est en sécurité, répondit-il. Je l'ai envoyé chercher des munitions. Il vous rejoindra dès son retour.

— Veille… sur… aura… besoin… de toi.

Duncan allait répondre, refusant d'admettre que son père était sur le point de mourir, mais il se contenta de hocher la tête. Son père avait besoin de toutes ses forces pour lutter pour sa survie.

Une lueur de panique traversa soudain le regard du chef Campbell.

— Dois… te dire… pardon…

Une nouvelle explosion couvrit ses paroles. L'effort fut trop grand pour lui et il perdit connaissance.

Ses hommes l'emmenèrent rapidement à l'abri tandis que Duncan se tournait vers Argyll avec un regard d'acier.

— Tu pars te mettre en sécurité avec lui.

Cette fois, le comte ne tenta pas de discuter. Les traits d'Archie étaient tordus par la haine. Un jour, il deviendrait un grand chef, mais il ne possédait pas encore la maturité nécessaire pour supporter dignement un tel coup à son orgueil. La fureur faisait saillir ses yeux de leurs orbites et il pleurait de rage.

— Ce n'est pas juste ! cracha-t-il. Si je n'avais pas été trahi, ce serait aujourd'hui mon heure de gloire. Tout est de la faute de Grant. Je le détruirai !

Duncan acquiesça, mais il ne songeait pas à Grant, même s'il ne doutait pas que le laird de Freuchie paierait tôt ou tard pour sa félonie. Il pensait à sa fille. La trahison du père avait éliminé toute possibilité d'une union bénie par leurs deux familles.

Elle avait peut-être fait plus de dégâts encore. *Jeannie savait.* C'était la seule explication à sa venue la veille au soir.

À présent, son père était à l'article de la mort.

Duncan serra les dents. Il n'avait pas le temps de réfléchir aux implications de ce constat. Les hommes de Huntly lançaient une nouvelle charge. Du coin de l'œil, il aperçut un éclat de métal. L'épée de son père était toujours là où il l'avait laissée : plantée telle une croix dans le torse de l'homme qui l'avait abattu. L'énorme épée en cuivre et en argent faisait presque deux mètres de long et devait être maniée à deux mains. Elle appartenait aux Campbell d'Auchinbreck et avait été transmise de chef en chef depuis l'époque du roi Robert Ier. Sur sa lame était gravé le mot « Constance ».

Duncan saisit la garde en corne, extirpa lentement l'épée du cadavre et la brandit devant lui. Les assaillants étaient presque sur lui.

Il se battit comme un homme possédé, et peut-être l'était-il réellement. Bâtard ou pas, le sang de son père coulait dans ses veines et il sentait la puissance de ses ancêtres le soutenir tandis qu'il assenait coup après coup, expédiant dans l'autre monde tous ceux qui se trouvaient en travers de son chemin.

Ils repoussèrent facilement l'assaut et se préparaient au prochain quand il aperçut un des gardes MacLean galoper vers eux ventre à terre. Les Campbell regardèrent autour d'eux, cherchant leur chef. Duncan fit un pas en avant. Son père ne se trouvant plus sur le terrain, c'était lui, en tant que capitaine, qui était désormais à la tête de ce qui restait de leur clan.

— Que se passe-t-il, Fergus ?

Si le MacLean était surpris de le trouver au poste de commandement, il n'en montra rien.

— C'est MacKintosh. Ses hommes et lui sont encerclés. Mon laird fait de son mieux pour refouler Erroll.

Erroll était le fidèle acolyte de Huntly et un guerrier redoutable. MacLean devait le retenir coûte que coûte. S'il parvenait à percer leur front, ils étaient perdus. Quelqu'un d'autre devait se porter au secours de Mackintosh.

Duncan n'hésita pas une seconde.

— Où est-il ?

Fergus indiqua du doigt une ouverture au faîte de la colline, de l'autre côté d'un ruisseau.

À travers le nuage de fumée, Duncan distingua la mêlée des hommes au combat. Une douzaine d'entre eux avaient été isolés du reste des troupes et étaient coincés dans une étroite ravine, encerclés par des hommes de Huntly qui se rapprochaient peu à peu tels des vautours.

Il évalua rapidement la situation. Elle n'était pas brillante. Tous ceux qui se portaient à leur secours risquaient d'être piégés à leur tour et massacrés avant d'avoir pu les rejoindre. Leur seule chance était de frapper fort l'aile gauche de l'avant-garde, et de s'enfuir par la première percée qu'ils parviendraient à créer. Avec des renforts conséquents, ce ne serait pas bien difficile, mais Duncan ne pouvait emmener avec lui que quelques hommes. Ils avaient suffisamment de mal à défendre leur position. S'ils perdaient la colline, ils perdaient la bataille.

Il prit sa décision et se tourna vers les hommes de son père, désormais les siens, pour leur expliquer son plan. Il appela cinq de ses guerriers les plus féroces. Ils étaient tous célibataires et sans enfant. Comme lui.

— Je ne vous oblige pas à m'accompagner, déclara-t-il. Il y a de fortes chances pour que nous n'en revenions pas.

Il scruta le visage crasseux des hommes. Il n'y décela aucune hésitation, uniquement de la détermination. Et il y vit autre chose, aussi : de la confiance. Ils se fiaient à lui pour les mener au combat et étaient prêts à le suivre dans la mort si nécessaire. Il sentit une décharge d'adrénaline fuser dans ses veines. Il tenait son destin entre ses mains. Il n'en doutait pas.

Neil, un garde plus âgé que les autres, cracha par terre.

— Croyez-moi, capitaine, ces maudits Gordon souperont avec le diable avant la fin du jour.

Duncan lui sourit.

— Alors ne tardons pas. Nous ne voudrions pas qu'ils arrivent en retard à leur dîner.

Poussant un féroce cri de guerre, il mena la charge héroïque.

Les six valeureux Highlanders qui, l'épée à la main, fondirent sur le flanc gauche de l'avant-garde de Huntly auraient dû tous mourir ce jour-là.

Au lieu de cela, ils entrèrent dans la légende.

Jeannie se réveilla en sursaut. Les premiers rayons dorés du jour filtraient à travers la vitre sale de la petite fenêtre de la chambre, illuminant le plancher. Néanmoins, le soleil ne pouvait réchauffer l'espace vide et glacé dans son cœur.

Elle n'eut pas besoin de le vérifier. Elle avait déjà compris que Duncan était reparti.

Elle avait échoué.

L'angoisse la tenailla tout le long du chemin du retour vers Freuchie Castle. Elle s'amplifia encore quand, une heure à peine après avoir quitté la taverne, de terrifiantes explosions retentirent derrière elle. Elle n'avait encore jamais rien entendu de la sorte mais comprit qu'il s'agissait du bruit des canons. Même de loin, elle sentait l'air vibrer à chaque détonation.

Elle mourait d'envie de savoir ce qu'il se passait sur le champ de bataille mais savait également, comme le lui avait dit Duncan, que ce n'était pas sa place. Elle se hâta donc de rentrer chez elle pour faire tout ce qu'elle pouvait faire : attendre, prier et espérer qu'il viendrait la chercher comme promis. Ses gardes n'avaient pas bronché en apprenant son brusque changement de plan et sa décision se rentrer au château. Elle n'avait pas non plus besoin de feindre de se sentir mal, ce qui était son prétexte. Sa peur pour Duncan la rendait pâle comme un linge.

C'était le jour le plus long de sa vie. Elle reposa sa broderie de côté et retourna se poster devant la fenêtre pour la énième fois. Elle ne pouvait rester en place. Dieu, ce qu'elle détestait attendre ! Et ce sentiment d'impuissance totale... Sa vie se jouait sur ce champ de bataille et elle était condamnée à se morfondre. Que se passait-il ? Qui en sortirait victorieux ? Viendrait-il quand même la chercher ? Et plus important que tout le reste : en serait-il encore capable ?

Il ne pouvait pas mourir.

Enfin, juste avant la tombée de la nuit, l'étendard blanc des Grant apparut au sommet de la colline à l'est. Son père chevauchait non loin derrière.

Elle récita une prière pour remercier le ciel de l'avoir ramené sain et sauf, puis se précipita dans l'escalier, traversa la grande salle et dévala les marches menant à la cour. Son cœur battait à tout rompre. L'expression triomphante des hommes du clan lorsqu'ils franchirent le grand portail répondit à sa première question : les Campbell avaient perdu.

À présent, il ne lui restait plus qu'à espérer que, si Duncan avait survécu (et elle ne pouvait imaginer le contraire), il ne lui tiendrait pas rigueur de la trahison de son père.

Leur périlleuse opération de sauvetage des MacKintosh fut un triomphe, mais il ne dura pas. Duncan se battit aux côtés des MacLean jusqu'au bout, mais ils finirent par être dépassés et durent battre en retraite. Ils avaient beau redoubler de courage et de férocité, ils ne faisaient pas le poids face à la cavalerie et aux canons de Huntly. Si les Campbell n'avaient pas perdu la moitié de leur avant-garde dès les premières heures de la bataille, ils auraient eu une chance de gagner. En fait, le seul fait d'avoir tenu aussi longtemps était déjà une petite victoire en soi. Cela dit, son cousin ne le verrait probablement pas de cet œil.

Les couleurs d'Argyll flotteraient au-dessus de Strathbogie Castle cette nuit comme promis, mais comme symbole de sa défaite plutôt que de sa victoire. Robert Fraser, le porte-étendard d'Argyll, avait été transpercé de trois lances et son équipement était tombé entre les mains de l'ennemi.

Les derniers feux du couchant s'estompaient quand il franchit enfin les portes de Drumin Castle, fourbu.

Ils l'attendaient dans le bureau du laird. Les chefs qui avaient composé le conseil de guerre la veille étaient méconnaissables : sombres et silencieux, leur orgueil réduit en lambeaux, l'air hébété et incrédule. Ce n'étaient pas des hommes habitués à la défaite. Même si aucun n'aurait osé le dire ouvertement, ils pensaient tous que bon nombre d'entre eux avaient tenté de dissuader Argyll de livrer bataille aujourd'hui. Néanmoins, personne n'avait prévu la trahison de Grant.

Ils auraient peut-être pu. Duncan, lui, aurait dû la voir venir.

Il lui suffit d'un regard à son cousin pour constater qu'il ne s'était toujours pas calmé. Il était d'une humeur explosive. Sa bouche était tordue en un rictus mauvais. Il ressemblait à un loup enragé, prêt à mordre le premier qui le regarderait de travers.

Toutefois, la priorité de Duncan n'était pas de panser l'orgueil blessé de son cousin. Il fut soulagé de constater que son demi-frère avait obéi à ses ordres et était rentré au château.

— Comment va père ? lui demanda-t-il.

Colin était pâle et avait le regard vitreux. Il semblait encore sous le choc des événements de la journée. Duncan ne pouvait guère le lui reprocher.

— Il vit, mais il n'a pas encore repris connaissance.

— Où est-il ? Je dois aller le retrouver.

— Dans la chambre du laird, répondit Argyll. Mais d'abord, fais-moi ton rapport.

Duncan lui raconta ce qui s'était passé après son départ, louant la bravoure et la ténacité des MacLean et de leur chef.

— Où est MacLean ? demanda Archie. Pourquoi n'est-il pas ici pour me présenter les faits en personne ?

— Il a été blessé au bras. Il est en train de se faire soigner.

— Nos pertes ?

— Lourdes. Au moins cinq cents hommes.

Il n'estima pas nécessaire de mentionner les quelques milliers de paysans non entraînés qui avaient déserté au premier coup de canon.

— Et Huntly ?

— Beaucoup moins.

Selon lui, à peine une vingtaine, dont la moitié occise par lui-même et ses hommes.

Le regard d'Archie se durcit. Ses yeux noirs brillaient comme des perles d'onyx.

— Ils connaissaient nos positions, conclut-il. Ils étaient parfaitement au courant de notre plan de bataille.

Un murmure d'assentiment parcourut l'assemblée. Campbell de Cawdor prit la parole :

— Ils devaient également avoir une carte, car ils anticipaient nos moindres mouvements. Ce doit être Grant. Il a dû leur envoyer un de ses hommes après notre conseil hier soir.

L'allusion à Grant jeta Argyll hors de ses gonds. Son teint devint cramoisi et il frappa du poing sur la table.

— Cette immonde vipère ! Il paiera pour sa traîtrise !

Il fit signe à l'un des gardes qui se tenait près de la porte.

— Toi ! Va demander si quelqu'un a été vu sortant du château la nuit dernière.

Duncan jura intérieurement, espérant que personne n'avait remarqué son départ. Il ne tenait pas à s'expliquer sur sa rencontre avec Jeannie. Surtout pas maintenant.

— Si tu n'as plus besoin de moi, mon cousin, j'aimerais aller au chevet de mon père.

— Va, répondit Argyll en le congédiant d'un geste de la main.

Il était presque parvenu à la porte quand il le rappela :

— Attends. Avant de partir, rends-moi la carte.

Duncan ouvrit son *sporran*, en sortit le parchemin et le tendit à Argyll. Il se tourna à nouveau vers la porte quand il entendit son cousin dire :

— Qu'est-ce que c'est que ça ? Un message ?

Diable ! Dans sa hâte de retrouver son père, il avait accidentellement donné à Archie le billet de Jeannie.

Il conserva un visage de marbre et ouvrit à nouveau son *sporran*. Cette fois, il se donna la peine de regarder à l'intérieur tout en fouillant son contenu. Où était cette foutue carte ?

— Il y a un problème ? demanda Argyll d'une voix légèrement tendue.

— Je ne la trouve pas. J'ai dû la perdre pendant la bataille.

Un silence de mort retomba dans la pièce. Duncan n'avait pas besoin de regarder autour de lui pour savoir que tous les yeux étaient rivés sur lui. Il sentit la moutarde lui monter au nez, devinant que bon nombre des présents le soupçonnaient déjà sur le seul motif de sa naissance. Heureusement, Archie ne douterait jamais de sa loyauté. Ses actes sur le champ de bataille parlaient d'eux-mêmes. Il était prêt à défier tous ceux dans la pièce qui prétendraient le contraire.

Quand il tendit la main pour récupérer le billet, son cousin hésita. Il fut tenté de le lui arracher des doigts, mais il aurait alors paru avoir quelque chose à cacher.

— De qui est-ce ? On dirait une écriture féminine.

Duncan serra les dents et répondit sèchement :

— C'est une affaire privée.

Ce ne fut que lorsque son cousin ouvrit le billet et le lut qu'il se souvint de ce qu'il contenait : *Viens vite... Nous devons agir sur-le-champ.* La formulation pouvait prêter à confusion même dans l'esprit le plus fidèle.

Son cousin redressa la tête vers lui, une lueur étrange dans le regard.

— Quand ce message est-il arrivé ?

— Hier soir.

— Après le conseil ?

— Oui.

— Je t'avais dit de rien laisser interférer avec ton devoir envers moi. Tu aurais mieux fait de te concentrer sur le père plutôt que sur la fille. Convaincre Grant de nous rejoindre était ta responsabilité.

Duncan vit Colin tressaillir quand il comprit ce qu'impliquaient les paroles d'Argyll. Mince ! Il n'avait pas voulu qu'il l'apprenne de cette manière.

Son frère se tourna vers lui d'un air d'abord incrédule, puis accusateur.

— Vous parlez de Jean Grant ? Tu étais avec ma fiancée la nuit dernière ?

— Vous n'êtes pas fiancés. C'est compliqué. Je t'expliquerai tout, je te le jure, mais plus tard.

Il se tourna à nouveau vers Argyll.

— Ma relation avec la fille de Grant n'a rien à voir là-dedans. J'aurais peut-être dû prévoir la trahison de Grant, mais je ne suis pas le seul dans cette salle qu'il ait berné.

Son père, Argyll, tous ceux qui avaient cru la colère de Grant contre Huntly sincère.

— Si tu m'accuses de quelque chose, mon cousin, fais-le maintenant, poursuivit-il. Autrement, on me trouvera au chevet de mon père.

Il se garda d'ajouter : *qui a reçu la balle qui t'était destinée.*

Il attendit puis, comme son cousin se taisait, il tourna les talons et sortit. Archie ne l'avait accusé de rien, mais il ne l'avait pas défendu non plus. Après tout ce qu'il avait vécu au cours de la journée, l'idée qu'il puisse le soupçonner ne serait-ce que vaguement était profondément blessante.

Argyll le croyait-il vraiment capable de trahison ? Non, c'étaient sa frustration et sa colère qui s'exprimaient. Lorsqu'il se serait calmé, il y verrait plus clair. Archie ne s'excusait jamais, mais Duncan savait qu'il trouverait un moyen de faire amende honorable.

Pendant les deux jours qui suivirent, Duncan veilla sur son père. Il ne quitta son chevet que pour laver les traces de la bataille sur son corps las et, accessoirement, aller se soulager.

Campbell d'Auchinbreck gisait immobile au milieu d'un lit immense. Il semblait se flétrir à vue d'œil. L'hémorragie avait cessé, mais il demeurait inconscient. Le guérisseur avait prévenu qu'il y avait des chances qu'il ne se réveille jamais. Duncan tenait à rester à ses côtés dans l'éventualité du contraire.

Jamie et Elizabeth avaient été prévenus et étaient en route. Argyll et Colin rendaient souvent visite au blessé, mais ne restaient pas longtemps et parlaient peu. En l'absence de Duncan, Argyll avait demandé à Colin de l'assister en attendant l'arrivée du roi. Ce dernier était furieux, tant en raison de l'attaque précipitée d'Argyll que de la trahison de Grant. Il marchait à présent vers le nord avec plusieurs milliers d'hommes afin de faire rentrer Huntly dans les rangs.

Il n'avait plus été question de la scène dans le bureau du laird après la bataille. Avec le retour de MacLean, le récit du courageux sauvetage des Mackintosh par Duncan s'était propagé, dissipant les soupçons qui pesaient sur lui.

Du moins le croyait-il. Tard dans l'après-midi du troisième jour, Colin fit irruption dans la chambre, hors d'haleine.

— Tu dois partir, annonça-il à Duncan.

— Calme-toi, Colin. Que se passe-t-il ?

— Ils l'ont trouvé !

— Ils ont trouvé quoi ? demanda Duncan perplexe.

— L'or.

Duncan se mit à rire.

— S'ils ont trouvé de l'or, tu peux être sûr qu'il n'est pas à moi.

— Ce n'est pas le moment de plaisanter ! Tu ne comprends donc pas qu'ils te croient coupable ? Lors du conseil de guerre, tu étais furieux contre Argyll parce qu'il ne t'avait pas confié de commandement, et tu en voulais à père de s'être opposé à ton mariage.

Duncan ne riait plus.

— Qui le croit ? Pas Archie, tout de même !

— Non, il t'a défendu, mais il n'a plus rien trouvé à dire quand ils lui ont montré la bourse. Difficile d'expliquer ce que tu faisais avec quarante ducats en pièces d'or.

Pour la première fois, une sonnette d'alarme retentit dans le crâne de Duncan. Cela représentait une petite fortune.

— Il doit y avoir une erreur.

— Il n'y a pas d'erreur, répliqua Colin. Ils ont fouillé notre tente et ont découvert la bourse dans la sacoche que tu attaches à ta selle.

Quelqu'un avait dû l'y mettre. Quelqu'un voulant l'incriminer. Grant ?

— N'importe qui peut l'avoir placée là. Qu'ils viennent donc m'accuser en face.

— Avec l'arrivée imminente du roi, les chefs veulent faire tomber des têtes. Tu seras arrêté. Tu dois partir.

Arrêté ?

— Il n'est pas question de m'enfuir. Je resterai et prouverai mon innocence.
— Depuis ton cachot ?
— Je ne quitterai pas père.
— Il ne voudrait pas que tu restes, pas dans ces conditions.
Dans la cour en contrebas, Duncan entendit le cliquetis caractéristique des pas de soldats.
— Pars, insista Colin. Je resterai auprès de père jusqu'à ton retour. Je te le jure.
Duncan hésita, mais son frère avait raison. Il lui serait difficile de se disculper enfermé dans un cachot. Sans son père, qui prendrait sa défense ? Archie aurait déjà du mal à se défendre lui-même devant le roi.
Il serra Colin dans ses bras.
— Merci de m'avoir prévenu, petit frère. Je n'ai pas encore eu l'occasion de m'expliquer, au sujet de Jeannie. Je suis navré si tu as été blessé. Ce n'était pas mon intention.
Colin fit un geste de dédain.
— Nous avons tous les deux été floués.
Voyant que Duncan ne comprenait pas, il expliqua :
— Tu n'as pas entendu la nouvelle ? Jeannie Grant est fiancée au fils de Huntly, Francis Gordon.
Duncan se figea. Ce n'était pas possible.
Si ?
L'ombre d'un doute s'insinua dans son esprit et il s'autorisa à se poser les questions qu'il refoulait depuis plusieurs jours. Pourquoi ne l'avait-elle pas prévenu ? Où était passée la carte ? Il l'avait eue sur lui tout le temps, ne s'en séparant que pour se glisser dans le lit. Il revit son *sporran* soigneusement posé auprès de ses vêtements pliés.
Et voici qu'elle était promise à Francis Gordon.
Cela projetait une lumière nouvelle sur ce qui s'était passé cette nuit-là dans la chambre de la taverne. Une lumière sinistre.

Son ventre était noué. Avait-il laissé les émotions embuer son esprit au point de ne plus voir la réalité ? Jeannie lui avait-elle menti ? L'avait-elle manipulé ? Il ne pouvait imaginer une telle possibilité, mais il ne trouverait pas le repos avant d'en avoir le cœur net.

Laissant Colin veiller sur leur père, il se glissa hors de la chambre, longea le couloir, se cacha pour laisser passer les soldats venus l'arrêter, puis se fondit dans les ténèbres de la nuit.

9

Jeannie fut arrachée du sommeil par un bruit étrange. Son sang se glaça. Osant à peine respirer, elle attendit qu'un autre bruit perce l'obscurité. N'entendant plus rien, elle soupira enfin.

Elle roula sur le côté, s'enfonçant confortablement dans le matelas, souhaitant retrouver au plus vite le sommeil profond d'où elle avait été extirpée, celui qui lui permettait de ne plus penser…

À Duncan. Trop tard. Avec un soupir, elle se résigna à passer une nouvelle nuit blanche.

Depuis le retour des Grant trois jours plus tôt, elle n'avait pu apprendre grand-chose sur le sort des Campbell. Elle pouvait difficilement interroger son père et, même si elle s'y hasardait, il ne lui répondrait probablement pas.

Il était pressé de la marier à Francis Gordon afin de sceller son alliance avec Huntly. Jeannie savait qu'elle ne pourrait pas retarder l'échéance encore longtemps, surtout maintenant que Gordon était au château.

Duncan était vivant. Il le fallait. Pourquoi n'était-il pas venu la chercher ? Elle était hantée par une bribe de conversation qu'elle avait surprise entre son père et Francis dans le bureau du laird, le soir après la bataille. Ils se félicitaient mutuellement de leur réussite, « grâce à la carte de Campbell ». Elle n'y avait pas prêté beaucoup attention, étant occupée à remettre de l'ordre dans la grande salle après le dîner, jusqu'à ce qu'ils fassent allusion à une trahison et à de l'or.

Ils ne pouvaient être en train de parler de Duncan. Néanmoins, un certain malaise ne la quittait plus depuis.

Pourquoi n'était-il pas venu ?

Soudain, un homme surgit de l'ombre. Elle sursauta et voulut crier, quand il lui plaqua une main sur la bouche.

Dans la lueur pâle de la lune, elle distingua ses traits. Elle s'affaissa de tout son corps, soulagée, et des larmes de joie lui montèrent aux yeux.

Il ôta sa main et elle se redressa d'un bond.

— Tu es venu !

Il ne répondit pas. Il était étrangement raide, restant dans l'ombre et maintenant une distance entre eux au lieu de la serrer dans ses bras comme elle avait rêvé qu'il le ferait en la retrouvant.

À mesure que ses yeux s'accoutumaient à l'obscurité, elle remarqua son expression étrange, presque menaçante. Si elle ne l'avait pas mieux connu, elle aurait été effrayée par la lueur froide dans ses yeux, le frémissement cruel de ses narines, sa mâchoire crispée. Elle sentit la tension et la colère qui émanaient de lui.

— Duncan, que se passe-t-il ?

Il scruta son visage.

— Dis-moi que ce n'est pas vrai. Dis-moi que tu n'es pas promise à Francis Gordon.

Elle pâlit et il jura entre ses dents. Avant qu'elle n'ait pu s'expliquer, il l'agrippa par le bras et la traîna hors du lit.

— Depuis combien de temps me le caches-tu ? demanda-t-il. Étais-tu déjà fiancée la nuit où tu m'as envoyé ton billet ?

Il lut la réponse sur son visage et la repoussa. Elle s'accrocha à lui.

— Tu ne comprends donc pas que c'est pour ça que je suis venue ? Je ne veux pas l'épouser. Je veux m'enfuir avec toi. Ce mariage a été décidé par mon père.

— Mais tu as consenti.

— J'avais peur. Il était fou de rage quand je lui ai parlé de nous. Je n'ai jamais eu l'intention d'aller jusqu'au bout. Je voulais te le dire, mais j'ai craint que…

— Tu as eu peur que je devine que ton père allait nous trahir. Tu avais raison. Il semblerait que tu m'aies caché beaucoup de choses. Pourquoi m'as-tu fait venir cette nuit-là ?

— Parce que je craignais pour ta vie.

— Comme tu vois, il n'y avait pas de quoi, je suis toujours là. Malheureusement, je ne peux pas en dire autant pour mon père.

— Oh, Duncan, je suis profondément désolée. Mais tu dois comprendre que je ne pouvais rien faire.

Il resta de marbre.

— Tu as fait ton choix.

— Ce n'est pas juste, protesta-t-elle. Tu ne comprends donc pas dans quelle situation inextricable je me trouvais ? En te parlant du projet de mon père, c'était lui que je condamnais.

Il était évident qu'il ne comprenait pas. Pour le noble Duncan, l'honneur et l'intégrité passaient toujours avant la traîtrise.

— Ta loyauté à l'égard de ton père est remarquable, railla-t-il. Mais dis-moi, Jeannie, jusqu'où cette loyauté va-t-elle ?

Elle n'aimait pas ce qu'elle lisait dans ses yeux.

— Que veux-tu dire ?

— Tu as insisté pour me retenir. Beaucoup insisté, même.

Elle ne pouvait croire qu'il était en train de suggérer qu'elle l'avait séduit délibérément.

— J'étais inquiète pour toi.

— Rien de plus ?

— Bien sûr que non. Quelle autre raison aurais-je eue ?

Il la regardait fixement.

— Pourquoi as-tu déplacé mes affaires ?

Elle ne comprit pas tout de suite, puis se souvint qu'elle avait rangé ses vêtements.

— Je me suis levée pour aller aux toilettes et j'ai failli trébucher sur elles. Alors je les ai ramassées et je les ai mises sur une chaise.

Il ne la croyait pas.

— Tu ne cherchais pas plutôt quelque chose ? Une carte, peut-être ?

— Bien sûr que non, je...

Elle s'interrompit soudain et demanda d'une voix tremblante :

— Une carte ?

Il recula d'un pas et la dévisagea, incrédule.

— Alors c'était bien toi !

Elle s'accrocha à son bras.

— Non, je ne t'ai rien pris. J'ai juste entendu mon père faire allusion à une carte.

Ses tentatives d'explication ne faisaient que la condamner un peu plus à ses yeux.

— Cela suffit ! s'écria-t-il en la repoussant. J'en ai entendu assez !

— Non, tu ne m'écoutes pas.

Elle sentit la colère monter en elle. Elle se redressa en serrant les poings.

— Comment oses-tu venir ici m'accuser d'un crime affreux sans même me laisser m'expliquer ?

— Il n'y a rien à expliquer. Les faits parlent d'eux-mêmes. Quand je suis arrivé à la taverne, répondant à ton appel urgent, je portais sur moi une carte. Une carte que ton père désirait. Or, si j'en crois ce que tu me dis, elle est à présent en sa possession. Était-ce un coup de chance, ou t'a-t-il envoyée en te disant où la chercher ?

Sa voix était faussement calme, mais une lueur folle et dangereuse brillait dans ses yeux. Il poursuivit, implacable :

— Ton fiancé sait-il à quelles extrémités tu as dû recourir pour la voler ? Sait-il que tu as ouvert tes cuisses à un bâtard pour parvenir à tes fins ?

Jeannie en resta bouche bée. Sans même réfléchir, elle le gifla à toute volée.

La tête de Duncan partit de côté sous la force du coup. Quand il se redressa, le regard qu'il lui lança la cloua au sol.

— Ne refais plus jamais ça, dit-il à voix basse.

Il lui agrippa le bras, le serrant comme un étau. Elle prit peur. Elle ne l'avait jamais vu dans cet état.

— Lâche-moi, gémit-elle en tentant de se libérer.

Il ne bougea pas d'un pouce, la tenant à quelques centimètres de lui comme s'il hésitait à la repousser ou à la prendre dans ses bras.

Elle pouvait voir à quel point il bouillonnait intérieurement. Elle tenta de le calmer et de le raisonner.

— Je ne pourrais jamais faire ce dont tu m'accuses. Je ne ferais jamais rien qui pourrait te nuire.

Elle tendit sa main libre vers sa joue, le regardant dans le fond des yeux.

— Je t'aime, Duncan. Tu ne le vois donc pas ?

L'espace d'un instant, il sembla se radoucir et elle crut que ses paroles l'avaient touché, puis le rideau de fer retomba et il repoussa sa caresse.

— Cette fois, ça ne marchera pas avec moi, Jeannie. Tu m'as trompé une fois, mais plus jamais. J'aurai de la chance si je survis au piège dans lequel tu m'as précipité. Est-ce toi ou ton père qui a placé l'or dans ma sacoche ? Était-ce votre manière de me remettre à ma juste place ?

Ses doigts s'enfonçaient dans la chair de son bras et il tremblait de rage.

— Bon sang, je devrais te tuer pour ce que tu m'as fait !

Jeannie sentit une flamme en elle vaciller puis s'éteindre. Elle n'avait rien fait de ce dont il l'accusait, mais, au bout du compte, cela ne changeait rien. Il ne pouvait l'aimer. Il ne la connaissait pas du tout.

Elle redressa la tête, pointant fièrement le menton.

— Si tu crois vraiment tout ce que tu dis, tu devrais peut-être le faire.

Il resta un instant immobile, la dévisageant comme s'il était tenté de la croire et s'il voyait enfin la vérité derrière son ton de défi. Puis, au lieu de la prendre dans ses bras, il la libéra et recula d'un pas.

— Au revoir, Jeannie.

Il lui tourna le dos. Elle fut prise de panique. Il allait vraiment partir.

— Attends ! s'écria-t-elle en le retenant par le poignet. Tu ne peux pas t'en aller. Pas comme ça. Tu dois m'écouter.

Il resta raide comme un piquet et répondit sans la regarder :

— Il n'y a plus rien à dire.

Elle le sentit se refermer sur lui-même. Ses pires craintes se concrétisaient. Ses yeux débordaient de larmes.

— Pourquoi réagis-tu ainsi ?

— Je ne veux plus jamais te voir.

Son ton froid et irrévocable transforma la panique en hystérie. Elle perdit le peu de contrôle qui lui restait et, jetant sa fierté aux orties, s'accrocha à lui de toutes ses forces.

— Non, tu ne le penses pas vraiment.

Il tenta de se libérer mais elle s'accrocha de plus belle.

— Duncan, je t'en supplie… hoqueta-t-elle, le visage ruisselant de larmes.

Il resta insensible à sa supplique. Serrant les mâchoires, il la repoussa brutalement et elle s'effondra sur le sol, le corps secoué de sanglots.

— Ne m'abandonne pas, gémit-elle.

Sans un mot de plus, sans même un dernier regard, il s'enfonça dans l'obscurité aussi furtivement qu'il était apparu. Un instant plus tard, elle entendit la porte s'ouvrir puis se refermer.

— Non !

Peine perdue. Il n'y avait plus personne pour l'entendre. Il était parti.

Duncan avait désespérément voulu croire à son innocence jusqu'à ce qu'il ait acquis la certitude qu'elle l'avait trahi. L'homme qui sortit de cette chambre n'était pas celui qui y était entré. Il était plus âgé. Sans illusions et le cœur froid. C'était une coquille vide.

J'aurais dû m'en douter. Il l'avait vue en compagnie de son père. Avait-il vraiment cru qu'elle renierait sa famille pour lui ?

Il pouvait sans doute essayer de comprendre sa loyauté envers son père, mais il ne pouvait s'expliquer comment la carte qu'on lui avait confiée était désormais entre les mains de Grant. Il ne pouvait pas non plus admettre ses fiançailles avec un autre homme.

Il ressentait une étrange brûlure dans la poitrine, un nœud douloureux qu'il ne pouvait décrire que comme de la jalousie. Il connaissait l'heureux élu et, s'ils n'avaient été dans des camps adverses, l'aurait même admiré. Ce qui ne faisait qu'aggraver les choses. Francis Gordon était un politicien habile et un guerrier expérimenté. Il était riche et, si l'on se fiait au jugement des dames de la cour, avait un physique des plus avenants. C'était un parti idéal pour la fille d'un chef. Contrairement à lui.

Comment avait-il pu être aussi sot ? Pourquoi aurait-elle accepté de le suivre quand elle pouvait épouser le fils de l'un des hommes les plus puissants d'Écosse ? Le fils légitime. Duncan s'était bercé d'illusions en s'imaginant qu'une femme comme elle pouvait voir au-delà de la souillure de son sang.

Son père s'était-il servi d'elle pour le détourner de sa mission ? C'était sans doute ce qu'il y avait de plus dur à avaler : de n'avoir pas détecté les signes de la fourberie de Grant, échouant dans son devoir envers sa famille simplement parce qu'il pantelait derrière une fille tel un chiot en rut.

Voilà ce qu'il se passait quand on réfléchissait avec son entrejambe. Il ne commettrait plus jamais cette erreur. Son avenir résidait sur le champ de bataille et non auprès d'une femme. Il aurait dû s'en rendre compte depuis longtemps.

Toutefois, une partie de lui refusait de croire que tout n'avait été qu'un mensonge. Une telle passion ne pouvait être feinte. Mais peut-être n'était-ce rien de plus : un emballement. Elle était passée à autre chose dès qu'elle avait trouvé mieux. C'était ce qu'il avait craint dès le début ; qu'elle suive les élans de son cœur, obéissant à la prochaine impulsion.

Il chassa ces souvenirs de son esprit. Même si elle n'avait pas toujours fait semblant, elle avait choisi son camp en se conformant aux désirs de son traître de père.

Et lui avait choisi le sien. Il retournerait auprès de son propre père et s'expliquerait devant son cousin.

Il examina les preuves contre lui. Elles étaient accablantes. Le billet. La carte. L'or. Sa colère contre son père et pour n'avoir pas reçu de commandement. Chaque élément pris à part pouvait s'expliquer, mais, mis ensemble, cela faisait beaucoup à récuser. Il ne pouvait qu'espérer que, lorsqu'il lui présenterait les faits, son cousin l'accuserait d'être un idiot plutôt qu'un traître.

L'aube pointait quand il franchit la porte de Drumin Castle. Il était à pied, ayant laissé son cheval non loin. Il avait soigneusement caché son heaume, son haubert et ses armes, les remplaçant par un simple tartan et un bonnet porté bas sur le front pour ne pas être reconnu.

Il était recherché. Il avait dû se tapir par trois fois dans les fourrés pour laisser passer des détachements de soldats sur la route. Toutefois, le portail du château n'était pas lourdement gardé. Ils ne s'attendaient donc pas à son retour.

Il se cacha dans les écuries et passa une bonne partie de la journée à éviter de se faire repérer par quelqu'un qui le connaissait, attendant une chance de se glisser dans le château. Enfin, il put se mêler à un groupe d'hommes transportant de la tourbe aux cuisines.

Une fois à l'intérieur, il grimpa l'escalier qui menait à la chambre du laird. Il entrouvrit prudemment la porte et constata avec soulagement qu'il n'y avait qu'une servante et Colin. Ce dernier releva la tête en l'entendant entrer, les yeux rouges et vitreux.

— Qu'est-ce que tu fais ici ? demanda-t-il, surpris. Tu n'aurais pas dû revenir. La moitié des soldats du roi sont à ta recherche.

— Il fallait que je voie père. Il va mieux ?

Colin fit non de la tête, l'air sombre.

Duncan s'agenouilla près du lit et prit la main de son père. Elle était glacée.

— Duncan, tu ne peux pas rester ici, déclara Colin.

— Je dois prouver mon innocence.

Son frère lui adressa un regard étrange.

— Tu as trouvé la preuve que tu cherchais ?

— Non, mais je suis sûr que notre cousin m'écoutera.

— Je crois que tu ne saisis pas la gravité de la situation, Duncan. Ta tête a été mise à prix. Tu as été jugé ce matin même et déclaré coupable.

Duncan lâcha un juron.

— Argyll me croira, insista-t-il.

Colin n'en paraissait pas convaincu. Duncan comprit que lui non plus ne l'était pas.

— Tu m'estimes coupable.

— Non, pas du tout, répondit Colin sans conviction.

Duncan le dévisagea longuement. Il ne pouvait croire que les siens l'abandonnent aussi facilement. Certes, les apparences étaient contre lui, mais effaçaient-elles toute une vie d'honneur et de loyauté ? S'imaginaient-ils que ses prouesses sur le champ de bataille n'étaient qu'un leurre ? C'était absurde.

— Ce n'est pas ça, reprit Colin en tentant de se racheter. Mais il faut dire que cette fille est belle à se damner et…

Il s'interrompit en entendant des pas dans le couloir. Ils approchaient de la porte.

— Je vais m'en débarrasser, annonça-t-il.

Duncan se cacha dans une grande armoire pendant que Colin sortait. Il l'entendit parler de l'autre côté de la porte puis sa voix s'éloigna.

Il revint s'agenouiller auprès de son père et posa sa tête sur le bord du lit, essayant de lui transmettre sa force afin qu'il se réveille et le conseille.

Sa situation était bien pire qu'il ne l'avait imaginé. Il avait été condamné par contumace. Sans preuve, il ne parviendrait jamais à faire annuler son jugement. Dans un soudain éclair de lucidité, il se rendit compte qu'il avait servi d'exutoire à la défaite. Un bâtard était un bouc émissaire idéal. Si même son cousin et son frère doutaient de lui, qui le croirait ?

Il se sentait vidé, comme si toute sa vie lui avait été volée. Pour la première fois de sa jeune existence, il se sentait perdu. *Que puis-je faire ?*

Il avait dû parler à voix haute car un faible grognement lui répondit. Il crut d'abord l'avoir imaginé puis, quand il releva la tête, il constata que son père avait ouvert les yeux.

— Père !

Campbell d'Auchinbreck remua la tête d'un côté et de l'autre sur l'oreiller, l'air agité. Duncan tenta vainement de l'apaiser avec des paroles de réconfort. Son père remua les lèvres, essayant de parler, mais ne parvint qu'à émettre des sons étranglés.

Il semblait pris de convulsions et écarquillait les yeux. Duncan se leva pour aller chercher le guérisseur, mais son père lui attrapa le poignet avec une force inattendue. Il réussit enfin à prononcer quelques mots confus et pratiquement inintelligibles.

— Pardon, haleta-t-il. Mère… trouve… MacDonald…

— Père, je ne comprends pas ce que…

Il fut interrompu par un cri. Un violent spasme tordit le corps de son père dans une dernière étreinte. Quand ce fut fini, Duncan comprit que la mort l'avait emporté.

Dorénavant, il n'y avait pas que la défaite de son camp qu'il pouvait mettre au compte de sa stupidité, mais également la mort de son père.

Il contempla le cadavre un long moment, dépassé par ce qui venait de se passer. Par sa perte. Il n'avait pas eu l'occasion de dire à son père à quel point il était désolé, ni de le remercier de tout ce qu'il avait fait pour lui.

Il entendit la porte s'ouvrir, mais ne bougea pas. Peu lui importait d'être arrêté. En réalité, ce n'était que Colin. Ce dernier n'était plus uniquement son demi-frère mais également son chef, le nouveau Campbell d'Auchinbreck.

— Il est mort ? demanda Colin d'un air hébété.

Duncan acquiesça.

— Il a repris connaissance quelques instants. Il a essayé de me dire quelque chose.

— Quoi ?

— Je n'ai compris que quelques mots. J'ai eu l'impression qu'il voulait que je retrouve ma mère.

La femme qui l'avait abandonné à sa naissance. Une servante, appartenant apparemment au clan MacDonald, qui s'était si peu souciée de son enfant qu'elle n'avait jamais cherché à le voir ou à prendre de ses nouvelles en plus de vingt ans. Il ne s'était guère plus intéressé à son sort.

— Il ne savait sans doute pas ce qu'il disait, ajouta-t-il.

Ils restèrent immobiles pendant quelques minutes, rendant un dernier hommage au père qu'ils aimaient tous les deux.

— Je suis venu te prévenir, déclara soudain Colin. Ils ont trouvé ton cheval. Ils savent que tu es à Drumin.

Fichtre. Il espérait qu'ils n'avaient pas découvert ses armes. Il allait devoir attendre la tombée de la nuit avant d'aller les récupérer.

— C'est trop dangereux ici pour toi, reprit Colin. Il faut que tu partes.

Duncan ne se donna pas la peine de discuter. Il venait de perdre le seul être qui avait suffisamment foi en lui pour s'opposer à une grande injustice.

— Oui, oui, répondit-il vaguement. Je m'en vais.

— Tu n'es plus en sécurité dans les Highlands.

La réalité le percuta de plein fouet. Il devrait quitter l'Écosse, la seule terre qu'il ait jamais connue. D'un autre côté, maintenant que son père était mort et que Jeannie ne représentait plus rien pour lui, rien ne le retenait. Il songea à ses frères et à Lizzie. Ils vivraient mieux sans lui. Sa présence ne serait pour eux que source de honte.

Il était vraiment seul.

Il prit sa décision, fermant son cœur aux regrets, à la tristesse et au deuil.

— L'Irlande, murmura-t-il.

En Irlande, on avait toujours besoin d'une épée à louer. En tant que mercenaire d'élite, il aurait une chance de gagner sa vie… sur le champ de bataille.

Colin puisa une poignée de pièces dans son *sporran* et la lui tendit.

— Prends ça, tu en auras besoin.

Duncan hocha la tête.

— Merci et prends soin de toi, Colin. Tu as toujours été un frère loyal envers moi. Je ne l'oublierai pas.

— Bon voyage, mon frère. Je suis navré.

Colin semblait habité par une étrange émotion… des regrets ?

Ignorant le nœud dense dans sa gorge, Duncan fit ses derniers adieux à son père et à son frère, puis quitta Drumin Castle, les Highlands, sa demeure et sa famille sans un regard derrière lui. Son avenir était ailleurs, désormais. Toutefois, il savait qu'il reviendrait un jour. Pour laver son honneur et régler ses comptes avec la personne qui l'avait sali.

Deux jours plus tard, il se tenait à la poupe d'un navire quittant le port de Kintyre, l'épée de son père accrochée à sa ceinture. Il contempla la côte qui s'éloignait. Ses dernières pensées tandis que sa terre natale disparaissait au loin ne furent pas pour ses rivages rocheux, ses collines verdoyantes ou ses eaux cristallines, mais pour des yeux émeraude, une chevelure auburn… et la femme qui lui avait tout fait perdre.

Deux autres semaines s'étaient écoulées et Jeannie savait qu'elle ne pouvait plus repousser l'échéance. Son père et Francis avaient été occupés à se faire pardonner par le roi, mais bientôt ils se concentreraient à nouveau sur la question du mariage.

Et Duncan n'apparaissait toujours pas.

Même si le souvenir humiliant de leur dernière rencontre était encore douloureusement vif dans son esprit, elle était convaincue qu'une fois sa colère calmée, il retrouverait son bon sens.

Elle avait espéré qu'il reconnaîtrait son erreur de lui-même, mais elle ne pouvait plus attendre. Ravalant sa fierté, elle décida d'aller le chercher.

Profitant que son père soit à Inverness, elle convainquit deux gardes de l'escorter à Castlewene, l'ancienne forteresse royale sur la côte ouest de Knapdale. Les Campbell d'Auchinbreck en étaient les gardiens attitrés et elle savait que Duncan s'y considérait chez lui.

Un vent glacé du nord leur cingla le visage alors qu'ils approchaient de l'imposante muraille. Les dernières lueurs mauves du jour sombraient derrière la ligne d'horizon. « Austère » était le premier mot qui venait à l'esprit quand on apercevait l'impressionnant donjon et son enceinte. On disait qu'il avait au moins quatre cents ans et que c'était le plus ancien château en pierre d'Écosse. Perché sur un promontoire rocheux dominant la mer, on ne pouvait y accéder que par un unique portail voûté.

Ne sachant pas comment elle allait être reçue, Jeannie sentit l'angoisse monter d'un cran tandis qu'elle pénétrait dans la cour avec son escorte. Toutefois, les gardes ne parurent pas surpris outre mesure quand elle annonça s'appeler Grant. À l'intendant qui venait à sa rencontre, elle déclara qu'elle était venue voir Duncan Dubh. L'homme se tendit aussitôt. Il indiqua les écuries aux hommes qui l'accompagnaient et la conduisit sans un mot dans le donjon, où il la laissa devant la cheminée de la grande salle.

Dès qu'elle entra, elle sentit que quelque chose n'allait pas. L'atmosphère était lugubre ; c'était presque comme si elle avançait dans un nuage noir. Les chandelles diffusaient une lumière faible et il régnait un silence pesant. Les quelques serviteurs qu'elle aperçut se déplaçaient sans un mot, tête baissée et évitant son regard.

L'attente lui parut interminable. Duncan avait été tellement furieux, tellement convaincu de sa trahison... avait-il changé d'avis ? Avait-il enfin compris qu'elle n'aurait jamais rien fait contre lui ? Elle se mordit nerveusement la lèvre. L'écouterait-il ?

Elle avait hâte de le voir.

Des pas résonnèrent enfin dans l'escalier. Son pouls s'accéléra, puis elle se rendit compte qu'ils étaient trop légers pour être ceux d'un homme.

Une jeune fille entra dans la salle sombre. Elle était menue, avec des cheveux si blonds qu'ils paraissaient blancs. Il suffit à Jeannie d'un regard vers son visage pâle pour l'identifier. Elizabeth Campbell avait le teint aussi clair que celui de son frère était foncé, mais ils avaient les mêmes yeux d'un bleu aussi pur qu'un ciel inondé de soleil.

Elle avait quelques années de moins que Jeannie, à peine seize ans, mais son air grave la faisait paraître plus âgée. Sa robe noire accentuait encore cet effet, offrant un contraste net avec sa peau laiteuse et lui donnant une allure sévère.

Jeannie comprit soudain la raison de sa tenue austère et de l'ambiance funèbre dans le château. Ils étaient en deuil. Elle aurait dû s'en rendre compte plus tôt. Duncan lui avait dit que son père avait été grièvement blessé. Ses yeux se remplirent de larmes en pensant à son chagrin. Pauvre Duncan ! Comme il devait souffrir. Cela expliquait pourquoi il n'était pas revenu la trouver.

Elizabeth la salua d'un signe du chef.

— Mademoiselle Grant.

Elle marqua une longue pause troublante, la dévisageant en penchant la tête de côté, telle une reine. À cet égard, elle était comme son frère. Les membres de cette famille semblaient posséder un air d'autorité inné.

— Vous ne manquez pas de courage d'oser vous montrer ici, reprit-elle soudain.

Les joues de Jeannie s'empourprèrent. Son père était en partie responsable de cette tragédie et elle en avait honte.

— Vous devez être Elizabeth. Votre frère m'a parlé de vous.

À la mention de Duncan, Elizabeth tiqua puis perdit un peu de son air de duègne. L'espace d'un instant, elle redevint une simple jeune fille profondément meurtrie.

— Je suis navrée de me présenter ici sans m'être fait annoncer, reprit Jeannie mal à l'aise. Surtout dans un moment aussi terrible. Vous m'en voulez sûrement pour ce que mon père a fait…

Les yeux bleus d'Elizabeth se ranimèrent.

— Il n'y a pas que les actes de votre père. D'après ce que j'ai entendu, vous avez joué un rôle non négligeable dans cette affaire.

— Je vous assure que je n'y suis pour rien, protesta Jeannie. Votre frère m'accuse à tort. Je ne l'aurais jamais trahi.

Elizabeth ne broncha pas. Jeannie insista :

— Je vous en prie, il faut que je voie Duncan. Je ne serais pas venue si ce n'était pas de la plus haute importance. J'ai cru comprendre qu'il se trouvait au château.

— Vous êtes mal informée. Mon frère n'est pas ici.

— S'il vous plaît, dites-moi où le trouver. Je dois lui parler.

Autant s'adresser à une sourde. Elizabeth émit un petit rire crispé.

— Pourquoi ? Pour finir ce que vous avez commencé ? répliqua-t-elle. Merci, mais je ne tiens pas à voir mon frère se balancer au bout d'une corde. J'ai déjà enterré ma mère et mon père dans la même année, je ne perdrais pas aussi un frère.

Jeannie pâlit.

— De quoi parlez-vous ?

— Grâce à vous, Duncan a été condamné pour trahison.

Elizabeth lui expliqua comment le billet qu'elle lui avait écrit s'était retourné contre lui et comment on avait retrouvé de l'or dans ses affaires.

Jeannie était sous le choc. Il avait bien parlé d'un piège mortel, mais elle n'avait pas imaginé que… C'était bien là le problème : elle n'avait pas réfléchi.

— Mais personne ne peut vraiment croire qu'il ait trahi son clan, s'écria-t-elle. Il n'y a pas plus noble que lui. Il ne ferait jamais rien qui puisse déshonorer votre famille. Ce n'est pas lui. Il fera toujours ce qui est juste, *toujours*.

Son ton fervent finit par émouvoir Elizabeth. Son visage se froissa et des larmes débordèrent de ses yeux bleus.

— Vous ne pouvez pas le voir. C'est trop tard. Il est parti.

L'espace d'un instant, le cœur de Jeannie s'arrêta de battre.

— Parti ? répéta-t-elle dans un murmure.

Elizabeth acquiesça, ne retenant plus ses sanglots.

— Il y a deux semaines, juste après la mort de mon père. Je n'ai même pas pu lui dire au revoir.

Mon Dieu, il m'a abandonnée.

Elle avait été prête à tout risquer pour lui, et il était parti sans un mot. Sa trahison lui transperçait le cœur. Comment avait-il pu lui faire une chose pareille ?

— Où ? demanda-t-elle faiblement.

— En Irlande. Enfin, c'est ce qu'il a dit à Colin.

— Je vois.

Sa voix paraissait étonnamment calme, mais elle tremblait de tout son corps.

Ce n'était pas la première fois qu'une personne qu'elle aimait partait sans une pensée pour la dévastation qu'elle laissait derrière elle. Hélas, l'expérience n'atténuait en rien sa douleur.

Prise de vertige, elle chancela et posa instinctivement une main sur son ventre. Lizzie la rattrapa par le coude.

— Vous vous sentez mal ? Asseyez-vous un instant, dit-elle en la guidant vers une chaise.

Le monde de Jeannie était en train de s'effondrer. Rien ne serait plus jamais pareil.

Elizabeth ne savait plus quoi faire, son inquiétude étant tempérée par sa loyauté envers son frère. Jeannie voulut lui dire quelque chose, mais sa gorge était trop nouée pour parler. Elle fixa d'un air absent les braises dans la cheminée. Elles faisaient écho au feu mourant dans son cœur. Il ne resterait bientôt plus que des charbons calcinés et des cendres.

— Vous teniez vraiment à lui, n'est-ce pas ? demanda Elizabeth sans cacher sa surprise.

— Je l'aimais.

Pour son malheur, lui ne l'aimait pas, ou pas assez pour que cela importe. Elle allait payer cher son erreur.

— Vous auriez dû y penser avant de le trahir, rétorqua sèchement Elizabeth.

— Je ne l'ai pas…

Elle s'interrompit. À quoi bon ? La jeune fille ne la croirait pas.

— Vous feriez mieux de partir avant que quelqu'un d'autre ne vous voie.

Elizabeth la dévisageait avec un regard aussi intransigeant que celui de son frère.

Jeannie acquiesça. Elle n'avait aucune raison de s'attarder.

Quelques minutes plus tard, elle quittait Castlewene, laissant derrière elle toutes ses illusions d'amour et de bonheur.

Elle ne le laisserait pas la détruire. Une seule chose importait désormais : la nouvelle vie qu'elle portait dans son ventre. C'était la raison pour laquelle elle avait désespérément eu besoin de parler à Duncan. Elle ferait tout ce qu'il fallait pour protéger son enfant du scandale engendré par son impétuosité.

10

Dix ans plus tard

Elle lui avait tiré dessus !

Duncan en aurait ri s'il en avait eu la force. Il ne parvint qu'à grimacer. Le plus grand guerrier d'Irlande avait fait tout ce chemin pour se faire abattre par une femme, et une femme nue de surcroît ! C'était sans doute ironique, mais il avait trop mal pour pouvoir goûter la plaisanterie.

Comment avait-il pu croire qu'il pourrait la convaincre de l'aider ? Qu'elle serait prête à réparer la terrible injustice qu'elle avait commise toutes ces années plus tôt ? Il s'était accroché à un espoir bien trop ténu.

La femme qui le toisait avec un regard haineux n'était pas la jeune fille de ses souvenirs. Elle avait changé. Sa vivacité et sa fougue avaient cédé la place à une détermination calme et froide. Ses yeux verts si pétillants autrefois étaient désormais aussi froids et durs que des émeraudes. Sa bouche toujours prête à sourire et à bavarder de tout et de rien n'était plus qu'une ligne ferme.

Que lui était-il arrivé ? La vie l'avait-elle donc tant malmenée ?

Peu importait, au fond. D'ailleurs, ce n'était sans doute que justice après qu'elle lui eut gâché l'existence. Toutefois, il ne trouva pas en lui la jubilation vengeresse qui avait été son seul réconfort durant toutes ces longues nuits solitaires où le passé revenait le hanter. La rancune était sœur de l'amertume, et il avait renoncé aux deux depuis longtemps.

À présent, tout ce qu'il voulait, c'était la vérité.

S'il vivait suffisamment longtemps pour la trouver. Non seulement Jeannie lui avait troué le ventre, mais elle semblait vouloir le faire pendre par-dessus le marché. Il ne l'aurait pas imaginée capable d'une telle hargne, mais il ne pouvait douter de la détermination de la femme debout devant lui. Heureusement, son pistolet n'avait qu'un coup ; autrement, il aurait déjà été changé en passoire.

Il entendit des bruits de pas précipités. Ses hommes avaient entendu le tir et venaient à son secours. Il rassembla le peu de forces qu'il lui restait, pressa sa main juste sous son plastron en cuir pour contenir le saignement de sa plaie, et tenta de se relever.

La douleur l'aveugla et il chancela, son esprit se vidant de toute pensée. Il dut lutter pour rester conscient, résistant au brasier qui ravageait ses entrailles.

Elle resta immobile, ne faisant pas un geste pour l'aider.

Conall surgit d'entre les arbres.

— Capitaine ! On a enten…

Il s'arrêta net en voyant Duncan.

— Par tous les saints ! Que s'est-il…

Duncan l'interrompit en lui indiquant Jeannie.

— Conall, Leif, je vous présente lady Gordon.

Le nom sembla lui écorcher les lèvres.

Il y eut un long silence tandis que ses hommes tentaient, non sans mal, de comprendre la scène. Leif parla le premier :

— Elle vous a tiré dessus ?

— J'en ai peur, répondit Duncan.

Le ton incrédule de son aide apaisa légèrement sa fierté meurtrie.

Conall siffla et croisa ses bras massifs sur son torse d'ours.

— Les autres n'en croiront pas leurs oreilles ! Personne n'a jamais réussi à vous avoir.

— Elle, si.

Plutôt deux fois qu'une, même, en comptant le jour où elle avait volé sa carte pendant son sommeil. Il avait retenu la leçon. Il ne s'était plus jamais endormi auprès d'une dame.

Leif sortit un carré de lin propre de son *sporran*. Pour des raisons pratiques, le jeune nordique avait rapidement adopté la bourse en cuir que les Highlanders portaient à la taille, ainsi que leur *breacan feil*, le tartan retenu par une large ceinture.

Duncan prit le tissu pour compresser sa plaie, mais c'était comme essayer d'endiguer un ruisseau avec un bout de parchemin.

— Nous n'avons pas de temps à perdre, déclara-t-il. Nous devons filer avant que toute la garnison nous tombe dessus.

— Mais je pensais que la femme... commença Conall.

— Je me suis trompé, l'interrompit Duncan. Elle ne me sera d'aucune utilité.

Il lança un regard vers Jeannie et ne vit qu'une statue en pierre. D'avoir pensé qu'elle accepterait de l'aider était absurde. Elle avait choisi son camp des années plus tôt, soutenant, non, se rendant complice de son traître de père.

Après avoir quitté l'Écosse, Duncan s'était livré à un exercice très inhabituel pour lui : se remettre en question. Il s'était creusé la cervelle pour tenter de trouver une autre explication. Soit il avait perdu la carte sur le champ de bataille et elle avait miraculeusement atterri entre les mains de Grant ; soit on la lui avait volée sous sa tente alors qu'il dormait quelques heures avant les combats ; soit encore, et c'était l'explication la plus logique, Jeannie la lui avait prise. Son billet étrangement formulé, sa détermination à ne pas le laisser partir, le fait qu'elle ait touché à ses affaires éparpillées sur le sol : tout la pointait du doigt. Et pourtant, il était rongé par un doute. Il ne pouvait oublier son visage le soir où il s'était glissé dans sa chambre. Son regard, ses paroles, son attitude... elle avait eu l'air si innocente !

Incapable de concilier l'image de l'adorable jeune fille qu'il avait connue avec celle de l'abominable manipulatrice que sa colère avait créée, il avait décidé de rentrer. Puis, juste avant d'embarquer, il avait appris son mariage avec Francis Gordon.

Elle n'avait même pas attendu un mois ! Trois semaines après son départ, alors qu'il avait frôlé la mort, elle en épousait un autre. Pendant qu'il se torturait, se demandant s'il n'avait pas commis une grave injustice, elle dormait dans les bras d'un autre homme.

Ses pires craintes étaient confirmées. Avait alors commencé la période la plus sombre de sa vie, celle qui lui avait valu sa sinistre réputation. Peu à peu, la douleur cuisante d'avoir été trahi s'était estompée et avait été remplacée par le léger trouble qu'il ressentait aujourd'hui. Toutefois, même ce dernier vestige de faiblesse le rendait furieux.

Ses hommes vinrent se placer de chaque côté pour le soutenir. Ils n'avaient fait que quelques pas quand ils entendirent des hommes approcher. Beaucoup d'hommes, à en juger par le raffut. Il était trop tard. Les gardes Gordon étaient déjà là. Si Duncan n'avait pas été aussi mal en point, ils auraient peut-être pu s'enfuir, mais il pouvait à peine marcher.

Finalement, Jeannie aurait le plaisir de le voir pendre au bout d'une corde.

— Lady Gordon ? cria une voix derrière les arbres.

Duncan se tourna vers Jeannie. Il n'avait d'autre choix que de s'en remettre à sa merci, sans trop y croire.

— Alors, lady Gordon ? l'interrogea-t-il. Allez-vous m'aider ou me livrer ?

Il se demanda pourquoi il se donnait la peine de lui poser la question. La réponse se lisait sur son visage.

— Par ici ! lança-t-elle à ses gardes. Je suis ici !

Quelques instants plus tard, ils étaient entourés d'une vingtaine d'hommes armés d'arquebuses, de pistolets et d'épées. Constatant qu'ils avaient affaire à des étrangers, ils les mirent aussitôt en joue, prêts à achever ce que leur dame avait commencé.

Au moins, ce serait rapide. Avoir attendu dix ans pour en arriver là ! Il aurait dû savoir qu'il ne pouvait compter sur celle qui l'avait déjà trahi par le passé. Il entendit le déclic d'une détente.

— Attendez !

Tous les regards se tournèrent vers Jeannie, sauf le sien. Il ne l'avait pas quittée des yeux. L'observant. La défiant. Se demandant si elle aurait le cran d'aller jusqu'au bout.

— Je... hésita-t-elle.

Elle ne pouvait pas. Elle en était aussi surprise que lui. Il plissa des yeux. Restait-il un soupçon d'humanité dans ce cœur de pierre, ou était-ce un de ses nouveaux jeux ?

Leurs regards se croisèrent un instant puis elle détourna les yeux, semblant écœurée d'elle-même.

— Abaissez vos armes, ordonna-t-elle calmement. Il s'agit d'une erreur. J'ai été surprise. Ces hommes ne me veulent aucun mal.

Jeannie n'avait pu s'y résoudre. Cela lui déchirait le cœur, même si ce dernier ne contenait plus aucun sentiment pour cet homme depuis longtemps. *J'aurais dû.*

Pour toute la douleur et les souffrances que tu m'as fait endurer. J'aurais dû.

Ce n'était pas l'envie de l'envoyer au diable qui lui manquait. Pourtant, au dernier moment, lorsqu'elle l'avait regardé dans les yeux, les mots n'étaient pas sortis.

Dieu seul savait pourquoi. Elle ne lui devait rien. Au contraire, il risquait de détruire tout ce qu'elle s'était acharnée à protéger. Néanmoins, s'il devait mourir, ce ne serait pas de sa main.

Il avait paru aussi stupéfait qu'elle par sa volte-face.

Adam, le capitaine de ses gardes, la dévisagea d'un air hésitant, puis lança à nouveau un regard vers les trois imposants intrus.

— Qui sont ces gens, ma dame ?

Bonne question. Elle réfléchit rapidement.

— Des gardes que m'envoie mon frère. Ils sont ici pour renforcer ma protection à la suite des derniers événements.

Elle sentit sur elle le regard interrogateur de Duncan mais fit comme si de rien n'était. Ses ennuis ne le concernaient pas.

Adam se redressa sur toute sa hauteur.

— Nous sommes déjà suffisamment nombreux.

Il était vexé qu'on l'ait jugé incapable d'assurer lui-même la protection de la châtelaine. Il oubliait au passage que Duncan et ses hommes étaient parvenus à s'approcher d'elle sans difficulté. Jeannie tenta d'apaiser son ego meurtri.

— Je suis sûre que mon frère ne pensait pas à mal, mais vous savez comme il a été bouleversé par l'incident. Je lui dirai que ces hommes ne sont pas nécessaires, mais, avant tout, nous devons conduire le blessé au château.

Rassuré, le capitaine regarda autour de lui.

— Où est passé Tavish ?

— Euh... dit Duncan d'une voix rauque. Il y a eu un léger malentendu.

Elle se demanda comme il tenait encore debout avec une balle dans le ventre. Seigneur Jésus, qu'il était pâle !

— Vu là où il était placé, je n'ai pas compris qu'il protégeait la dame, se justifia-t-il.

Quelque chose dans le ton de sa voix surprit le capitaine.

— Je vois, répondit-il d'un air sombre.

Jeannie regarda les deux hommes, sentant que quelque chose lui avait échappé. Maintenant que sa décision était prise, elle était pressée d'en finir. Plus tôt il serait remis, plus tôt il débarrasserait le plancher. Elle espérait ne pas être en train de commettre une grave erreur. Elle se tourna vers le capitaine.

— Adam, demande à tes hommes de conduire notre invité dans la tour. Nous le mettrons dans la chambre vide sous les combles.

Elle se rendit compte trop tard de ce qu'elle venait de dire. Cette chambre avait été celle de son fils.

Adam parut surpris de sa décision d'installer un garde dans la tour, mais il se garda de protester.

— Bien, ma dame.

— Je vais aller chercher la guérisseuse, poursuivit-elle.

— Je l'ai vue plus tôt dans le jardin, déclara un jeune garde.

— Merci, William.

Le beau jeune homme lui adressa un sourire radieux, flatté qu'elle l'ait appelé par son prénom. Cela n'avait pourtant rien d'extraordinaire. Jeannie mettait un point d'honneur à connaître tous les habitants du château.

Elle crut discerner une lueur de suspicion dans le regard de Duncan. Elle lui tourna le dos et partit en quête de la guérisseuse. Croyait-il qu'il y avait quelque chose entre William et elle ? Grand bien lui fasse.

Le temps qu'elle ait trouvé la guérisseuse et l'ait ramenée au château avec elle, sa belle-mère avait eu tout le temps d'être informée de l'incident. Comme il fallait s'y attendre, Jeannie la trouva en travers de son chemin.

— Je vous avais prévenue que votre petit caprice n'amènerait rien de bon, sermonna-t-elle.

Jeannie serra les dents.

— C'est vrai. Mais comme vous le savez déjà, un homme a été blessé et a besoin de soins.

— Vous lui avez tiré dessus.

Ce n'était pas une question mais une affirmation.

— C'était un accident. Je l'ai pris pour un de ces brigands.

Avant que la marquise n'ait eu le temps de lui asséner un autre de ses « je-vous-l'avais-bien-dit », elle la contourna et entraîna la guérisseuse vers l'escalier.

Au dernier étage de la tour, un petit palier donnait sur trois chambres. Adam occupait la plus grande, celle avec vue sur la campagne environnante, afin de prévenir toute attaque. À côté se trouvait une mansarde où dormait une jeune servante, puis, à côté encore, une chambrette qui avait été celle de son fils et était à présent pleine à craquer : les trois immenses guerriers couverts de muscles et de mailles occupaient tout l'espace.

Jeannie se tint devant la porte tandis que la guérisseuse tentait de se frayer un passage derrière le grand blond nordique. Son regard d'acier était glaçant, ce qui était aussi bien car la pièce avait été transformée en véritable fournaise. Jeannie se demanda comment les hommes, notamment les guerriers, dégageaient toujours une telle chaleur.

Duncan était couché sur le petit lit, ses pieds dépassant largement du bord. Il avait le teint rouge et le regard, brûlant de douleur ou de haine, fixé sur elle.

— Tes hommes doivent sortir, déclara-t-elle fermement.

Les deux costauds se redressèrent sur toute leur hauteur, manquant de se cogner le crâne contre les poutres du plafond. Ils bombaient le torse tels deux ours protégeant leur ourson. Ils n'avaient pas l'intention de partir. Elle soutint le regard du grand rouquin, un Irlandais à en juger à son accent, et lui adressa un sourire charmant.

— Je ne lui ferai plus aucun mal, c'est promis.

Il éclata de rire. Apparemment, il était d'une nature joviale, ce qui contrastait avec l'air sévère et ténébreux de Duncan.

— Ah ah ! Vous avez un sacré sens de l'humour, ma dame. Lui faire du mal... Ah ah !

Il interrogea Duncan du regard et celui-ci hocha la tête.

— Allez-y. Occupez-vous des chevaux. Tout va bien.

Les deux hommes se tournèrent lentement vers la porte. Une fois sur le seuil, le blond demanda à Jeannie :

— Vous nous tenez au courant...

— Dès que la guérisseuse l'aura examiné, promit-elle.

Une fois les gaillards sortis, la chambre lui parut immense, et plus fraîche.

Mairghread, la guérisseuse, était déjà à l'œuvre. Elle examina Duncan pendant quelques minutes avant de se tourner vers Jeannie.

— J'ai besoin de lui enlever son pourpoint et sa chemise, ma dame.

Ses hommes l'avaient déjà aidé à ôter sa cuirasse. Sachant qu'il la regardait, Jeannie répondit sur un ton neutre :

— Je vais vous aider.

Elle se prépara mentalement à la tâche désagréable. Cette façon qu'il avait de la fixer de ses yeux bleus et froids était horripilante.

Avec des doigts maladroits, elle dénoua les lacets en cuir sur un côté de son pourpoint capitonné et parsemé de fragments de métal, tandis que Mairghread travaillait de l'autre côté. Furieuse contre elle-même, elle s'efforça de s'appliquer et de se concentrer sur sa tâche plutôt que sur l'homme, et surtout pas sur l'intimité de l'opération qu'elle était en train d'effectuer. Penchée sur lui, elle ne pouvait s'empêcher de sentir son odeur. Par-dessus les effluves de cuir et d'un soupçon cuivré de sang chaud, elle perçut des émanations de mer, de vent et cette indéfinissable exhalaison épicée qui n'appartenait qu'à lui.

C'était bien lui. Une vague de souvenirs afflua et elle la repoussa. Ce n'était pas le moment de s'abandonner à la nostalgie. Il avait perdu le droit de l'affecter.

L'opération de déshabillage n'était pas une partie de plaisir pour lui non plus. Il se raidit de douleur et serra les dents quand elles voulurent lui ôter le pourpoint en le passant par-dessus ses épaules.

— Découpez-le, demanda-t-il d'une voix tendue.

— Tu es sûr ?

C'était un beau vêtement très bien cousu, qui avait dû coûter une petite fortune. Maintenant qu'elle y réfléchissait, toutes ses affaires paraissaient précieuses. Des armes que ses hommes lui avaient enlevées et qu'ils avaient déposées au pied du lit, au fourreau en or attaché à sa ceinture. Il s'en était bien sorti dans la vie. Elle n'en avait jamais douté.

— Peu importe, répondit-il sans l'ombre d'une hésitation. La chemise aussi. Ce sera plus facile.

Jeannie saisit le fourreau et en sortit sa dague. Elle était étonnamment lourde. Elle la retourna entre ses doigts, admirant ses fines ciselures et son manche incrusté de pierreries. C'était une arme digne d'un roi. Elle l'approcha de son cou et s'apprêta à trancher le cuir.

— N'oublie pas ta promesse à Conall, lui rappela-t-il.

Ne pas lui faire de mal. Elle esquissa un sourire malgré elle.

— Je ferai de mon mieux, mais la tentation risque d'être trop forte.

Comme pour illustrer ses propos, elle tint la lame juste sous sa jugulaire puis, d'un coup sec, fendit le cuir du cou jusqu'à l'aisselle.

Il ne sourcilla pas une seule fois, ce qui était tout à son honneur. Même quand elle fit glisser la lame le long du col de sa chemise. Même quand sa main effleura accidentellement sa peau nue.

Dès que ses doigts le touchèrent, elle sentit une décharge d'électricité la parcourir de la racine des cheveux au bout des orteils. La même qu'elle avait ressentie des années plus tôt, le même fourmillement de ses terminaisons nerveuses, la même sensibilité accrue.

Elle se maudit pour sa faiblesse. La réaction de son corps était une véritable trahison. Cependant, elle pouvait désormais la dominer. Elle n'était plus une innocente pucelle avec des étoiles plein les yeux. Elle pouvait désormais étouffer ses pulsions sous des années de souffrance et de désillusion.

Elle sentait son regard sur elle et sut qu'il avait perçu son trouble. Elle continua de découper comme si de rien n'était, se concentrant sur sa tâche. Quelques minutes plus tard, le pourpoint et la chemise gisaient en lambeaux au pied du lit.

Elle recula d'un pas pour admirer son travail et ressentit un second choc. Elle aurait aimé que ce soit à cause du trou sanglant à quelques centimètres de sa hanche droite, mais ce n'était pas le cas.

Il n'y avait pas que son allure qui avait changé avec les ans. La charpente svelte de la jeunesse s'était transformée en épaisses couches de muscles finement ciselés. On l'aurait dit sculpté par un artiste comme une allégorie de la force virile. Tout chez lui semblait avoir été créé dans un seul but : le combat. Les nombreuses cicatrices qui zébraient son torse et ses bras en attestaient.

Elle eut soudain très chaud et ses jambes lui paraissaient lourdes. Elle n'arrivait pas à détacher son regard de ce corps parfait.

Elle n'était pas la seule. Mairghread approchait la soixantaine, mais elle n'était pas aveugle et ne semblait pas insensible à un tel spécimen de beauté masculine.

Il était devenu un homme, un guerrier. Avec un pincement au cœur, Jeannie se dit qu'elle se tenait devant un inconnu. Ce n'était pas le jeune homme auquel elle avait sottement donné son cœur, mais un être qui avait vécu une existence dont elle ne savait rien. Les années s'étaient étirées entre eux, les séparant, rompant ce lien qui les avait unis autrefois.

Elle baissa les yeux.

Au cours de l'heure qui suivit, elle assista la guérisseuse, essayant de réparer les dégâts causés par son pistolet et sa détente facile. Lorsqu'il devint clair qu'il faudrait extraire la balle, elle se releva pour appeler un de ses hommes afin qu'il le maintienne fermement en place.

Il la retint par le poignet. Sa grande main chaude et calleuse sur sa peau lui fit l'effet d'une marque au fer rouge. Elle sentit sa puissance. Il aurait pu lui broyer les os d'une seule pression.

— Ce ne sera pas nécessaire, dit-il.

Jeannie lança un regard à la guérisseuse. Cette dernière avait une certaine expérience des Highlanders récalcitrants. Elle leva les yeux au ciel et marmotta quelque chose au sujet de l'orgueil masculin.

— Tu en es sûr ? demanda Jeannie en libérant délicatement sa main.

Elle se retint de la frotter pour effacer la trace de ses doigts.

— Oui, ce n'est pas la première fois que je me retrouve avec un peu de plomb dans le corps.

Elle se mordit la langue pour ne pas lui poser d'autres questions. D'un autre côté, avec Mairghread qui creusait dans son ventre avec la pointe d'un couteau, il aurait difficilement pu répondre. Il était crispé, bandant tous les muscles de son cou et de ses épaules pour lutter contre la douleur atroce. Il avait le front moite de transpiration, mais resta parfaitement immobile sans émettre un son. Pas un cri, pas le moindre gémissement.

Durant toute l'opération, il ne la quitta pas des yeux. Le cœur de Jeannie battait à tout rompre, martelant sa poitrine devenue trop étroite à mesure que les minutes s'égrainaient. Elle avait l'impression d'être assise au bord d'un précipice. Lorsque ce fut terminé, elle était plus épuisée que lui.

Mairghread l'assura que la balle ne le tuerait pas et qu'il se remettrait, à condition qu'il ne soit pas pris de fièvre. Jeannie frissonna à l'idée qu'il puisse mourir dans ce lit. Maintenant que le choc et la colère de le revoir s'étaient estompés, elle ne souhaitait plus sa mort, juste qu'il s'en aille.

Mairghread nettoya la plaie puis, après avoir donné à Jeannie un linge pour éponger le sang, sortit chercher des herbes et des onguents dans l'entrepôt derrière les cuisines.

Jeannie garda les yeux rivés sur la plaie, mais elle était profondément consciente d'être seule avec lui. Leur silence gêné n'était ponctué que par le son régulier de la respiration de Duncan et les battements erratiques de son propre cœur que même sa volonté de fer ne parvenait à contrôler.

— Pourquoi ne m'as-tu pas dénoncé ? demanda-t-il soudain d'une voix neutre.

Elle ne répondit pas tout de suite, revêtant un masque aussi impassible que le sien, ne révélant rien du trouble qui l'agitait.

Pourquoi, en effet, quand elle aurait pu l'anéantir ? Elle l'ignorait. À chaque minute qu'il passait dans cette demeure, son secret risquait un peu plus d'être dévoilé. Elle devait également penser à sa famille. Sa réapparition ne ravirait ni les Grant ni les Gordon.

Pourtant, au moment de le livrer aux gardes, son corps s'était rebellé. Peut-être n'était-elle pas aussi endurcie ni aussi rancunière qu'elle le pensait. À moins que ses raisons ne soient plus profondes. Elle s'était posé tant de questions après son départ : pourquoi n'avait-il pas cherché à se défendre ? Pourquoi avait-il été aussi prompt à la condamner ? Pourquoi était-il parti sans un adieu ? Pourquoi avait-il attendu dix ans avant de revenir ? Autant de questions qui demandaient des réponses. Ensuite, peut-être, elle pourrait tirer un trait sur le passé et avoir une chance de trouver le bonheur.

Elle n'avait jamais réussi à aimer son mari comme il l'avait aimée, aveuglément, sans rien demander en retour. Elle ne ferait plus jamais ça à un homme.

Elle pouvait difficilement l'expliquer à Duncan. Il l'étudiait attentivement, trop attentivement, avec une expression dure et impitoyable, comme lui. Cet inconnu pouvait encore la retourner sens dessus dessous d'un seul regard.

Elle se tourna vers lui et répondit sèchement :

— Je t'assure que mes raisons étaient purement égoïstes et non motivées par un sentimentalisme quelconque à ton égard.

Il ne réagit pas, comme elle s'y attendait. Si elle avait autrefois nourri le fantasme puéril qu'il l'aimait toujours, qu'il finirait par comprendre à quel point il avait été injuste, il suffisait d'un regard pour s'apercevoir du contraire. Il n'était pas venu pour se jeter à ses pieds et implorer son pardon, mais parce qu'il voulait quelque chose.

— Qu'est-ce que tu attends de moi ?

— Des informations. Une porte d'entrée.

— Certaines choses appartiennent au passé et il vaudrait mieux qu'elles y restent.

Une lueur de colère traversa ses yeux bleus. Eux, au moins, étaient toujours les mêmes, toujours d'un bleu clair et profond, contrastant avec ses cheveux noirs. Elle avait toujours pensé qu'il était l'homme le plus beau qu'elle eût jamais vu. Cela non plus n'avait pas changé.

— Facile à dire, rétorqua-t-il. Ce n'est pas ton nom qui a été sali et traîné dans la boue. Et la justice ? Elle ne compte pour rien ? Dis plutôt qu'il vaudrait mieux pour toi et ta famille que votre traîtrise d'autrefois soit oubliée.

Elle soutint son regard, le défiant.

— Oui, c'est exactement ce que j'ai voulu dire.

Le pire était qu'il avait raison. La situation de son clan était précaire et ils n'avaient pas besoin d'un problème supplémentaire. Depuis que son beau-père, le marquis de Huntly, avait été frappé d'anathème et emprisonné à Stirling Castle pour avoir à nouveau échoué à convaincre l'Église qu'il n'était plus papiste, les Gordon n'étaient pas franchement bienvenus à la cour. Elle ne voulait pas non plus créer des ennuis à son frère John, le nouveau laird de Freuchie, en rappelant au comte d'Argyll la trahison de leur père à Glenlivet. Le roi lui avait peut-être pardonné, mais pas Argyll. Même le décès de son père deux ans plus tôt n'avait pu racheter sa faute. Le retour de Duncan ne ferait que jeter de l'huile sur le feu et raviver d'anciennes haines.

— Je t'en prie, ne fais pas d'histoires, reprit-elle.

Ses implorations n'avaient jamais eu d'effet sur lui. Elle n'oublierait jamais l'humiliation de leur dernière rencontre. Elle s'était jetée à ses pieds comme une idiote, l'avait supplié. Il l'avait repoussée sans un regard. Il avait le même air intransigeant et inflexible aujourd'hui, et elle ressentait la même impulsion sotte de percer ses défenses.

— Je crains que ce soit impossible, répliqua-t-il sèchement.

Elle savait qu'il ne se laisserait pas fléchir. Il s'était fixé un but et rien ne pourrait l'en détourner. Peu lui importait s'il blessait quelqu'un en chemin. Surtout elle. Si elle avait un jour compté pour lui, cela appartenait au passé.

Elle le dévisagea, cherchant vainement une ouverture dans cette façade, mais il était impénétrable. Même blessé, au fond d'un lit, ayant perdu une quantité de sang non négligeable, il continuait d'être le maître, fort de son autorité naturelle et de son indéniable force physique. Il était impossible de le faire sortir de sa réserve. Autant se jeter contre un mur.

Elle était parvenue à le faire changer d'avis une seule fois : cette fameuse nuit dans la chambre de la taverne. Elle ne l'avait pas fait d'une manière froide et calculée, mais en le séduisant sans en avoir conscience.

Au bout du compte, même son corps n'avait pas suffi. Il l'avait quittée quand même.

Le retour de la guérisseuse les empêcha de poursuivre la discussion, ce dont Duncan lui fut reconnaissant. Retrouver Jeannie après toutes ces années l'avait plongé dans un tumulte d'émotions contradictoires. Si, dans son esprit, il était parvenu à la reléguer parmi ses erreurs de jeunesse, il n'était pas aussi immunisé contre elle qu'il l'aurait voulu.

Il était resté pétrifié lorsqu'elle lui avait ôté ses vêtements, non seulement parce qu'il avait voulu se cuirasser contre son toucher mais également parce que, dès qu'il avait senti son odeur délicate, son corps s'était emballé.

Et les doux effleurements de ses doigts... Cela faisait des années que des mains de femme ne lui avaient pas fait un effet aussi intense. Dix ans, pour être précis.

Il était habitué aux regards admiratifs des dames, mais lorsqu'elle avait écarquillé les yeux en découvrant son torse nu, puis que son regard s'était fait doux et voilé, il avait soudain été pris d'une puissante envie de stupre et avait senti son membre se dresser comme un fer de lance. Il croyait avoir perdu cette capacité de réagir au quart de tour. Il avait oublié comment le désir pouvait vous rendre aveugle et vous faire oublier tout le reste.

Il n'était plus un blanc-bec sous l'emprise du sexe. Quel que soit le pouvoir que recélait son corps de déesse, il ne faisait pas le poids face à ses nerfs d'acier.

Le souvenir de sa traîtrise l'avait vite rappelé à l'ordre. *Je t'en prie, ne fais pas d'histoires.* Elle se fichait du bien ou du mal, ou encore que son nom ait été souillé. Elle ne voulait pas qu'il perturbe la vie qu'elle avait construite sur sa perfidie. Sa loyauté envers sa famille l'emportait sur son sens de la justice. Il ne comprenait pas pourquoi il était déçu. Il n'était revenu que dans un seul but : prouver son innocence. Rien, et surtout pas la femme qui avait provoqué sa chute, ne se mettrait en travers de son chemin.

La guérisseuse, un petit bout de femme dont les mains ridées possédaient une force et une dextérité étonnantes, étala un épais onguent âcre sur sa plaie, puis la banda avec un linge propre. Pour un homme qui venait de se prendre une balle dans le ventre, il se sentait remarquablement bien.

Elle lui prépara un lait chaud au vin, qu'il déclina poliment, puis elle lui conseilla de se reposer. Il la remercia et la regarda sortir. Il pensait que Jeannie allait la suivre, mais elle hésita sur le seuil et se tourna vers lui.

— Pourquoi es-tu revenu, Duncan ? Pourquoi chez moi, et pourquoi maintenant ?

— Le moment était venu.

Il lui donnait la réponse simple. La vérité était beaucoup plus complexe. La lettre de Lizzie lui racontant la mort de Francis Gordon et le remariage éventuel de Jeannie, peut-être avec Colin, avait déclenché en lui un sentiment d'urgence sur lequel il préférait ne pas s'épancher.

— C'est tout ? demanda-t-elle, incrédule. C'est la seule explication que tu me donnes, après tout ce temps ? Tu m'as quittée sans même te donner la peine de me dire au revoir. Pas un mot pendant dix ans et, tout à coup, tu décides que « le moment est venu » ?

Elle semblait aussi surprise que lui par ce soudain épanchement. Elle paraissait presque sincère, comme s'il l'avait profondément blessée et non l'inverse. Elle ne se comportait pas en coupable, mais en victime. *Tu m'as quittée.* L'accusation résonna en lui. Il avait perçu la douleur dans sa voix et en connaissait la source. Toutefois, son départ n'avait rien à voir avec celui de sa mère. Il avait eu une bonne raison. Elle l'avait trahi.

Son accès de colère fut aussi violent qu'inattendu.

— Et que voulais-tu que je te dise ? Merci pour m'avoir si bien baisé, au sens propre comme au figuré ?

Elle sursauta devant la crudité de ses paroles. Il ne lui avait jamais parlé ainsi. Le regard qu'elle lui lança était chargé d'une émotion si intense qu'il aurait été bien en peine de l'interpréter. Il sentit néanmoins un léger malaise s'insinuer en lui.

Comment faisait-elle pour le mettre dans cet état ? En un peu plus d'une heure, elle était parvenue à arracher une à une les défenses qu'il avait mis des années à construire, exposant sa vulnérabilité.

Se souvenant de sa mission, il ravala sa colère. Il était ici pour prouver son innocence et non pour ressasser de vieilles querelles.

— D'ailleurs, j'ai dit au revoir, se rappela-t-il. Qu'y avait-il d'autre à ajouter ?

— Beaucoup de choses, si tu m'en avais laissé l'occasion. Mais tu étais tellement pressé de me condamner.

— Dans ce cas, aide-moi à découvrir la vérité, la défia-t-il. Dis-moi ce que tu sais.

Ils se fixèrent un long moment et, l'espace d'un instant, elle lui parut tentée. Puis elle secoua la tête.

— Je ne peux pas.

Les traits de Duncan se rembrunirent. Une petite partie de lui se demandait toujours s'il ne s'était pas trompé, mais son silence la condamnait.

— Dis plutôt que tu ne veux pas.

Elle haussa les épaules.

— Dix ans, c'est long. Tu t'es reconstruit une vie ; tu as satisfait tes ambitions. (Elle indiqua sa luxueuse armure.) Tu es devenu riche et tu t'es forgé une redoutable réputation. Je ne peux pas passer devant les casernes sans entendre parler des exploits du Highlander noir et de ses hommes. Tu as tout ce que tu as toujours voulu. Pourquoi revenir ici, rouvrir de vieilles plaies et risquer de tout perdre à nouveau ?

Elle avait entendu parler de lui, ce qui le flatta plus que de raison. Effectivement, il avait concrétisé ses ambitions. À une époque, il avait cru que cela suffirait à le satisfaire.

— À quoi servent la richesse et la gloire sans la liberté ? Or, il n'y a pas de liberté dans l'exil. Les Highlands sont ma terre. C'est ici que je veux vivre… ou mourir.

Elle soutint son regard un long moment, semblant le comprendre, puis tourna les talons et sortit.

Il était seul. Il en avait l'habitude, ayant choisi une vie solitaire. Mais il y avait un monde entre être seul et se sentir seul, ce que ses retrouvailles avec Jeannie venaient de lui rappeler douloureusement.

Duncan avait atteint tous les objectifs qu'il s'était fixés, et plus encore. Mais cela avait un prix. Il n'avait jamais été tenté de se marier et de fonder un foyer, pas depuis Jeannie. Il n'y avait pas de place dans son existence pour une vie de famille. Et puis, il n'avait jamais rencontré une femme qui lui en eût donné l'envie.

Il inspira péniblement, sentant une douleur lancinante dans sa poitrine qui n'avait rien à voir avec sa plaie. Il pensait à la vie qu'il aurait pu avoir si les circonstances avaient été différentes. S'ils ne s'étaient pas retrouvés tous les deux dans des camps ennemis.

11

La matinée était passée depuis longtemps quand Duncan se réveilla, le corps et la tête encore engourdis par le sommeil. Sans la douleur dans son ventre et le besoin de se soulager, il aurait pu dormir jusqu'au lendemain.

Il souffrait comme un chien.

Il avait connu pire. C'était toujours au repos que la douleur prenait le dessus. Après de lourdes journées de combat, il s'était souvent réveillé le lendemain avec l'impression que son corps avait été réduit en bouillie, tous ses muscles raides au point de ne plus pouvoir bouger. Dans le cas d'une plaie par balle, la douleur était plus concentrée, du moins en théorie. Pour le moment, une brûlure lancinante irradiait dans tout son ventre.

Il se redressa. Trop rapidement. Une douleur fulgurante le transperça de part en part et il fut pris d'un haut-le-cœur. La nausée disparut rapidement, mais la douleur perdura. Il posa une main sur son bandage et fut rassuré en constatant qu'il n'était pas imbibé de sang, ni de pus.

La balle de Jeannie devait avoir provoqué plus de dégâts qu'il ne l'avait cru, tout en évitant heureusement les organes vitaux.

Cela ne suffirait pas pour le garder au lit. Il devait retrouver Leif et Conall pour leur demander d'ouvrir l'œil et de poser des questions discrètes. En tant qu'étrangers, ils n'étaient pas en danger, mais lui-même devait être prudent. Quelqu'un pouvait le reconnaître.

Il était impatient de reprendre la route, mais ne pouvait partir avant d'avoir inspecté les lieux. D'ici à quelques jours, il serait de nouveau en état de voyager.

Il se leva lentement et utilisa le pot de chambre. Sa perte de sang l'avait considérablement affaibli et il devait régulièrement se tenir à l'une des colonnes du lit pour reprendre son équilibre et son souffle. Constatant qu'on avait rempli la bassine et déposé un linge propre, il entreprit de se débarbouiller.

Il se gratta le menton. Sa barbe de deux jours le démangeait. Il envisageait d'appeler une servante pour qu'elle lui apporte un rasoir et une chemise propre quand il sentit un étrange picotement dans sa nuque.

Quelqu'un l'observait.

Il s'immobilisa puis se retourna lentement, s'attendant à voir Jeannie. Il n'y avait personne.

— Qui est là ?

Silence.

Il examina la chambre, remarquant des détails qui lui avaient échappé la veille. Le placard à gauche de la porte, la fenêtre face au lit, la table, la chaise, le petit lit, une malle. Il y avait aussi une balle en vessie de porc dans un coin, une crosse pour jouer au *shinty,* une épée en bois, un collier de coquillages et quelques livres.

Une chambre d'enfant.

Au même moment, il entendit un bruissement derrière la porte.

— Tu peux sortir, dit-il. Je sais que tu es là.

Ne sachant pas trop à quoi s'attendre, il se tendit, mais rien ne l'avait préparé à un tel choc. La vue de la petite fille qui émergea de sa cachette le cloua sur place. Elle était ravissante, avec des cheveux roux foncé, un petit minois de lutin, de minuscules lèvres rouges et de grands yeux.

Elle était adorable... et bouleversante. C'était une version miniature de sa mère, hormis ses yeux bleus et son petit nez couvert de taches de rousseur.

La fille de Jeannie.

La douleur dans sa poitrine s'intensifia. Pourquoi était-il surpris ? Elle avait été mariée dix ans et avait probablement eu plusieurs enfants. Que s'était-il imaginé ? Que son mariage n'avait été qu'un simulacre et qu'elle lui était restée fidèle durant toutes ces années ? En réalité, il n'avait pas voulu y penser. Néanmoins, il était face à la preuve physique de son intimité avec un autre homme ; son union avec Francis Gordon n'avait pas été que de pure forme.

La fillette l'observait d'un air méfiant. Se rendant compte que son trouble pouvait se lire dans ses yeux et risquait de lui faire peur, il s'efforça de se détendre. Il n'avait aucune expérience des enfants et ne savait pas trop quoi faire. Histoire de dire quelque chose, il demanda :

— Comment t'appelles-tu ?

Elle se mordit la lèvre.

— Helen. Helen Gordon. Mais tout le monde m'appelle Ella.

Elle fronça le nez, son regard allant du sommet de son crâne aux poutres du plafond.

— Tu es très grand, déclara-t-elle. Plus grand que mon père qui était l'homme le plus grand des Highlands. Tu ne te cognes pas au plafond quand tu marches ?

— Moins maintenant, admit-il. J'ai appris à baisser la tête.

Il se rendit soudain compte qu'elle essayait de détourner la conversation.

— Peut-on savoir pourquoi tu m'espionnais, mademoiselle Helen ?

Elle redressa le dos, offensée par une telle accusation.

— Je n'espionnais pas ! Je suis curieuse. C'est vrai que ma mère t'a tiré dessus ?

Elle fronça les sourcils avant d'ajouter :

— C'est que tu dois être très méchant.

Il se retint de rire et répondit sérieusement :

— C'est une question de point de vue.

Devant son air perplexe, il résuma :

— Tout dépend de quel côté tu te trouves. De toutes manières, c'était un accident.

Du moins le croyait-il. Elle ne paraissait pas convaincue non plus.

— Je voulais voir si tu étais aussi grand et effrayant qu'on le dit, déclara-t-elle.

— Et ?

— Je n'ai pas encore décidé. Pourquoi tu ne portes pas de chemise ? Tu es très foncé.

— La mienne est déchirée. Et je passe beaucoup de temps au soleil.

— Tu as beaucoup de cicatrices. Et puis, tes yeux sont bleus.

Il avait du mal à suivre le fil de sa pensée, mais ce dernier point semblait en sa faveur.

— Je n'aime pas les barbes, reprit-elle. Elles grattent.

— Je suis d'accord avec toi, dit-il en se frottant à nouveau le menton.

— Beth dit que tu es très beau. (Elle paraissait indécise.) Mon père était le plus bel homme du monde, et il ne portait pas de barbe.

Ces comparaisons avec son père commençaient à sérieusement agacer Duncan. Il cherchait un moyen de se débarrasser de la petite quand elle ajouta sur un ton détaché :

— Il est mort.

En dépit de son air bravache et de son menton pointé en avant, Duncan pouvait lire la tristesse dans ses yeux.

— Je suis désolé, dit-il.

Elle accepta sa compassion d'un signe de tête, faisant soudain preuve d'une maturité étonnante. Duncan fut soudain pris d'un terrible doute. Elle ne paraissait pas assez grande mais…

— Quel âge as-tu ?

— Presque huit ans. Je suis née le jour du solstice d'été.

Presque, alors qu'on était à la fin octobre. Elle enchaîna :

— Mon frère (Duncan se tendit), il dit que je suis une demi-portion, mais il a tort. Je suis menue. En tout cas, c'est ce que disait mon père et, d'après lui, ce n'est pas du tout la même chose. « Menue », ça veut dire que je suis fine et délicate.

Elle le regarda fixement, s'attendant visiblement à ce qu'il soit impressionné. Il ne voulut pas la décevoir.

— Ah ! Je l'ignorais.

Elle s'assit sur la malle au pied du lit, ayant décidé qu'il n'était pas si dangereux que ça, et poursuivit :

— En fait, Dougall est jaloux, c'est tout. J'ai traversé le Dee à la nage quand j'avais seulement six ans et trois quarts. Alors que lui, il n'a pas réussi avant d'avoir sept ans et un quart.

— C'est une belle prouesse. Et quel âge a ton frère aujourd'hui ?

Sa réaction était absurde, mais il retint néanmoins son souffle.

— Il a eu neuf ans le jour de la Saint-Michel.

Le 29 septembre. Duncan fit un rapide décompte mental. Il avait dû être conçu en janvier. Il avait quitté l'Écosse à la mi-août, presque cinq mois plus tôt.

L'étau sur sa poitrine se desserra. Il ne savait pas s'il devait être déçu ou soulagé. Il n'avait jamais pensé… Il avait été trop absorbé par sa colère pour imaginer que Jeannie ait pu être enceinte. Néanmoins, les deux enfants étaient trop jeunes pour être de lui.

Elle ne remarqua pas son air distrait, trop ravie d'avoir un public captif. Son adorable minois rayonnait, s'animant à mesure qu'elle énumérait toutes les choses que les filles savaient faire et qui n'étaient pas appréciées à leur juste valeur par leurs frères aînés. Il y en avait beaucoup.

Se rendant compte que cela risquait d'être long, Duncan prit une sage décision. Il s'installa confortablement sur le lit et attendit.

Jeannie se retint d'aller voir Duncan dès le petit matin. Elle vaqua à ses occupations, épluchant les comptes du domaine avec l'intendant et planifiant les repas du jour avec la cuisinière, comme si l'homme qui l'avait abandonnée le cœur en lambeaux dix ans plus tôt n'était pas soudain réapparu, menaçant de tout détruire.

Mairghread était allée vérifier l'état du blessé un peu plus tôt et l'avait trouvé endormi. Elle assura à Jeannie que le repos était ce qu'il y avait de mieux pour lui, ce que Jeannie répéta aux deux colosses quand ils la coincèrent dans un couloir en milieu de matinée. L'Irlandais et le Nordique rechignèrent quand elle leur annonça qu'ils ne pouvaient monter le voir pour le moment, mais elle ne se laissa pas intimider par leur air renfrogné et leurs gros bras. Si leur chef se sentait mieux dans l'après-midi, ils seraient autorisés à lui rendre visite. Apparemment, ils n'étaient pas habitués à ce qu'on leur dise « non », et elle profita de leur air ahuri pour s'éclipser.

Vers midi, elle remonta des cuisines avec un plateau. Elle traversa la grande salle et se dirigea vers l'escalier où elle tomba nez à nez avec sa belle-mère qui descendait de sa chambre.

— Où allez-vous donc avec ce plateau ? demanda la marquise.

— Je montais voir si le garde s'était réveillé et s'il était suffisamment rétabli pour avaler quelque chose.

— Il y a suffisamment de domestiques dans cette maison pour s'occuper de ce genre de choses. À moins que vous n'ayez d'autres raisons pour être à ses petits soins ?

Jeannie réfréna un soupir d'exaspération. De quoi se mêlait-elle ? Ce n'était qu'un maudit plateau.

— Je préfère m'en occuper moi-même, répondit-elle. Il a été blessé par ma faute et il est sous ma responsabilité.

— Est-ce bien raisonnable, ma chère ? Après tout, que savez-vous de cet homme ?

— C'est un garde envoyé par mon frère, je n'ai pas besoin d'en savoir plus.

— Il n'a pas l'air d'un garde.

Jeannie jura intérieurement. Pour une fois, elle était d'accord avec sa belle-mère. Avec son allure et sa richesse, Duncan n'avait rien de l'homme d'armes typique. Il aurait été plus crédible de faire de lui un prince.

— C'est un mercenaire, improvisa-t-elle.

La marquise fit une grimace de dégoût.

— Je vois. Je ne pense qu'à votre bien, ma fille. Une femme dans votre position n'est jamais trop prudente pour éviter les commérages.

Son insinuation acheva d'agacer Jeannie.

— Quelle position ? Je suis la maîtresse de ce château. J'ai le droit d'apporter un repas à un blessé.

— Vous avez raison, bien sûr. Je suis toujours si méfiante ! C'est que je m'inquiète de vous savoir seules ici, Helen et vous, après mon départ.

Jeannie n'avait pas vu Ella (un surnom qui lui était resté parce que Dougall n'arrivait pas à prononcer Helen) de la matinée. Elle se demanda quel mauvais coup elle pouvait être en train de préparer. Jeannie s'efforçait d'être patiente, mais la petite friponne était devenue encore plus têtue depuis la mort de son père, refusant de lui obéir. Elle n'en faisait qu'à sa tête et avait malheureusement hérité de l'impulsivité de sa mère et de sa grand-mère. L'opiniâtreté et l'impétuosité ne faisaient pas bon ménage.

Elle se tourna à nouveau vers sa belle-mère et, espérant ne pas paraître trop enthousiaste, lui demanda :

— Vous rentrez donc à Castle Gordon ?

Au regard que lui lança la marquise, elle semblait avoir lu dans ses pensées.

— Oui, le marquis m'a écrit pour me dire qu'il avait accepté les exigences du roi et qu'il signerait sa confession de foi.

Encore. Il était probablement aussi sincère que les autres fois où il avait renoncé à sa foi catholique.

— Il va enfin être libéré de Stirling Castle ?

— Bientôt, j'espère. Même si Argyll cherche d'autres prétextes pour l'y retenir.

C'était une autre des raisons pour lesquelles le retour de Duncan s'avérait problématique. Changeant de sujet, la marquise demanda l'air de rien :

— Avez-vous réfléchi à la proposition du fils du comte d'Erroll ?

Jeannie fit non de la tête.

— Je ne suis pas encore prête à envisager de me remarier.

Le cas échéant, ce ne serait pas pour épouser un homme sous la coupe du marquis. Les Gordon souhaitaient contrôler l'héritage de son fils et n'étaient pas très subtils dans leur démarche : ils avaient déjà désigné un cousin de Francis comme tuteur de Dougall.

La marquise hocha la tête. L'adoration qu'elle avait eue pour son fils cadet était la seule raison qui tempérait son désir de voir Jeannie remariée sur-le-champ.

— Il ne faut pas trop attendre, recommanda-t-elle. Helen a besoin de l'influence d'un homme. Ce matin, je l'ai surprise cachée sous l'une des tables de la cuisine. Elle écoutait encore les ragots des servantes.

Jeannie se mordit la lèvre, devinant qu'elle devait prendre un air horrifié mais se souvenant du nombre de fois où, enfant, elle s'était cachée pour entendre les filles de cuisine se pâmer sur le dernier bellâtre…

Oh non ! Elle n'irait pas…

Prise de panique, elle marmonna une piètre excuse pour prendre congé de sa belle-mère et s'efforça de monter calmement l'escalier alors que son instinct lui hurlait de courir.

Elle entendit leurs voix avant même d'arriver à l'étage. Elle s'efforça de se détendre. Ella ne dirait rien qui puisse éveiller les soupçons de Duncan et ce dernier ne lui ferait jamais aucun mal. Du moins, pas intentionnellement. Mais Ella était si sensible, et si vulnérable depuis la mort de son père. Duncan, lui, était froid et distant. Elle ne comprendrait pas.

Sur le palier, elle entendit sa fille déclarer :

— Non, ici, c'est la chambre de mon frère.

Oh non !

Puis la voix de Duncan :

— Où est ton frère… ?

Il s'interrompit en apercevant Jeannie sur le seuil.

— Ella ! s'écria-t-elle.

L'enfant se retourna brusquement, surprise par son ton véhément.

— Mais je n'ai rien fait !

Jeannie contempla la scène : sa fille assise sur la malle, les genoux repliés sous le menton ; Duncan détendu, allongé sur le lit les mains croisées derrière sa nuque, une lueur amusée dans le regard. Légèrement rassurée, elle s'efforça de sourire.

— Je sais, mon cœur, répondit-elle en posant le plateau sur la table avec des mains tremblantes. Mais Duncan doit se reposer et c'est presque l'heure de tes leçons.

La fillette lança vers Duncan un regard langoureux qui glaça le sang de sa mère. Était-elle déjà tombée sous son charme, reproduisant la même erreur que sa mère ?

— Il faut vraiment ? gémit l'enfant en prenant un air affligé.

Jeannie hocha la tête, ne se laissant pas fléchir par ses grands yeux bleus.

— Va chercher les autres, ordonna-t-elle. Je descends vous retrouver dans quelques minutes.

Ella sauta de la malle et sautilla hors de la chambre, ses boucles auburn rebondissant derrière elle. Une fois qu'elle fut hors de la pièce, Jeannie poussa un soupir de soulagement. Duncan le remarqua car, quand elle se tourna vers lui, il avait retrouvé son regard de glace. Il se leva.

— Tu ne croyais tout de même pas que j'allais lui faire du mal ?

Elle ne répondit pas et, quand il marcha vers elle, fut prise d'une envie de s'enfuir.

— Je n'en étais pas sûre, répondit-elle en baissant les yeux.

Elle n'aurait pas dû. Son regard tomba précisément sur l'endroit de son épaule où elle aimait autrefois enfouir son visage. Elle resta transfigurée un instant, le cœur serré. En fermant les yeux, elle se souvenait de la chaleur qui l'envahissait quand elle pressait sa joue contre sa peau nue et se lovait contre lui. Ce sentiment de paix, de sécurité. Cette impression que, lui à ses côtés, il ne pouvait rien lui arriver de mal.

Seigneur ! Parviendrai-je un jour à oublier ?

— Regarde-moi, Jeannie.

La dureté de sa voix la rappela à la réalité. Elle pinça les lèvres, furieuse d'être si faible. Cela n'avait été qu'une illusion. Il ne l'avait pas protégée. Il ne l'avait pas aimée. Il l'avait abandonnée.

— Tu me connais mieux que ça, poursuivit-il.

Elle eut soudain envie de rire.

— Tu crois ? demanda-t-elle. En fait, je ne sais pas qui tu es. Il y a dix ans, je croyais le savoir mais, au fond, deux mois, cela ne suffit pas pour vraiment connaître quelqu'un. (C'était juste assez long pour avoir le cœur brisé.) Je m'étais complètement trompée à ton sujet.

Sa flèche avait atteint sa cible. Il lui saisit le poignet et la fit pivoter vers lui. La pointe de ses seins effleura son torse nu.

— Tu me connaissais suffisamment, dit-il d'une voix rauque. En tout cas, assez pour te donner à moi.

Il passa le bout de son index sur la courbe de sa joue. Elle était trop stupéfaite pour se détourner. Son corps était envahi de sensations, son sang bouillonnait. Le désir la possédait des pieds à la tête. Elle avait envie de l'embrasser et pouvait presque sentir la chaleur de ses lèvres sur les siennes.

— Que se passe-t-il, Jeannie ? railla-t-il. Tu te souviens, à présent ? Il y avait donc une part de vrai dans notre histoire ?

Elle tenta vainement de se libérer.

— Lâche-moi !

Son poing enserrait son poignet comme un fer en acier. Il la regardait dans les yeux et, pour la première fois, elle y vit des braises. Il n'était pas aussi immunisé qu'il le laissait paraître.

Au fond d'elle-même, elle retrouva une étincelle de son ancienne témérité, un besoin impulsif de le provoquer à son tour. Oubliant le danger, elle se rapprocha de lui, pressant ses hanches contre les siennes et ses seins contre son torse. Elle sentit son érection contre son ventre. Elle releva les yeux vers lui et fixa sa bouche.

— N'est-ce pas plutôt toi qui te souviens ? Est-ce pour ça que tu es revenu, Duncan ? Hein ? Tu me désires toujours ?

Tous les muscles de Duncan se contractèrent et elle se demanda si elle ne venait pas de commettre une grosse erreur. Elle avait voulu prouver qu'il n'était pas si indifférent mais ce n'était pas un homme que l'on pouvait manipuler. Elle prit peur. Elle n'était plus une jeune fille naïve. Elle savait ce que l'on risquait en jouant avec le feu.

Il la lâcha aussi subitement que si elle l'avait ébouillanté. Il n'avait pas répondu à sa question, mais ils connaissaient tous les deux la réponse. Il préféra revenir à leur sujet précédent.

— Je ne ferais jamais de mal à un enfant.

Une horrible pensée s'insinua dans l'esprit de Jeannie. Elle ne savait rien sur sa vie au cours des dix dernières années. Et si elle n'avait pas été la seule femme à succomber à son charme indéniable ?

— Tu as donc beaucoup d'expérience avec les enfants ? demanda-t-elle.

— Je ne me suis jamais marié, rétorqua-t-il.

— Tu es bien placé pour savoir qu'il n'est pas nécessaire d'être marié.

Il lui lança un regard noir.

— De quoi m'accuses-tu, au juste ?

— De rien. Je me demandais simplement combien de bambins bruns aux yeux bleus tu avais essaimés sur le continent.

Elle était allée trop loin. Il lui agrippa à nouveau le bras et la dévisagea d'un air mauvais.

— Tu crois vraiment que je condamnerais un enfant au même sort que le mien ?

Il l'avait pourtant fait.

— Ce qui fait de toi un bâtard, ce n'est pas que tes parents n'aient pas été mariés, mais tes actes.

Il tiqua puis crispa ses mâchoires.

— Je reconnaîtrais toujours mes enfants, si j'en avais.

C'était bien ce qu'elle craignait. Il ne devait jamais découvrir la vérité au sujet de Dougall. Sa bâtardise avait toujours été son talon d'Achille. Il ne pourrait jamais analyser la situation d'une manière rationnelle. Il ne comprendrait pas les raisons de son mensonge et, avec sa foutue noblesse d'âme, refuserait de s'effacer.

Tout ce qu'elle désirait, c'était une explication, suivie de son départ. Pourquoi fallait-il toujours qu'ils se mettent dans un tel état ? Ne pouvaient-ils pas discuter raisonnablement ? Devait-il toujours y avoir entre eux cette tension explosive, ce courant électrique qui lui donnait l'impression d'être à nouveau une jeune sotte impulsive prête à croire aux preux chevaliers et aux contes de fées ? Elle était adulte, désormais, et mère. Elle ne pouvait pas se le permettre.

Elle préféra changer à nouveau de sujet.

— Ella est un peu têtue, ces temps-ci. Je veillerai à ce qu'elle ne t'ennuie plus.

Il allait objecter puis se ravisa. Elle avait raison, mieux valait ne pas s'attacher. Toutefois, il n'en avait pas encore terminé avec elle.

— Tu as aussi un fils ?

Elle se crispa, puis se ressaisit aussitôt. Elle parla prudemment, pesant chaque mot. Elle ne voulait rien lui dire, mais mieux valait être le plus honnête possible. S'il sentait son malaise, il pourrait avoir des soupçons.

— Oui, il est actuellement en tutelle.

La réaction de Duncan un peu plus tôt n'avait fait que confirmer ce qu'elle savait déjà. Il tiendrait à reconnaître son fils, même si cela signifiait faire de lui un bâtard et détruire tout ce qu'elle avait fait pour le protéger. Elle ne pouvait courir ce risque. Duncan avait perdu tous droits sur son fils quand il était parti.

— Quel âge a-t-il ?

Elle soutint son regard, ne trahissant rien de l'angoisse qui la tenaillait. Elle s'était donné beaucoup de mal pour protéger son secret et était prête à tout pour le garder.

La bataille de Glenlivet avait été sa planche de salut. Les Gordon avaient été contraints à l'exil. Francis n'avait pas suivi son père sur le continent, mais ils s'étaient retranchés dans un château isolé dans le Nord avec quelques fidèles domestiques. Lorsqu'ils en étaient revenus, près de deux ans plus tard, l'âge véritable de Dougall avait été facile à dissimuler. En outre, personne n'avait de raisons de se poser des questions. Sauf un homme.

— Il vient d'avoir neuf ans, répondit-elle calmement. Il est né plus d'un an après que Francis et moi avons été mariés.

Elle crut déceler une lueur étrange dans son regard quand elle mentionna son mariage.

— Chez qui est-il en tutelle ?

Bien que son instinct lui criât de ne pas en dire plus, elle s'efforça de paraître n'avoir rien à cacher.

— Dougall est à Castlewene, auprès de ton frère.

Il écarquilla les yeux.

— Jamie ?

C'était une autre raison pour laquelle elle était reconnaissante à Francis. Il avait trouvé le moyen d'établir un lien entre Dougall et la famille de son père naturel, même si l'enfant ne saurait jamais qu'il était élevé par son oncle.

— La bataille de Glenlivet est terminée depuis longtemps, Duncan. Les vieilles querelles sont oubliées.

— Mon cousin n'a pas oublié, lui, souligna Duncan.

— Peut-être pas, mais Argyll n'a aucune raison de ranimer des hostilités anciennes.

— Tu veux dire, à moins que je les lui rappelle.

— Oui, confirma-t-elle.

— Pourquoi est-ce aussi important pour toi ? Ton père et ton mari sont morts. Mon cousin ne peut plus les atteindre.

Elle sursauta, comprenant soudain. *Francis*. Voilà pourquoi il était venu la trouver.

— Dois-je comprendre que tu inclus mon mari dans la conspiration contre toi ? Francis n'a rien à voir avec ce qui t'est arrivé.

— Comment peux-tu en être sûre ? rétorqua-t-il.

— Parce qu'il ne se serait jamais déshonoré en faisant accuser à tort un homme de trahison.

— Ce qui n'était pas le cas de ton père ?

Elle poussa un soupir exaspéré.

— Ce n'est pas ce que j'ai dit.

— Grant était forcément de connivence avec quelqu'un dans le clan des Gordon et votre mariage précipité laisse entendre que ce quelqu'un était ton mari.

Son ton était un peu trop acerbe, ce qui n'échappa pas à Jeannie. Ainsi donc, c'était qu'elle se soit mariée si vite qui le turlupinait. Elle eut soudain envie de rire. S'il savait pourquoi ! L'homme qu'il voulait à présent traîner dans la boue avait donné à son bâtard non seulement un nom, mais un héritage. Francis avait su qu'elle était enceinte au moment de leurs noces. Peu d'hommes auraient agi comme lui, acceptant l'enfant, l'élevant, l'aimant comme le sien.

Son mari avait tant fait pour elle alors qu'elle n'avait jamais pu lui donner ce qu'il désirait le plus.

À cause de Duncan.

Elle se sentit coupable. Elle n'avait pas pu aimer Francis, mais il avait sa loyauté à jamais. Elle ne laisserait pas Duncan l'impliquer dans cette sale affaire.

— Tu nies que ton père était de mèche avec ton mari ? insista-t-il.

— Non.

C'était bien Francis qu'elle avait vu chez son père peu avant la bataille.

— Mais il y a un monde entre convaincre mon père de changer de camp et faire accuser un innocent de trahison, reprit-elle. Quelle raison Francis aurait-il eue d'agir ainsi ?

— Toi. Il n'aurait pas été le premier homme à commettre une ignominie pour une femme.

— Tu te trompes. Francis a quitté Freuchie Castle avant que je parle de nous à mon père. Il n'est pour rien dans le piège qu'on t'a tendu.

Se souvenant de la conversation qu'elle avait surprise dans le bureau de son père au sujet de l'or et de la carte, elle étouffa un léger doute.

Il se pencha vers elle, la fixant intensément.

— Prouve-le, la défia-t-il. Laisse-moi fouiller dans ses affaires.

— Je n'ai pas besoin de le prouver. Je le connaissais et je sais qu'il est innocent.

Sa défense enflammée de son mari le rendit furieux. Il esquissa une moue dédaigneuse.

— N'importe quel homme peut se fourvoyer pour les beaux yeux d'une femme.

Y compris lui. Son ton railleur la fit frémir de rage.

— Va chercher ailleurs les preuves de ton innocence, Duncan. Je ne te laisserai pas salir le nom de mon mari.

C'était le moins qu'elle devait à Francis.

Cependant, elle avait une autre raison. Réveiller les souvenirs de Glenlivet constituait un autre danger. En faisant passer Francis pour un traître, Duncan pouvait mettre en péril l'héritage de son fils et risquer tout ce qu'elle avait fait pour le protéger.

Son regard devint glacial. Toute la compassion qu'elle avait pu ressentir pour l'injustice qui lui avait été faite s'évaporait face à la menace qu'il faisait peser sur son fils.

J'aurais dû le dénoncer quand il était encore temps.

La colère qui bouillonnait dans son sang l'empêchait de réfléchir de manière cohérente. Comment faisait-elle ?

Il n'aurait jamais dû la toucher. Sa peau brûlait encore là où leurs corps avaient été en contact. Tous ses muscles avaient aussitôt vibré de désir, faisant resurgir les souvenirs d'un plaisir trop puissant pour qu'on y résiste. Presque.

Il ne supportait pas la faiblesse sous quelque forme que ce soit, mais il devait reconnaître qu'elle l'ensorcelait. Aucune autre femme ne lui faisait cet effet.

Elle était si belle, debout devant lui avec ses yeux de braise, ses joues rosies, ses cheveux brillant comme du cuivre au soleil.

Et toute cette passion, ces émotions... pour un autre homme.

Il les voulait pour lui. Il ressentait un besoin primaire d'effacer toutes les pensées qu'elle pouvait avoir pour un autre que lui. Serrant les poings contre ses flancs, il lui lança sur un ton de défi :

— Comment comptes-tu m'en empêcher ?

Son refus de l'aider, d'imaginer un seul instant que son mari ait eu une part de responsabilité dans le piège qu'on lui avait tendu, rongeait les murs de son indifférence comme une lèpre. Le nom sacré des Gordon comptait plus pour elle que sa liberté. Comptait plus que le bien et le mal.

Rien n'avait changé. Sa loyauté envers sa famille se dressait toujours entre eux. Une fois de plus, un trait avait été tracé dans la poussière, et elle avait choisi le camp adverse.

Pour prouver son innocence, il avait besoin d'enquêter sur sa famille, au risque de déterrer quelques squelettes, mais elle était prête à tout pour l'en empêcher.

— Je pourrais appeler les gardes, répliqua-t-elle.

Elle paraissait assez furieuse pour ça.

— Tu ne le feras pas, dit-il avec plus d'assurance qu'il n'en ressentait.

Elle resta silencieuse un long moment, au point qu'il craignit d'avoir mal calculé son coup. Autrefois, il lisait en elle comme dans un livre ouvert. Désormais, elle était si froide et maîtresse d'elle-même ! Son indifférence était insupportable, mais ce fut surtout sa loyauté aveugle envers son mari qui le poussa à commettre un geste fou.

Il avança d'un pas vers elle, la dominant de sa hauteur, la forçant à le prendre en compte, voulant prouver qu'il y avait vraiment eu quelque chose entre eux, qu'il n'était pas le seul à s'en souvenir. Il la sentit se raidir, vit le pouls battre un peu plus vite dans son cou, ses narines se dilater. Elle voulait reculer, mais sa fierté l'en empêchait.

— Quoi que tu en dises, Jeannie, je suis sûr que tu te souviens à quel point c'était bon entre nous.

— Quoi, nos ébats de jeunesse maladroits ? Tu oublies que j'ai été mariée pendant dix ans. J'ai pu faire la différence.

Il manqua de suffoquer. Elle allait trop loin. Le seul fait de l'imaginer avec un autre homme le rendait fou.

Il la prit dans ses bras et la plaqua contre lui. Elle frémit et il aurait pu hurler de satisfaction en sentant ses mamelons durcir contre son torse.

— Je ne crois pas que tu aies oublié, murmura-t-il.

Des ébats maladroits ? Ils avaient peut-être manqué d'expérience, mais il se souvenait du plaisir divin qu'ils avaient partagé. Certes, il avait acquis certaines compétences depuis, mais une telle passion ne s'apprenait pas. Elle était dans le sang, dans les sens, dans ce lien viscéral et indescriptible entre eux.

Il l'embrassa avec toute la fougue qu'elle avait attisée en lui avec ses provocations. Il gémit en retrouvant sa saveur, ce goût de miel qu'il n'avait jamais pu oublier.

Ses lèvres étaient plus douces que dans son souvenir ; sa peau et ses cheveux plus odorants.

Son baiser était brutal. Profond et avide. Il glissa une main derrière sa nuque, enfonçant ses doigts dans sa chevelure soyeuse, l'autre descendit sur ses fesses rondes pour la serrer plus fort contre lui.

Elle paraissait trop stupéfaite pour réagir. L'espace d'un instant, il sentit son corps s'affaisser, se détendre et s'ouvrir à son baiser…

Soudain, elle émit un son étranglé et repoussa brutalement des deux mains son torse. Elle recula en titubant, les joues cramoisies et hors d'haleine.

— Tu te trompes, je ne te désire pas, lâcha-t-elle en le fusillant du regard.

Son rejet eut l'effet inverse de celui escompté. Loin de le dissuader, cela ne fit qu'enflammer son besoin de la contredire. De lui démontrer qu'elle le désirait aussi violemment que lui. Il le savait au plus profond de son être.

Il avança à nouveau vers elle, le désir et la colère fusionnant en lui en un mélange explosif. Puis il vit la frayeur dans ses yeux.

Ce n'était pas de lui qu'elle avait peur, mais de la facilité avec laquelle il l'avait prise en défaut.

Il recula et s'efforça de se calmer. Il lui avait suffi d'un rien pour le rendre à moitié fou. Son désir était trop près de la surface, prêt à jaillir dès qu'il sentait son odeur. Il n'avait jamais eu de difficultés à contrôler ses pulsions primaires, sauf avec elle.

Il avait passé sa vie à défendre les valeurs en lesquelles il croyait : l'honneur, la noblesse d'âme, le devoir. Pourtant, après une journée en sa présence, il se comportait comme un fichu barbare.

Il n'insisterait plus, cette fois. Mais si elle le provoquait à nouveau…

Sentant sans doute qu'elle l'avait échappé belle, Jeannie déclara :

— Je te donne encore un jour, Duncan. Rien de plus. Je veux te voir parti demain matin.

Là-dessus, elle tourna les talons et sortit.

Elle avait raison. Il fallait qu'il déguerpisse et vite. Cet endroit était trop dangereux pour lui. Ce n'était pas qu'elle puisse appeler les gardes qui l'inquiétait, mais les souvenirs, si vifs et viscéraux.

12

Jeannie se tordait dans son lit, trempée de sueur, les draps rêches frottant contre sa peau sensible. Elle avait tellement chaud. Ses membres étaient si lourds.

Elle sentait sa bouche sur ses lèvres, sa gorge, ses seins. Des mains calleuses se promenaient sur tout son corps.

Sa langue s'insinua entre ses lèvres. Elle goûta sa saveur, sentant la friction de sa barbe contre sa joue, le poids de son corps lourd sur le sien.

Sa main glissa entre ses cuisses. Elle retint son souffle, anticipant… Elle cria de plaisir en sentant son doigt glisser en elle, provoquant une décharge exquise. Elle souleva les hanches, l'invitant…

Un grattement à la porte la réveilla en sursaut. La chambre était plongée dans l'obscurité. Son corps s'affaissa dans le lit. *Ce n'était qu'un rêve.* Abrutie de sommeil, elle referma les yeux, roula sur le côté et rabattit l'oreiller sur sa tête. Ce baiser n'avait pas seulement détruit sa tranquillité d'esprit, il avait pénétré ses rêves, réveillant des émotions oubliées depuis longtemps. Sa peau lui démangeait et elle ne cessait de gigoter, énervée.

Elle avait oublié ce qu'était la passion charnelle, d'embrasser un homme et de ressentir un plaisir si intense qu'il vous coupait le souffle. À mesure que les souvenirs remontaient à la surface, elle remarquait également de petites différences : il y avait une assurance et une force dans ses mouvements qu'il n'avait pas eues avant. Il était devenu un homme. Et il embrassait comme un homme. Un homme grand, fort et possessif.

Après toutes ces années sans désir, il avait suffi d'un jour avec lui et tout lui revenait en mémoire.

Et si...

Non, c'était de la folie. Elle rêvait encore, mais ces émois de jeune fille n'avaient plus leur place dans sa vie. Elle avait des responsabilités. Il ne pouvait rester. Il devait partir dès l'aube.

On toqua à nouveau à la porte, cette fois avec plus d'insistance.

Elle bondit, cette fois bien réveillée. Elle se glissa hors du lit et traversa la chambre sur la pointe des pieds pour ne pas réveiller Ella.

Elle entrouvrit la porte. C'était Mairghread, tenant une chandelle devant son visage. Elle semblait troublée.

— Je suis désolée de vous réveiller, ma dame, mais vous m'aviez demandé de vous prévenir immédiatement. C'est le garde. Son état a empiré.

Le cœur de Jeannie fit un bond.

— La fièvre ?

La vieille femme acquiesça.

Jeannie sentit son ventre se nouer. Comme Francis. Il avait suffi d'une éraflure, une petite entaille faite par une épée lors de son entraînement. Elle avait suppuré. Une semaine plus tard, il était mort.

Comment était-ce possible ? Il y avait quelques heures à peine, Duncan l'embrassait. Elle avait senti sa force, sa passion. Il débordait de vie.

— J'arrive, chuchota-t-elle.

Retournant dans la chambre, elle s'agenouilla près du petit lit et déposa un baiser sur la joue veloutée d'Ella. Elle dégageait une douce odeur de bébé, bien qu'elle n'en soit plus un. Elle avait fait un nouveau cauchemar et Jeannie l'avait laissée dormir avec elle, sachant qu'elle était encore hantée par la mort de son père. En outre, elle préférait avoir la petite chipie auprès d'elle pour mieux la tenir à l'œil.

Quelques minutes plus tard, elle suivait Mairghread dans l'étroit escalier en colimaçon de la tour.

La guérisseuse avait déjà réveillé Beth, la servante qui dormait dans la mansarde, afin qu'elle surveille le malade. La jeune femme semblait en difficulté et Mairghread vola à son secours.

Duncan avait rejeté ses draps et se tordait comme une anguille dans le lit tandis que Beth tentait tant bien que mal d'appliquer un linge humide sur son front. Compte tenu de sa taille et de sa force, les deux femmes à elles seules ne pouvaient le maîtriser. Jeannie aurait dû les aider, mais elle était clouée sur place.

Elle émit un son étranglé et plaqua une main sur sa bouche. *Oh mon Dieu ! Je ne peux pas.*

À la lueur dansante de la bougie, elle distinguait son visage, reconnaissant la rougeur malsaine et révélatrice de son teint. Ses lèvres étaient déjà blêmes. Bientôt elles seraient desséchées et crevassées par une soif qui ne pouvait être étanchée.

Mairghread vit l'expression horrifiée de Jeannie et comprit ce qu'il se passait. Elle savait combien elle s'était battue pour sauver la vie de son mari et ce que cet échec lui avait coûté.

Jeannie sentit les larmes lui monter aux yeux. *Sois heureuse, Jeannie. Je m'excuse.* Cela avait été les dernières paroles de Francis, comme si c'était lui qui ne s'était pas montré à la hauteur de leur couple et non l'inverse.

— Vous n'avez pas besoin de rester, ma dame, lui dit la guérisseuse. Beth sait ce qu'il faut faire.

Jeannie hocha la tête. C'était ce qu'elle voulait entendre. Elle n'avait rien vécu de plus éprouvant que de voir mourir l'homme qu'elle aurait dû aimer. Elle ne pouvait à présent regarder Duncan subir le même sort. Duncan, l'homme qu'elle avait aimé et qu'elle haïssait à présent.

Du moins, elle voulait le détester mais, alors qu'elle restait plantée là, la peur la prenant à la gorge et un étau se refermant sur sa poitrine, elle sentit son vernis s'effriter. Ce n'était pas la haine qui avait rouvert la plaie dans son cœur, mais le souvenir, la nostalgie d'un passé qui n'avait jamais existé. Il avait détruit non pas sa vertu de jeune fille mais, bien plus important, son cœur. De le revoir avait ravivé sa douleur. De l'embrasser...

Elle ne voulait pas y penser. Seigneur, pourquoi était-il revenu ?

Il se convulsa sur le lit en poussant un cri affreux. La fièvre possédait son corps et enfonçait ses serres de feu dans sa chair.

Je pourrais le laisser mourir et tout serait terminé.

Elle chassa aussitôt cette pensée de sa tête, choquée par sa propre malveillance. Mon Dieu, qu'est-ce qui lui avait pris ? Cela semblait venir d'une colère bien plus profonde qu'elle ne l'aurait cru, de blessures enfouies mais jamais cicatrisées.

Je ne peux pas rester ici. Pourtant, ses pieds semblaient enracinés dans le sol.

— Ma dame, tout va bien ? l'interrogea Beth d'un air inquiet.

Jeannie prit une profonde inspiration et arracha son regard de l'homme dans le lit.

— Oui, oui, la rassura-t-elle.

La terreur semblait soudain l'avoir quittée. Son esprit était plus clair. Il l'avait abandonnée, mais elle n'en ferait pas autant. Elle ne pouvait le laisser mourir sans rien faire. Pas quand c'était de sa faute.

Elle rassembla son courage et se prépara pour la bataille à venir. Elle marcha vers le lit d'un pas déterminé et prit la place de Beth. Elle plongea un linge dans une coupe d'eau froide et le maintint sur son front en murmurant des paroles apaisantes pendant que Mairghread soignait sa plaie infectée.

Il sembla se calmer au son de sa voix. Il entrouvrit les yeux et la regarda un instant sous des paupières tremblantes avant de les refermer. Il était aveuglé par les brumes de la fièvre, mais elle se demanda s'il s'était rendu compte de sa présence.

Elle resta à son chevet pendant deux nuits et deux jours, combattant le brasier qui menaçait de le consumer, ne sachant pas s'il allait vivre ou mourir.

Elle refusa de bouger. Ni Mairghread, ni sa belle-mère, ni le petit visage inquiet d'Ella ne parvinrent à la faire sortir de la chambre. Elle en aurait fait autant pour n'importe qui, se répétait-elle. C'était son devoir.

En fait de devoir, cela ressemblait plutôt à un exorcisme. Plus il sombrait, plus elle démêlait les fils de sa mémoire. Des émotions longtemps enfouies remontaient en bouillonnant à la surface tel un volcan en éruption. Tantôt elle le maudissait et l'envoyait au diable, tantôt elle priait avec ferveur pour sa survie.

Puis, au milieu de la seconde nuit, il se réveilla. En proie au délire, il cria son nom, avant de retomber sur son oreiller, inanimé. Exactement comme Francis.

— Non ! s'écria-t-elle en le secouant par les épaules. Bon sang, Duncan ! Tu ne peux pas me faire ça. Je n'en ai pas fini avec toi !

Elle n'avait pas pu lui dire combien il l'avait blessée. Ce qu'elle avait ressenti en se retrouvant seule et enceinte. Comment, le cœur brisé, elle n'avait aspiré qu'à se rouler en boule et à mourir de chagrin. Comment elle n'avait pu se le permettre. Comment elle avait été contrainte d'épouser un homme qu'elle n'aimait pas pour protéger son enfant contre sa folie.

Elle eut beau le secouer, il demeura inerte entre ses mains. Alertée par le son de sa voix, Mairghread se précipita vers le lit. Elle posa une main sur le cœur de

Duncan et approcha sa joue de ses lèvres. Quand elle se redressa, Jeannie comprit à sa mine déconfite que la situation était désespérée.

— Je suis désolée, ma dame. La fièvre a affaibli son cœur et ses poumons.

Jeannie secoua vigoureusement la tête, refusant de croire que cet homme indestructible pouvait être vaincu. Au fond d'elle-même, elle savait qu'il ne mourrait pas. Il ne pouvait pas la quitter. Elle ne le laisserait pas.

Elle contempla ce beau visage que la maladie avait rendu grisâtre, les émotions se bousculant en elle. *Maudit sois-tu, comme je te déteste.* Elle posa ses lèvres sur les siennes, les larmes coulant sur ses joues.

Mon Dieu, comme je t'ai aimé. Elle l'avait aimé avec tout son cœur de jeune fille. Elle posa sa tête dans le creux de son épaule, cet endroit chaud et douillet, et pleura la mort de cette jeune fille et de son amour. Elle pleura les circonstances traîtresses qui les avaient arrachés l'un à l'autre, l'innocence perdue, les rêves déçus. Elle pleura pour son fils qui ne connaîtrait jamais son père. Elle pleura jusqu'à ce qu'il ne lui reste plus de larmes.

— Vous ne pouvez plus rien faire pour lui, ma dame, lui dit doucement Mairghread.

Peut-être pas, mais elle essaierait. Duncan était l'homme le plus fort qu'elle ait jamais connu. La fièvre faisait des ravages, mais si quelqu'un pouvait résister à ses assauts, c'était bien lui.

Mairghread la laissa à sa veillée solitaire. Puis, aux premières lueurs du troisième matin, la foi de Jeannie fut récompensée. Duncan rouvrit les yeux. Ils étaient d'un bleu cobalt plus limpide que jamais.

Ils se posèrent sur elle, vagues mais lucides.

— Comment as-tu pu l'épouser, Jeannie ? Comment as-tu pu te marier avec un autre homme ?

L'émotion dans sa voix l'atteignit droit au cœur. Il ne savait pas ce qu'il disait, mais cela n'atténuait pas la sincérité de ses sentiments.

Il l'avait aimée. Peut-être pas assez pour lui faire confiance, et elle n'avait pas été la seule à souffrir de leur séparation. Elle fut émue par cet aveu inattendu.

— Je n'avais pas le choix.

Il ne l'entendit pas. Il avait déjà sombré dans l'étreinte réparatrice du sommeil.

Perplexe, elle le dévisagea un long moment. Puis elle quitta la chambre.

C'était terminé. C'était comme d'être libérée après dix années de purgatoire. Duncan vivrait, et elle avait enfin fait la paix avec son passé.

À présent, elle pourrait peut-être avoir un futur.

Duncan se réveilla le lendemain matin avec l'impression d'avoir traversé les feux de l'enfer. Son corps était rompu, meurtri et faible, mais il était en vie.

Ce n'était pas la première fois qu'une de ses blessures déclenchait un accès de fièvre mais, à en juger par son état, il n'était jamais passé aussi près de la mort.

— Vous êtes réveillé.

En tournant la tête, il aperçut la vieille guérisseuse assise dans un coin. Il fut déçu. Il avait cru que…

Avait-il rêvé d'avoir vu Jeannie à son chevet ?

— Vous devez avoir soif, dit la femme en lui tendant un bol d'eau.

— En effet, et j'aurais aussi besoin d'un bon bain.

Elle se mit à rire.

— On se sent un peu poisseux, hein ?

C'était le moins qu'elle pouvait dire.

— Ma dame s'en doutait et a ordonné qu'on vous monte une cuve d'eau chaude quand vous serez prêt.

— Où est lady Gordon ? demanda-t-il malgré lui.

— Laquelle ?

Voyant son air perplexe, elle précisa :

— La marquise vit avec nous depuis la mort du jeune laird.

L'épouse de Huntly… ici ? Fichtre. Il l'avait déjà rencontrée, des années plus tôt. Il était peu probable qu'elle se souvienne du fils bâtard d'un Campbell mais il valait mieux l'éviter. La vieille harpie était aussi redoutable que son mari et expédiait ses ennemis aussi sommairement que brutalement. Peu avant Glenlivet, lorsque le chef des Mackintosh, vaincu par les Gordon, s'était jeté à ses pieds et, dans un élan de bravade, avait proposé de mettre sa tête sur le billot en signe de soumission, la marquise l'avait pris au mot et l'avait fait décapiter.

— La maîtresse du château, précisa-t-il.

— Elle prend un repos bien mérité. Elle n'a pas quitté votre chevet depuis trois jours. Il ne faut pas la…

— Non, non, je ne veux pas la déranger, l'interrompit-il.

Il ne pouvait cacher sa satisfaction. Il n'avait donc pas rêvé. Peut-être Jeannie n'avait-elle pas le cœur aussi endurci qu'il paraissait.

La guérisseuse sembla lire dans ses pensées et ajouta :

— Elle en aurait fait autant pour n'importe qui.

Duncan comprit l'avertissement implicite. Il ne fallait pas faire trop cas de ses attentions.

Plissant le front, la vieille femme poursuivit :

— Cela dit, ce fut particulièrement pénible pour elle, après avoir perdu son mari si récemment.

Duncan ne voulait pas penser à Francis Gordon, mais il ne put s'empêcher de demander :

— Comment est-il mort ?

— Il a été emporté par la fièvre. Une plaie qu'il avait reçue durant son entraînement aux armes s'est infectée. Ma dame s'est tellement battue pour tenter de le sauver qu'elle a bien failli être emportée elle aussi.

Duncan eut un pincement au cœur. Elle avait dû beaucoup l'aimer pour lui témoigner une telle dévotion.

C'était ridicule. Il était jaloux d'un mort. Néanmoins, en dépit de cet accès irrationnel, il se rendait compte à quel point cela avait dû coûter à Jeannie de le soigner à son tour.

Était-ce parce qu'elle se sentait coupable de ce qu'elle lui avait fait toutes ces années plus tôt ?

Quelque chose clochait dans son raisonnement. Les anciens doutes qui l'avaient assailli avant qu'il n'apprenne son mariage refaisaient surface. Avait-il été aveuglé par la colère et la méfiance ? Et s'il s'était trompé ? Les incidences d'une telle méprise lui faisaient froid dans le dos. *Tu m'as quittée.* Il entendait encore sa voix résonnant dans sa tête. S'il l'avait vraiment accusée à tort, il était prêt à lui donner un autre pistolet pour qu'elle l'achève.

Mais si ce n'était pas Jeannie, qui l'avait trahi ?

Jeannie entendit des éclats de voix en montant l'escalier, une sacoche contenant les affaires de Duncan balancée par-dessus l'épaule.

Elle s'était réveillée une heure plus tôt et, après un long bain chaud et un rapide petit-déjeuner, se sentait fraîche comme une rose. Pensant que Duncan aimerait en faire de même, elle avait demandé à ses deux acolytes, dûment rassurés, de lui apporter ses affaires, dans lesquelles elle espérait trouver une chemise de rechange. Francis avait été presque aussi grand et large d'épaules que lui, mais pas aussi musclé. Il avait été guerrier par obligation et non par nature. Quand bien même une de ses chemises aurait convenu à Duncan, elle rechignait à lui prêter un vêtement ayant appartenu à son mari. Cela lui aurait paru être une forme de déloyauté. En outre, Duncan n'en aurait probablement pas voulu.

Quoi qu'il en soit, il fallait l'habiller. Se souvenant de l'effet que son torse nu lui avait fait, elle était prête à le draper dans une toile à sac si nécessaire.

Compte tenu des événements, elle était surprise de se sentir aussi légère. La fièvre de Duncan l'avait contrainte à voir certaines réalités en face. Elle n'était pas aussi détachée de lui qu'elle avait voulu le croire. Elle avait réprimé ses sentiments pendant trop longtemps, étouffant la colère et l'amertume qu'elle ressentait à son égard afin de préserver son enfant. De le voir si près de la mort les avait libérées avec une force surprenante. Ils s'étaient aimés dans une autre vie, il y avait longtemps. Trop longtemps pour retenir une telle colère.

Elle voulait toujours son départ. Il continuait de représenter une menace pour son fils. Cela dit, elle pouvait attendre qu'il se soit remis.

En arrivant sur le palier, elle l'entendit rire et s'arrêta net. Elle avait oublié ce son et comment il l'affectait. Comment il s'enroulait autour d'elle et la pénétrait d'une joie profonde. C'était un rire qui la faisait se sentir comme la femme la plus extraordinaire du monde.

Jeune, déjà, il avait toujours été si sérieux que son rire résonnait comme un présent précieux. Aujourd'hui, endurci par les ans et les épreuves, de l'entendre était encore plus saisissant.

Elle se mordit la lèvre, se demandant ce qui le faisait rire ainsi.

Elle arriva sur le seuil de la chambre et reçut la réponse à sa question comme une gifle en pleine figure.

Duncan se tenait debout dans la cuve de son bain, vêtu d'une simple serviette nouée autour de la taille et tenant Beth dans ses bras. Tous deux riaient aux éclats et les joues de la jeune et jolie servante étaient d'un rose ravissant.

Ce que ressentit Jeannie ressemblait affreusement à de la jalousie. Pourquoi cela l'affectait-elle autant ? Il ne lui appartenait pas. Il avait dû connaître de nombreuses femmes depuis son départ d'Écosse. Cependant, l'imaginer d'une manière abstraite et le voir de ses propres yeux n'était pas la même chose.

Duncan et Beth se tournèrent brusquement vers elle et retrouvèrent aussitôt leur sérieux. Comme d'habitude, Duncan revêtit son masque impassible et indéchiffrable, mais Beth avait la même expression qu'Ella lorsque Jeannie la surprenait la main dans la boîte à biscuits, semblant dire : « Je n'ai rien fait ! »

Duncan lâcha la servante et celle-ci recula précipitamment. Le devant de son tablier était trempé, révélant les contours d'une poitrine fort bien faite.

— J'ai glissé, expliqua Duncan. Et j'ai bien failli entraîner la pauvre Beth dans le bain avec moi.

Était-ce censé la rassurer ?

— Je vois, dit-elle sèchement.

Elle se sentit ridicule, comme une vieille bique pincée. Un peu comme sa belle-mère, à dire vrai. Il n'y avait rien d'inhabituel à ce qu'une servante aide un homme à se laver. Jeannie se souvint qu'elle avait elle-même proposé de lui envoyer Beth.

Celle-ci tendit à nouveau son bras à Duncan qui, cette fois, sortit de la cuve en bois sans encombre.

La pudeur n'avait pas sa place dans un château grouillant de monde, mais elle évita soigneusement de regarder son corps nu tout en étant parfaitement consciente de ses moindres détails. Elle lui montra la sacoche.

— Je t'ai apporté tes affaires.

— Merci, j'allais justement demander à Beth si elle pouvait aller me les chercher.

Il sourit, une mèche trempée lui retombant devant le visage lui donnait un air espiègle. Elle s'efforça de ne pas se laisser distraire par cette vision troublante et reprit :

— J'ai demandé à une des servantes de t'apporter un repas. Puis, quand tu seras prêt, tes hommes aimeraient beaucoup te voir.

Elle se tourna pour sortir, mais il l'arrêta :

— Attends. Si tu as un moment, j'aimerais te parler.

Gênée par la présence de l'autre femme dans la pièce, elle acquiesça d'un geste raide. Le regard de Beth allait de l'un à l'autre. Elle ne savait pas trop quoi faire. Duncan vint à sa rescousse.

— Merci, Beth, je crois que je peux me débrouiller, à présent. Encore pardon pour vous avoir mouillée.

Beth ne paraissait pas désolée le moins du monde. Elle esquissa une courbette et fila hors de la chambre. Cette dernière parut soudain à Jeannie beaucoup plus petite.

Elle espérait qu'il n'allait pas lui demander de l'aider à s'habiller. Même en se tenant à deux mètres de lui, elle sentait tous ses nerfs électrisés par sa proximité.

Ce n'était pas uniquement dû à sa beauté physique. Francis avait été bel homme, mais elle avait eu beau se forcer, elle n'avait jamais été attirée par lui d'une manière aussi brutale et charnelle. L'absence de passion entre eux avait miné leur couple, au point qu'il avait fini par faire chambre à part. Elle le regrettait amèrement, sachant à quel point son manque d'enthousiasme avait dû le blesser.

Duncan fouilla dans sa sacoche et en sortit une culotte en cuir noir ainsi qu'une chemise en lin propre. Lorsqu'il dénoua la serviette qui lui ceignait les hanches, elle s'efforça de regarder ailleurs. Il dut s'en rendre compte car, lorsqu'il fut à nouveau décent, il lui lança un « C'est bon ! » sur un ton goguenard.

Il lui approcha une chaise. Elle hésita un instant, puis, se disant qu'elle était ridicule, s'assit et croisa les mains sur les genoux. Il prit place sur le bord du lit, beaucoup trop près à son goût. Elle pouvait sentir son odeur mâle.

— Je voulais te remercier pour tout ce que tu as fait pour moi, commença-t-il.

— Je t'en prie, ce n'était rien.

Elle se sentit rougir et se demanda s'il se souvenait de quelque chose. Il n'insista pas, mais ils savaient tous les deux qu'elle mentait.

— Je suis sincèrement navré que mon retour te pose un problème. Je n'avais pas l'intention de te nuire. Mais tu devais te douter que je rentrerais un jour.

— En réalité, je n'en étais pas certaine. Si toutes les histoires qu'on raconte sur toi sont vraies, pourquoi serais-tu revenu ? Tu as vraiment vaincu toute une armée avec une douzaine d'hommes seulement ?

Il parut gêné.

— La moitié de ce qu'on raconte est probablement très exagéré.

Elle en déduisit que l'autre moitié était véridique. Malgré elle, sa curiosité était piquée.

— Cela a dû être difficile de ne devoir dépendre que de ton épée pour gagner ta vie. Tu es allé en Irlande ?

Il acquiesça.

— J'ai été engagé comme mercenaire par les O'Neill. Lorsqu'ils ont été chassés d'Irlande, je les ai suivis. D'abord en France, puis en Suisse, en Italie, en Flandre et enfin en Espagne. C'était une vie dure, mais il y avait des compensations.

Il lui retourna la question :

— Et toi, Jeannie ? Comment la vie t'a-t-elle traitée ? As-tu été heureuse ?

Elle regretta aussitôt de l'avoir interrogé sur son passé car elle ne tenait surtout pas à parler du sien. Toutefois, il lui avait répondu avec sincérité et elle lui devait d'en faire autant.

Heureuse ? Non. Mais elle n'avait pas souffert.

— Je ne peux pas me plaindre. J'ai eu mes enfants.

— Et ton mari ? Était-il bon avec toi ?

Sa voix était tendue. Il était suspendu à sa réponse.

— Oui, Francis était un homme très bon.

Préférant ne pas s'appesantir sur ce sujet, elle reprit :

— Tu t'es fait un nom sur le continent, mais ici, rien n'a changé. Tu es toujours suspecté de trahison.

— Je ne suis pas suspect, répliqua-t-il sèchement. J'ai été condamné avant mon départ. S'ils m'avaient trouvé, ils m'auraient pendu.

— C'est pour ça que tu es parti si vite ?

Il haussa les épaules. Elle fut surprise par son manque d'amertume. Tout le monde s'était retourné contre lui. Même s'il prétendait ne pas y attacher d'importance, il en avait forcément souffert.

— Mon père était mort et le reste de mon clan me croyait coupable. Plus rien ne me retenait ici.

Elle eut un mal fou à prononcer les mots suivants, sa gorge lui brûlait.

— Et moi ?

Ils se regardèrent un long moment, un courant profond et chargé de sens passant entre eux.

Jeannie s'était juré de ne plus se défendre contre ses accusations injustes, mais son silence l'incita à insister. Il était trop tard pour sauver ce qui avait été perdu et elle avait trop à perdre, mais il était important qu'il sache la vérité.

— Je n'ai pas volé la carte, Duncan. Je ne t'aurais jamais trahi de cette manière. Je t'aimais.

Il ne détourna pas les yeux, mais ne répondit pas non plus. À quoi s'était-elle attendue ? Il ne l'avait pas crue autrefois quand il affirmait l'aimer, pourquoi en irait-il autrement maintenant qu'elle n'était plus rien pour lui ?

— Durant toutes ces années, tu n'as jamais douté de ma culpabilité ? demanda-t-elle. Tu n'as pas songé une fois à revenir ?

As-tu seulement pensé à moi ?

Le regard de Duncan devint morne et froid. Elle aurait voulu rouer de coups ce torse de pierre, ne supportant pas qu'il paraisse si indifférent alors qu'elle ressentait une douleur aussi vive.

— Tu t'es mariée. Très rapidement, si je me souviens bien.

Le ton acerbe de sa voix le trahit. Était-ce vraiment son union avec Francis qui l'avait empêché de revenir ?

L'ironie était cruelle. Elle s'était mariée pour donner un nom à leur fils, et, ce faisant, l'avait peut-être privé de la possibilité de porter celui qui lui revenait de droit. Cependant, elle ne pouvait faire marche arrière. Ce qui était fait était fait. Elle ne commettrait pas l'erreur de tomber à nouveau amoureuse de lui.

Il reprit d'une voix froide :

— Si tu n'avais rien à voir avec le complot contre moi, pourquoi t'es-tu mariée si vite ?

Elle sentit le danger tapi dans sa question et s'efforça de contrôler les battements de son cœur.

— Mon père le voulait.

Ce qui n'était pas faux.

— Et naturellement, la fille dévouée n'a jamais envisagé de lui désobéir, lâcha-t-il avec une moue de dédain.

Elle bondit.

— Comment oses-tu dire une chose pareille ? J'étais prête à m'enfuir avec toi. J'aurais tout quitté pour toi, défiant mon père sans hésiter. Ce n'est pas moi qui ai rompu nos promesses. C'est toi qui es parti ! Pourquoi n'aurais-je pas épousé Francis ? J'étais censée attendre pendant dix ans que tu veuilles bien rentrer ?

Il fut pris de court par l'émotion dans sa voix.

— Non, répondit-il simplement.

Il n'avait jamais examiné la situation depuis le point de vue de Jeannie. Il avait pris son innocence, avait juré de l'épouser puis l'avait abandonnée.

Il avait pensé alors avoir de bonnes raisons de le faire, mais s'il s'était trompé ? Elle paraissait si sincère. Il n'aurait pas dû l'interroger sur son passé, mais il avait perçu sa tristesse et s'était demandé à quoi avait ressemblé sa vie. Toutefois, de l'imaginer vivant avec un autre homme lui rongeait les entrailles comme un acide. Une partie égoïste en lui voulait qu'elle ait connu le même sentiment de vide que lui.

— Tu nies avoir pris la carte et, pourtant, tu n'as jamais pensé que j'étais coupable. Comment l'expliques-tu ?

Elle le regarda droit dans les yeux.

— Parce que j'avais plus foi en toi que tu n'en avais en moi.

La pique fit mouche. Aurait-il dû lui faire confiance quand tout l'incriminait ? Il avait laissé ses sentiments pour Jeannie affecter son jugement, ce qui ne lui était jamais arrivé auparavant. Il s'était senti responsable de la défaite d'Argyll et de la mort de son père. L'avait-il condamnée trop hâtivement en raison de sa honte et de sa colère ?

Aurait-il pu commettre une telle injustice ? Cette idée lui faisait horreur. D'un autre côté, même si elle n'avait pas volé la carte, elle avait choisi son camp, et ce n'était pas le sien.

— Foi en toi ? Non. Tu n'aurais jamais désobéi à ton père. Tes actes le prouvent.

Ses yeux verts s'embrasèrent. Elle frappa du poing sur sa poitrine avec une force surprenante.

— Comment peux-tu dire ça ? Mon innocence ne te suffisait pas ? Quelle autre preuve voulais-tu ?

Le fait qu'elle se soit donnée à lui l'avait toujours hanté. Il avait fini par se convaincre qu'elle l'avait fait malgré elle ; que, comme lui, elle s'était laissé emporter dans le feu de l'action. Elle l'avait aimé, mais pas assez.

Il saisit son poignet et le maintint fermement contre son torse.

— Tu m'as dit que tu m'aimais et que tu m'épouserais, rétorqua-il. C'est à moi que revenait ta loyauté, mais tu as choisi ton père. Tu étais au courant de sa perfidie et tu n'as rien dit. Tu m'as laissé partir au combat en sachant que je n'en reviendrais peut-être pas.

D'une voix tremblante de l'émotion qu'il ne pouvait plus contenir, il ajouta :

— Cette bataille a tué mon père.

Des larmes coulaient sur les joues pâles de Jeannie. Il fut tenté de les essuyer, puis se ravisa. Il n'était pas disposé à la consoler.

— J'ai essayé de te prévenir, se défendit-elle. Que voulais-tu que je fasse ? Si je te disais la vérité, c'en était fini de mon père. Aurais-tu gardé mon secret et rien dit à Argyll ?

— Non, naturellement, je devais en informer mon cousin.

Elle baissa les yeux et tenta de libérer sa main.

— Alors j'ai eu raison, conclut-elle.

Il refusait de la lâcher. Il avança d'un pas en la poussant devant lui et l'accula au mur. Elle avait commencé ; à présent, ils iraient jusqu'au bout.

— Non, tu as eu tort. Et cette fameuse foi en moi dont tu parlais ? Je vous aurais protégés, toi et ton père, si tu m'en avais donné l'occasion.

— Comment aurais-tu pu ? Tu n'étais qu'un bâtard. Qu'aurais-tu pu faire face au comte d'Argyll et à ses puissants amis ?

Il frémit de rage. *Rien qu'un bâtard.* Même si elle l'avait dit sans le moindre mépris, la vérité faisait mal.

— Je n'aurais pas livré ton père à mon cousin. Je serais d'abord allé lui parler pour lui dire que sa traîtrise avait été découverte. Je lui aurais donné une chance de changer d'avis avant que le mal soit fait.

Il lut une hésitation dans son regard, puis elle se redressa. Elle ne le croyait pas.

— C'est facile à dire aujourd'hui, mais je me souviens comment tu étais alors : un jeune guerrier ambitieux cherchant à faire oublier la tache de ta naissance. Tu étais la quintessence du preux chevalier, obsédé par l'honneur et le devoir et sans aucune tolérance pour la tromperie et l'injustice. En laissant mon père partir, tu te serais mis ton clan à dos. Tu n'aurais jamais rien fait qui puisse souiller ton nom.

Preux chevalier ? Tu parles ! Il se pencha vers elle, sentant ses seins frôler son torse. Il devait se retenir de la plaquer contre le mur et de l'embrasser jusqu'à ce que le brasier qui rugissait en lui se soit calmé. Pourquoi, avec elle, se transformait-il toujours en un homme qu'il ne reconnaissait pas ?

Il glissa les doigts autour de son cou, plaçant son pouce sur son pouls. Il abaissa son visage vers le sien, la forçant à le regarder dans les yeux.

— Tu ne comprends donc pas ? Je t'aimais. J'aurais fait n'importe quoi pour toi. N'importe quoi ! L'honneur ? Le devoir ? Ils n'étaient rien comparés à toi.

Il en avait trop dit, mais il avait dépassé le stade de la raison. Sa vie avait été si simple avant qu'il ne la rencontre. Il savait ce qu'il voulait et s'acharnait à l'obtenir. Puis elle avait tout changé.

Elle le dévisagea d'un regard impuissant.

— Duncan, je… Je suis désolée.

Il ne voulait pas de sa foutue pitié, mais de son aide.

— Tu continues de choisir le camp de ta famille. Tu n'étais peut-être pour rien dans le coup monté contre moi, mais ton père et ton mari ?

— Eux non plus.

— Dans ce cas, tu n'as rien à craindre. Je t'en prie, dis-moi ce que tu sais. Laisse-moi lire la correspondance de ton mari. Aide-moi à découvrir la vérité.

Elle ne savait pas quoi faire. Il le voyait dans la lueur affolée de ses yeux verts. Il sentit son indécision rogner son sang-froid, ou le peu qu'il en restait. Par tous les saints ! Il l'avait pratiquement suppliée.

Le désir lui tordait les entrailles et de la sentir si proche le rendait encore plus brûlant. Son corps tout entier aspirait à se fondre en elle. Comment pouvait-elle nier cette folie qui les consumait tous les deux ?

Il savait qu'elle la ressentait elle aussi à la manière dont elle entrouvrait les lèvres, son regard sombre, son souffle saccadé. Cependant, elle luttait pour y résister.

— Duncan, je...

Il jura, puis pressa sa bouche contre la sienne pour ne pas entendre son refus. Un feu l'envahit. Son corps durcit, dominé par les pulsions primitives d'un homme revendiquant la femme qui lui appartenait. Il voulait la punir pour refuser de l'aider, pour nier l'évidence de ce lien entre eux, pour le conduire à cet état barbare.

Dieu, qu'elle avait un goût divin ! Comme du miel sur sa langue. Il aurait voulu se déverser en elle, fouiller les recoins chauds et humides de son âme. Plutôt que de s'imposer avec toute la force de sa passion, il la cajola avec une infinie tendresse.

Il en fut récompensé lorsqu'elle gémit doucement et lui retourna son baiser, s'abandonnant à lui. Il ressentit une satisfaction aussi puissante que lorsqu'il remportait une victoire sur le champ de bataille.

Leurs langues s'entremêlèrent, décrivant une danse délicieuse, de plus en plus profonde. Elle s'affaissa contre lui et leurs deux corps fusionnèrent. L'incroyable sensation de ses courbes pleines se pressant contre lui le fit grogner de plaisir.

Le son arracha Jeannie à sa transe. Elle s'écarta soudain avec un cri. Elle le dévisagea, le souffle court, les lèvres encore gonflées et les joues en feu.

— Je ne peux pas, haleta-t-elle. Je suis désolée. Je ne peux pas t'aider.

— Pourquoi pas ?

Elle secoua la tête, des larmes plein les yeux.

— Je ne peux pas, c'est tout. S'il te plaît, ne me le demande plus.

Cette fois, quand elle tourna les talons, il ne tenta pas de la retenir. Il se sentait doublement trahi, par son refus de l'aider et son rejet de ce puissant courant qui les unissait.

Il serra les mâchoires, s'efforçant de calmer sa déception cuisante. Il avait cru…

Quoi, qu'elle tenait encore à lui ? Il n'était qu'un idiot pour s'imaginer pouvoir lire des émotions dans un baiser.

L'embrasser ne faisait qu'aggraver sa folie. Le désir l'aveuglait, le détournant de son objectif. Il était venu pour blanchir son nom, pas pour réveiller de vieux fantômes.

Elle le désirait, mais pas assez pour surmonter ce qui l'empêchait de l'aider. Ce n'était pas que la loyauté envers son mari. Elle lui cachait quelque chose et il avait la ferme intention de découvrir son secret.

13

Jeannie continua d'être hantée par leur conversation longtemps après avoir quitté la pièce. Certaines de ses questions avaient trouvé une réponse, mais cela ne lui rendait pas la vie plus facile pour autant, loin de là. La fièvre de Duncan et certains éclaircissements avaient émoussé sa première réaction de colère en le revoyant. Ce qui lui avait paru autrefois si clair était désormais brouillé par une nouvelle perspective, celle de Duncan.

Il m'a abandonnée. Elle ne l'oublierait jamais, mais elle avait sa part de responsabilité. Carte volée ou pas, Duncan avait le sentiment qu'elle l'avait trahi. En ne lui révélant pas la perfidie de son père, elle avait fait passer son devoir envers son clan avant sa loyauté envers lui. Aurait-elle dû lui faire confiance ? Elle l'ignorait, mais il avait raison sur un point : implicitement, elle avait fait son choix.

Elle refaisait le même en protégeant son fils avant tout. Un sentiment de culpabilité la rongeait. Elle aurait voulu l'aider. Les mots avaient failli sortir de sa bouche, mais elle avait résisté à l'impulsion. Elle ne pouvait se fier à lui, pas quand l'avenir de son enfant était en jeu. Autrefois, elle aurait tout risqué pour Duncan. Elle ne commettrait plus la même erreur car, cette fois, Dougall pouvait en pâtir.

Il était dangereux de n'avoir que sa colère derrière laquelle s'abriter. Ce dernier baiser en avait été la preuve. Il aurait été si simple de tomber à nouveau dans ses bras. Il était de plus en plus difficile de lui résister. Elle arma donc son cœur et évita de se retrouver à nouveau seule avec lui.

Elle n'était pas la seule à subir son magnétisme. Au cours des jours suivants, tandis que Duncan récupérait ses forces avec une rapidité surprenante, elle s'efforça de tenir Ella à l'écart de lui, sans grand succès. Dès qu'elle tournait le dos, sa fille se glissait dans la chambre sous les combles ou le suivait dans l'écurie, la grande salle ou les casernes sous un prétexte ou un autre. Duncan ne faisait rien pour l'encourager, mais son indifférence apparente avait l'effet inverse de celui recherché. Ella ne pouvait résister à un défi. Si la fillette parvenait à charmer même sa redoutable grand-mère, ce n'était qu'une question de temps avant que Duncan ne succombe à son tour.

La plupart des femmes du château paraissaient également fascinées par le mystérieux invité, les jeunes comme les moins jeunes. La veille, alors que Duncan avait retrouvé ses hommes dans la cour pour quelques échauffements, toute la population féminine aux alentours avait semblé se figer quand il avait ôté sa chemise. Jeannie n'avait jamais vu autant de servantes ayant soudain besoin d'aller chercher de l'eau au puits, qui se trouvait à côté du terrain d'entraînement. Les fenêtres du donjon n'avaient jamais été aussi propres.

Absurde ! Néanmoins, elle se surprit elle-même plusieurs fois à lancer des coups d'œil vers le torse nu et hâlé qui luisait au soleil. Lorsqu'il brandissait son épée haut au-dessus de sa tête, contractant ses muscles... Son pouvoir de séduction était indéniable.

Les regards rêveurs de Beth l'exaspéraient plus particulièrement. Non pas à cause de la scène qu'elle avait surprise, mais parce que la jeune fille était jolie et aussi innocente que Jeannie l'avait été... autrefois.

Ces derniers jours avaient été éprouvants, mais Jeannie se rassurait en se disant qu'il n'y en avait plus pour longtemps. À en juger par sa forme lors de son entraînement, Duncan était pratiquement rétabli et serait bientôt en état de reprendre la route.

Elle comptait bien le lui rappeler. Justement, en rentrant dans la grande salle, elle l'aperçut en train de prendre son petit-déjeuner. Ella était perchée sur la table à ses côtés, jacassant avec entrain. Beth était assise en face, le menton sur les mains, l'air captivé. Elles semblaient toutes deux souffrir d'un mal commun : la vénération du héros.

Il n'avait fait que tirer quelques flèches et exécuter des mouvements en tenant son énorme épée à deux mains mais, même gêné par sa blessure, il dégageait une force particulière. Il était comme un roi parmi les gueux. Malgré ses efforts pour ne pas se faire remarquer, sa puissance, son assurance et son autorité attiraient les regards comme un aimant. Certes, la beauté de ses traits y contribuait également. Jeannie n'osait imaginer ce qu'il se passerait si l'on apprenait que le légendaire Highlander noir et lui ne faisaient qu'un.

— Je pourrais venir avec toi, déclarait Ella. Mon père m'avait promis de m'emmener à la chasse au printemps prochain si je m'entraînais au tir à l'arc.

Le cœur de Jeannie se serra en entendant l'excitation dans la voix de sa fille. Francis lui manquait terriblement. En Duncan, elle avait trouvé non pas un substitut mais un baume pour sa douleur.

— Je peux atteindre une cible à vingt pas, ajouta-t-elle en gonflant le torse.

Duncan se retint difficilement de sourire.

— Vingt pas ? Une petite fille comme toi ? Je connais des garçons qui font deux fois ta taille et qui la ratent à dix pas.

Ella rayonna.

— Alors je peux venir avec toi, dis ?

Elle battit ses longs cils, une manœuvre typiquement féminine qui ne duperait sûrement pas Duncan. Jeannie l'observa attentivement.

Oh, Seigneur ! Il est en train de se laisser avoir.

Duncan releva les yeux et la vit, remarquant son air horrifié. Il se rembrunit et se tourna à nouveau vers la fillette.

— Une autre fois peut-être, grogna-t-il.

— Non !

Le cri de Jeannie lui était sorti du cœur. Repousser l'échéance à plus tard ne ferait qu'encourager sa fille.

— Tu ne peux pas aller chasser, Ella. C'est trop dangereux. Tu pourrais être blessée.

La fillette fronça ses petits traits délicats, prenant un air mutin.

— Tu dis toujours ça ! Dougall, lui, il est parti à la chasse quand il avait neuf ans.

Jeannie se retint de rétorquer que Dougall était un garçon et que la chasse faisait partie de sa formation, sachant que cela ne ferait que renforcer sa détermination. En outre, elle avait toujours détesté cette explication quand elle était enfant et ne voulait pas l'imposer à sa fille.

— Peut-être, mais tu n'en as que sept, répondit-elle. Quand tu en auras neuf, nous en parlerons.

Voyant qu'Ella était prête à en débattre, elle changea de tactique.

— De toutes manières, Duncan ne pourra pas t'emmener à la chasse car il va bientôt nous quitter.

Elle se tourna vers lui.

— N'est-ce pas ?

Il soutint son regard un moment, puis confirma à l'enfant :

— Oui, c'est vrai, ma petite.

— Mais pourquoi ? s'indigna Ella. Pourquoi tu ne peux pas rester ici ? Je croyais que mon oncle t'avait envoyé pour nous protéger des méchants...

— Beth ? la coupa Jeannie.

La jeune servante sursauta, brutalement arrachée à sa contemplation idolâtre. Jeannie s'efforça d'adopter un ton moins tranchant et de sourire. La pauvre n'avait rien fait de mal.

— Pourquoi n'accompagnez-vous pas Ella aux cuisines ? Je crois que la cuisinière est en train de préparer des biscuits. (Elle se tourna vers sa fille). Tu ne m'as pas dit que tu voulais l'aider à... ?

Elle n'eut pas le temps de finir, Ella courait déjà vers l'escalier, incapable de résister à la tentation d'une sucrerie. Fort heureusement, rien ne retenait son attention très longtemps. Il fallait espérer que Duncan serait oublié aussi rapidement.

Lorsque Ella et Beth eurent disparu, elle déclara à Duncan :

— Il faut que tu t'en ailles.

— De quels méchants parlait-elle ? demanda-t-il. L'autre jour, tu as fait allusion à des ennuis.

— Ce n'est rien.

— J'aimerais quand même le savoir.

Cela ne le concernait pas et elle ne tenait pas à en discuter avec lui. Cependant, il ne tarderait pas à en entendre parler. Elle poussa un soupir exaspéré et expliqua :

— Depuis la mort de Francis, les vols de bétail ont augmenté.

Elle hésita, se demandant si elle devait en dire plus. Il tripotait sa timbale d'un air distrait, mais elle savait que ce n'était qu'une façade. Il était concentré sur elle, dégageant une tension qui étirait ses tentacules autour d'elle tel un monstre marin.

— Continue, demanda-t-il.

— Il y a environ un mois, les Mackintosh ont tenté de m'enlever. Mon récent veuvage et la jeunesse de

Dougall représentent un attrait considérable pour des hommes peu recommandables souhaitant améliorer leur train de vie.

La main de Duncan se crispa autour de la timbale jusqu'à ce que ses articulations blêmissent. Elle le sentait tendu comme un ressort, prêt à bondir.

— Pourquoi ne m'en as-tu rien dit ?

— Parce que ce ne sont pas tes affaires.

Il parut sur le point de la contredire, mais demanda :

— C'est pour ça que tu avais un pistolet avec toi au bord du loch ?

Elle acquiesça. C'était également pour cela qu'elle avait la détente si facile.

Sans la quitter des yeux, il demanda à nouveau :

— Et c'est aussi pour ça que tu as décidé de te remarier ?

Elle écarquilla les yeux.

— Je n'ai rien décidé. D'où sors-tu ça ?

— Dans sa lettre, ma sœur m'a parlé de la demande en mariage de Colin.

Il avait parlé sur un ton faussement détaché. Elle étudia son visage sans trop savoir ce qu'elle cherchait. Il pinçait les lèvres et un muscle tremblait sous sa mâchoire. La proposition de son frère l'inquiétait. Elle fut prise d'un doute. Était-ce la fausse nouvelle de son mariage avec Colin qui l'avait fait revenir ?

— C'est pour ça que tu es rentré, Duncan ?

— Comme je te l'ai dit, le moment était venu, c'est tout, répondit-il d'un air buté.

Il mentait. Il était trop calme, trop indifférent, trop dédaigneux.

Comment devait-elle l'interpréter ? Après toutes ces années, avait-il encore des sentiments pour elle ?

Les battements de son cœur s'accélérèrent. Peu importait. L'essentiel désormais était de protéger sa famille. Ils avaient eu leur chance et l'avaient laissée partir. Elle se souvint soudain de la raison pour laquelle

elle l'avait cherché. Elle était d'autant plus pressante maintenant qu'elle l'avait vu avec Ella.

— Si tu vas à la chasse aujourd'hui, cela signifie sans doute que tu te sens mieux ?

Il ne répondit pas tout de suite. Il savait où elle voulait en venir. Il arracha un morceau de pain d'un coup de dent, le mâcha lentement, puis avala une gorgée de bière.

Quelqu'un avait voulu l'enlever. Elle était en danger. Elle aurait pu être blessée et aurait très probablement été violée avant ou après qu'on la traîne de force jusqu'à l'autel. Il ne pouvait cesser d'y penser. Une tempête couvait en lui, prête à éclater avec une fureur aveugle. L'envie de tuer le tenaillait et ne le lâcherait plus.

Il lui fallut faire un effort considérable pour conserver un visage impassible.

— En effet, je vais beaucoup mieux, répondit-il.

— À la bonne heure ! Tu vas donc pouvoir repartir bientôt ?

En d'autres circonstances, il aurait été amusé par son impatience. Il n'aurait pas été surpris de trouver ses affaires empaquetées avant la tombée du soir et Jeannie se tenant devant le portail, prête à lever la herse elle-même pour le voir partir.

Il était à deux doigts de lui donner satisfaction. Dieu savait qu'il ferait mieux de partir. S'il se faisait prendre, il était un homme mort. Chaque jour de plus au château accroissait le risque. Il devait prouver son innocence avant que le bruit de son retour au pays ne se propage et, de toute évidence, Jeannie n'avait pas l'intention de l'aider. Il n'avait aucune raison de s'attarder.

Sauf qu'elle était en danger. Un instinct primitif en lui refusait de la laisser seule et vulnérable.

Bon sang ! Que lui prenait-il ? Elle n'était pas sous sa responsabilité et ne voulait pas de sa protection. Il devait partir…

— Oui, répondit-il. Je vais m'en aller.

Ses boyaux se retournèrent, son corps se rebellant. Il ne pouvait s'y résoudre. Il serra les dents, furieux contre lui-même et contre elle. Il ajouta :

— … une fois que je me serai assuré que tu es en sécurité.

Les traits de Jeannie se décomposèrent.

— Je suis très bien protégée, protesta-t-elle. Et puis, ma sécurité ne te concerne pas.

— J'en fais mon affaire. Si tu t'imagines que je vais partir tout de suite, tu te trompes. Si tu es si bien protégée, comment ai-je pu te surprendre nageant toute nue dans le loch ?

Nue. Sa colère explosa.

— Qu'est-ce qui t'a pris, Jeannie ?

Elle se raidit, une lueur de défi dans ses yeux verts.

— Je me débrouille très bien toute seule. Ai-je besoin de te rappeler le trou dans ton ventre ?

— Ton pistolet est peut-être utile contre un seul homme, mais s'ils sont plusieurs ?

— J'avais Tavish.

— Ton garde était trop occupé à se rincer l'œil ! Il a eu de la chance de s'en sortir avec une simple bosse sur le crâne. Il méritait bien pire.

— Je n'ai pas à me justifier devant toi. On croirait entendre ma belle-mère !

— Dans ce cas, ce doit être un homme plein de bon sens.

Cette voix hautaine teintée d'un léger accent français ne pouvait appartenir qu'à la marquise de Huntly. Duncan se tendit. *Fichtre !* Accaparé par sa dispute avec Jeannie, il ne l'avait pas vue approcher.

Jeannie tournait le dos à sa belle-mère, mais il la vit se crisper au son de sa voix. Son regard alla de l'une à l'autre. Apparemment, la dévotion de Jeannie pour son mari ne s'étendait pas à la mère de celui-ci.

Le regard de faucon de la marquise se posa sur sa belle-fille. Il n'était pas méprisant, plutôt patient. Comme si Jeannie représentait pour elle une épreuve personnelle, une autre croix à porter, une image qui convenait bien à cette catholique dévote.

— Vous devriez écouter cet homme, ma chère. D'après ce que j'ai entendu, il essaie de vous faire comprendre que votre dernière erreur de jugement aurait pu vous coûter très cher.

Pensant avoir trouvé un allié en la personne de Duncan, elle se tourna vers lui, esquissant un sourire d'approbation qui devait être plutôt rare.

— J'espère que vous parviendrez à la convaincre de la gravité de sa situation, seule ici sans un époux pour la protéger.

Il se souvint comment les joues de Jeannie rosissaient quand elle était en colère, ses émotions se lisant sur son visage. En dix ans, elle avait appris à contrôler ses réactions. Elle demeura impassible, mais il remarqua qu'elle serrait les poings. La marquise devait la harceler pour qu'elle se trouve un nouveau mari.

— Elle n'est pas seule, la défendit-il.

Le sourire de la marquise fondit comme neige au soleil. Il avait parlé avec assurance, sans la déférence qu'un homme comme lui aurait dû montrer à une dame de son rang. Il n'était pas du genre à ramper.

— Ce n'est pas d'un mari dont elle a besoin, mais de gardes mieux entraînés, poursuivit-il. C'est la raison pour laquelle le frère de lady Gordon m'a envoyé ici.

Il lança un regard vers Jeannie, la défiant de le contredire, mais elle paraissait plutôt déconcertée, comme surprise qu'il se range de son côté.

— Lorsque j'aurai accompli ma mission, lady Gordon pourra nager dans le loch autant de fois qu'elle le désirera.

Les yeux de rapace de la marquise se plissèrent. Il avait pitié de la proie qui se trouverait dans son champ de mire. Il demeura impavide tandis qu'elle l'examinait attentivement.

— Qui êtes-vous ? demanda-t-elle. Votre tête me dit quelque chose. Nous nous sommes déjà rencontrés ?

Il sentit son pouls s'accélérer mais parvint à afficher un sourire détendu.

— Comme c'est aimable à vous de vous en souvenir, ma dame. Je m'appelle Duncan MacAllan et nous nous sommes croisés il y a des années à la cour. J'étais un tout jeune homme, alors, au service du laird de Freuchie.

Les MacAllan étaient une branche de la famille des Grant. Les lèvres de la marquise se froncèrent dédaigneusement à l'allusion au père de Jeannie. Le marquis de Huntly avait pardonné à Grant ses anciens errements avant qu'il ne rentre dans le giron des Gordon à la bataille de Glenlivet, mais son épouse ne mangeait pas de ce pain-là. Comment réagirait-elle si elle apprenait qu'il était un Campbell ?

Il résista à l'envie de se frotter la nuque.

Son air détendu n'avait pas découragé la marquise.

— Votre visage me rappelle... Vous êtes le fils de qui ?

— Je suis un fils illégitime, ma dame.

Cette fois, il ne mentait pas.

— Je vois.

Elle le toisa encore quelques instants puis, son sang bâtard l'ayant convaincue qu'il n'était pas digne de son intérêt, elle se détourna. Néanmoins, Duncan ressemblait beaucoup à son père. Combien de temps s'écoulerait-il avant qu'elle ne fasse le rapprochement avec l'ancien ennemi de son mari, feu le laird Campbell d'Auchinbreck ?

— Venez, ma fille, dit-elle à Jeannie. J'aimerais m'entretenir avec vous en privé.

Elle souhaitait plus probablement l'éloigner de lui. La marquise tourna les talons et s'éloigna le dos droit avec un port de reine. Jeannie allait la suivre, puis lança un regard par-dessus son épaule et chuchota à Duncan :

— Tu n'aurais pas dû faire ça.

— Je sais, répondit-il avec un petit sourire ironique. Je serai prudent.

En défendant Jeannie, il s'était placé dans le collimateur de la marquise. C'était une femme suspicieuse. Duncan savait qu'il n'avait pas beaucoup de temps. Le plus prudent aurait été déguerpir au plus vite et de poursuivre sa quête. Cependant, il ne pouvait pas partir, pas tout de suite. Il se convainquit que ce n'était pas uniquement le fait que Jeannie coure un danger qui lui nouait les entrailles. En restant encore un peu, il pourrait fouiller le donjon et le bureau du laird afin de découvrir ses secrets.

Il espérait de plus en plus ne rien trouver.

Fidèle à sa parole, au cours de la semaine suivante, Duncan transforma le château et ses occupants. Jeannie ne pouvait croire qu'il ait apporté autant de changements en si peu de temps. Outre s'occuper personnellement de l'entraînement des gardes, il avait organisé des rondes d'inspection dans la campagne environnante, doublé les sentinelles, renforcé la surveillance aux portes du château et ordonné la réparation du mur d'enceinte qui commençait à se délabrer depuis quelques années.

Après qu'un groupe de voleurs de bétail avait eu affaire à Duncan et ses hommes au début de la semaine, les environs du château avaient changé. Le bruit courait qu'on ne pouvait plus s'en prendre impunément à Aboyne, ainsi qu'à sa châtelaine. À moins de vouloir y laisser sa peau.

Même Adam, le capitaine des gardes, était conquis. C'était en grande partie parce que Duncan lui attribuait tout le mérite de cette transformation, même si personne n'était dupe.

Jeannie avait le sourire quand elle sortit dans la cour, en dépit d'un vent glacial et des nuages menaçants qui s'amoncelaient dans le ciel. Pour la première fois depuis la mort de Francis, elle se sentait en sécurité. Elle ne s'était pas rendu compte à quel point il avait été oppressant de devoir rester enfermée dans l'enceinte du château, telle une princesse dans sa tour.

Elle drapa son tartan autour de ses épaules et prit la direction du potager, le froid vif lui piquant le visage. Les premières neiges ne tarderaient plus.

D'ici à une semaine ou deux, elle pourrait même reprendre ses cavalcades matinales. Duncan aurait pu l'escorter dès à présent, mais il avait été tellement occupé qu'elle n'avait pas voulu le lui demander.

Après sa rencontre avec la marquise, il avait quitté la chambre dans la tour pour rejoindre les autres gardes dans les casernes. C'était plus prudent, certes, mais...

Mais quoi ? Lui manquait-il ? Absolument pas ! Dans ce cas, pourquoi cherchait-elle des occasions de l'entrevoir ? Comme en ce moment, ayant décidé d'aller chercher des légumes pour le repas du soir au moment où il allait rentrer de sa chasse du matin ?

Elle avança prudemment sur le sentier détrempé et remarqua en passant un groupe de femmes agglutinées autour du puits. Visiblement, elle n'était pas la seule à faire coïncider ses sorties avec le retour du guerrier. Elle tourna un angle et pénétra dans le petit potager et le jardin de simples situé à l'ouest de la vieille chapelle.

Là encore, elle ne fut pas surprise par le nombre de jeunes femmes célibataires, et quelques épouses également, occupées à jardiner. En revanche, elle ne s'attendait pas à y trouver Beth.

— Où est Ella ? demanda-t-elle.

Beth la regarda d'un air perplexe.

— Je la croyais avec vous. Elle est partie il y a une heure rejoindre les autres enfants pour leurs leçons.

Jeannie sentit les poils de sa nuque se hérisser et s'efforça de rester calme.

— Elle m'a suppliée de la dispenser de ses leçons, me disant que vous l'emmeniez voir le nouveau bébé de Mary.

Jeannie vit sa propre angoisse se refléter dans les yeux de la jeune fille tandis que celle-ci faisait non de la tête.

Il n'y avait pas de quoi paniquer, se répéta-t-elle tandis qu'elle pivotait et repartait au pas de course vers le donjon.

Une demi-heure plus tard, elle dut se rendre à l'évidence. Ella avait disparu.

— Où peut-elle être partie ? demanda la jeune fille, le visage pâle et les larmes aux yeux.

Jeannie dressa mentalement une liste de possibilités et s'arrêta sur l'une d'elles.

Duncan et ses hommes étaient partis chasser dans les forêts au pied des Monts Grampian. L'enfant avait dû les suivre. Dans l'atmosphère de sécurité que Duncan faisait régner dans le château, elle avait oublié à quel point sa fille pouvait être obstinée... et ingénieuse. Durant la journée, il ne lui était pas difficile de s'échapper. Il y avait sans cesse des gens franchissant le portail et les gardes prêtaient davantage attention à ceux qui entraient qu'à ceux qui sortaient. Elle devait être à pied, à moins que...

— Un de nos poneys a disparu, ma dame, l'informa Adam la mine sombre. La petite a dû le prendre quand il broutait avec les autres devant le château.

Cette fois, la panique était justifiée. Jeannie ne parvenait plus à penser clairement. Elle avait l'impression d'être emportée dans un tourbillon, essayant désespérément de se raccrocher à quelque chose.

Réfléchis !

— Comment avez-vous pu commettre une telle négligence ?

Jeannie fit volte-face et se retrouva face à sa belle-mère. La marquise avait été dérangée dans sa broderie par le tohu-bohu des recherches et avait rejoint Jeannie dans la cour.

— Je vous avais prévenue qu'il arriverait malheur à force de laisser cette enfant errer librement comme une sauvageonne et...

— Ce n'est pas le moment ! s'écria Jeannie. Vous pourrez me sermonner tout votre soûl une fois qu'on aura retrouvé Ella. En attendant, vous nous faites juste perdre un temps précieux.

La marquise en resta pantoise. Néanmoins, le premier choc passé, elle prit la saute d'humeur de sa belle-fille avec une bonne grâce surprenante. Elles avaient peut-être leurs différends, mais elles se rejoignaient toutes les deux dans l'amour de leurs enfants et petits-enfants.

— Comment puis-je vous aider ?

Si Jeannie avait été en état de le faire, elle aurait été éberluée à son tour.

— Il faut organiser les recherches.

Adam s'avança d'un pas.

— C'est déjà fait, ma dame. J'ai désigné plusieurs équipes dès que j'ai appris la disparition de l'enfant.

— Elle a dû vouloir rejoindre les chasseurs. Vous savez où ils sont allés ? lui demanda-t-elle.

— Oui, ma dame. À la moraine de Dinnet.

Quelques minutes plus tard, la plupart des gardes qui n'étaient pas partis chasser avec Duncan s'élançaient sous le portail.

Duncan. Où était-il ? Elle avait désespérément besoin de lui et était trop terrifiée pour ne pas l'admettre.

Adam fut le dernier à partir.

— Ne vous inquiétez pas, ma dame. Nous la retrouverons. Elle n'a pas pu aller bien loin.

Ils savaient tous deux que ce n'était pas vrai. Ella était une excellente cavalière. Jeannie hocha la tête sans répondre, essayant de ne pas imaginer tous les accidents horribles qui pouvaient arriver à une enfant de sept ans seule dans les montagnes et les forêts. Si elle s'égarait ? Les chemins étaient semés de dangers. Elle pouvait tomber dans un ravin, ou même dans le Dee et être emportée par le courant. Fort heureusement, la possibilité qu'elle rencontre des brigands était moindre depuis que Duncan avait assaini les environs.

Elle grimpa sur les remparts afin de voir Adam et le dernier groupe de gardes disparaître au loin.

Elle aurait voulu les accompagner. Faire quelque chose. N'importe quoi plutôt que de subir cette insoutenable attente.

Hélas, les femmes étaient condamnées à attendre. Adam ne l'aurait jamais laissée les accompagner, prétextant qu'elle les aurait ralentis.

Quant à Duncan...

La simple suggestion l'aurait rendu furieux.

Voilà ce qu'était la condition d'une femme. Contrainte de rester assise bien sagement pendant que sa vie se jouait ailleurs, hors de son contrôle.

Elle n'avait ressenti cette horrible impuissance qu'une seule fois auparavant. Elle se revit debout devant la fenêtre de sa chambre dans le château de son père, attendant l'issue de la bataille de Glenlivet. À présent, elle en était réduite au même sort, debout sur les remparts, scrutant la campagne environnante, guettant l'apparition de cavaliers. Sa belle-mère et les autres femmes étaient rentrées dans la grande salle, mais elle n'avait pas pu les suivre. Elle avait besoin d'être à l'extérieur, où les murs ne pouvaient se refermer sur elle.

Une violente rafale plaqua ses jupes contre ses jambes. Elle était tellement glacée de peur qu'elle n'avait pas remarqué le changement du temps, jusqu'à ce que le premier flocon s'écrase sur sa joue.

Il ne pouvait pas neiger déjà, si tôt dans la saison.

Comme pour la contredire, l'air se remplit de cristaux blancs.

À présent, Ella était à la merci non seulement des accidents de terrain mais également des éléments. S'ils ne la trouvaient pas rapidement, elle mourrait de froid. Elle ferma les yeux et pria sans pouvoir retenir ses larmes.

Depuis combien de temps étaient-ils partis ? Cinq minutes ? Dix ? Une heure ? Elle avait perdu la notion du temps. Elle regarda le ciel sombre chargé de nuages tumultueux. Il restait encore quelques heures de lumière.

Ils devraient être déjà de retour.

La moraine de Dinnet n'était pas si loin. Francis y avait souvent emmené Ella voir son cercle de pierres et ses menhirs. La fillette adorait ces monuments anciens qui parsemaient le Deeside, convaincue qu'ils étaient empreints de la magie des fées.

Si elle avait décidé de s'y rendre ?

Son cœur se mit à battre un peu plus vite. Cette idée tenait debout. Si elle n'avait pu retrouver Duncan, le cercle de pierres serait le premier endroit qui lui viendrait à l'esprit. Jeannie prit aussitôt sa décision.

Les gardes tentèrent de la retenir, mais elle ne voulut rien entendre. Finalement, accompagnée de deux d'entre eux, elle se coucha sur l'encolure de sa monture, l'éperonna et fonça à travers la tempête.

14

La chasse avait duré plus longtemps qu'escompté mais, d'un autre côté, Duncan n'avait pas prévu la présence de la petite fugueuse.

Il devait lui accorder qu'elle était une bonne traqueuse. Environ une heure après avoir quitté le château, Duncan et ses hommes avaient attaché leurs chevaux, puis s'étaient dispersés dans les bois en quête de gibier : chevreuils, sangliers, ou tout ce qui pourrait enrichir les réserves pour l'hiver. À en juger par l'air froid et lourd, celui-ci ne tarderait plus.

Un des hommes repéra un mouvement. Une tache brune dans le feuillage entre les arbres. Il brandit son arc et visa.

Duncan suivit son regard et fronça les sourcils. Quelque chose clochait. Puis son sang se figea.

— Ne tire pas !

Il lui rabattit le bras avec une telle force qu'il manqua le briser.

— Ce n'est pas un cerf, expliqua-t-il d'une voix tremblante.

Au son de sa voix, la tache brune détala, mais il ne fallut pas beaucoup de temps à Duncan pour la rattraper.

Elle avait enfilé un bonnet marron, des culottes et une petite veste, mais Duncan avait tout de suite compris à qui il avait affaire. L'éclat d'une boucle rousse sortant de sous le bonnet l'avait trahie… et lui avait sauvé la vie.

Tout en courant derrière elle, il passa un bras autour de sa taille et la souleva de terre. Elle se débattit un moment, puis, comprenant que cela ne servait à rien, se soumit stoïquement à son châtiment.

Il lui avait flanqué la peur de sa vie et il ne mâcha pas ses mots en la réprimandant.

C'étaient les larmes qui l'avaient vaincu.

Entre les hoquets et les sanglots, les excuses et le fait de savoir que son père lui manquait cruellement, Duncan avait fini par accepter qu'elle les accompagne.

Il sentait bien qu'il se laissait manipuler comme un novice, mais il était prêt à accepter n'importe quoi pour qu'elle cesse de le regarder avec ces grands yeux tristes.

Sachant que son absence serait remarquée et que sa mère serait folle d'inquiétude, il envoya un homme au château pour les prévenir que la fillette était en sécurité et qu'ils rentreraient bientôt.

Toutefois, gênés par la tempête et la nécessité de marcher au pas, Ella enveloppée dans un plaid et douillettement nichée en selle devant lui, ils ne franchirent le portail que près de deux heures plus tard, pour découvrir que le messager ne les avait précédés que de quelques minutes. Son cheval s'était mis à boiter et il avait dû rentrer à pied en le tirant derrière lui. En chemin, il avait croisé Adam et ses hommes, et ils avaient annulé les recherches.

Duncan comprit que quelque chose n'allait pas quand il ne vit pas Jeannie parmi la foule qui s'était rassemblée dans la cour pour les accueillir. La marquise apparut sur le perron.

— Vous l'avez trouvée !

En réalité, c'était plutôt Ella qui les avait trouvés mais il jugea inutile de le préciser. La fillette avait elle aussi remarqué l'absence de sa mère.

— Où est Maman ?
— Partie te chercher, répliqua la marquise d'une voix sévère.
Ella se mordit la lèvre, rongée par le remords. Duncan la laissa s'expliquer avec sa grand-mère et se tourna vers Adam.
— Je croyais que vous aviez demandé à toutes les équipes de rentrer.
— En effet, répondit le capitaine des gardes. Je ne sais rien de cette histoire.
La marquise fit une moue réprobatrice.
— Jean est partie avec deux gardes quand il s'est mis à neiger. Elle a parlé d'un cercle de pierres. Un lieu où Ella allait parfois avec son père.
Les yeux de la fillette s'illuminèrent.
— C'est près du loch ! C'est là-bas que je serais allée si je ne vous avais pas trouvés !
Duncan lâcha un juron. Deux gardes ? Loch Kinord et le cercle de pierres en question se trouvaient en lisière des terres des Farquharson. Cela expliquait qu'ils n'aient pas croisé Jeannie sur le chemin du retour. Elle avait dû prendre la route au nord du Dee.
— Elle est partie depuis combien de temps ?
— Environ une heure.
Duncan n'avait pas besoin d'en savoir plus. Il lança un regard à Conall et Leif. Les trois hommes remontèrent en selle et s'élancèrent au galop, suivis par une demi-douzaine de gardes Gordon.
Le grondement des sabots ne pouvait étouffer le martèlement dans son cœur. Il détestait cette sensation : ce sentiment de vulnérabilité dès qu'il s'agissait de Jeannie. Rien ne brisait ses défenses autant que l'idée qu'elle soit en danger. Il ne parvenait à refouler sa peur qu'en se concentrant sur sa mission.
Quand il la retrouverait… Il ne savait pas s'il l'étranglerait ou s'il l'embrasserait jusqu'à s'être entièrement purgé de cette angoisse lancinante.

Il n'y avait sans doute pas de quoi s'inquiéter. Dans cette tempête, il était peu probable qu'elle fasse de mauvaises rencontres. Toutefois, il ne parviendrait à se détendre que lorsqu'elle serait en sécurité et à sa juste place. Avec lui.

Jeannie contempla le cercle de rochers irréguliers au centre de la petite clairière, une profonde déception étreignant son cœur. Une fine couche de neige immaculée recouvrait le sol et les pierres. Rien ne bougeait. Il n'y avait pas un bruit, hormis celui de sa voix résonnant entre les chênes.

— Ella !

Elle attendit, écoutant le silence.

Elle avait été convaincue que sa fille serait là. Une fois de plus, son intuition l'avait trompée.

Un vent glacé balayait la clairière. Elle frissonna et rabattit la capuche de sa cape. Il neigeait un peu moins mais, avec la tombée du soir, la température chutait. Même avec ses gants en cuir doublés de laine, elle avait du mal à serrer ses rênes. Elle ne sentait plus son visage depuis une heure. Ella était si petite, comment survivrait-elle dans ce froid glacial ?

William, l'un des gardes qui l'avaient accompagnée, arrêta son cheval à sa hauteur.

— Il n'y a aucun signe de la petite, ma dame.

Il attendit qu'elle lui réponde mais elle était trop accablée.

— Nous devons faire demi-tour, reprit-il. Nous sommes trop près des terres Farquharson.

Les deux hommes étaient devenus de plus en plus nerveux à mesure qu'ils s'étaient approchés de Dinnet.

Ils avançaient sur un territoire dangereux et elle le savait.

Jeannie acquiesça et balaya une dernière fois le paysage du regard, ne voyant pas la beauté des collines et des arbres couverts de neige mais uniquement les dangers et les nombreux endroits où une petite fille pouvait se perdre.

William lui adressa un sourire encourageant.

— Je suis sûr qu'ils l'ont déjà retrouvée, ma dame. La petite est certainement en train de se réchauffer devant un bon feu en ce moment même.

— Vous croyez ?

— J'en suis convaincu.

Jeannie lui fut reconnaissante de paraître si sûr de lui, tout en sachant qu'il pouvait se tromper. D'un autre côté, Duncan et les autres devaient être rentrés. Duncan saurait ce qu'il convenait de faire. Si quelqu'un pouvait retrouver sa fille, c'était bien lui. Elle n'avait jamais eu autant besoin de sa force et de sa solidité.

Suivant William, elle fit faire demi-tour à sa monture et ils s'enfoncèrent dans la forêt. Ils avaient parcouru un bon kilomètre quand elle se rendit compte qu'ils allaient trop vite. William avait progressivement accéléré le pas au point où ils galopaient presque à travers le dense sous-bois. Une telle allure était déjà dangereuse dans des conditions normales ; sur un sol couvert d'une neige glissante qui dissimulait les obstacles, c'était très imprudent.

En se retournant, elle surprit un regard inquiet entre William et son compagnon. Elle tira sur ses rênes et arrêta son cheval. Les deux hommes l'imitèrent.

— Que se passe-t-il ? demanda-t-elle.

— Je crois que nous sommes suivis, répondit le jeune homme.

Il se tourna vers son compagnon et ordonna :

— Accompagne lady Gordon. Dirigez-vous vers la rivière, je vais tenter de les retenir le plus longtemps possible.

Jeannie allait protester, refusant de le laisser seul, mais William donna une claque sur la croupe de sa monture et sa jument partit telle une flèche entre les arbres. L'autre garde lui emboîta le pas, se plaçant entre elle et leurs poursuivants.

Ils galopaient à une vitesse étourdissante, évitant de justesse les branches en travers de leur chemin et les broussailles qui bordaient le sentier étroit. Moins d'une minute plus tard, elle entendit des cris qui lui glacèrent le sang. Ils étaient si proches derrière eux ! Combien étaient-ils ? Elle ne parvint pas à les compter : leurs voix se perdaient dans le vent.

Elle pria pour le salut de William tout en zigzaguant entre les troncs, luttant pour le sien. Mais où était cette fichue rivière ?

Son cœur battait à tout rompre. Elle était terrifiée non seulement par les hommes qui les poursuivaient mais également par son galop effréné. Elle pouvait se rompre le cou à tout instant.

Elle hurla de terreur lorsque sa jument glissa puis freina brusquement des quatre fers. Elle se sentit arrachée de selle et vola par-dessus l'encolure de la bête. Son dernier souvenir fut celui de son impact brutal sur le sol dur.

Duncan n'oublierait jamais le son de son cri. Il se répercuta dans son sang et résonna jusque dans sa moelle. Dès cet instant, il comprit sa bêtise. Indifférent ? Mon œil ! La terreur absolue qui le tenaillait n'était pas compatible avec l'indifférence.

Il ignorait s'il restait une possibilité de sauver ce qu'il y avait entre eux, mais se jura, si Jeannie s'en sortait indemne, de le découvrir.

Ils approchaient des assaillants. Duncan fit signe à ses hommes de se déployer et de les encercler. Une fois chacun en place, il leur ordonna d'attendre son ordre et descendit de sa monture.

Il sortit une flèche de son carquois, banda son arc et s'avança en silence sur la neige. Si Jeannie avait été capturée, leur meilleure option était de les prendre par surprise.

Elle n'avait plus crié. Il ne savait pas s'il devait s'en réjouir ou paniquer.

Il tendit l'oreille, guettant le son de sa voix, mais n'entendit que des hommes parler à voix basse.

Caché derrière un arbre, il observa la scène : une douzaine de guerriers formaient un cercle parmi la bruyère et les fougères couvertes de neige. Il plissa des yeux, tentant de voir entre leurs jambes bardées de cuir et d'acier…

Oh non !

Il distinguait un morceau de velours bleu vif étalé sur la neige et le talon d'un minuscule soulier.

Ils se tenaient autour de Jeannie et celle-ci ne bougeait pas. La rage, la peur et l'impuissance fusionnèrent en lui, formant une combinaison explosive.

Il sortit de derrière son arbre et avança vers le groupe.

— Éloignez-vous d'elle !

Du coin de l'œil, il aperçut le garde qui avait accompagné Jeannie gisant à plat ventre dans la neige, une flèche plantée dans le dos.

Les hommes sursautèrent. Ils firent volte-face dans un cliquetis de métal tandis qu'ils dégainaient leurs armes. S'ils l'avaient touchée, un millier d'épées ne les sauveraient pas.

— Écartez-vous ! tonna Duncan. Tout de suite !

Un homme s'avança d'un pas. Grand et large d'épaules, deux pistolets glissés sous sa ceinture, il portait un haubert de meilleure qualité que les autres. Duncan en déduisit qu'il était leur chef. Ses longs cheveux noirs et son épaisse barbe ne pouvaient masquer sa jeunesse. Il ne devait avoir qu'une petite vingtaine d'années.

— D'où sors-tu ? grogna-t-il. Nous l'avons trouvée avant toi. Elle est à nous.

— S'il lui est arrivé malheur, mon visage sera le dernier que tu verras, fulmina Duncan.

L'autre fut pris de court par son ton véhément, puis se ressaisit :

— Tu ne manques pas de culot, seul contre nous tous.

Duncan tendit son arc, visant un point entre ses yeux.

— Je n'ai besoin de personne d'autre. Je ne rate jamais ma cible, crois-moi.

Le chef plissa les yeux. Duncan avait rencontré des dizaines d'individus de ce genre au fil des ans. De jeunes téméraires impatients de montrer ce dont ils étaient capables et dont chaque décision était motivée par l'orgueil. Ils ne reculaient jamais. Cet arrogant fier-à-bras sentait les ennuis à plein nez.

Il mettait trop de temps à réagir et la patience de Duncan était à bout. Jeannie ne remuait toujours pas.

— Attends !

Un homme plus âgé au visage rougeaud vint se placer entre eux et pointa un doigt vers les arbres.

— Fais ce qu'il dit. Il n'est pas seul.

Le jeune chef ouvrit la bouche pour protester, puis aperçut un mouvement entre les troncs. Il lança à Duncan un regard assassin, puis s'écarta enfin. Le cercle s'ouvrit, permettant à Duncan de voir Jeannie dans sa totalité. Elle était étendue sur le flanc, les genoux fléchis, une main près de la bouche comme si elle dormait. Il avança vers elle, le ventre noué, tout en faisant signe à ses hommes de sortir de leurs cachettes pour le couvrir.

— On ne lui a rien fait, s'empressa de préciser l'homme plus âgé. Elle est tombée de son cheval.

— Vous la pourchassiez.

L'autre haussa les épaules.

— Ils se sont enfuis à notre approche. On ne pouvait pas deviner qui elle était.

Duncan s'agenouilla dans la neige et glissa doucement une main sous la nuque de Jeannie pour la redresser. Ses cheveux s'étaient détachés et retombaient autour de son visage en un halo cuivré. Son teint était aussi blanc que le paysage environnant.

Il pressa un index sur sa jugulaire et s'immobilisa, son cœur au bord d'un gouffre.

Il n'y avait pas de mots pour décrire son soulagement en sentant un pouls battre sous son doigt. Il aurait voulu la serrer dans ses bras mais craignait de la bouger au cas où elle aurait des os brisés.

Il la secoua tout doucement en appelant son nom plusieurs fois.

— Jeannie…

Ses paupières remuèrent puis s'ouvrirent. Elle cligna des yeux, puis sa vue s'éclaircit et elle le vit.

— Que s'est-il passé ? demanda-t-elle.

— Tu es tombée de cheval, répondit-il en souriant.

— Il y avait des hommes…

— Chut. Tu n'as plus rien à craindre.

Elle se redressa soudain.

— Ella !

— Elle est en sécurité au château, la rassura-t-il.

Elle s'affaissa à nouveau dans ses bras.

— Dieu soit loué !

Incapable de se contenir, Duncan se pencha sur elle et l'embrassa sur la bouche. Il se fichait bien de la présence des autres. Il avait besoin de rétablir ce lien et de libérer l'étau qui lui enserrait la poitrine depuis qu'il s'était élancé à sa recherche. C'était un baiser doux et chaste. Il s'écarta avant qu'elle n'ait eu le temps de réagir.

En la regardant dans ses yeux, il y lut sa surprise et se prépara mentalement à une rebuffade. Il n'en fut rien.

— Merci, chuchota-t-elle.

Il sourit.

— Quand tu veux.

Elle lui donna une tape sur le torse.

— Pas pour ça, scélérat. Pour avoir trouvé Ella.

Il se mit à rire, puis lui expliqua brièvement ce qui s'était passé. Il demanda :

— Comment te sens-tu ? Tu crois que tu peux marcher ?

Elle acquiesça.

— Je crois.

Il l'aida à se hisser debout. Ses jambes tremblèrent un moment, mais il la soutenait fermement.

Elle avait eu de la chance, elle était tombée sur un terrain couvert de fougères. Elle ne s'était rien cassé et n'était que contusionnée. La douleur viendrait plus tard.

Il entendit un hoquet de stupeur et sut qu'elle venait d'apercevoir le corps du garde qui l'avait accompagnée.

Les hommes de Duncan avaient regroupé les assaillants près du sentier. Il se tourna vers eux d'un air menaçant.

— Qui a tué cet homme ?

Personne ne répondit. Il les dévisagea les uns après les autres, puis le plus âgé s'avança.

— On n'a fait que se défendre. Ce n'est pas nous qui avons tiré la première flèche. Un des gardes de la dame nous a attaqués un peu plus loin sur la route.

Cela expliquait le garde manquant. Duncan savait qu'elle avait quitté le château avec deux hommes. Il devrait penser à envoyer quelqu'un retrouver l'autre.

Il fixa le vieil homme dans les yeux, ayant l'intention de demander réparation au nom des familles des deux morts, quand il se figea soudain, le reconnaissant.

Mince !

De toute évidence, l'autre l'avait reconnu, lui aussi. C'était l'un des guerriers Mackintosh que Duncan avait sauvés d'une mort certaine au cours de la bataille de Glenlivet. Il s'appelait Malcom.

— Tu es revenu, déclara Malcom d'une voix empreinte d'émotion et de respect.

— Tu connais cet homme, Malcom ? demanda le jeune chef.

En entendant la voix de ce dernier, Jeannie sursauta et se raidit. Ses doigts s'enfoncèrent dans le cuir du pourpoint de Duncan.

— C'est lui ! lui glissa-t-elle. C'est l'homme qui a essayé de m'enlever.

La fureur saisit Duncan à la gorge. Jeannie le retint d'une main sur le bras.

— Non. C'est du passé. Je veux juste rentrer chez moi et retrouver ma fille.

Le jeune chef dut sentir qu'il l'avait échappé belle, car il recula prudemment de quelques pas. Duncan serra les mâchoires. Celui qui levait la main sur une femme, et pas n'importe quelle femme, la sienne, ne méritait pas de pitié. Il s'avança vers le scélérat et l'attrapa par le col. L'autre tenta de se libérer, mais il le retint d'une poigne d'acier. Les Mackintosh portèrent la main à leurs armes, pour être aussitôt mis en joue par les hommes de Duncan.

— Donne-moi une bonne raison de ne pas te tuer, siffla Duncan entre ses dents.

— Elle se trompe, haleta le lâche. Je ne sais pas de quoi elle parle.

Malcom tenta d'intervenir.

— Nous ne lui avons fait aucun mal. Nous ne voulons pas d'ennuis.

Duncan se tourna vers lui et comprit l'accord tacite qu'il lui proposait : « Laisse le garçon vivre et je ne révélerai pas ton identité. » Ce n'était pas une offre irrésistible. Si tous les témoins mouraient, il ne resterait plus personne pour dévoiler le secret de Duncan.

Jeannie lui tira sur le bras, l'implorant du regard.

— Duncan, je t'en prie.

Il se laissa fléchir et relâcha le jeune chef en le repoussant d'un geste rageur. Ce dernier tomba à la renverse et atterrit sur les fesses.

Duncan se tourna vers Malcom.

— Partez, mais s'il approche à moins d'un kilomètre de lady Gordon, il est mort.

Malcom acquiesça et répondit à voix basse :

— Ravi de te voir de retour, capitaine. Je n'ai jamais cru ce qu'on disait sur toi. Comme tous ceux qui t'ont vu te battre ce jour-là.

Duncan le remercia de sa loyauté d'un signe de tête. Il entendit le jeune chef se relever. Du coin de l'œil, il le vit se pencher et…

Avant que les autres n'aient compris ce qu'il se passait, il extirpa son *sgian dubh* de sa botte et le lança.

Il y eut un bruit sourd, suivi d'un grognement étranglé.

Le jeune chef chancela, le petit couteau fermement planté dans sa gorge. Il lâcha le pistolet qu'il avait sorti de sous sa ceinture et braqué sur le dos de Duncan.

L'instant suivant, il s'effondrait dans la neige.

15

Tout s'était passé si vite. Jeannie était encore stupéfaite par la rapidité de la réaction de Duncan. Elle n'avait même pas eu le temps de crier pour le prévenir. L'effroi qu'elle avait ressenti avait vite cédé la place à de l'admiration devant la manière dont il avait éliminé la menace, avec une précision froide et sans effort apparent. Elle comprenait à présent comment le Highlander noir avait acquis sa sinistre réputation.

Elle posa ses doigts sur ses lèvres. Elle sentait encore son goût sur sa bouche. Son baiser avait été bref mais poignant, chargé de plus d'émotions qu'il n'en avait montré durant ces trois dernières semaines. Cette fois, il n'était pas motivé par le désir ou la colère, mais par un sentiment beaucoup plus profond.

Le plus déroutant, c'était qu'elle aurait aimé qu'il dure plus longtemps. Ses propres sentiments étaient remontés en surface, juste au bord de ses lèvres, prêts à lui faire commettre un faux pas.

Elle se radoucissait.

Une ornière sur le sentier la fit décoller et retomber sur sa selle en claquant des dents. Sa monture resta imperturbable. Sa propre jument s'était blessée à la jambe après sa chute et elle montait le cheval du compagnon irlandais de Duncan. Il était beaucoup trop grand pour elle mais elle se sentait rassurée par sa masse et sa solidité.

Elle n'osait même pas imaginer ce qui lui serait arrivé si Duncan n'avait pas surgi à temps.

Elle n'allait pas pleurer le trépas du jeune Mackintosh qui avait tenté de l'enlever, mais elle regrettait qu'il soit mort de la main de Duncan. L'espace d'un instant, elle avait craint que cela ne dégénère en bataille, les Mackintosh voulant venger leur chef. Cependant, après un moment tendu, ils avaient ramassé son corps et avaient disparu. Le jeune imprudent avait signé son propre arrêt de mort en tentant d'abattre lâchement Duncan d'une balle dans le dos. Il n'avait eu que ce qu'il méritait.

Son père ne le verrait probablement pas de cet œil-là. Le mort était le fils benjamin du chef Mackintosh. Il y avait également un autre problème : le guerrier plus âgé qui avait reconnu Duncan. Elle voulait l'interroger à ce sujet, mais n'en avait pas encore eu l'occasion. Le sentier était trop étroit pour chevaucher côte à côte, rendant la conversation impossible. En vérité, elle était trop nerveuse pour discuter. Même si Duncan l'avait assurée qu'Ella était indemne, elle ne le croirait qu'en la serrant dans ses bras.

Lorsqu'ils franchirent le portail du château, toutes les torches étaient allumées. Une brume spectrale flottait sur les murailles grises. Jeannie n'attendit pas qu'on l'aide. Dès que le palefrenier lui eut pris ses rênes, elle se laissa glisser de selle et grimpa l'escalier quatre à quatre.

Elle fit irruption dans la grande salle. Ella l'attendait, debout derrière la porte, ouvrant de grands yeux, les joues rougies par le feu de cheminée. Jeannie ne lui avait jamais vu une expression aussi contrite.

— Pardon, maman.

Les yeux de Jeannie s'emplirent de larmes. Elle s'agenouilla et prit sa fille dans ses bras, la serrant comme si elle ne voulait plus la lâcher.

Elle releva la tête et, à travers un rideau de larmes, vit Duncan qui venait d'entrer à sa suite.

— Merci, murmura-t-elle.

Elle continua à pleurer jusqu'à ce que Ella se mette à gigoter. Elle la prit alors par les épaules et la regarda dans les yeux, s'efforçant de prendre son air le plus sévère.

— Ne refais jamais ça ! Tu imagines ce qu'il aurait pu t'arriver ?

Ella se mordit la lèvre.

— Je ne pouvais pas deviner qu'on me prendrait pour un chevreuil, se défendit-elle.

— Un quoi ?

La fillette lança un regard incertain à Duncan.

— Je n'aurais pas dû le lui dire, hein ?

Il se tourna vers Jeannie.

— Je pensais attendre un peu avant de te donner tous les détails.

Le regard de Jeannie allait de sa fille à lui.

— L'un de vous a intérêt à me raconter exactement ce qu'il s'est passé.

Duncan poussa un soupir résigné.

— Ella était cachée derrière un buisson et, entre la neige, les arbres et sa tenue, un de mes hommes l'a prise pour un chevreuil.

Jeannie remarqua soudain les vêtements que Ella portait toujours et qu'elle avait chipés dans la malle de son frère. Elle se laissa retomber sur le sol.

— Tu l'as sauvée.

Ce n'était pas une question, elle le savait.

Il hocha la tête.

Jeannie resta assise sur les dalles, bouleversée.

— Maman ? Tu vas bien ? s'inquiéta Ella.

Jeannie fit oui de la tête, incapable de parler. Les larmes et l'émotion l'étouffaient à nouveau. Il avait sauvé la vie de sa fille.

Duncan lui tendit la main et l'aida à se relever.

— Je vais avoir des ennuis, hein ? demanda Ella à Duncan.

Il acquiesça d'un air grave.

Jeannie retrouva enfin sa voix.

— Tu m'as désobéi, Ella. Je t'avais interdit d'aller à la chasse. Tu ne peux pas partir toute seule et faire tout ce qui te passe par la tête.

Un de leurs gardes avait perdu la vie. Un autre en avait réchappé par miracle. Ils avaient retrouvé William. Il avait été transpercé par une flèche, mais survivrait.

Ella inclina la tête, réfléchissant intensément, puis demanda à sa mère :

— Toi aussi, tu vas avoir des ennuis pour être partie toute seule ?

Duncan toussota dans son poing pour cacher son envie de rire, mais Jeannie lui lança un regard noir. Ella avait l'esprit vif, un peu trop vif pour son bien.

— Je suis une adulte, Ella. Je peux prendre mes décisions toute seule. Et je me suis assurée qu'on savait où j'allais.

La marquise les avait rejoints.

— Vous êtes rentrée saine et sauve !

Elle lança un regard vers Duncan.

— Vous n'avez pas rencontré de problèmes ?

Jeannie se raidit, se préparant aux récriminations qui ne manqueraient pas de suivre lorsque sa belle-mère apprendrait qu'ils avaient été attaqués. Duncan vint à sa rescousse et répondit avant elle :

— Rien que je ne puisse résoudre.

Il s'inclina respectueusement pour prendre congé, ne tenant pas à rester trop longtemps en présence de la marquise.

— Attends !

Jeannie se pencha pour embrasser sa fille et lui dit :

— Va avec ta grand-mère, je vous rejoins tout de suite. J'ai deux mots à dire à Duncan.

Elle fit mine de ne pas remarquer la moue réprobatrice de la marquise et entraîna Duncan vers le bureau du laird. La grande salle commençait à se remplir pour le dîner et elle voulait lui parler en tête à tête.

Elle referma la porte derrière elle.

— Merci, Duncan, commença-t-elle d'une voix émue. Merci pour avoir sauvé ma fille et être venu à mon secours.

— Je t'ai crue morte, dit-il d'une voix basse et rauque. Je t'ai vue étendue par terre et j'ai cru que tu étais morte.

— Et cela t'a fait quelque chose ?

Il se passa une main dans les cheveux.

— Bon sang, Jeannie, comment peux-tu me poser cette question ?

Que ressens-tu pour moi ? aurait-elle voulu demander. Elle ne pouvait pas. Ses propres sentiments étaient trop troubles. Quelque chose avait changé. Une barrière était tombée entre eux. Ils n'affectaient plus l'indifférence.

— Ella avait raison, tu sais. Tu n'aurais pas dû partir comme ça. Tu aurais dû m'attendre.

Il ne la jugeait pas ni ne la sermonnait. Il exprimait simplement son inquiétude. D'ordinaire, toute allusion à son impétuosité la mettait hors d'elle, mais elle tenait à lui faire comprendre les raisons de son geste.

— Je ne pouvais pas rester ici sans rien faire. Cette attente... chaque minute était insupportable. J'étais folle d'inquiétude. Si quelqu'un que tu aimais était en danger, pourrais-tu rester assis sans rien faire ?

Il esquissa un sourire ironique.

— Non, sans doute pas.

Il lui lança un regard étrange puis baissa les yeux avant de reprendre :

— Tu ne seras pas trop sévère avec elle, n'est-ce pas ? La petite sait qu'elle a fait une bêtise.

— Si elle ne le sait pas encore, elle le saura dans dix ans, quand je la laisserai mettre un pied hors du château !

Il se mit à rire.

— Si c'était ma fille, j'en ferais sûrement autant. Je crois avoir pris dix ans d'un coup quand je l'ai reconnue dans la forêt.

Si c'était ma fille. Jeannie eut un pincement au cœur. Il ferait un père formidable.

Elle détourna les yeux, gênée. Après tout ce qu'il avait fait pour elle, elle voulait lui faire confiance. Le pouvait-elle ? Le devait-elle ? Lui faisait-il confiance, lui ?

Trop de choses dépendaient de sa décision. Ce n'était pas un choix qu'elle pouvait faire sur l'impulsion du moment, en se basant sur un sentiment. Pour une fois, elle se donnerait le temps de réfléchir.

Elle prit une profonde inspiration, espérant cacher son agitation intérieure, et reprit :

— L'homme dans les bois t'a reconnu.

Il parut déçu qu'elle ait changé de sujet.

— Oui, j'ai combattu à ses côtés à Glenlivet.

— Parlera-t-il ?

— Avant, j'aurais dit non, mais maintenant…

Avant qu'il ne tue le fils du chef Mackintosh. Des questions seraient sûrement posées.

— Que vas-tu faire ?

— Ce que je me suis toujours promis de faire : découvrir la vérité.

Il la dévisagea attentivement, semblant attendre qu'elle dise qu'elle l'aiderait. Elle ne pouvait pas. Pas encore.

— Tu vas partir ?

— Oui, bientôt.

Son cœur se serra.
— Où iras-tu ?
— Je n'en sais rien.

Duncan s'arrêta devant la porte et tendit l'oreille. Tous les occupants du château devaient être couchés. Le seul son qu'il percevait était le craquement du feu mourant dans la cheminée.

Il hésita encore. Il regrettait amèrement de devoir recourir à de tels stratagèmes. Se glisser dans la nuit tel un voleur n'était pas son genre. Néanmoins, il avait repoussé l'échéance le plus longtemps possible. Il ne pouvait plus attendre.

Attendre quoi ?

Jeannie. Au fond de lui, il n'avait cessé d'espérer qu'elle accepterait de l'aider.

Il ravala sa déception. C'était sans doute sot de sa part, mais, après la petite aventure d'Ella et la tentative désastreuse de sa mère pour la retrouver, il avait pensé qu'elle s'était radoucie à son égard. Que, peut-être, elle lui confierait enfin ce qu'elle savait.

Qu'il n'aurait pas besoin de se glisser dans le bureau du laird pour fouiller dans la correspondance de son mari, parce qu'elle la lui aurait montrée de son plein gré.

Il l'avait crue un moment sur le point de céder, mais quelque chose l'avait retenue. Sa loyauté envers sa famille ? Envers son mari ? Ou autre chose encore ?

Il devait agir. Chaque jour le danger d'être découvert augmentait. Après les événements du matin, son temps était compté. La chasse était ouverte et les chiens avaient été lâchés.

Plus tôt dans la semaine, il avait envoyé Conall à Inverness pour voir s'il avait eu une réponse de Lizzie. Il avait écrit à sa soeur à Dunoon Castle pour lui demander son aide, en lui prescrivant d'envoyer ses messages dans une auberge. Heureusement, ses hommes étaient bien entraînés et Conall avait flairé un piège. Caché dans une taverne en face de l'établissement, il avait repéré des soldats déguisés sous des tartans miteux.

Quelqu'un avait dû intercepter sa lettre. Lizzie ne l'aurait jamais trahi. Qui alors ? Colin était capitaine de Dunoon Castle. Son frère avait-il envoyé des soldats l'arrêter ? Après que Colin l'eut aidé à s'enfuir dix ans plus tôt, il ne voulait pas le croire. Toutefois, au travers de sa correspondance avec Lizzie au fil des ans, il avait senti qu'elle prenait ses distances avec son frère. C'était Jamie qu'elle admirait. Jamie en qui elle avait confiance. Jamie à qui elle lui conseillait de parler. Bien qu'Argyll séjourne toujours à Inveraray à cette époque de l'année, il y avait toujours une possibilité que ce soit lui.

Quoi qu'il en soit, cela ne voulait dire qu'une chose : sa présence en Écosse n'était plus un secret. Il était désormais traqué. Partout où il irait, il ne serait plus à l'abri. Dans la taverne, Conall avait également appris que la rumeur du retour du Highlander noir se propageait à travers tout le pays. Lorsque le bruit parviendrait à Aboyne, il ne faudrait pas longtemps à la marquise pour le démasquer. À la manière dont elle le regardait, il se demandait si elle ne l'avait pas déjà fait.

Ils partiraient demain.

Il avait initialement prévu de se rendre à Freuchie Castle mais, désormais, c'était trop dangereux. La forteresse des Grant serait le premier endroit où ils le chercheraient, devinant qu'il était revenu pour laver son nom. Lizzie était la seule à connaître son lien avec Jeannie. Toutefois, avec la marquise dans les lieux, rester était trop risqué.

Dans ses lettres, Lizzie l'avait souvent imploré de s'adresser à Jamie. Il semblait bien qu'il n'avait plus le choix, même s'il aurait voulu avoir autre chose à donner à son jeune frère que sa seule parole.

Il avait déjà inspecté le bureau du laird juste avant de tomber malade, sans rien trouver. Cependant, le seul fait de n'y avoir vu aucune correspondance lui paraissait anormal. Lorsqu'il était revenu dans la pièce avec Jeannie, il avait remarqué un détail étrange dans la boiserie près de la cheminée, un interstice dans les moulures, presque indétectable. Il était intrigué. Avant d'entrer dans le patrimoine des Gordon, Aboyne Castle avait appartenu à l'ordre des Templiers et, depuis des années, le bruit courait qu'il possédait une chambre secrète.

Il ouvrit doucement la porte et se glissa dans le bureau. La pièce aveugle était plongée dans le noir, hormis pour la faible lueur orange des dernières braises dans la cheminée. Il mit un certain temps à trouver une chandelle. Puis il souffla sur les charbons ardents pour les ranimer et allumer sa mèche.

Lorsque ses yeux se furent suffisamment accoutumés à la faible lumière, il alla droit vers le défaut qu'il avait remarqué dans la boiserie. Il passa ses doigts sur les espaces entre les panneaux et sentit que l'un d'eux saillait légèrement. Il suivit son contour jusqu'à ce que ses soupçons soient confirmés. Il s'agissait bien d'une porte secrète.

Il ne lui restait plus qu'à trouver comment l'ouvrir. Il devait y avoir un mécanisme... Peut-être dans le manteau de cheminée ? Il palpa les rosaces, les entrelacs, les coquilles... tous les reliefs décoratifs. Rien ne bougeait. Il était prêt à sortir son couteau pour tenter de forcer la maudite porte quand il eut l'idée de passer une main à l'intérieur du foyer. Eurêka ! Il sentit un petit levier qu'il tira et entendit un déclic caractéristique.

Un panneau d'environ un mètre de large sur un mètre cinquante de hauteur s'ouvrit. En approchant sa chandelle, il distingua les murs en pierres d'une galerie. À en croire la forte odeur de moisi, la poussière et les toiles d'araignées, personne ne l'avait empruntée depuis des lustres. Heureusement, elle était juste assez haute pour qu'il s'y tienne debout.

Il se glissa dans l'ouverture et avança prudemment en testant le sol du pied. Au bout de quelques mètres, il sentit des marches. Il devait être dans le mur d'enceinte du château. L'escalier lui parut interminable. Lorsqu'il arriva en bas, il comprit qu'il était désormais dans un souterrain. Le sol n'était plus en pierre mais en terre. Le plafond était également plus bas et il dut avancer tête baissée le long d'un tunnel. Au bout d'une dizaine de mètres, celui-ci déboucha sur une petite pièce avec, au centre, un autel en pierre. Il avait trouvé la chambre secrète des Templiers.

Personne n'était descendu ici depuis longtemps : une épaisse couche de poussière recouvrait la table et les quelques chaises éparpillées dans la pièce. Il aperçut deux chandeliers encore équipés de bougies et les alluma, ce qui améliora considérablement l'éclairage.

Il ne perdit pas de temps et chercha tous les endroits pouvant contenir des documents. Il y avait un tiroir dans la table d'autel. Il l'ouvrit. Il était rempli de papiers. Certain d'être sur le point de découvrir ce qu'il cherchait, son pouls s'accéléra. Il sortit la liasse de parchemins et la parcourut rapidement, laissant de côté les lettres les plus récentes pour se concentrer sur celles datées de dix ans plus tôt. Francis Gordon avait correspondu avec pratiquement tous les lairds des Highlands, mais il n'y avait rien concernant Glenlivet ou lui-même.

Duncan ne pouvait le croire. Il avait été tellement convaincu. Peut-être que Jeannie avait raison et que son mari n'avait rien à voir avec ce qui lui était arrivé.

Il remit les papiers à leur place et referma le tiroir, pris de remords. Aurait-il dû lui faire confiance ?

Son instinct lui faisait rarement défaut. Il examina à nouveau la pièce autour de lui et aperçut un coffre dans une petite niche. Il souleva son couvercle. Il contenait lui aussi une épaisse pile de papiers.

Il sentit une poussée d'adrénaline. Cette fois, ce devait être bon. Il sortit les documents et commença à lire.

Presque au fond de la pile se trouvait la fameuse carte, froissée là où elle avait été pliée en neuf. Elle portait encore des fragments de cire de son cachet. Dans un coin au dos était écrit :

Elle m'est parvenue inopinément. Considérez-la comme mon cadeau de fiançailles.

Grant.

Il réfléchit à toute allure, essayant de comprendre le sens de ce message. Un cadeau de fiançailles... Jeannie avait-elle été au courant ?

Quelques feuilles plus loin, il découvrit une brève lettre que Grant avait adressée à Francis Gordon. Elle était datée de trois jours après la bataille, le jour où l'or avait été retrouvé dans ses affaires. Il y parlait de l'arrivée imminente du roi. Le dernier paragraphe lui fit froid dans le dos :

Les rumeurs auxquelles vous avez fait allusion lors de notre dernier entretien n'ont plus lieu de vous inquiéter. J'ai réglé le problème et soyez assuré que plus rien ne peut désormais empêcher vos fiançailles.

Le problème, c'était Duncan.

Il perçut un subtil changement dans l'air de la pièce et une lumière vacillante lui éclaira l'épaule.

— Que fais-tu ici ?

Il se raidit. Il avait été tellement absorbé par sa lecture qu'il ne l'avait pas entendue approcher. Il se retourna lentement, la carte à la main. Jeannie le regardait depuis l'entrée du tunnel, tenant un bougeoir.

La lueur de sa chandelle faisait briller ses longues boucles rousses et illuminait le devant de sa robe de chambre en velours. Dieu qu'elle était belle ! Si belle que de la regarder lui faisait mal. Il ne supportait pas ce doute qui le rongeait.

— Que fais-tu ? répéta-t-elle.

Puis elle vit les papiers éparpillés sur l'autel derrière lui et ses yeux s'écarquillèrent d'horreur.

— Tu m'espionnes !

Jeannie n'en croyait pas ses yeux. Dire qu'elle avait été incapable de trouver le sommeil, se torturant pour tenter de trouver une solution. Il avait sauvé la vie de sa fille et, probablement, la sienne. Après tout ce qu'il avait fait, elle ne pouvait le laisser pendre et s'en laver les mains. Néanmoins, l'avenir de Dougall était en jeu. Elle devait trouver un moyen de l'aider tout en protégeant son fils.

Et voilà qu'il l'espionnait ! Il avait découvert la chambre secrète. Comment avait-elle pu croire qu'il avait changé ? Qu'il lui faisait confiance ?

Son accusation resta en suspens dans l'air froid de la nuit. Il ne nia pas. Au lieu de cela, il agita une liasse de papiers vers elle, la fixant d'un regard froid.

— Comment expliques-tu ceci ?

Elle prit les documents d'une main tremblante, ne sachant pas à quoi s'attendre.

Son cœur fit un bond quand elle se rendit compte que l'un d'eux était la fameuse carte qu'on avait accusé Duncan d'avoir vendue à son père. Elle la retourna, lut le message, puis la lettre.

Elle les lui rendit sans un mot. Mon Dieu, qu'avait fait son père ? Elle avait voulu croire qu'il n'y était pour rien, que la carte était tombée du ciel. Francis était-il impliqué, lui aussi ? Le seul fait de se poser la question lui paraissait déloyal.

— Ça ne prouve rien.

— Ça prouve que ton mari était de mèche.

— Non, uniquement que mon père lui a envoyé la carte. Nous le savions déjà. Cela ne change rien. Francis n'a pas participé au coup monté contre toi.

Le disait-elle pour le défendre, ou pour se défendre elle-même ? Et quand bien même Francis avait été coupable, cela changeait-il quelque chose ? Il l'avait protégée, ainsi que son fils.

Duncan scrutait son visage.

— Qu'a-t-il donc fait pour mériter une telle loyauté ?

Elle entendit l'émotion dans sa voix et détourna les yeux de peur d'être tentée de le lui dire.

— Pourquoi tiens-tu tant à incriminer Francis ? répliqua-t-elle. Mon père déclare lui-même que la carte lui est parvenue « inopinément ».

— Mais comment ?

— Ce n'est pas moi qui la lui ai donnée, si c'est ce que tu sous-entends.

— Qui alors ?

— Personne d'autre n'aurait pu te la voler ?

— Je n'ai ôté mon *sporran* qu'à deux occasions. Une fois avec toi, et quand je suis rentré sous ma tente.

— Tu dormais seul ?

— Non, je partageais une tente avec mon père, mon frère et quelques hommes de confiance de notre clan.

— Et tu as automatiquement pensé que c'était moi ?

— Compte tenu de la trahison de ton père au cours de la bataille, tu étais le suspect le plus logique. Mais j'ai envisagé d'autres possibilités.

— Et ?

Il se tut.

— Suis-je encore le suspect le plus logique ? insista-t-elle.

Il attendit un long moment avant de répondre :

— Je ne veux pas le croire.

— Que penses-tu au fond de ton cœur ?

Il haussa les épaules.

— Je ne pense pas avec mon cœur.

Parce que son cœur l'avait déjà détourné du droit chemin par le passé.

Ce fut au tour de Duncan de l'interroger.

— Tu as lu la lettre. Tu nies encore la responsabilité de ton père ?

Elle baissa les yeux.

— Il aurait pu vouloir dire n'importe quoi.

Sa réponse sonnait faux même à ses propres oreilles. Son père avait été coupable. Elle le savait désormais aussi bien que lui.

Il soutint son regard un long moment, semblant attendre qu'elle change d'avis. Qu'elle le choisisse.

Elle aurait tant aimé pouvoir le faire. Se jeter dans ses bras, se blottir dans le creux de son épaule, inspirer son odeur chaude et épicée, et oublier tous ses soucis. Quand il l'embrassait, plus rien d'autre ne semblait avoir d'importance. Ses problèmes s'évaporaient comme la brume au lever du soleil. Hélas, comme la brume, ils reviendraient avec la nuit et ses ténèbres.

Elle aussi, elle devait réfléchir avec sa tête et non avec son cœur. Le fait qu'il l'espionne et continue de l'accuser lui indiquait qu'elle avait raison de ne pas se fier à lui.

Après cette nouvelle découverte, il allait lui être de plus en plus difficile de protéger son fils. Elle avait l'impression de vivre dans un château de cartes, que Duncan retirait une à une sous ses pieds.

Il ne comprendrait jamais pourquoi elle agissait ainsi, l'interprétant comme une autre trahison. S'il parvenait à démontrer la complicité de Francis, le mieux qu'elle pouvait espérer était qu'Argyll se contente de réprimander sa famille. Au pire, le roi pouvait décider de retirer son fief à son fils. Et si Duncan découvrait la vérité au sujet de Dougall…

Le scandale serait terrible. Elle se souvenait encore de ce qu'ils avaient vécu après le départ de sa mère. Les regards, les chuchotements, le silence soudain chaque fois qu'elle entrait dans une pièce. Se retrouver bâtard du jour au lendemain serait bien pire. Elle ne pouvait faire subir ce sort à Dougall.

Sa décision dut se lire sur son visage car elle sentit Duncan se refermer sur lui-même. Le lien ténu qui s'était établi entre eux se brisa. Il recula d'un pas, puis rangea la carte et la lettre dans son *sporran*.

— Je partirai demain à l'aube, annonça-t-il d'une voix morne.

Jeannie tiqua. *Partir. Encore.* Cela n'aurait pas dû lui faire autant mal. Elle l'avait vu venir. Elle avait fait son choix et devait l'assumer.

— Où iras-tu ? demanda-t-elle.

— Chez mon frère. Jamie est le plus proche conseiller d'Argyll.

Elle sursauta. Il était devenu fou ! Celui qu'on surnommait l'exécuteur d'Argyll était le plus impitoyable chasseur de hors-la-loi dans toutes les Highlands.

— Il te jettera dans un cachot et te passera une corde autour du cou avant que tu n'aies eu le temps de dire ouf.

— C'est mon frère, rétorqua-t-il. Pour le moment, il est ma meilleure option. Je devrais plutôt dire : ma seule option. Ce n'est pas sans risque, je sais, mais je n'ai pas le choix.

Elle aurait aimé le contredire, mais il avait raison. À qui d'autre pouvait-il s'adresser ? Il était venu vers elle et elle l'avait rejeté. Néanmoins, Jamie Campbell… n'était-ce pas se jeter dans la gueule du loup ?

— Si c'est de la clémence que tu cherches, tu ne la trouveras pas chez l'exécuteur.

— Je ne cherche pas la clémence mais la justice, répliqua-t-il sèchement. Je montrerai ce que j'ai découvert à mon frère et nous verrons si cela suffit à convaincre Argyll de mon innocence.

La gorge nouée, elle releva les yeux vers lui.

— Cela suffira-t-il ?

— Il aurait été préférable que je sache qui a placé l'or dans ma sacoche, répondit-il avec un haussement d'épaules.

— Ou qui t'a volé la carte.

— Oui, qui m'a volé la carte.

Il ne lui faisait peut-être pas entièrement confiance mais, au moins, il ne paraissait plus convaincu de sa culpabilité. Il l'avait crue coupable pendant si longtemps, non sans raisons, qu'elle ne pouvait s'attendre à ce qu'il change soudain d'avis. Ni l'un ni l'autre n'était prêt à un tel acte de foi.

Elle ne pouvait qu'espérer que Jamie Campbell l'aiderait à…

Seigneur ! Comment n'y avait-elle pas pensé plus tôt ! Elle refoula un moment de panique et s'efforça de rester calme. Il n'y avait aucune raison de penser que… Les Campbell possédaient de nombreux châteaux. Elle demanda néanmoins d'une voix étranglée :

— Tu iras à Ascog Castle ?

Dis oui, dis oui, dis oui.

— Non. D'après la dernière lettre de ma sœur, Jamie et sa nouvelle épouse passeront l'hiver à Castleswene.

Elle fut saisie d'effroi. C'était là que se trouvait Dougall. Duncan le verrait. Ses doigts se crispèrent sur le velours de sa robe de chambre.

— Je pars avec toi, annonça-t-elle soudain.

Duncan la regarda, interloqué.

— Pourquoi ferais-tu une chose pareille ?

Elle l'ignorait, mais elle devait réagir. Si elle ne pouvait empêcher que leurs chemins se croisent, elle parviendrait peut-être à détourner l'attention de Duncan. Elle ne pouvait rester sans rien faire en attendant que le ciel lui tombe sur la tête.

— Tu auras moins de chances d'être découvert si on te prend pour l'un de mes gardes, répondit-elle impassible. Après ce que tu as fait pour Ella et moi, c'est le moins que je puisse faire.

Elle ajouta sur un ton détaché :

— Et puis j'ai envie de voir mon fils.

— Ça t'ennuierait donc tant que je sois arrêté ?

Ils se dévisagèrent longuement. Qu'il ait une si piètre opinion d'elle la blessait profondément mais que pouvait-il penser d'autre ?

— Je n'ai jamais souhaité qu'il t'arrive du mal, Duncan. J'essaie seulement de protéger ma famille. Cette famille que tu sembles déterminé à détruire.

— C'est vraiment la seule raison pour laquelle tu souhaites m'accompagner ? Pour m'empêcher de salir les noms de ton père et de ton mari ?

Ce n'était pas ce qu'elle cherchait, mais sans doute valait-il mieux qu'il le croie. L'essentiel était qu'il ne connaisse pas la vérité. Elle était terrorisée à l'idée qu'il approche de leur fils.

Elle l'entendait encore : *Je reconnaîtrais toujours mes enfants, si j'en avais.*

Elle releva fièrement le menton, ne niant pas ses accusations.

— Tu peux croire ce que tu veux. Avec ou sans toi, je vais à Castleswene.

16

Finalement, Duncan avait accepté qu'ils voyagent ensemble, même si cela signifiait de reporter son départ d'une journée afin de s'organiser.

Jeannie avait correctement évalué la situation. S'adresser à son frère était risqué, mais il n'avait plus d'autre choix. Il espérait que l'opinion qu'avait Lizzie de Jamie était plus juste que les rumeurs qui couraient sur lui. S'il se trompait, il était mort. Autant monter directement à la potence.

Le voyage jusqu'à Castleswene n'était pas non plus sans danger. L'offre de Jeannie de l'intégrer à son escorte l'aiderait à passer inaperçu, mais il ne voulait lui faire courir aucun risque. Il choisit lui-même les hommes qui l'accompagneraient, uniquement des guerriers chevronnés, et doubla le nombre de ses gardes.

Ella avait voulu venir elle aussi, naturellement. Les routes des Highlands en hiver n'étaient pas un endroit pour une enfant, ni pour personne d'ailleurs. Heureusement, elle se sentait encore suffisamment coupable et n'insista pas.

La marquise avait tenté de dissuader Jeannie, déclarant que ce n'était pas une saison pour « se promener dans les Highlands sur un caprice, même pour aller voir son fils ». Elle s'était heurtée à un mur ; sa belle-fille n'avait rien voulu entendre.

Duncan ravala une pointe d'amertume, se rappelant qu'elle ne le faisait pas pour lui mais pour son défunt mari. Elle refusait de l'aider, mais était prête à traverser les Highlands au cœur de l'hiver, au risque de croiser les hors-la-loi les plus recherchés du pays, afin de protéger la mémoire de Francis.

La semaine qui suivit mit ses nerfs à rude épreuve. Chaque fois que leurs regards se croisaient, il ressentait le même mélange de colère et de jalousie. Sa présence constante à ses côtés testait les limites de son endurance. Toutes ces longues journées en selle, ces nuits plus longues encore, en la sachant tout près. Même si elle était emmitouflée dans des couches de laine, l'image de son corps nu était imprimée dans sa mémoire.

Pour ne rien arranger, le voyage s'éternisait. Outre les nombreuses tempêtes de neige qui les immobilisaient, ils devaient faire de nombreux détours pour éviter les brigands et les soldats. Son cousin n'avait pas baissé les bras, comme en témoignaient les nombreuses troupes qui sillonnaient la campagne à sa recherche.

La nuit, lorsqu'ils s'arrêtaient dans un relais ou une taverne, ils n'entendaient parler que des MacGregor ou de la chasse au Highlander noir. Certains le voyaient comme un hors-la-loi, d'autres comme un héros aux proportions mythiques. Il était surpris de constater combien son cousin et lui avaient d'ennemis. Beaucoup espéraient qu'il échapperait aux griffes d'Argyll. Toutefois, il n'y avait là rien d'étonnant, après le récent fiasco d'Archie : il avait fait exécuter le chef MacGregor en dépit de ses promesses après que celui-ci se fût rendu.

Duncan avait beau garder profil bas, plus d'une personne l'avait regardé de travers. Il pouvait cacher ses cheveux sous un casque et baisser les yeux, mais il ne pouvait dissimuler sa taille.

La veille de leur arrivée à Inveraray, il s'en était manqué de peu pour qu'il soit capturé.

Ils venaient de terminer leur dîner, un délicieux ragoût de bœuf et d'orge, et se détendaient devant le feu avec une chope de bière quand Leif fit irruption dans la salle. Il faisait le guet et venait de voir des soldats approcher. Il était trop tard pour les éviter. En quittant le relais précipitamment, ils n'auraient fait qu'attirer les soupçons sur eux.

Duncan ne se laisserait pas capturer sans se battre. Il lança un regard à Conall et Leif, leur indiquant de se tenir prêts. Leurs longues épées ne leur seraient pas d'une grande utilité sous le plafond bas, mais leurs dagues leur suffiraient.

Il s'installa dans un coin de la salle, gardant la tête basse. Heureusement, l'atmosphère était sombre et enfumée dans le vieux bâtiment en pierre et au toit en chaume. Quelques instants plus tard, une douzaine de soldats Campbell entrèrent. Le relais ne comportait qu'une seule chambre à l'étage, si bien que les nouveaux venus seraient contraints de dormir dans les écuries. Cette perspective ne fut pas du goût de leur capitaine, un homme corpulent au visage rougeaud, avec un nez tordu qui avait dû être cassé plus d'une fois. Il avait plus ou moins l'âge de Duncan, mais ils ne se connaissaient pas.

Si Jeannie n'avait pas dormi au-dessus, il se serait éclipsé pour rejoindre les écuries, mais il ne voulait pas la laisser seule dans le relais.

Le capitaine gonfla le torse et monta sur ses grands chevaux. L'aubergiste s'efforçait vainement de le calmer.

— Qui sont ces hommes ? demanda le capitaine. Nous sommes au service du comte et nous avons chevauché toute la journée. Mes soldats sont fourbus.

L'aubergiste, un petit homme dégarni qui avait rabattu deux longues mèches de cheveux blancs sur le sommet de son crâne, lançait des regards nerveux autour de lui.

— Je suis navré. Lady Gordon est arrivée avec son escorte plus tôt dans la soirée.

— Les Gordon ?

Le capitaine fit une moue dégoûtée. Le comte d'Argyll et le marquis de Huntly avaient officiellement fait la paix, mais, comme l'avait dit Jeannie, les vieilles rancunes avaient la vie dure. Le capitaine Campbell ajouta comme un crachat :

— Tous des traîtres !

Les gardes Gordon présents dans la salle s'apprêtaient à lui faire ravaler son insulte quand une voix féminine s'éleva :

— Y a-t-il un problème, messieurs ?

Jeannie avait entendu le raffut depuis sa chambre et était descendue. Elle semblait tout droit sortie de la ballade d'un barde. Elle portait une robe en velours ivoire. Elle avait brossé ses cheveux roux et les avait retenus avec un peigne orné de perles. Ils retombaient en arrière dans un halo flamboyant. Elle paraissait déplacée dans ce décor rustique parmi les soldats crasseux, telle Perséphone descendant aux enfers.

Les gardes Gordon, y compris Duncan, se tendirent, une main sur le manche de leur arme, prêts à défendre leur dame au péril de leur vie.

Ils n'avaient pourtant pas de quoi s'inquiéter. L'expression médusée sur les visages des Campbell était presque comique. Jeannie, elle, ne semblait pas consciente de l'effet qu'avait sa beauté éthérée. Elle sourit au capitaine en battant des cils.

— Mes hommes vous causent du souci, monsieur ?

Le capitaine s'empressa de l'assurer du contraire. Il rampait pratiquement à ses pieds. Le militaire soupe au lait s'était métamorphosé en caricature de chevalier servant. Jeannie lui retourna ses attentions avec grâce et charme, même si son sourire paraissait un peu forcé. Seul un léger tremblement de ses mains trahissait sa nervosité.

Remerciant le capitaine pour sa compréhension, elle offrit une tournée de bière à ses hommes « pour compenser le fait qu'ils seraient contraints de dormir dans les écuries ». Il insista pour qu'elle se joigne à eux. Elle lança un bref regard vers Duncan avant d'accepter, ce qui ne soulagea pour autant ce dernier.

Il rongea son frein en silence tandis que Jeannie flirtait avec le capitaine, le doux tintement de son rire limant sa colonne vertébrale telle une râpe. Ce maudit guignol ne cessait de lorgner vers le décolleté profond de sa robe et les rondeurs douces de sa poitrine.

Lorsque le bras du capitaine effleura un des seins de Jeannie, il ne put se contenir et bondit sur son banc, se retenant juste de se lever.

Son mouvement avait été remarqué. La bière que Jeannie l'encourageait à boire n'avait pas encore émoussé l'instinct de guerrier du capitaine et celui-ci avait perçu une menace.

Duncan sentit son regard se poser sur lui et s'attarder.

— Hé toi, là-bas, lança le Campbell. Viens ici que je te voie mieux.

L'attitude détendue de Duncan ne trahissait rien de sa tension intérieure. Il se tenait prêt à égorger ce gougnafier. Il le méritait amplement pour avoir osé toucher Jeannie et pour toutes les pensées lubriques qui défilaient sûrement dans sa tête.

Duncan ne doutait pas que ses hommes et lui pourraient s'échapper, mais il devait penser à Jeannie. Il ne voulait pas risquer qu'elle soit blessée dans la mêlée qui s'ensuivrait.

Il but une longue gorgée de bière puis reposa lentement sa chope sur la table. Le capitaine Campbell n'avait aucune autorité sur lui et il n'avait pas l'intention de lui obéir.

Le visage du capitaine s'empourpra. Il se leva de table et traversa la salle pour se planter devant lui. Duncan se leva à son tour. Au moins, le capitaine n'était pas un pleutre. Il ne sourcilla même pas en constatant que Duncan mesurait une tête et demie de plus que lui.

— Donne-moi ton nom.

Duncan fut tenté de le lui dire. Il sentit Conall et Leif à ses côtés prêts à intervenir. Il n'était pas dans sa nature de reculer devant le danger, mais manier des armes dans un lieu aussi exigu pouvait facilement dégénérer et il devait penser à la sécurité de Jeannie.

Même si cela signifiait se laisser capturer.

En dépit de tout ce qui s'était passé et de la réticence de Jeannie à l'aider, il était quand même prêt à donner sa vie pour elle sans hésiter. Il était en train de réfléchir aux implications d'une telle abnégation quand elle se matérialisa aux côtés du Campbell.

— Excusez mes gardes, Capitaine. Ils sont très protecteurs et d'une loyauté à toute épreuve. Ils ne répondent qu'à mes ordres. Je suis sûre que cet homme ne voulait pas vous manquer de respect.

Elle accompagna sa tirade d'un sourire étincelant qui apaisa le vaniteux. Il se gonfla comme un coq.

— Nous sommes commandités par le roi pour retrouver un renégat, le traître Duncan Dubh. Cet homme lui ressemble.

Duncan se tendit, sachant que sa vie dépendait entièrement de la réaction de Jeannie. Jusqu'où irait-elle pour le sauver ?

— Vous n'imaginez tout de même pas qu'un de mes gardes serait l'infâme Highlander noir ? demanda-t-elle incrédule.

— On dit que c'est un homme d'une taille et d'une carrure impressionnantes, se défendit le capitaine. Avec des cheveux noirs et des yeux bleus.

Il n'y avait pas que les Campbell qui observaient Duncan. Il sentait également le regard des Gordon. Duncan était un prénom usuel dans les Highlands, mais le capitaine avait probablement établi un lien dans plus d'un esprit. Néanmoins, même s'ils le soupçonnaient, ils ne défieraient jamais leur maîtresse.

Jeannie posa une main sur le bras du Campbell et éclata de rire, renversant la tête en arrière pour mettre en valeur son long cou blanc.

— Oh Capitaine ! Si vous arrêtez tous les grands bruns aux yeux bleus des Highlands, vous allez vous retrouver avec des prisons surpeuplées. Vous-même, vous êtes grand et fort bien bâti. Si vos yeux étaient bleus au lieu de ce vert lumineux, il pourrait s'agir de vous !

Duncan serra les dents tandis qu'elle prenait le bras du grand crétin et l'entraînait à nouveau vers leur table, se penchant vers lui en lui offrant une vue vertigineuse sur le sillon entre ses seins.

Vert lumineux ? Peuh... ! Toutefois, le compliment avait fait son effet. Le capitaine lança à nouveau quelques regards vers lui au cours de la soirée, mais l'affaire semblait close. Forcément, il était trop occupé à se pâmer devant Jeannie. Duncan ne l'avait encore jamais vue faire la coquette. De la regarder rouler de grands yeux, battre des cils et pouffer de rire l'horripilait. Le fait qu'elle agisse dans son seul intérêt n'y faisait rien.

Sa gratitude ne faisait pas le poids face à la jalousie et au désir qui bouillonnaient en lui. Il devait se retenir de marcher jusqu'à la table, de la balancer par-dessus son épaule et de la monter dans sa chambre où ils pourraient enfin régler leurs comptes entre quatre murs. C'était une méthode sauvage et barbare, mais efficace.

Il y eut un moment de tension quand elle s'excusa et déclara qu'elle montait se coucher, mais le capitaine accepta de bon gré de rejoindre les écuries lorsqu'elle lui proposa de prendre leur petit-déjeuner ensemble le lendemain matin. Fort heureusement, les Campbell durent partir précipitamment au milieu de la nuit. Le Highlander noir avait été repéré près d'Inverness le jour précédent.

En dépit de la fausse information, Duncan savait que le nœud se resserrait autour de son cou.

Ce fut donc avec soulagement qu'en fin d'après-midi deux jours plus tard, il aperçut les hautes tours de Castleswene se dresser au loin. Les épaisses murailles en calcaire gris se détachaient contre la mer de saphir qui battait à leur pied. Le vent s'intensifia à mesure que la nuit tombait et qu'ils approchaient de la côte. Castleswene était l'un des plus anciens châteaux en pierres d'Écosse, ayant été construit plus de quatre cents ans plus tôt pour protéger l'entrée du loch Sween. Ce qui lui manquait en confort moderne, il le compensait en solidité et en stabilité avec ses murailles de trois mètres d'épaisseur. La structure originale à quatre contreforts avait été enrichie au fil des ans, notamment avec l'adjonction d'un donjon carré à l'est et d'une tour ronde jouxtant des casernes à l'ouest. La forteresse avait été donnée par Robert Ier aux Campbell pour récompenser leurs bons et loyaux services, après qu'elle eut été prise aux MacSween lors des guerres d'indépendance.

Duncan chevauchait aux côtés de Leif et de Conall. Il ne quittait pas Jeannie des yeux, craignait à moitié qu'elle ne s'envole. Elle devait être épuisée par le long voyage mais, gardant la tête baissée pour se protéger du vent mordant, elle ne ralentit pas le pas avant d'avoir franchi le grand portail.

Ils ne s'étaient pratiquement pas parlé depuis le soir où il avait manqué d'être capturé. Il savait qu'il aurait dû la remercier pour l'avoir défendu et avoir menti sur son identité au péril de sa vie, mais chaque fois qu'il repensait à la manière dont elle avait aguiché le capitaine… Il n'était décidément pas raisonnable.

Elle avait envoyé un cavalier en avant pour prévenir Jamie de leur arrivée. Un groupe d'hommes était rassemblé au pied des marches du donjon pour les accueillir. Entre-temps, la nuit était tombée et la cour n'était plus éclairée que par la lueur vacillante des torches. Une brume s'élevait de la mer tel le souffle d'un dragon.

L'homme qui s'avança vers eux d'un pas assuré était aussi grand et musclé que Duncan. Il avait des traits réguliers et fermes, une mâchoire carrée. Même dans la pénombre, Duncan pouvait voir la lueur inflexible dans ses yeux. C'était le regard d'un homme exerçant une autorité absolue et qui ne tolérait pas qu'on le défie.

Il se tourna légèrement, offrant un autre profil à Duncan. L'ombre d'un souvenir remonta soudain en surface. Ce ne fut qu'alors qu'il comprit que la forteresse humaine qui se tenait devant lui n'était autre que son petit frère Jamie.

— Lady Gordon, soyez la bienvenue, déclara ce dernier en aidant Jeannie à descendre de sa monture. Votre message m'a pris de court.

— J'espère ne pas être importune.

— Pas du tout. Vous êtes ici chez vous. Votre fils est impatient de vous voir et mon épouse a hâte de faire votre connaissance.

Il esquissa un léger sourire, le premier signe d'une émotion sur ce visage indéchiffrable.

— C'est que nous aurions pu nous manquer. Nous venons juste d'arriver de Dunoon nous-mêmes. Ma sœur vient de se marier. Les tempêtes d'hiver ont rendu les routes difficiles.

Lizzie mariée ? Duncan ressentit un pincement doux-amer au cœur. Il était heureux pour elle, mais aurait tellement aimé assister à son mariage. Cela expliquait pourquoi elle n'avait pas répondu à sa dernière lettre.

— Malheureusement, ma visite ne pouvait attendre, répondit Jeannie.

— Vraiment ? fit Jamie, intrigué.

Même s'il n'avait pas perdu un mot de leur conversation, Duncan était resté en arrière parmi le groupe de gardes. Ces derniers patientaient en silence pendant que leur maîtresse discutait avec l'homme connu dans toutes les Highlands comme l'exécuteur d'Argyll. C'était une position qui serait revenue à Duncan s'il n'avait été contraint de fuir le pays. Il n'en ressentait aucune rancœur, uniquement de la fierté pour son frère.

Le moment était venu. Il s'avança dans le cercle de lumière.

Il sentit ses deux fidèles compagnons se tendre, sachant que l'heure de vérité était arrivée. Il avait fait jurer à Leif et à Conall qu'au cas où il serait emprisonné, ils rejoindraient le reste de ses hommes en Espagne. Lorsqu'il vit Leif poser la main sur le manche de son poignard, il le rappela à l'ordre du regard.

Jamie releva les yeux et l'aperçut derrière Jeannie. Il s'immobilisa. Il n'avait pas besoin de présentations ; il l'avait reconnu instantanément. Une légère contraction à la commissure de ses lèvres fut sa seule réaction visible. Ils se dévisagèrent un long moment, puis Jamie déclara :

— Les rumeurs disaient donc vrai. Je t'ai cherché.

Duncan se demanda un instant s'il n'allait pas appeler les gardes. En fait d'accueil chaleureux... Dire que son frère était ravi de le voir aurait été exagéré.

Ils furent distraits par l'apparition soudaine de l'une des plus belles créatures qui lui eût été donné de voir. Elle dévala l'escalier, les joues roses, un grand sourire sur ses lèvres sensuelles, sa longue chevelure d'ébène flottant sur ses épaules. Ce ne pouvait être que la fameuse Caitrina Lamont, désormais Campbell.

Elle commença par s'excuser de son retard puis, apercevant le visage de son mari, s'interrompit au milieu de sa phrase.

— Que se passe-t-il, Jamie ?

Le visage de Jamie étant aussi expressif qu'un bloc de marbre, Duncan s'étonna de cette capacité à déchiffrer les humeurs de son mari. Jamie aurait-il fait un mariage d'amour ? D'après ce qu'il se souvenait de son jeune frère pragmatique et obsédé par le devoir, cela ne lui ressemblait pas. D'un autre côté, il était bien placé pour savoir que l'amour décochait ses flèches avec un bandeau sur les yeux. Personne n'était à l'abri de ses traits.

Jamie ne répondit pas et se tourna vers lui. Caitrina suivit son regard et fit un tel bond de surprise que Duncan comprit que la ressemblance entre les deux frères était plus forte qu'il ne l'avait pensé. Elle était moins douée que son mari pour masquer ses émotions et il pouvait lire la stupeur sur son ravissant visage. Il s'attendit presque à ce qu'elle se signe... ce qu'elle aurait sans doute fait si l'Écosse avait encore été catholique.

— Doux Jésus, se contenta-t-elle de murmurer.

Elle posa une main sur le bras de Jamie, comme pour l'apaiser. Cela fut efficace car la tension baissa d'un cran.

Se souvenant de ses devoirs de maîtresse de maison, elle se tourna vers Jeannie. Après quelques amabilités, elle déclara :

— Vous devez être épuisée après ce long voyage. Je vais faire préparer des bains pour vos hommes dans les cuisines et l'on vous montera un tub dans votre chambre qui se trouve dans la tour. Nous dînerons dans environ une heure. Si vous avez besoin de quoi que ce soit, il vous suffit de le demander. J'espère que vous restez avec nous au moins jusqu'à Hogmanay ?

— Non, je dois rentrer à Aboyne bien avant la nouvelle année. Si je ne suis pas de retour avant Noël, ma fille ne me le pardonnera jamais. Je ne peux rester qu'une semaine ou deux.

Duncan se raidit. Elle avait accompli son devoir. Elle était désormais libérée de toute obligation qu'elle estimait avoir eue envers lui.

— Puis-je suggérer que nous nous retrouvions tous dans la grande salle ? proposa Caitrina. Vos hommes se joindront à nous, bien entendu, ajouta-t-elle avec un regard entendu vers Duncan.

— Merci de votre hospitalité, dit Jeannie.

Caitrina lui adressa un sourire charmant.

— C'est un devoir sacré dans les Highlands, mais, dans votre cas, c'est avant tout un plaisir.

Son sourire se chargea d'une mise en garde quand elle se tourna vers Jamie.

— N'est-ce pas, mon époux ?

Le message implicite n'avait pas échappé à Jamie.

— Oui, dit-il à contrecœur. Ce soir, même les traîtres sont à l'abri.

Sur ce sinistre avertissement, Jeannie fut conduite à l'intérieur du donjon par le laird et sa châtelaine, laissant Duncan derrière eux dans la cour.

Au fond, cela s'était mieux passé qu'il ne l'avait craint : il n'avait pas été immédiatement jeté au cachot. Restait à savoir combien de temps durerait la clémence de Jamie.

Il ne pouvait qu'espérer…

Jeannie n'avait pas lancé un seul regard en arrière. Elle l'avait conduit jusque devant son frère comme elle se l'était promis. À présent, c'était à lui de se débrouiller pour le convaincre et sauver sa peau.

Les deux frères se dévisageaient, assis l'un en face de l'autre de chaque côté de la table, après un dîner qui leur avait paru interminable.

Dans le bureau du laird vivement éclairé par plusieurs candélabres, Duncan comprenait mieux la stupéfaction de Caitrina à son arrivée. Hormis pour la couleur de leurs cheveux et leur différence de quelques années, Jamie et lui se ressemblaient comme deux gouttes d'eau. S'il avait pu dissimuler son identité jusqu'ici, n'importe qui les voyant ensemble comprendrait qui il était. Il s'était assis le plus loin possible de Jamie lors du repas et avait fait de son mieux pour garder la tête baissée. Néanmoins, certains hommes du clan l'avaient sans doute déjà identifié, ce qui lui laissait encore moins de temps pour convaincre son frère.

Il lui présenta les faits sur un ton neutre, n'omettant rien hormis ce qui s'était passé entre Jeannie et lui à l'auberge, à la veille de la bataille. Jamie n'avait pas besoin des détails pour le deviner. Lorsqu'il eut terminé, Duncan lui tendit la carte et la correspondance entre Grant et Francis Gordon. Son frère lut cette dernière en fronçant les sourcils.

Il resta un moment silencieux, réfléchissant à tout ce qu'il venait d'apprendre. Puis il releva enfin les yeux vers Duncan.

— Tu crois donc que quelqu'un t'a volé la carte, l'a donnée à Grant puis a caché l'or dans ta sacoche ?

— Oui. Grant voulait se débarrasser de moi. Lorsque les soupçons se sont portés sur moi, il a trouvé un moyen de me faire incriminer. Mais il avait besoin d'un complice, quelqu'un ayant accès à mes affaires.

— Et quel est le rôle de lady Gordon dans cette affaire ? Compte tenu de sa présence ici, j'en déduis que tu ne la soupçonnes plus de t'avoir volé la carte.

Il aurait voulu lui répondre qu'au fond de lui, il lui faisait confiance, mais il ne pouvait plus se fier à son intuition.

— Je dois envisager toutes les options.

— Tu penses qu'un des nôtres pourrait t'avoir trahi ?

— C'est possible, mais qui ?

— Tu ne vois personne qui t'en aurait voulu ?

— Il y en avait plus d'un, répondit Duncan avec un sourire.

Jamie hocha la tête, comprenant ce qu'il voulait dire. Leur père lui avait confié de hautes responsabilités. Certains n'avaient pas apprécié qu'un bâtard soit hissé à un tel rang d'autorité. Duncan avait mérité cet honneur, mais les gens ne voyaient que ce qu'ils voulaient voir.

Jamie se frotta le menton d'un air songeur.

— À qui ta destitution pouvait-elle profiter ?

Duncan s'était déjà posé la question, sans grand succès.

Ils dressèrent la liste de ceux qui avaient dormi dans la tente cette nuit-là. Elle se résumait à quelques hommes, outre son père et Colin. L'un d'eux était mort au combat quelques années plus tôt. Il y en avait plusieurs autres sur lesquels Jamie promit d'enquêter, notamment un guerrier que Duncan avait fait punir pour avoir badiné avec une fille alors qu'il était censé surveiller le portail de Pardaig. Il avait été l'un des plus fidèles gardes de leur père et considérait qu'il aurait dû être nommé capitaine à la place de Duncan.

Un nom que ni l'un ni l'autre ne voulait évoquer les hantait tous les deux telle une baleine échouée pourrissant au soleil : Colin.

Duncan fit le premier pas :

— Parle-moi de notre frère. Que devient-il ?

Jamie se rembrunit.

— Il garde ses distances, ce qui vaut mieux pour lui.

Devant le regard interrogateur de Duncan, il lui raconta les récents troubles dus aux MacGregor et les circonstances de son propre mariage : comment Colin avait lancé un raid contre les Lamont parce qu'ils avaient abrité des MacGregor, provoquant la mort du père et du frère de Caitrina, ainsi que la destruction de leur château. Duncan se demanda comment il était parvenu à la convaincre malgré de tout de l'épouser.

— Ça n'a pas été facile, résuma Jamie en devinant ses pensées.

Il lui expliqua ce qui s'était passé ensuite : après l'exécution de leur chef, Alasdair, les MacGregor s'étaient soulevés. En représailles du viol d'une fille Campbell, Colin avait ordonné celui d'une MacGregor.

Duncan grimaça, non seulement parce qu'il trouvait cet acte impardonnable, mais également parce qu'il était choqué que son frère puisse se déshonorer ainsi.

Il y avait pire : la fille MacGregor était la belle-sœur de Lizzie et l'aimée de Niall Lamont, le frère de Caitrina. Ce dernier battait actuellement la campagne à la recherche de Colin afin de se faire justice.

La question de savoir comment Lizzie s'était retrouvée mariée à un MacGregor devrait attendre. Le raid intempestif sur la famille de Caitrina correspondait bien au tempérament colérique du frère dont il se souvenait, mais ordonner froidement le viol d'une innocente...

— Tu en es sûr ? demanda Duncan. Cela ne ressemble pas à Colin.

— Il n'y a pas l'ombre d'un doute, répondit Jamie. Tu es parti longtemps. Nous avons tous changé, y compris Colin.

— Tu ne penses tout de même pas qu'il m'aurait trahi ?

— Je l'ignore. Je n'ai pas envie de le croire, mais je ne sais plus ce dont il est capable.

— Cela ne tient pas debout. Colin est l'héritier légitime. Il n'avait rien à craindre de moi.

— Il était jaloux de toi, ou du fait que notre père ne cachait pas qu'il te préférait.

— Peut-être...

Duncan était dubitatif. Colin l'aurait détesté à ce point ? Aurait-il mis tout leur clan en danger à cause d'une rancœur ? Cela lui paraissait un peu excessif, même en tenant compte du côté sombre de son frère qu'il venait d'apprendre.

— Et si c'était pour une histoire de cœur ? reprit Jamie. Colin n'a-t-il pas été fiancé à lady Gordon ? Pourtant, tu avais une… (Il hésita) … relation avec elle.

— Colin ignorait tout de mes rapports avec Jeannie.

Au fil des heures, Duncan reprenait confiance, son frère paraissant bienveillant. L'exécuteur d'Argyll était connu pour faire appliquer la loi au pied de la lettre. En tant que condamné, Duncan aurait dû être arrêté sur-le-champ. Il devait s'estimer heureux que Jamie soit disposé à l'écouter.

— Pourquoi n'es-tu pas resté pour te défendre ? lui demanda ce dernier. En prenant la fuite, tu paraissais coupable.

— J'avais déjà été jugé et condamné. Personne ne m'aurait entendu. Ils s'étaient tous retournés contre moi, Archie, Colin… et père était mort.

— Moi, je t'aurais écouté, dit doucement Jamie.

Duncan acquiesça, mais ils savaient tous les deux que la parole d'un garçon de dix-sept ans n'aurait pas pesé bien lourd dans la balance.

Il posa enfin la question qui l'avait conduit jusqu'ici.

— Est-ce que ce sera suffisant ?

— J'en doute, répondit Jamie d'un air sombre. Archie pique encore une crise de rage dès qu'il entend ton nom ou une allusion à Glenlivet. Il faudra plus qu'une carte et une lettre vague pour le convaincre de ton innocence.

Il avait sa réponse. La bouffée d'espoir qu'il avait ressentie s'envola. Il n'avait pas besoin d'un découragement supplémentaire, mais il ne put s'empêcher de demander :

— Et toi, petit frère, tu me crois ?

Jamie esquissa un demi-sourire.

— Cela n'aura guère d'importance si notre cousin te met la main dessus, mais oui, je te crois.

Il se trompait, cela avait une importance considérable. Tant que Jamie et Lizzie avaient foi en lui, il n'était plus aussi seul qu'il l'avait cru.

Une autre question le hantait. Durant dix ans, il avait rêvé de prouver son innocence et de blanchir son nom, pensant que cela suffirait à son bonheur. Il n'en était plus sûr.

Sur le continent, il avait atteint tous les objectifs qu'il s'était fixés, et bien plus encore. Cependant, aucune victoire sur le champ de bataille ne pouvait combler ce vide en lui. Il craignait qu'une seule personne au monde puisse accomplir ce miracle.

Jeannie était assise sur un rocher dans un coin de la cour près du mur d'enceinte, le menton sur les mains. Elle aurait pu rester ainsi à contempler son fils des heures durant. Elle était si fière de lui. Dougall prenait son entraînement à cœur, s'épanouissant sous la tutelle de Jamie. Avec sa masse de cheveux auburn, ses grands yeux bleus et ses traits poupins, il était plus proche du garçonnet qu'elle avait tenu dans ses bras que de l'homme qu'il deviendrait. Il avait toujours été complexé d'être plus petit que les autres garçons de son âge, mais elle était ravie de constater combien il avait gagné en assurance depuis qu'il se trouvait chez les Campbell.

Depuis son arrivée trois jours plus tôt, c'était sa première occasion de montrer ses progrès à sa mère. L'hiver semblait avoir fait une pause. Il faisait toujours froid, mais un grand carré de ciel bleu avait enfin percé l'épais manteau de nuages.

Dougall banda son arc, visa la cible placée à cinquante pas, et tira.

Il poussa un cri de joie et se tourna vers sa mère.

— Tu as vu ça ?

Jeannie applaudit en riant.

— Et comment ! Tu as mis en plein dans le mille. On voit que tu t'es bien entraîné.

Il bomba le torse et étira le cou, se grandissant de quelques centimètres.

— Tous les jours ! l'assura-t-il. C'est la seule vraie arme qu'ils nous laissent utiliser.

Dieu merci ! D'imaginer son fils de neuf ans manipulant une lame en acier lui retournait le ventre. Allez l'expliquer à un gamin qui ne rêvait que de brandir une épée depuis qu'il avait deux ans ! À cet âge, il s'était approché de Francis en se dandinant et était parvenu à sortir sa dague de son fourreau.

Dougall ressemblait à son père : il avait la guerre dans le sang.

Elle eut un pincement au cœur en pensant à Duncan. Il avait paru si distant et de mauvaise humeur durant leur trajet, et cela s'était accentué après l'incident au relais avec les soldats Campbell. Elle fronça les sourcils. Il ne l'avait même pas remerciée pour lui être venue en aide. Pire, il s'était comporté comme si elle était la putain de Babylone en personne. La prochaine fois, il n'aurait qu'à se sauver tout seul.

Son humeur ne s'était guère améliorée depuis leur arrivée à Castleswene. Elle s'était efforcée de l'éviter mais, chaque fois qu'elle l'apercevait, il la fixait avec une intensité brûlante et prédatrice qui n'augurait rien de bon. Elle sentait son regard depuis l'autre bout de la salle et ressentait des picotements sur tout son corps. Elle s'agitait nerveusement, devenait volubile et avait un mal fou à se concentrer sur la conversation.

Il avait l'art de la mettre sur les nerfs.

Depuis le temps, elle aurait dû s'y habituer.

Elle s'aperçut que Dougall attendait une réponse. Ah oui ! les épées.

— Je suis sûre que, dès que le capitaine te jugera prêt, il t'autorisera à t'entraîner à l'épée.

En espérant que ce jour vienne le plus tard possible.

— Les épées en bois, c'est pour les bébés. Tous les autres garçons utilisent des lames en acier. Mais le capitaine a dit que quand je parviendrai à toucher ma cible neuf fois sur dix, je pourrai apprendre à tirer au pistolet.

Doux Jésus ! Malgré ses angoisses, elle devrait se faire une raison. Les armes à feu s'étaient répandues dans les Highlands au cours de la dernière génération et tous ceux qui en avaient les moyens devaient apprendre à les utiliser. Elle-même, elle s'était entraînée à tirer au pistolet... D'aucuns en avaient d'ailleurs fait les frais.

Dougall plissa le front d'un air têtu.

— Je ne vois pas pourquoi je ne pourrais pas commencer à m'entraîner dès maintenant. Dans quelques années, plus personne n'utilisera une épée ou un arc.

— Je n'en suis pas si sûr.

Jeannie sursauta et son sang se figea. Elle lança un regard par-dessus son épaule. Duncan s'était approché derrière elle et fixait Dougall d'un regard étrange.

Elle aurait voulu courir et prendre son fils dans ses bas, le protéger, le cacher.

Elle avait su cette rencontre inévitable. Leurs chemins finiraient forcément par se croiser. Cela n'atténuait pas son angoisse. Le moment qu'elle redoutait tant depuis la réapparition de Duncan était arrivé.

17

Duncan avança vers l'enfant sans un regard pour Jeannie.

— Un bon guerrier doit savoir utiliser tout ce qui lui tombe sous la main, mais l'arme de choix d'un Highlander sera toujours l'épée.

Il sortit son pistolet de sous sa ceinture et le tendit à Dougall.

— Prends-le.

Jeannie ouvrit la bouche pour protester, mais il ne lui en laissa pas le temps, lançant par-dessus son épaule :

— Ne t'inquiète pas, il n'est pas chargé.

Dans son enthousiasme, Dougall le lui arracha presque des mains. Duncan recula de quelques mètres et ordonna :

— Vise-moi.

L'enfant lui lança un regard incertain, puis pointa l'arme sur sa poitrine. Avant qu'il n'ait eu le temps de l'armer, Duncan dégaina la grande épée du fourreau accroché dans son dos et l'abattit sur le bras du garçon, le frappant juste assez fort pour lui faire lâcher le pistolet. Le tout n'avait duré qu'une fraction de seconde.

Dougall lâcha un « Aïe ! » et se tint le bras. Jeannie bondit sur ses pieds, mais se retint de justesse de se précipiter vers son fils en voyant son expression horrifiée.

Il n'avait pas vraiment mal et ne tenait surtout pas à ce que sa mère le traite comme un enfant, surtout devant un autre guerrier.

Dougall ramassa le pistolet et le rendit à Duncan.

— Comment avez-vous fait ça ? Je n'ai jamais vu quelqu'un réagir aussi vite.

— L'entraînement, répondit Duncan en rangeant l'arme sous sa ceinture. Et des années de pratique. Même si tu avais eu le temps de tirer, tu n'avais qu'un seul coup. Je serai toujours plus rapide avec mon épée que toi en rechargeant ton arme. L'épée des Highlands est une arme noble. Elle fait partie de notre histoire. C'est un symbole de notre passé qui se transmet de génération en génération.

Dougall l'écoutait, captivé. Il avait sans doute entendu les rumeurs sur la véritable identité de leur hôte. En voyant son expression béate d'admiration, Jeannie aurait voulu enfouir son visage dans ses mains et pleurer.

Duncan posa son épée à plat sur ses paumes et la présenta à Dougall. L'énorme lame faisait bien une dizaine de centimètres de plus que l'enfant.

— Elle a appartenu à mon père et à son père avant lui, expliqua-t-il. Elle est dans notre famille depuis que mes ancêtres ont combattu auprès du roi Robert Bruce lors de la grande bataille de Bannockburn. Elle est tachée du sang de la liberté.

Jeannie ne lui avait encore jamais entendu un ton aussi révérencieux.

Dougall leva un regard hésitant vers lui. Duncan lui sourit.

— Vas-y, tu peux la toucher.

Dougall passa un doigt sur la poignée en corne.

— C'est quoi ces dessins ? On dirait une toile d'araignée.

— C'en est une. Un jour, peut-être, je te raconterai son histoire. Tu veux la tenir ?

Un loup refuserait-il une cuisse d'agneau bien juteuse ? Dougall ne se le fit pas dire deux fois et saisit l'épaisse poignée des deux mains. Lorsque Duncan lâcha l'arme, sa pointe bascula vers le sol avant que l'enfant ne parvienne à la redresser. Il tenta de la brandir, mais elle était trop lourde. Ses joues étaient rougies par l'effort.

— J'espère que mes ancêtres n'étaient pas aussi grands que les vôtres.

Il avait voulu plaisanter, mais Duncan sentit la gêne sous son commentaire.

— Quel âge as-tu ?

— J'ai eu neuf ans en septembre.

— Moi aussi, j'étais plus petit que les autres à ton âge.

— C'est vrai ?

Jeannie partageait le scepticisme de son fils. Elle avait du mal à l'imaginer en garçonnet chétif.

— Oui, j'ai dû travailler plus dur que les autres pour faire mes preuves. Trouve d'abord ta force ici (il tapota sa tempe de son index), puis tu sauras comment fortifier le reste. Être petit a aussi ses avantages.

— Comme quoi ?

— Je peux te les montrer, si tu veux.

Dougall ne pouvait cacher sa joie.

— Quand ?

Il afficha un grand sourire, la fossette dans sa joue gauche reflétant exactement celle de l'homme qui se tenait devant lui. Ils ne se ressemblaient pas mais, en regardant bien, on remarquait certains détails.

Duncan se mit à rire.

— Tu dois d'abord demander la permission à Jam... au capitaine, rectifia-t-il.

— J'y vais tout de suite !

Il s'élança vers le donjon. Jeannie ouvrit la bouche pour l'arrêter, puis la referma, le laissant partir. La manière dont Duncan le regardait s'éloigner la mit mal à l'aise. *Il ne s'est rendu compte de rien*, se répétait-elle. Toutefois, cela n'atténuait pas son angoisse.

Dans son empressement, Dougall avait oublié son arc et ses flèches. Jeannie allait les ramasser, quand Duncan l'arrêta.

— Tu n'aimes pas me voir près de ton fils. Pourquoi ?

Son ton suspicieux la fit frémir. Il était trop observateur. Elle s'efforça de le regarder en face.

— Pourquoi nouer des liens avec lui ? D'ici quelques jours, tu partiras de ton côté et moi du mien. Cela vaut mieux ainsi.

— Et nous couperons les ponts, c'est ça ?

Il lui saisit le poignet et l'attira à lui.

— Tu crois vraiment que c'est possible, Jeannie ?

— Oui, répondit-elle en se libérant.

Il le fallait, même si elle mentait et qu'il le savait.

Elle ramassa l'arc et les flèches et se dirigea vers l'armurerie. Le petit bâtiment en bois était sombre et sentait le moisi. Elle rangea l'arme à sa place. Quand elle se tourna pour sortir, Duncan se tenait sur le seuil, lui barrant la route.

— Je n'ai pas terminé, annonça-t-il.

Elle avait eu tort de lui tourner le dos. À présent, elle était piégée. Elle ne se fiait pas à ses propres réactions. Quand il se tenait si près d'elle, elle n'arrivait plus à penser.

Il referma la porte derrière lui. La petite pièce se remplit de sa présence masculine. Quelques faisceaux de lumière filtraient entre les planches, juste assez pour l'entrevoir. Mais, surtout, elle le sentait par tous les pores de sa peau. Avec sa taille et sa virilité, il la défiait. Elle ne se laisserait pas intimider, mais elle eut de la compassion pour les adversaires qui se retrouvaient face à lui sur un champ de bataille.

— Moi, si, rétorqua-t-elle. Je n'ai plus rien à ajouter.

Elle tenta de l'écarter, mais il ne bougea pas d'un pouce. Leur corps se frôlèrent et elle sentit sa peau se hérisser.

— Il y a pourtant encore tant de choses à dire.

Sa voix grave résonna dans ses os, chargée de menaces. Son cœur battait à tout rompre. Dougall avait éveillé sa curiosité et elle devait trouver un moyen de détourner son attention.

À moins que le distraire ne soit qu'un prétexte pour ce qu'elle fit ensuite.

Elle se hissa sur la pointe des pieds, son corps tout entier vibrant de sensations, puis l'embrassa.

Ce n'était pas un chaste effleurement des lèvres, mais une fusion totale de leurs bouches. Ils se jetèrent l'un sur l'autre, ivres de passion, tentant d'éteindre les flammes qui les consumaient tous les deux.

Cette étreinte était trop délicieuse, trop juste, trop parfaite. C'était ce qui lui avait manqué durant toutes ces années.

Il la dévorait des lèvres, avide, passionné. Il glissa ses mains sous ses fesses et la pressa contre lui. Son membre dur se dressait entre eux.

Elle sentit sa chaleur, sa puissance.

Elle frémit et se trémoussa contre lui en essayant d'apaiser ce feu en elle, cette fébrilité, cette urgence.

Elle le voulait en elle. La remplissant, la possédant à nouveau.

Duncan ne se contrôlait plus. Le goût de sa bouche était de l'ambroisie pour ses sens affamés.

Il l'embrassa plus fort, plus profondément. Il avait oublié le bonheur divin de la serrer dans ses bras, de la sentir mollir. Son parfum de fleur exotique. Les boucles soyeuses de ses cheveux entre ses doigts.

Son baiser l'avait pris de court, mais l'explosion de passion entre eux n'avait rien de surprenant. Durant dix longues années, une partie primitive de lui-même avait été refoulée. Il avait suffi d'un geste de sa part pour que toute sa retenue vole en éclats.

Son corps était plus brûlant qu'une forge. De sentir ses formes pulpeuses contre lui le grisait plus que tout. Sa douce reddition était un aphrodisiaque auquel il était impossible de résister.

Il la souleva du sol pour mieux l'étreindre. Le sang affluait vers son membre déjà dur comme la pierre. Lorsqu'elle se trémoussa en se frottant contre lui, il manqua d'exploser.

Il allait trop vite et était trop brutal ; il risquait de la blesser. Il puisa dans ses dernières ressources de sang-froid pour ralentir. Pour dompter sa propre sauvagerie.

Ce n'était pas ce qu'elle voulait. Elle émit des gémissements de protestation et noua ses jambes autour de sa taille, ondulant des hanches, l'embrassant avec toute la fougue qu'il s'efforçait de maîtriser.

Il grogna, ses derniers vestiges de civilité tombant en morceaux.

Il arracha ses lèvres des siennes et, d'une main, dénoua le lacet de sa cape. Ses doigts cherchèrent les boutons de son justaucorps en velours puis il embrassa le renflement doux de ses seins.

Elle renversa la tête en arrière, extatique, et s'accrocha à ses épaules.

Dans un petit coin de sa conscience, il se rendit compte du danger de leur situation. Quelqu'un pouvait entrer à tout instant. Cela ne fit qu'accroître son excitation et son sentiment d'urgence. Plus tard, il prendrait le temps de la déshabiller, de lécher et de savourer chaque parcelle de son corps de sirène. Pour le moment, ils étaient tous les deux trop affamés.

Il titilla un mamelon du bout de sa langue tandis que sa main soulevait ses jupes et les retroussait jusqu'à la taille.

Elle hoqueta de plaisir quand ses doigts glissèrent sur le doux duvet de son sexe. Il enfonça son index dans sa fente moite, d'abord doucement, puis avec plus d'insistance, décrivant des cercles, la titillant, caressant ce petit point sensible jusqu'à ce qu'elle halète. Il avait hâte de la sentir fondre dans ses bras en criant de plaisir.

Il dénoua les lacets de sa culotte. Son membre dressé jaillit à l'air libre, le froid ambiant soulageant sa peau brûlante. Glissant un bras sous sa jambe, il fléchit légèrement les genoux pour trouver le bon angle…

Les muscles de son ventre se contractèrent quand sa verge effleura la chair enflée et humide. Il résista de toutes ses forces à l'envie de plonger en elle.

Il la tint ainsi en suspens, chair contre chair, et la força à le regarder dans les yeux. À le voir. À reconnaître celui qui lui donnait du plaisir. Lui seul pouvait la conduire à un tel paroxysme. Elle lui appartenait.

Qu'elle lui abandonne son corps ne lui suffisait pas.

— Duncan… murmura-t-elle les yeux mi-clos.

Il en voulait plus. Il la voulait tout entière, son corps, son cœur, son âme. Le besoin de l'entendre le lui dire était encore plus fort que le désir qui le consumait.

— Dis-moi que c'est ce que tu veux. Dis-moi que tu me veux.

Moi et moi seul.

Elle écarquilla les yeux, semblant avoir été brusquement extirpée d'un rêve.

— Je…

Elle hésita.

Il sentit son corps se glacer, entendant les mots avant qu'elle ne les prononce.

Les mâchoires cruelles de la déception se refermèrent sur sa poitrine tel un piège en acier.

Jeannie lutta pour retenir la fièvre qui avait embrasé ses sens – l'effervescence, le fourmillement, les battements frénétiques de son pouls – mais elle lui échappait inexorablement, comme du sable à travers un tamis. Le moment était passé et la lucidité reprenait ses droits.

Son corps frustré l'élançait, protestant contre cette brusque interruption du plaisir. C'était comme d'être parvenue à deux pas du paradis, pour être brutalement refoulée sur Terre.

Elle ressentit une pointe de colère irrationnelle. Avait-il vraiment besoin de lui faire ça ? Pourquoi la contraindre à énoncer à voix haute ce qui était en train de se passer ? Ne pouvait-il pas oublier tout le reste et se laisser guider par son désir ?

Elle comprit soudain. Pour les mêmes raisons qu'elle ne pouvait dire « Oui, je le veux. Oui, je te veux » et s'abandonner au plaisir qu'il lui donnait.

Ils avaient changé. Ils n'étaient plus de jeunes insouciants se laissant dominer par la passion. Elle savait mieux que quiconque les risques que cela représentait.

Elle se détacha de lui, horrifiée par la folie qui s'était emparée d'elle.

— Je suis désolée. Je… je ne peux pas.

— Pourquoi ?

Malgré sa retenue, Duncan avait du mal à cacher son désarroi. Elle l'avait blessé.

Elle sentit les larmes lui monter aux yeux.

— Je ne sais pas.

— Pourtant, tu me veux.

Elle n'essaya pas de nier. Comment l'aurait-elle pu quand tout son corps tremblait encore de désir pour lui ? Elle l'avait toujours voulu, lui et lui seul.

— Quelque chose te retient, dit-il en lui prenant le bras. Que me caches-tu, Jeannie ? Cela a-t-il un rapport avec ton mari ?

Elle ne répondit pas, la gorge trop nouée.

— Avec ton fils ?

Il la tenait trop près, regardant au fond de ses yeux. Il y vit la lueur de panique.

— C'est donc ton fils que tu protèges, comprit-il. Pourquoi ?

Jeannie chercha fébrilement une réponse, une explication quelconque pour brouiller les pistes. Elle sentait le désastre venir. Elle n'osait ouvrir la bouche de peur que la vérité s'en échappe.

— Comment peux-tu croire que je ferais du mal à ton fils ? demanda-t-il, incrédule.

Même si elle avait fait son possible pour l'en empêcher, une petite partie d'elle-même aurait voulu qu'il devine la vérité. Sa perplexité, son aveuglement, laminaient sa conscience. Elle éclata en sanglots.

— Tu ne comprends donc pas que ta présence ici représente une menace pour lui ? Si tu impliques Francis dans le complot contre toi, qui en subira les conséquences ? Tu anéantiras l'avenir de mon fils et tout ce que je me suis efforcée de protéger.

Il eut un mouvement de recul.

— Mais ce n'est qu'un enfant !

— Tu crois que ton cousin ou le roi feront une distinction ?

Il ne trouva rien à répondre. Jeannie était soulagée d'avoir enfin pu exprimer ses craintes, même si ce n'était qu'en partie. Elle n'avait pas dit toute la vérité, mais assez pour se sentir soulagée.

Décontenancé, il se passa une main dans les cheveux.

— Pourquoi ne m'en as-tu pas parlé plus tôt ?

— Pour quoi faire ? J'aurais dû te faire confiance ? Et toi, tu me faisais confiance ?

Au lieu de lui répondre, il demanda :

— C'est pour ça que tu refuses de m'aider ? Pour protéger ton fils ?

— Que voulais-tu que je fasse ? Que je t'aide à le détruire ?

La colère qui avait durci les traits de Duncan plus tôt s'était dissipée. Il paraissait presque tendre.

— Je ne nuirai jamais à ton fils, Jeannie. Il n'est pas responsable de ce qui est arrivé. Je te jure qu'il ne lui arrivera rien.

— Comment pourrais-tu tenir cette promesse ?

— Je veillerai à ce que le nom de Francis ne soit pas mêlé à cette affaire.

Elle scruta son visage et n'y vit que de la détermination.

— Tu ferais ça pour moi ?

— Oui, tu as ma parole.

Elle voulait le croire. À le regarder, ce n'était pas difficile. Dans sa tenue en cuir parsemée de métal, il avait tout du guerrier féroce et indestructible, du légendaire chevalier noir qui écrasait tous ceux qui le défiaient. Sa tête touchait presque le plafond et ses épaules étaient aussi larges que l'embrasure de la porte. Il n'y avait pas que son port altier, chacun de ses mouvements était empreint d'autorité et de noblesse. Il ressemblait plus à un chef qu'à un hors-la-loi.

Sauf qu'il était précisément un hors-la-loi, un homme mort si les soldats de son cousin le capturaient. Comment pourrait-il protéger son fils ?

Il n'y avait pas que de lui dont elle doutait. Elle ne pouvait se fier à elle-même. Dès qu'il s'agissait de lui, elle perdait la raison.

Son hésitation dut se lire sur son visage, car il se rembrunit et recula d'un pas.

— Je ne peux pas effacer le passé, Jeannie. Je t'ai fait du tort. J'aurais dû t'écouter et te donner la possibilité de t'expliquer. Mais je ne suis plus l'homme que j'étais. Dieu sait que j'ai essayé, mais je n'ai jamais pu t'oublier. Tu es dans mon sang, dans mes os. Je veux savoir s'il reste quelque chose à sauver entre nous, mais je n'y parviendrai pas tout seul. Je ne peux pas te forcer à me faire confiance, mais je ne me contenterai pas de t'avoir à moitié.

Le ton résolu de sa voix ne laissait planer aucun doute sur sa sincérité. Duncan venait de jeter le gant à ses pieds : ce serait tout ou rien. Toutefois, n'en avait-il pas toujours été ainsi ?

Elle ne pouvait oublier qu'il risquait d'être arrêté à tout moment. L'incident du relais en était l'illustration. Et si elle se décidait trop tard ?

Avant qu'elle n'ait pu répondre, il tourna les talons et s'éloigna sans se retourner. Elle se tint sur le seuil, le cœur au bord des lèvres, se sentait plus vulnérable que jamais.

Ne t'en va pas. La voix de la jeune fille qu'elle avait été s'éleva au-dessus de celle de la femme déterminée qu'elle était devenue.

Pourrait-elle la faire taire un jour ?

Elle craignait bien que non.

Duncan quitta l'armurerie en maudissant toutes les femmes têtues. Jeannie était à lui, bon sang ! Ne le voyait-elle donc pas ?

La déception et la frustration bouillonnaient en lui. Il se sentait comme un lion en cage. Malheur à celui qui se trouverait en travers de son chemin !

Elle avait intérêt à se décider rapidement car s'il y avait bien une chose dont il manquait, c'était de temps.

Plusieurs personnes s'affairaient dans la cour. Dès qu'elles aperçurent sa mine sombre, elles détournèrent les yeux. Il lança un regard vers le terrain d'entraînement où il avait aperçu Jeannie plus tôt, espérant se défouler avec un bon combat à l'épée, mais les gardes n'étaient pas encore rentrés de leur ronde matinale. Jamie jugeait préférable qu'il reste à l'intérieur de l'enceinte du château jusqu'à ce qu'ils aient mis au point une stratégie. Ayant déjà croisé plusieurs patrouilles de soldats à sa recherche, Duncan était d'accord avec lui.

Il se dirigea vers le donjon, s'attendant à moitié à voir le garçon dévaler l'escalier pour le rejoindre.

C'était son fils qu'elle voulait protéger et non son mari. Pourquoi ne l'avait-il pas compris plus tôt ? Cela jetait une nouvelle lumière sur son comportement, cette fois sans l'ombre de la jalousie. Néanmoins, il était furieux qu'elle ne lui fasse pas confiance pour protéger l'enfant.

Il regrettait presque d'avoir proposé à Dougall de lui montrer quelques techniques de corps à corps. Toutefois, la gêne du garçon avait touché une corde sensible. Il ne se souvenait que trop bien d'avoir été chahuté par des gamins plus grands en raison de sa petite taille et de sa bâtardise. Heureusement pour lui, il s'était développé rapidement et considérablement à l'adolescence.

Même si Dougall restait petit, cela ne l'empêcherait pas de se distinguer sur le champ de bataille. Duncan ressentait une envie étrange de l'aider, mais il savait que ce n'était pas à lui de le faire. Jamie s'occuperait de sa formation.

Comme avec Ella, il avait été troublé par l'apparition du garçon. Il avait ressenti une pointe de nostalgie en pensant que, dans d'autres circonstances, il aurait pu être le sien. Il avait étudié son visage, cherchant un lien, et n'y avait vu que l'empreinte des traits de Jeannie. D'après ce qu'il se souvenait du frère de cette dernière, John Grant, Dougall lui ressemblait.

Sauf pour la couleur de ses cheveux. John Grant était blond, comme Francis Gordon.

Il avait gravi la moitié des marches quand une voix féminine cria son nom.

— Duncan !

L'espace d'un instant, il crut que c'était Jeannie et son cœur fit un bond. Toutefois, avant même de se retourner et d'apercevoir la petite femme menue qui venait de débouler dans la cour, il avait compris son erreur. Il était déçu.

La femme n'attendit pas qu'on vienne l'aider, ce qui sembla scandaliser l'homme qui chevauchait à ses côtés. Elle se laissa glisser de sa selle et courut vers lui.

La capuche de sa cape retomba en arrière, révélant des cheveux d'un blond presque blanc.

— Duncan ! cria-t-elle à nouveau.

Duncan sentit l'émotion le prendre à la gorge. Une seule personne au monde pouvait être aussi heureuse de le voir.

— Lizzie ! s'écria-t-il d'une voix étranglée.

18

Jeannie savait qu'elle devait partir. Elle devait emmener Dougall et rentrer à Aboyne Castle pour les célébrations de Noël et de Hogmany pendant que Duncan était occupé à laver son nom, et avant que sa curiosité ne le porte à s'intéresser de trop près à son fils.

C'était ce qu'elle aurait fait si elle avait été maligne. Hélas, elle était incapable de raisonner dès qu'il s'agissait de Duncan. Tiraillée entre lui courir après et le fuir, elle venait de traverser le terrain d'entraînement quand elle entendit un cri féminin.

Elle se figea en voyant un petit bout de femme se jeter dans les bras de Duncan. Son cœur manqua d'éclater. La piqûre de la jalousie était si cuisante que cela dépassait la raison. L'espace d'un instant, elle en eut le souffle coupé et resta transfigurée par la vue de Duncan en étreignant une autre. Ce ne fut que quand cette dernière le lâcha enfin et recula d'un pas qu'elle reconnut Elizabeth Campbell, la sœur de Duncan et de Jamie.

Son soupir de soulagement fut éloquent. La tension quitta lentement sa nuque et ses épaules. Elle prit le temps de se recomposer, puis se dirigea vers le donjon, restant à l'écart pour ne pas interrompre l'émouvante réunion.

Duncan affichait rarement ses émotions, mais son amour pour sa sœur se lisait sur son visage.

Il fut un jour où il me regardait de cette manière.

Elle fut prise de remords. C'étaient les retrouvailles chaleureuses qu'il méritait, alors qu'elle l'avait accueilli avec un pistolet. Le fait qu'il l'ait abandonnée à son triste sort ne changeait rien au fait qu'il avait été contraint de quitter sa famille, sa demeure et son pays pour un crime qu'il n'avait pas commis. Probablement à cause de son père et, peut-être, de son mari. La seule personne manifestant sa joie de le revoir était sa sœur, alors qu'elle-même ne lui avait mis que des bâtons dans les roues.

— Tu es enfin de retour ! s'écria Lizzie assez fort pour qu'elle l'entende. J'avais presque perdu espoir. Oh, Duncan, cela fait si longtemps ! Je désespérais de te revoir un jour.

Elle enfouit son visage dans le creux de son épaule et se mit à sangloter. Duncan lui caressa les cheveux en lui murmurant des paroles de réconfort que Jeannie ne parvint pas à distinguer.

Un attroupement s'était formé, attiré par les éclats de voix. Jamie et Caitrina apparurent sur le perron. Un homme grand aux épaules carrées et à la mine sévère descendit rapidement de cheval pour rejoindre Elizabeth. Il se tint auprès d'elle d'un air protecteur.

Brun, avec des yeux verts et des traits fins, il était remarquablement beau, même si Jeannie n'y fut pas sensible tout de suite, probablement en raison de son air austère.

— Lizzie, tu es épuisée, déclara-t-il. Ce n'est pas bon pour toi ni pour le...

— Pour la énième fois, je vais très bien ! l'interrompit la jeune femme. Je suis enceinte, pas malade.

— Mais Lizzie...

— Tu attends un enfant ? s'exclama Duncan en la tournant vers lui.

Lizzie acquiesça timidement.

— Je suis heureux pour toi, sœurette. Félicitations.

L'autre homme s'approcha de la jeune femme et glissa un bras autour de sa taille.

— Elle a tenu à venir dès qu'elle a reçu le message de l'exécu... (Il se reprit de justesse en voyant le regard noir de Lizzie et s'éclaircit la gorge)... de Campbell l'informant que vous étiez ici. Et ce, en dépit des conditions déplorables de la route.

À son ton, il était clair qu'il avait tout fait pour l'en dissuader. Lizzie leva les yeux au ciel et se tourna vers son frère.

— Ce tyran exaspérant est mon époux, Patrick MacGreg...

— Murray, rectifia précipitamment son mari.

Jeannie s'était approchée et avait entendu le lapsus. Elle n'en croyait pas ses oreilles. Elizabeth Campbell avait épousé un MacGregor ?

Lizzie l'aperçut. Elles se dévisagèrent. Depuis le jour où Jeannie s'était rendue à Castleswene à la recherche de Duncan, leurs chemins s'étaient croisés plusieurs fois à la cour. Elles s'étaient toujours soigneusement évitées.

Après un instant de surprise, Lizzie retrouva un air neutre, ne laissant rien entrevoir de ce qu'elle pensait de sa présence parmi eux.

— Lady Gordon, la salua-t-elle avec un bref signe de tête.

— Lady Murray, répondit Jeannie aussi brièvement.

L'époux de Lizzie était à bout de patience. Il prit la main de sa femme et la coinça fermement sous son bras.

— Et si nous poursuivions à l'intérieur, où tu pourras t'asseoir ? grogna-t-il.

Elle allait protester quand il lui glissa quelques mots à l'oreille. Elle écarquilla des yeux scandalisés, mais se laissa néanmoins entraîner en haut des marches. Jeannie devina qu'il avait probablement menacé de la porter si elle n'obtempérait pas.

La foule se dispersa et Duncan suivit sa sœur vers le perron. Jeannie aurait aimé les accompagner, mais ce n'était pas sa place. Il était avec sa famille, il n'avait pas besoin d'elle.

Une fois sur le perron, il se retourna et lui lança :

— Tu ne te joins pas à nous ?

— C'est que… je ne crois pas que…

Il soutint son regard.

— Cela te concerne aussi.

Il marqua une pause, avant d'ajouter :

— Si tu le décides.

Il n'attendit pas sa réponse, tourna les talons et entra dans le donjon.

Jeannie le regarda disparaître. Il la forçait à faire un choix, ce qui signifiait qu'elle devait prendre une décision.

Duncan gardait les yeux rivés sur la porte. La grande salle commençait à se remplir pour le déjeuner et ils s'étaient retranchés dans le bureau du laird pour avoir un peu d'intimité.

Les minutes passèrent. Il était assis le dos droit sur son banc, la nuque et les épaules tendues. Il ne s'attendait pas à ce qu'elle vienne.

Ça n'a pas d'importance.

Quand la porte s'ouvrit quelques instants plus tard, il sut que cela en avait bien une.

Elle le chercha des yeux. Lisant l'incertitude sur son visage, il l'encouragea d'un petit signe de tête.

Lizzie l'interrogea du regard, mais il ne lui prêta pas attention, se poussant légèrement sur le banc pour faire de la place à Jeannie.

Sa présence à ses côtés agit comme un stimulant. Il se sentait plus fort. Plus léger. Pour la première fois depuis son retour en Écosse, il était plein d'espoir. Un espoir que même les paroles de Lizzie ne purent tempérer.

— Depuis que le bruit court que tu es rentré, Archie a envoyé des hommes à ta recherche aux quatre coins du pays. Je t'en prie, dis-moi que tu as trouvé quelque chose pour prouver ton innocence.

Duncan secoua la tête.

— Pas encore.

Il lui répéta ce qu'il avait déjà raconté à Jamie, puis sortit la carte et la lettre et les lui tendit. Elle les examina, puis les fit passer autour de la table. Quand elles arrivèrent au niveau de Jeannie, elle les donna à son voisin sans les regarder. Elle les connaissait déjà.

Duncan était conscient de la question sur toutes les lèvres : si son père et son mari étaient impliqués, quel était le rôle de Jeannie dans le complot contre lui ? D'instinct, il se rapprocha d'elle comme pour la protéger.

Ignorant ce qu'il y avait entre eux, le mari de Lizzie demanda :

— Comment Grant a-t-il obtenu la carte ? Vous avez dit qu'elle était restée dans votre *sporran* tout le temps.

Les doigts de Jeannie s'agrippèrent au bord de la table. Il posa une main sur la sienne et, pour une fois, elle ne se libéra pas.

— Pas tout le temps, rectifia-t-il. J'ai ôté mon *sporran* pour dormir sous la tente, la nuit avant la bataille.

Lizzie et Jamie le dévisageaient attentivement. Jamie parla le premier :

— Et tu es sûr que personne d'autre n'aurait pu la prendre ?

Sa question sous-jacente était claire : croyait-il encore que Jeannie l'avait trahi ?

Rien n'avait changé. Aucune preuve n'était venue contredire ce qu'il avait d'abord pensé, mis à part la certitude dans son cœur. Il répondit sans hésiter :

— Non, personne.

Il sentit Jeannie se décrisper à ses côtés.

Lizzie se tourna vers Jamie.

— Tu peux sûrement intervenir, non ? Archie t'écoutera.

— J'essaierai, mais je doute que cela serve à grand-chose. Tu sais à quel point notre cousin peut être têtu. Cela fait dix ans qu'il est convaincu de la culpabilité de Duncan. La carte et la lettre ne suffiront pas à lui prouver le contraire.

— Mais nous devons faire quelque chose ! gémit Lizzie en se tournant vers Duncan. Si nous ne trouvons rien avant que les hommes d'Archie te tombent dessus…

— Ne t'inquiète pas, la rassura-t-il. Je n'ai pas l'intention de leur faciliter la tâche.

Patrick posa une main sur le bras de sa femme pour apaiser son angoisse :

— D'après ce que je sais, ton frère sait se défendre. Au pire, il peut toujours se réfugier dans les montagnes avec Niall Lamont. Il ne sert à rien de te tourmenter ainsi.

— Oui, je sais, tu as raison, répondit Lizzie. Nous devrions nous concentrer sur la preuve qui convaincra notre cousin. Et les hommes qui dormaient avec toi sous la tente, Duncan ? Qui parmi eux aurait pu vouloir te nuire ou nuire aux Campbell ?

— Et à qui mon père aurait pu s'adresser sans courir trop de risques ?

La question de Jeannie les surprit tous. Tous les regards se tournèrent vers elle. Elle rougit de se retrouver soudain le centre d'attention.

Elle avait raison. Grant devait savoir que la personne à qui il demanderait de voler la carte accepterait.

— Qui se trouvait sous la tente ce soir-là ? demanda à nouveau Patrick.

Duncan répéta les noms qu'il avait déjà donnés à Jamie. Quand il prononça celui de Colin, il vit aussitôt Caitrina et Patrick se raidir. Le regard de Caitrina se chargea de douleur, celui de Patrick devint glacial. Ayant appris le rôle de Colin dans leurs tragédies respectives, il les comprenait.

Lizzie pâlit et serra la main de son mari pour le réconforter. MacGregor se détendit légèrement, mais ses traits exprimaient toujours une haine profonde.

— Si Auchinbreck se trouvait là, vous pouvez être sûr qu'il préparait un sale coup, maugréa-t-il.

Caitrina parut sur le point de le confirmer, puis se retint.

— Jamie m'a raconté ce qui s'est passé, leur dit Duncan.

— Colin ? s'étonna Jeannie. Qu'a-t-il donc fait ?

Duncan lui chuchota qu'il lui expliquerait plus tard, puis déclara à Patrick :

— Je sais que vous avez de bonnes raisons de vous méfier de mon frère. Mais d'autres que lui avaient de meilleurs motifs.

— Auchinbreck n'a pas besoin d'un motif, juste d'une bonne occasion, marmonna Patrick.

Duncan lança un regard à Jamie et à Elizabeth. Ils semblaient tous les deux aussi mal à l'aise que lui. Aucun d'eux ne voulait croire à la responsabilité de Colin.

— Je ne représentais aucune menace pour lui, le défendit Duncan. Colin possédait tout ce dont il pouvait rêver. C'est plutôt moi qui aurais dû être jaloux. J'étais l'aîné, mais il était l'héritier. (Il lança un regard à Jeannie.) Il était également fiancé à la femme que je voulais épouser. Sur ce point, je ne peux pas lui en vouloir. Personne n'était au courant, mis à part Lizzie et mon père.

Lizzie grimaça.

— Tu te trompes. Colin savait.

— Oui, il l'a appris la veille de mon départ.

— Non, il devait le savoir avant. Lorsqu'il a su que Jean... lady Gordon était venue pour te voir à Castleswene, il était fou de rage. Il disait que tu aurais dû la chasser de ton esprit dès que tu avais appris ses fiançailles. Que tu divaguais en t'imaginant que tu aurais pu l'épouser.

Duncan ne savait pas trop comment l'interpréter. Son frère avait-il demandé la main de Jeannie uniquement pour le blesser ou était-il réellement tombé amoureux ? Sa nouvelle demande en mariage après la mort de Francis Gordon faisait pencher la balance vers la deuxième option.

Jamie semblait être arrivé à la même conclusion.

— Colin a commis des actes répréhensibles, mais il a toujours été loyal envers notre clan et notre cousin. Je peine à croire qu'il ait pu trahir par jalousie. Notre père est mort au cours de cette bataille.

— Et s'il avait ignoré les véritables intentions de mon père ? suggéra Jeannie.

— Elle a raison, dit Lizzie. Nous partons du principe que celui qui a volé la carte conspirait avec Grant contre les Campbell, mais s'il a agi uniquement pour te discréditer ? Peut-être la défection de Grant au dernier moment pour rejoindre l'autre camp l'a-t-elle autant surpris que nous tous ?

Jeannie tenta d'ôter sa main, mais Duncan la retint fermement. Elle n'était pour rien dans les agissements de son père. Il ne lui reprochait plus de ne pas l'avoir prévenu, comprenant son dilemme : choisir entre son père et lui. Personne ne devrait être soumis à un tel choix. Elle avait fait ce qu'elle avait pu.

— Il aurait ensuite caché l'or dans tes affaires pour se couvrir, poursuivit Lizzie.

Son hypothèse sonnait juste. En outre, un geste aussi précipité et irréfléchi correspondait bien à la personnalité de Colin. Toutefois, Duncan n'était toujours pas convaincu. Il manquait quelque chose, un élément du puzzle qui aurait donné à l'ensemble une explication cohérente.

Pour le moment, ils n'avaient que des conjectures, pas assez pour le disculper.

— Où est Colin ? demanda-t-il à Lizzie.

Son mari répondit à sa place :

— Le plus loin possible de Niall Lamont s'il tient à sa peau.

Lizzie lui lança un regard torve avant de se tourner à nouveau vers Duncan.

— Aux dernières nouvelles, il était à Dunoon.

Fichtre !

— Quoi ? Que se passe-t-il ? lui demanda-t-elle en voyant son expression.

— C'est là-bas que je t'ai écrit. Ma lettre a été interceptée et quelqu'un a envoyé des soldats m'attendre à l'adresse que je t'y indiquais.

Jeannie était couchée sur le flanc, contemplant la bougie qui se consumait et les grumeaux de cire molle qui s'accumulaient à sa base. Elle tendait l'oreille, guettant des bruits, mais le silence de la nuit l'entourait telle une tombe. Les ombres des colonnes du lit et de l'armoire dansaient sur les murs.

Elle était montée se coucher des heures plus tôt. Après la conversation éprouvante dans le bureau du laird, ils avaient déjeuné dans une ambiance morose. Duncan avait ensuite disparu avec son frère et elle ne l'avait revu que pour le dîner. Ils avaient à peine échangé trois mots.

Avait-elle commis une erreur ? Lorsqu'il lui avait manifesté sa confiance devant sa famille, elle avait pensé que…

Elle sursauta. Il lui avait semblé entendre la porte s'ouvrir et se refermer.

Elle se redressa, remontant instinctivement les draps jusque sous son menton, la gorge nouée.

Elle ne distinguait qu'une silhouette sombre dans l'obscurité, mais elle n'avait pas besoin de lumière pour savoir qui c'était.

Il était venu.

Il resta immobile, tapi dans l'ombre tel un félin prêt à bondir. Il avait changé sa tenue de combat pour une simple chemise et un tartan, mais cela ne le rendait pas moins impressionnant. Au contraire, il était plus intimidant encore.

— Ordonne-moi de sortir, Jeannie.

Sa voix rauque et sensuelle s'enroula autour d'elle.

Il était déjà venu la trouver ainsi autrefois. Mais le danger qui émanait de lui à présent n'avait rien à voir avec la colère ou la trahison. Il n'était nourri que par la passion.

Elle frissonna d'anticipation. Sa peau la picotait, ses mamelons durcirent et le fin duvet sur ses bras se hérissa. La chaleur lourde du désir se répandit en elle, un désir qui avait survécu aux affres du chagrin et de la désillusion et que l'expérience n'avait rendu que plus puissant.

Elle ne pouvait lui ordonner de sortir, pas plus qu'elle ne pouvait empêcher son cœur de battre. Elle l'avait voulu dès le premier instant et cette envie n'avait fait que s'accroître au fil des ans.

— Ordonne-le-moi, répéta-t-il d'une voix plus tendue.

— Non, je ne veux pas que tu partes.

Il la rejoignit en deux enjambées. Se tenant au pied du lit, il la dévisagea. Dans la lueur des bougies, elle pouvait voir son beau visage tendu par la force de son désir. Il était magnifique… et il lui appartenait.

— Tu es sûre de toi, Jeannie ?

Elle acquiesça. Elle avait beau être terrifiée, elle savait exactement ce qu'elle était en train de faire. Il lui faisait confiance. À elle d'en faire autant.

Le drap lui avait échappé des mains. Il fixa les pointes dures de ses seins saillant sous le fin coton de sa chemise.

— Dieu sait que je désire ton corps, maïs ce n'est pas assez. Je te veux tout entière. Peux-tu m'accorder ta confiance et me pardonner de ne pas t'avoir crue ?

Il s'interrompit, le regard chargé d'un profond repentir, puis reprit :

— Pourras-tu jamais me pardonner de t'avoir abandonnée ?

L'émotion dans sa voix dissipa ses derniers doutes. Il l'aimait, hier et aujourd'hui. Ils avaient tous deux commis des erreurs et les avaient payées chacun à leur manière. Il lui offrait à présent ce qu'elle n'aurait jamais cru avoir : une seconde chance.

Elle se souvint de la solitude, du vide et de l'angoisse qu'elle avait ressentis toutes ces années plus tôt. Les enjeux étaient encore plus élevés à présent : la vie de Duncan... leur fils. Le perdre à nouveau serait bien pire.

Cela faisait si longtemps qu'elle n'avait pas pris un risque, qu'elle n'écoutait plus cette petite voix dans sa tête. Il en valait la peine. Durant toutes ces années, elle avait considéré ce qui s'était passé entre eux comme une erreur. Pourtant, au fond d'elle-même, elle savait qu'elle n'aurait rien voulu y changer.

Elle replia ses jambes sous elle, s'agenouilla sur le lit et glissa les bras autour de son cou.

Son corps était dur comme de la pierre ; ses muscles saillaient sous ses doigts telles des cordes d'acier. Elle se pressa contre lui, savourant sa force et sa solidité. Leurs cœurs battaient à l'unisson. Elle enfouit son visage contre son tartan et sentit l'odeur de tourbe dans la laine, ainsi que les vapeurs grisantes du whisky dans son haleine.

Elle approcha ses lèvres de son oreille et murmura :

— Fais-moi oublier, Duncan.

Il ne se le fit pas dire deux fois. Avec un grognement féroce, il la serra contre lui et l'embrassa fougueusement. C'était un baiser de possession, avide, affamé.

Un baiser pour basculer dans l'oubli.

Un baiser pour effacer toutes ces années perdues. Pour faire disparaître le monde et ne laisser qu'eux deux, à mille lieues des devoirs et des loyautés de clan, de la trahison et des secrets.

Il la savourait et la dévorait. Elle répondait à son urgence avec la sienne, s'ouvrant à lui et se liquéfiant dans sa bouche.

Elle sentait ses doigts dans ses cheveux, contre sa nuque, sa barbe qui frottait sa peau.

Cela faisait si longtemps. Le désir s'emparait de tous ses sens, l'inondant avec une force surprenante.

Elle ne voulait plus penser, uniquement ressentir. Elle le voulait en elle. Ses hanches ondulaient contre lui, aguichant la masse dure de son désir.

Il s'écarta en gémissant, le souffle court.

— Pas si vite, mon cœur. Pas cette fois.

Elle faillit protester puis lut la détermination dans son regard. Elle comprit ce qu'il voulait : la forcer à reconnaître ce qu'il y avait entre eux, mettre à nu non seulement son corps mais aussi son âme.

Il commença à se déshabiller sans la quitter des yeux.

Il dégrafa sa large ceinture en cuir et la lança dans un coin de la pièce. Puis il déroula le tartan savamment drapé autour de lui, laissant les pans lourds retomber à ses pieds. Il portait encore ses bottes et s'assit sur le bord du lit pour les ôter. Il se releva pour retirer sa chemise en lin, mais elle l'arrêta.

— Non, laisse-moi faire.

S'il était surpris par son audace, il n'en montra rien. Il paraissait plutôt excité par l'idée.

Elle n'était plus une oie blanche mais une femme qui savait ce qu'elle voulait. Et pour le moment, elle voulait le toucher plus que tout au monde. Passer ses mains sur sa peau nue ; sentir ses muscles, sa chaleur et l'énergie brute qu'il irradiait.

Son regard suivit chacun de ses mouvements tandis qu'elle glissait ses doigts dans l'ouverture de sa chemise. Le contact érotique de sa peau lisse était électrisant. Il semblait avoir cessé de respirer et elle n'eut aucun doute de l'effet qu'elle produisait sur lui. Elle laissa courir ses doigts sur ses pectoraux saillants et sur les muscles durs de son ventre, consciente de n'être qu'à quelques centimètres de son membre enflé par le désir.

Il ne portait rien sous son tartan, ce qui signifiait que…

Elle baissa les yeux, la gorge sèche. Ses souvenirs n'étaient pas exagérés. Épaisse et longue, sa virilité se dressait dans toute sa splendeur. Elle rougit, sentant qu'il l'observait, mais son intérêt sembla la faire grandir encore. Elle tendit la main, mais il la retint par le poignet.

— Non, murmura-t-il. Pas encore.

Rougissant de plus belle, mais étrangement satisfaite, elle se concentra à nouveau sur sa chemise.

Elle remonta les mains sur son torse, soulevant le vêtement. Lorsqu'elle atteignit ses épaules, il leva les bras. Elle dut grimper sur le lit pour le lui enlever.

Elle lança la chemise en tas sur le plaid et caressa lentement son dos, ses bras, comme si elle mémorisait le moindre détail. Il était désormais entièrement nu et absolument splendide. Une œuvre d'art en chair et en os.

Il était parfaitement immobile, mais elle devinait à son souffle saccadé que ses explorations étaient pour lui un délicieux supplice.

Elle suivit du bout des doigts les contours de ses cicatrices, vestiges de combats dont elle ne savait rien.

Elle glissa les bras autour de son cou et l'embrassa doucement. Un baiser qui devint vite plus entreprenant. Elle sentait le feu qui couvait sous sa peau et menaçait de l'engloutir dans ses flammes.

Il s'écarta, une lueur prédatrice dans le regard.

— À mon tour, maintenant.

La promesse sensuelle dans sa voix fit s'accélérer son pouls. Elle se tenait toujours debout sur le lit devant lui et se rendit compte que ses seins arrivaient à hauteur de ses yeux. Il dénoua lentement le lacet de sa chemise de nuit. Elle ne pouvait voir son regard, mais le sentait sur elle, la caressant.

Ses genoux s'affaiblirent quand il glissa les mains sous ses seins et les souleva. Il décrivit des cercles autour de ses mamelons avec ses pouces, provoquant un doux frottement contre le tissu qui la fit frémir.

Mais la torture exquise ne faisait que commencer.

19

Duncan ne se contenait plus. Le désir de Jeannie pour lui était le plus enivrant des aphrodisiaques. Sa manière d'admirer son corps mâle était un chant de sirène irrésistible. Puis, quand elle avait baissé les yeux…

Tous ses sens lui ordonnaient de lui donner ce qu'elle attendait. D'arracher le fin morceau d'étoffe qui la recouvrait, de la jeter sur le lit et de la posséder jusqu'à ce que le démon qui s'était emparé de lui le lâche enfin. Jusqu'à ce qu'il soit de nouveau capable d'aligner deux pensées cohérentes.

Elle lui faisait toujours autant d'effet. Elle libérait en lui un instinct primitif. Ses bonnes intentions, son sang-froid, l'honneur… tout se volatilisait pour ne laisser que son désir pour elle.

Cependant, cette passion explosive ne lui suffisait plus. Il voulait tout. Sa confiance, son cœur, son âme.

Si seulement ses seins n'avaient pas été aussi magnifiques. Il les soupesa, portant chacun à son visage pour inhaler le doux parfum de sa peau. Il en emplit ses narines, ses poumons, sa tête. Il aurait voulu se noyer dans cette odeur, se fondre en elle.

Ses mamelons roses durcissaient sous ses doigts. Il les fit doucement rouler entre le pouce et l'index jusqu'à les faire pointer. La tentation était trop forte. Il avait voulu la déshabiller lentement, mais il ne pouvait plus attendre de la voir nue. Les images de son corps de déesse le hantaient depuis qu'il l'avait vue sortir du loch. Il saisit l'ourlet de sa chemise et la fit passer par-dessus sa tête.

Une fois entièrement nue, elle tenta instinctivement de se couvrir.

— Non, je t'en prie, laisse-moi te regarder. Tu es si belle.

Il sourit en ajoutant :

— Surtout quand tu rougis.

Elle ôta lentement ses mains, révélant sa peau laiteuse. Il admira longuement les courbes pleines de ses seins, la ligne douce de ses hanches, ses longues jambes fuselées. *Je suis un homme chanceux.*

Elle se méprit sur la raison de son silence.

— J'ai changé, s'excusa-t-elle. J'ai eu deux enfants.

Il enlaça sa taille.

— Tu es encore plus belle qu'autrefois.

Il déposa un baiser sur la pointe de chaque sein, puis les suça en les prenant profondément dans sa bouche. Sa peau douce était comme du velours sous sa langue.

Il caressa ses jambes, commençant aux chevilles puis remontant lentement, s'attardant autour des genoux, puis reprenant son ascension vers l'intérieur de ses cuisses. Elle gémissait et palpitait de désir. Ses doigts effleurèrent l'orée de son intimité. Elle était délicieusement moite. Il approcha son visage, humant sa douce odeur féminine. Il s'approcha encore et remplaça ses doigts par sa bouche.

Elle s'agrippa à ses épaules comme si ses genoux menaçaient de la lâcher. Il glissa ses mains sous ses fesses pour la maintenir et la savourer plus goulûment encore.

— Duncan, protesta-t-elle faiblement. Tu ne peux pas…

Il s'écarta juste pour répondre :

— Oh que si, je peux.

Elle renversa la tête en arrière, extatique, tandis qu'il laissait glisser sa langue entre ses plis humides. Elle battit des paupières et il la sentit trembler des pieds à la tête, résistant aux vagues de volupté qui montaient en elle. Il insista, dardant sa langue plus rapidement et plus profondément jusqu'à la faire crier de plaisir et qu'il sente les spasmes exquis qui parcouraient tout son corps.

Lorsque le dernier frisson mourut, elle s'affaissa contre lui, les jambes molles. Il l'enlaça et l'étendit sur le lit.

Il contempla longuement son corps alangui, ému par tout l'amour qu'il ressentait pour cette femme.

Il savait à quel point cette trêve entre eux était fragile. Son propre avenir était incertain, mais, quand il en aurait fini avec elle cette nuit, elle ne pourrait plus douter qu'elle lui appartenait pour aussi longtemps qu'il lui restait à vivre.

Duncan l'observait avec une étrange expression.

Elle tendit la main vers son visage et caressa sa joue, sentant le chaume de sa barbe contre sa paume. Il paraissait soudain si sérieux.

— Qu'est-ce qu'il y a, j'ai fait quelque chose de mal ?

Il esquissa un sourire.

— Non, loin de là. J'espère simplement que tu n'as pas l'intention de t'endormir.

Il était assis sur le bord du lit, penché sur elle. Elle arqua un sourcil ironique.

— Comment, tu veux dire que ce n'est pas terminé ?

— J'ai l'air d'avoir terminé ?

Elle se mordit la lèvre.

— Hmm… Je ne sais pas. Je devrais peut-être le toucher pour voir ?

Elle glissa une main entre eux et resserra les doigts autour de son sexe. Il était dur comme la pierre, sa peau douce et brûlante.

Il lui montra comment le caresser et lui apporter du plaisir. Elle était fascinée par la façon dont ses abdominaux se contractaient à mesure qu'elle accélérait le rythme, par les émotions qui se succédaient sur son visage.

Elle embrassa son cou, puis déposa une série de baisers sur son torse et descendit vers son ventre, adorant son goût salé.

Sa main s'arrêta et elle releva les yeux vers lui. Tous ses muscles étaient bandés et ses traits étaient contractés. Il lut sa question silencieuse et hocha imperceptiblement la tête, pouvant à peine bouger.

Elle referma les lèvres autour de son membre et tous ses sens se remplirent de son essence mâle acidulée. Elle ferma les yeux et s'abandonna aux puissantes sensations, l'engloutissant plus profondément. Elle se laissait guider par les réactions de Duncan, ses gémissements, les raidissements de son corps. Elle prit rapidement de l'assurance. De savoir qu'elle le rendait fou ne faisait qu'accroître son plaisir.

— Assez ! gémit-il d'une voix rauque en lui relevant la tête. J'ai besoin d'être en toi.

Il l'allongea doucement sur le lit et se glissa contre elle, peau contre peau. Il l'embrassa voracement tout en glissant une main entre ses cuisses, la caressant, la cajolant.

Elle se pressa contre sa paume, ses sens s'embrasant, son corps se dissolvant. Il se plaça au-dessus d'elle, une main de chaque côté de ses épaules, et, la regardant dans le fond des yeux, s'enfonça doucement en elle, centimètre par centimètre, la possédant avec son corps, avec son âme.

Il s'immobilisa, la laissant savourer l'incroyable sensation de le sentir tout entier en elle. Le courant qui passait dans leur regard en disait plus long que n'importe quelles promesses. Ce n'était pas qu'une union de leurs corps, mais une force beaucoup plus profonde, plus fondamentale.

Son cœur était rempli d'une émotion qu'elle avait cru ne plus jamais ressentir. Une émotion si intense qu'elle lui faisait peur car elle prenait conscience de tout ce qu'elle avait à perdre.

Puis il commença à aller et venir en elle en longues ondulations puissantes. Chacune se répercutait dans tout son corps, la dissolvant un peu plus. C'était le moment le plus érotique et le plus intime de sa vie.

Aucun autre homme ne pouvait lui apporter une telle plénitude.

Duncan avait pensé que rien ne pourrait surpasser la sensation de ses lèvres se refermant sur son membre et l'engloutissant.

Il se trompait.

Ce n'était rien comparé à celle de s'enfoncer lentement en elle, de plus en plus profondément.

Elle était si chaude, si humide, si étroite. Ses seins étaient écrasés contre son torse tandis qu'il la pilonnait.

Il ferma les yeux, laissant le plaisir l'envahir et le dominer. Elle gémit et cambra les reins, l'invitant à la posséder toujours plus profondément, plus rapidement.

Il accéléra ses mouvements, la sueur perlant sur son front.

Elle cria son nom quand son corps tout entier se tendit dans un ultime spasme de plaisir. L'extase sur son visage eut raison de ses dernières résistances. Il plongea une dernière fois en elle, se figea, puis se convulsa dans un râle, emporté par la puissance de sa jouissance.

Il resta en elle jusqu'aux derniers soubresauts du plaisir. Puis il roula sur le côté et la prit dans ses bras tandis qu'elle se lovait contre lui.

Ils restèrent silencieux un long moment, n'ayant pas de mots pour décrire l'intensité de ce qu'ils venaient de vivre.

Elle caressait d'un air absent le triangle sur son torse, suivant une ligne jusqu'à son nombril. Il devina ses pensées.

— Tu étais sincère ? demanda-t-elle soudain.

— Oui.

— Qu'est-ce qui t'a fait comprendre que je ne t'avais pas volé la carte ?

Il enroula une mèche rousse autour de son index, puis la laissa rebondir.

— Rien de particulier. J'ai commencé à regarder au-delà des faits et j'ai écouté mon instinct. Tu m'y as aidé. J'ai compris à quel point je t'avais fait souffrir en te quittant. Je suis désolé, Jeannie. J'aurais dû te croire, te laisser t'expliquer. Me pardonneras-tu jamais ?

— Pourquoi m'avoir condamnée si vite ?

Elle ne lui demandait pas des preuves tangibles mais plutôt comment il en était arrivé à la croire coupable. Il tenta de se souvenir. Il avait été si jeune, à peine un homme, et s'efforçait de faire son chemin dans la vie. D'être aimé par une femme telle que Jeannie lui avait paru trop beau.

— Je t'avais vue avec ton père et savais à quel point tu l'aimais. Je connaissais ta loyauté envers ton clan. Tu étais si jeune, si belle, tu pouvais choisir n'importe quel homme dans les Highlands. Je ne pouvais croire que tu abandonnerais tout pour un bâtard sans nom.

Elle resta parfaitement immobile.

— Je t'ai vu pour ce que tu étais, Duncan. Je croyais en toi, pas en ton nom. Pour moi, tu étais l'homme le plus merveilleux de la Terre, un point c'est tout. T'ai-je jamais donné une raison de croire que ta naissance m'importait ?

— Non, admit-il.

— Pourquoi me croire maintenant ? Qu'est-ce qui a changé ?

— Nous. Nous ne sommes plus les mêmes. Contrairement à toi, je n'avais pas encore compris que nous créons notre propre destin avec nos actions, pas avec notre naissance.

Jeannie leva les yeux vers lui.

— Tu le crois vraiment, à présent ?

Il sentit que cette question avait une importance particulière pour elle.

— Oui, je le crois, répondit-il.

Elle se tut quelques instants, puis demanda à nouveau :

— Qu'allons-nous faire ?

— Nous ? répéta-t-il avec un petit sourire.

— Je veux t'aider.

Il avait attendu si longtemps ces quelques mots.

— Peux-tu convaincre ton frère de nous laisser lire la correspondance de votre père ?

— Cela ne servira à rien. Il n'en est pratiquement rien resté, après l'incendie.

— Quel incendie ?

— Après Glenlivet, le roi a voulu se venger de tous ceux qui avaient combattu contre lui. Il a fait raser de nombreux châteaux, y compris Freuchie. La grande salle et le bureau du laird ont été entièrement détruits. Après la mort de mon père, j'ai parcouru ce qui restait de ses papiers. Il n'y avait rien datant de l'époque de la bataille.

Duncan lâcha un juron. Les chances de trouver une preuve écrite avaient été minces, mais désormais elles semblaient nulles. Il ne lui restait plus qu'à retrouver un à un tous les hommes qui auraient pu être impliqués. L'idée d'interroger son frère ne l'enchantait guère.

— Tu penses à Colin ? lui demanda-t-elle.

Il lui lança un regard en coin.

— J'ai intérêt à surveiller mes pensées quand je suis avec toi, dit-il, la faisant sourire. En effet, j'ai du mal à concevoir que Colin ait pu me faire un coup pareil.

— N'oublie pas qu'il a grandi dans ton ombre. Tu étais toujours le plus grand, le plus fort, le plus admiré. Je me souviens qu'il m'a dit quelque chose à ce sujet. La jalousie peut pousser les hommes à commettre des atrocités.

Elle croisa les mains sur son torse et posa son menton dessus.

— Que sais-tu de ta mère ? demanda-t-elle. Tu ne parles jamais d'elle.

Il se raidit.

— Il n'y a rien à dire.

Il sentit que son ton sec l'avait blessée. Elle attendait qu'il se confie à elle et partage des sentiments qui n'existaient pas pour une femme qu'il n'avait jamais connue. Il préférait encore se faire arracher un ongle.

Néanmoins, il marchait sur des œufs. Le lien qu'ils venaient de rétablir était encore ténu. Il prit donc une profonde inspiration, s'efforça de se détendre et s'ouvrit à elle.

— C'était une MacDonald. Une gouvernante qui s'occupait des enfants du laird. Elle m'a donné à mon père quand je n'avais que quelques mois. J'étais sans doute une grande honte pour elle et elle voulait se débarrasser de moi. À l'époque, les MacDonald et les Campbell se livraient une guerre féroce. Mon grand-père m'a instantanément détesté.

Elle déposa un baiser sur son torse. Bizarrement, cela le réconforta, sans doute parce qu'il savait qu'elle le comprenait.

— Ton père devait beaucoup t'aimer pour braver son clan pour toi.

— Oui, peut-être, je n'y avais jamais réfléchi.

— Tu n'as jamais essayé de la retrouver ?

— Non.

Il s'efforçait de répondre calmement en dépit de son ressentiment. Il avait fait la paix avec les circonstances de sa naissance, mais pas avec la femme qui l'avait abandonné. Il lui lança un regard suspicieux. Sa parenté lui importait-elle plus qu'elle ne voulait l'admettre ?

— Pourquoi me poses-tu toutes ces questions ?

— Comme ça, par curiosité, répondit-elle. Je me demandais s'il n'y avait pas quelque chose à creuser dans cette histoire. Ton père ne t'a plus jamais parlé d'elle ?

— Non, il...

Il s'interrompit brusquement, lui faisant relever la tête.

— Quoi ?

— Rien, juste les derniers mots de mon père avant de mourir.

Il les entendait encore : *Mère... trouve... MacDonald.*

— On aurait dit qu'il voulait que je la retrouve, mais il délirait de fièvre.

Il vit la lueur d'excitation dans ses yeux.

— Et s'il savait ce qu'il disait ? demanda-t-elle. S'il voulait vraiment que...

— Non, la coupa-t-il avant qu'elle ne se laisse emporter.

L'espace d'un instant, il revit en elle la jeune fille spontanée et exubérante qui s'était glissée hors du château pour un bain de minuit avec lui.

— Je n'ai aucune intention de retrouver ma mère. Si mon père espérait que je fasse la paix, tant pis.

— Peut-être essayait-il de te dire quelque chose d'important ?

— Comme quoi ?

— Peut-être que ta mère ne t'a pas abandonné ? À moins qu'il n'y ait quelque chose à propos de ta naissance qui...

— Il n'y a rien à trouver, Jeannie. Je suis né bâtard, et rien n'y changera. Je croyais que tu l'acceptais.

Elle plissa ses lèvres pulpeuses.

— Il ne s'agit pas de moi, mais de toi. J'essaye de t'aider à laver ton nom. Ta mère sait peut-être quelque chose qui te serait utile ?

— Non.

Il l'entendit marmonner quelque chose au sujet de rustres entêtés.

— Pardon ?

Elle lui lança un regard agacé.

— L'île d'Islay est tout près d'ici. Y aller et revenir ne nous prendrait qu'un ou deux jours. Que risque-t-on ?

Beaucoup de choses. Sa tranquillité d'esprit, d'une part. Sans parler du fait d'être capturé par les soldats qui battaient la campagne. Toutefois, elle frémissait d'excitation et il ne voulait pas réfréner son enthousiasme.

Il serra les dents. Il voulait la satisfaire même si tout son être résistait.

— J'y réfléchirai, promit-il vaguement.

Elle était sur le point de contre-attaquer, puis elle esquissa un petit sourire, une lueur malicieuse dans le regard. Elle glissa la main le long de son ventre, décrivant de petits cercles du bout des doigts sur son bas-ventre.

— Je trouverai peut-être un moyen de te convaincre ?

Il saisit sa main et la referma sur son membre. Il était déjà dur avant qu'elle ne commence à le caresser.

Il savait qu'il finirait par accéder à sa requête. Il ne pouvait rien lui refuser. En attendant, il n'y avait aucune raison de se priver de petits plaisirs.

— Tu peux toujours essayer, répondit-il avant de fermer les yeux et de se laisser faire.

20

Au cours des deux nuits suivantes, Jeannie fit son possible pour le convaincre, mais Duncan était un homme particulièrement têtu. À moins qu'il apprécie un peu trop ses efforts pour vouloir se laisser convaincre. Il n'était pas le seul. Étendue sur le lit, elle envisageait mollement de se lever, le corps encore fourbu par leurs ébats.

Ils semblaient n'en avoir jamais assez. Ils avaient du temps à rattraper.

Ils ne découvriraient probablement rien à Islay, mais, pour le moment, les quelques mots prononcés par le père de Duncan sur son lit de mort étaient leur seule piste. Et la situation semblait trop désespérée pour la négliger.

Ils étaient en sécurité à Castleswene, mais Duncan ne pouvait s'y éterniser. Sa présence mettait Jamie dans une position très délicate, compromettant sa place auprès d'Argyll. Il abritait un fugitif et le hors-la-loi le plus recherché des Highlands. Duncan et lui en avaient discuté la veille au soir. Duncan refusait obstinément d'imposer davantage ses problèmes à sa famille ; Jamie était tout autant déterminé à ne pas le laisser tomber une seconde fois.

Apparemment, les deux frères avaient fini par trouver une sorte d'arrangement. Lorsque Duncan s'était glissé dans le lit tard dans la nuit, il avait déclaré que tout était réglé.

Jeannie trouva enfin la force de se lever. Elle prit un bain rapide, s'habilla, puis se mit en quête d'Elizabeth. Puisqu'elle ne parvenait pas à convaincre Duncan, elle appellerait des renforts.

Elle la trouva dans une mansarde sous les toits, assise devant la fenêtre avec un livre sur les genoux. Elle paraissait songeuse.

— J'espère que je ne vous dérange pas.

Lizzie sursauta comme si elle avait vu un fantôme. Puis elle se reprit et lui adressa un sourire mélancolique.

— Non, pas du tout. Je ne me sentais pas bien ce matin et Patrick a insisté pour que je me repose. Autrement, il ne me laissera pas aller à Inveraray demain. En temps normal, je ne cède pas au chantage, mais, en vérité, j'étais réellement fatiguée.

— Vous avez eu une semaine éprouvante.

— On peut le dire.

— Vous allez à Inveraray pour intercéder auprès d'Argyll en faveur de Duncan ?

Lizzie acquiesça.

— Avec mon mari et Jamie. J'espère que ce sera utile.

Elle ne paraissait guère convaincue. Elle se tourna à nouveau vers la fenêtre et Jeannie s'approcha pour voir ce qui attirait ainsi son attention. À travers la vitre givrée, elle aperçut des soldats dans la cour. Certains s'entraînaient à l'épée, d'autres au tir à l'arc, d'autres encore formaient un cercle autour de…

Son ventre se noua. Duncan avait tenu sa promesse et montrait à Dougall quelques-unes de ses techniques de combat au corps à corps. Dougall tenta de lui décocher un coup, mais Duncan lui retint le bras, l'attira à lui, l'étreignit et le souleva de terre. L'enfant gigotait dans ses bras. Il dut lancer une boutade car Duncan rit aux éclats.

De les regarder ensemble était une véritable torture, mais elle ne pouvait détourner les yeux. Au cours des deux dernières semaines, elle avait été sur le point de lui dire la vérité à plus d'une reprise. Toutefois, elle n'était toujours pas sûre de sa réaction. Verrait-il la situation comme elle ou insisterait-il pour reconnaître l'enfant ? Elle était prête à lui confier sa propre vie aveuglément, mais pouvait-elle remettre celle de son fils entre ses mains ?

Quelque chose l'en empêchait. Ce n'était pas uniquement parce qu'il était un hors-la-loi luttant pour sa survie. Ils commençaient juste à reconstruire ce lien entre eux, un lien qui se renforçait de nuit en nuit, mais qui restait fragile. Ils n'avaient pas encore parlé d'avenir ; comment auraient-ils pu quand celui de Duncan était si incertain ?

Elle sentit le regard de Lizzie sur elle.

— Cet enfant est votre fils, n'est-ce pas ?

Jeannie recula, le cœur battant.

— En effet, il s'appelle Dougall.

— Il doit avoir environ dix ans.

— Il en a eu neuf en septembre dernier.

Lizzie se tut un instant, la fixant de ses yeux clairs. Jeannie soutint son regard sans sourciller.

— Je songeais au jour où vous êtes venue à Castleswene, reprit Lizzie.

Jeannie se tendit.

— J'avais trouvé très audacieux de votre part de demander à voir Duncan après ce que vous lui aviez fait. Pardon, je veux dire après ce dont il vous accusait. Vous avez semblé tellement bouleversée en apprenant son départ. J'ai été surprise d'apprendre que vous vous étiez mariée si peu de temps après. Cela semblait confirmer les soupçons de Duncan, mais je me demande à présent si vous n'aviez pas une autre raison.

Jeannie serra les poings.
— Si vous avez quelque chose à dire, dites-le.
— Un jour, il verra ce que je vois. Ce jour-là, quatre ou cinq mois d'écart ne parviendront pas à le dissuader. Tôt ou tard, quelqu'un, quelque part, se souviendra d'un détail et lui dira la vérité. Il vaudrait mieux que ce quelqu'un soit vous.
Elizabeth n'avait pas le droit de lui dire ce qu'elle avait à faire.
— Vous vous trompez. Vous ne savez pas de quoi vous parlez.
Lizzie posa une main sur son ventre.
— Je crois que si, répondit-elle. Cet enfant n'est pas encore né, mais je sais déjà que je serai prête à tout pour le protéger. Je suis sûre que vous avez ressenti la même chose.
Elle marqua une pause puis ajouta d'une voix plus douce :
— Duncan a le droit de savoir.
Jeannie resta sans voix. Au fond d'elle-même, elle savait que, si elle voulait leur donner une chance, elle devrait le lui dire.
Elizabeth se détourna, semblant estimer qu'elle en avait dit assez. Puis elle se souvint.
— Vous souhaitiez me dire quelque chose ?
Il fallut un temps à Jeannie pour se recomposer. Elle s'efforça de chasser son fils de son esprit et répondit :
— J'espérais obtenir votre aide pour convaincre Duncan de se rendre à Islay. Il s'est souvenu d'une phrase de votre père et…
— Il y va demain. Cela s'est décidé hier soir. Je pensais qu'il vous avait prévenue.
Lizzie parut gênée et ajouta :
— C'est vrai qu'il était très tard. Vous ne l'avez sans doute pas encore vu.
Apparemment, elle avait deviné qu'ils dormaient ensemble. À présent, elle pensait s'être trompée.

Jeannie pinça les lèvres. Le misérable !

— Je suis sûre qu'il comptait vous en informer, reprit Lizzie.

Certes, probablement après qu'elle eut passé une autre nuit à essayer de le « convaincre ». Après il aurait été trop tard pour qu'elle l'accompagne.

— Je n'en doute pas, répondit-elle.

Elle s'excusa et descendit l'escalier d'un pas résolu. S'il croyait pouvoir se débarrasser d'elle ! Il ne savait pas à qui il avait affaire.

Lorsqu'elle surgit dans la cour, l'entraînement venait de se terminer et les hommes se dispersaient. Duncan lui tournait le dos et était en train de parler avec Leif et Conall. Lorsque ces derniers virent son expression, ils prirent rapidement congé et s'éclipsèrent juste au moment où elle lui donnait une tape sur l'épaule.

Il se retourna et son visage s'illumina en la voyant.

— J'apprends que tu pars en voyage ? commença-t-elle.

Il grimaça.

— Ah, tu le sais déjà.

— Et tu n'as pas jugé bon de me prévenir ?

Le sourire de Duncan se doubla d'un clin d'œil malicieux.

— Pourquoi l'aurais-je fait ? Tes méthodes de persuasion me donnent tellement de plaisir.

Elle plissa des yeux.

— Tu n'es qu'une canaille !

— Attends ce soir, je te montrerai ce qu'est une vraie canaille.

Elle redressa le dos.

— Malheureusement, je suis occupée, ce soir.

Le sourire de Duncan s'effaça.

— Occupée ?

— Oui, à préparer mes affaires pour notre voyage.

— Tu ne viens pas, trancha-t-il d'un air buté.

— Et comment comptes-tu m'en empêcher ? Tu n'as aucune autorité sur moi, Duncan Campbell.

Ils se toisèrent, chacun aussi déterminé.

— Ne me fais pas ça, Jeannie. C'est trop dangereux.

— Je ne vois pas pourquoi, à moins que les soldats sillonnent également les mers. Personne ne pensera à te chercher sur Islay.

Il expira bruyamment, excédé par cet argument parce qu'il était vrai. Ils pouvaient embarquer directement de Castleswene et accoster sur la côte est de l'île à Dunyvag, où se trouvait la forteresse des MacDonald. Ils n'avaient même pas besoin de prendre de chevaux.

— Je ne veux pas que tu sois mêlée à ça, reprit-il.

— J'y suis déjà mêlée. Si mon père a organisé ce coup monté, c'est en partie à cause de moi. Avec un bon vent, nous pouvons y être en quelques heures. En outre, tu ne peux nier que je t'ai déjà été utile.

— Ton petit numéro ne marchera pas deux fois de suite. Ton bon ami le capitaine s'est sûrement rendu compte de son erreur.

Jeannie s'accrocha à son bras et l'implora du regard.

— S'il te plaît, Duncan. C'était mon idée et je tiens à la suivre jusqu'au bout. Je veux être là-bas avec toi. Tu voulais mon aide ; à présent, tu l'as. Ne la rejette pas.

Elle scruta son visage en retenant son souffle. Il poussa un soupir.

— Si nous sommes arrêtés, tu diras que je t'ai enlevée, nous sommes d'accord ? Qu'est-ce qu'un crime de plus, quand je suis déjà condamné pour trahison ?

Elle acquiesça en se retenant de sourire. Elle ne dirait rien de la sorte. Elle le défendrait jusqu'à son dernier souffle.

Duncan commença à mieux respirer une fois qu'ils eurent laissé la côte de Knapdale derrière eux et furent entrés dans le détroit ouvert, à l'abri des *birlinns* de Colin. Ils étaient peu nombreux afin de ne pas attirer l'attention. Outre Conall et Leif, il était accompagné d'une poignée de loyaux gardes Gordon. Et de Jeannie, naturellement.

Comment avait-il pu imaginer partir sans elle ? Bien sûr au cas où les choses tourneraient mal, il ne voulait pas qu'elle assiste à sa capture. Mais, d'un autre côté, aurait-il été préférable qu'elle l'apprenne plus tard ?

Que cela lui plaise ou pas, Jeannie était impliquée. Il ne pouvait l'éconduire à présent, ne sachant combien de temps il leur restait. Pour des raisons purement égoïstes, il aimait l'avoir à ses côtés. Si cela ne tenait qu'à lui, ils ne se sépareraient plus jamais.

Plus d'une fois, il avait songé à lui proposer de s'enfuir avec lui. De quitter l'Écosse et la menace qui pesait sur sa tête. Il était suffisamment riche pour lui offrir un train de princesse. S'ils n'avaient été que tous les deux… Mais elle avait des enfants et il ne pouvait lui demander de sacrifier leur avenir.

Il ne voulait plus se cacher. Il n'était plus seul. Le moment était venu d'affronter ses juges, en espérant que justice serait faite.

Leif, fidèle à son sang de Viking, tenait la barre de leur embarcation. Le ciel n'était pas vraiment bleu mais aussi clair qu'on pouvait l'espérer pour un matin de décembre. En revanche, maintenant qu'ils étaient loin des côtes, le vent était d'un froid mordant.

Tout en surveillant la mer derrière eux au cas où ils seraient suivis, il vint s'asseoir près de Jeannie qui s'était emmitouflée jusqu'aux oreilles dans des plaids. Elle paraissait morose et était étrangement silencieuse depuis ce matin. Elle avait pourtant été tellement enthousiasmée par ce voyage.

— Quelque chose ne va pas, Jeannie ?

La question l'extirpa brusquement de sa rêverie et elle fit non de la tête un peu trop vigoureusement.

— C'est juste le froid, répondit-elle. Nous sommes encore loin ?

Duncan n'était pas dupe. *Elle me cache quelque chose.* Il espérait qu'elle se confierait à lui mais ne voulait pas la forcer.

— Encore deux bonnes heures, si le vent ne tourne pas. Nous devrions accoster à Loedamas avant midi. Dès notre arrivée, j'enverrai un messager demander une audience avec ma... (il ne pouvait toujours se résoudre à prononcer le mot)... avec la gouvernante. Avec un peu de chance, nous pourrons la voir dans l'après-midi et nous n'aurons pas besoin de passer plus d'une nuit sur l'île.

Il lança à nouveau un regard derrière eux, scrutant l'horizon, puis, ne voyant rien, poursuivit :

— J'ignore combien de temps Lizzie et Jamie resteront à Inveraray, mais je tiens à être à Castleswene quand ils rentreront.

Jeannie inclina la tête pour mieux le voir.

— Pourquoi débarquons-nous dans le port de Leod ? Nous ne passerons pas la nuit au château ?

— Je préfère dépendre le moins possible de l'hospitalité de MacDonald. D'ailleurs, je compte bien l'éviter complètement.

— Tu crains qu'il ne te reconnaisse ?

Duncan acquiesça, l'air sombre.

— MacDonald connaît bien Jamie, et il connaissait également mon père.

Bien qu'ils ne soient pas en guerre pour le moment, les relations entre les Campbell et les MacDonald étaient toujours très tendues.

Elle écarquilla les yeux.

— Je n'en étais pas consciente...

— Il n'y a pas de quoi s'alarmer. Même si nous tombons sur lui, il ne violera sans doute pas les lois de l'hospitalité. Et s'il me dénonce, nous serons déjà loin avant que les soldats n'arrivent.

Il lui sourit et ajouta :

— Je crains donc que tu ne doives passer la nuit dans une taverne ou une auberge rustique au lieu d'un château luxueux.

— Ce ne sera pas la première fois, répondit-elle en souriant à son tour.

— Je m'en souviens.

Ils se dévisagèrent. Étrangement, ce souvenir n'était plus douloureux.

Comme promis, ils entrèrent dans le petit port deux heures plus tard. Une fois leur embarcation amarrée, Duncan envoya deux gardes Gordon au château avec une lettre de Jeannie demandant un entretien avec la vieille gouvernante. Il ne connaissait même pas son prénom. Puis ils se retranchèrent dans une auberge voisine. Fort heureusement, le tenancier était également bon cuisinier et ils venaient d'engloutir un ragoût de bœuf accompagné d'un morceau du fromage local et de pain à l'orge quand les gardes revinrent avec la réponse.

Ils étaient attendus au château.

Duncan se procura des chevaux et, peu après, Jeannie, Leif, Conall, les deux gardes Gordon et lui-même remontèrent la colline vers la porte de Dunyvaig Castle, ou Dun Naomhaig comme on l'appelait dans les Highlands.

Le château, une ancienne forteresse des Seigneurs des îles, était perché sur un haut promontoire rocheux dominant la baie de Lagavulin et le détroit. Par beau temps, on pouvait voir jusqu'à la côte de Kintyre.

C'était un impressionnant complexe fortifié occupant tout le sommet de la colline, avec des murailles en forme d'heptagone. Le château possédait deux niveaux reliés par des escaliers : une entrée donnant sur la mer et une cour d'honneur en bas ; un donjon et une cour intérieure en haut. Un grand bastion surplombait la baie et permettait aux gardes de surveiller les environs.

Duncan ordonna à Leif, Conall et aux autres gardes de se poster devant l'entrée afin de guetter d'éventuels messagers entrant ou sortant du château, puis Jeannie et lui furent conduits dans la grande salle qui se trouvait au second étage du donjon. Jeannie prit place dans un fauteuil devant la cheminée pendant qu'il attendait debout à ses côtés.

Il était trop énervé pour tenir en place. Il avait refusé durant toutes ses années de penser à la femme qui l'avait abandonné. Maintenant que le moment était venu de la rencontrer, l'angoisse le tenaillait.

Percevant son trouble, Jeannie prit sa main et la serra.

Elle se leva brusquement en voyant la porte s'ouvrir. Duncan se figea.

La femme qui entra dans la salle était petite et frêle, avec des cheveux blancs comme neige que l'on devinait sous une coiffe en velours noirs qui avait été à la mode une génération plus tôt, à l'époque de la reine Marie d'Écosse. Elle était ridée comme une vieille pomme.

Elle devait avoir plus de soixante-dix ans et était trop vieille pour être la mère de Duncan. Il se détendit légèrement. Mais pourquoi la gouver… sa mère, n'était-elle pas venue ?

La vieille femme avait marché droit sur Jeannie. Elle tourna soudain la tête vers lui et blêmit comme si elle venait d'apercevoir un spectre. Ses yeux s'écarquillèrent d'effroi et elle chancela. Jeannie et Duncan se précipitèrent pour la soutenir.

Ils la déposèrent délicatement dans un fauteuil et Jeannie sortit un éventail qu'elle gardait dans une bourse attachée à sa ceinture. La vieille femme semblait trop bouleversée pour parler.

— Je suis navrée, lui dit Jeannie. Nous ne voulions pas vous perturber.

Elle agita la tête et sembla se recomposer. Elle fixait toujours Duncan.

— Vous leur ressemblez tant... à tous les deux. Elle avait des cheveux très noirs, comme des ailes de corbeau, et des yeux aussi bleus que la mer d'Irlande.

Duncan nota l'emploi de l'imparfait et sentit son cœur se serrer.

— Il doit y avoir un malentendu, déclara Jeannie. Nous sommes venus voir la vieille gouvernante du laird.

— Pardonnez-moi, lady Gordon, déclara la vieille femme. Je ne me suis pas présentée : je suis Mary MacDonald, la sœur de l'ancien laird. C'est moi qui ai reçu votre message. J'ai bien peur que vous ne puissiez voir Kathrin. Elle est morte il y a dix ans.

Duncan s'y était attendu, mais cela n'atténua pas le choc. Il n'avait jamais voulu connaître sa mère, mais de savoir qu'il ne le pourrait jamais était difficile à admettre. *Kathrin*. C'était la première fois qu'il entendait son prénom.

Jeannie lui prit le bras. La vieille femme remarqua son geste et son regard alla de l'un à l'autre.

— Comment est-elle morte ? demanda Duncan d'une voix neutre.

— Elle a glissé et est tombée d'une falaise. Ce fut un drame affreux.

Dix ans.

— Mon père est mort lui aussi à cette époque.

Lady MacDonald hocha la tête.

— Oui, nous venions justement d'apprendre qu'il était tombé au combat. Nous n'étions pas encore au courant de vos ennuis. Quand êtes-vous revenu ?

— Il y a quelques mois.

— Vous avez été gracié ?

Jeannie et lui échangèrent un regard.

— Pas exactement, répondit-il. C'est la raison de notre visite.

— Pouvez-vous nous parler d'elle ? demanda Jeannie.

Mary MacDonald parut soudain sur ses gardes.

— Pourquoi ne me dites-vous pas plutôt ce que vous savez déjà ?

— Nous savons qu'elle était la gouvernante des enfants du laird, répondit Duncan. Qu'elle a eu une liaison avec mon père et qu'elle m'a confié à lui peu après ma naissance.

Il ne put contenir l'amertume dans sa voix.

— Ne jugez pas votre mère trop sévèrement, mon garçon. Ce qu'elle a fait ne fut pas facile. Mon frère vous aurait tué s'il avait découvert la vérité. À l'époque, les MacDonald et les Campbell se livraient une guerre sanglante.

Il fut surpris par son ton virulent. Toutefois, d'après ce qu'il savait du vieux MacDonald, il la crut sur parole. L'ancien laird avait eu la réputation d'être un chef dur et sans pitié.

— Ce devait être une gouvernante appréciée.

Une étrange lueur traversa son regard.

— En effet. Votre mère était une femme hors du commun. Tout le monde l'adorait.

Pourtant, elle s'était débarrassée de son enfant sans plus jamais s'en préoccuper.

Semblant lire dans ses pensées, Jeannie jugea préférable de les ramener sur le sujet de leur visite.

— Voyez-vous une raison pour laquelle le père de Duncan lui aurait demandé de la retrouver ? Ce furent ses dernières volontés.

La vieille femme soutint le regard de Duncan un long moment, puis se tourna vers elle d'un air triste.

— Non, je ne vois rien. Je suis navrée, j'aurais aimé pouvoir vous aider.

Duncan ne s'était pas attendu à grand-chose, mais sa déception était néanmoins vive. Une autre piste qui ne menait nulle part. Tôt ou tard, il allait devoir se résoudre à accepter qu'il n'existait aucune preuve de son innocence.

21

Ils ne s'étaient pas attardés, déclinant l'offre de lady MacDonald d'un verre de vin et de biscuits. Duncan avait hâte de quitter le château, ne tenant pas à croiser le laird. En outre, tout espoir de découvrir une information importante s'était éteint dix ans plus tôt.

Par une triste et étrange ironie, ses deux parents étaient morts à quelques mois d'intervalle. Jeannie aurait aimé interroger la vieille dame plus en détail, mais il était clair que le sujet était aussi douloureux pour elle que pour Duncan.

On ne l'aurait pas dit à le voir. Elle lui lança un regard, si fier et droit sur son puissant cheval noir. Il discutait à voix basse avec Conall, le visage impassible. Elle n'était pas dupée par cette façade stoïque. Elle avait lu la peine dans son regard quand lady MacDonald lui avait annoncé la mort de sa mère.

Jeannie le comprenait. Elle aussi, elle n'avait pu dire adieu à sa mère. Le pire, c'était de perdre à jamais l'occasion de faire la paix avec une personne qui vous avait causé tant de chagrin.

Ce n'était que le début de l'après-midi, mais la lumière faiblissait déjà lorsqu'ils rentrèrent au village. Ce dernier n'était composé que d'une poignée de maisons qui avaient poussé autour du port. Duncan paraissait préoccupé et, pour une fois, Jeannie ne tenait pas à le déranger. Lui en voulait-il pour avoir creusé inutilement dans un passé douloureux ?

Elle avait été certaine de découvrir quelque chose. À présent, elle se sentait sotte et impulsive de les avoir entraînés dans cette aventure futile. C'était le genre de lubie qu'aurait eue sa mère. Elle avait honte.

Duncan s'entretint brièvement avec ses hommes, leur donnant probablement des instructions pour la soirée, avant de la rejoindre et de l'accompagner dans la petite chambre qu'il avait réservée.

L'auberge n'était qu'une chaumière d'un étage qui n'avait pas été construite pour des hommes de la taille de Duncan. Il passait à peine dans l'étroit escalier en bois. Le palier donnait sur trois chambres minuscules. Celle qu'il avait choisie se trouvait à l'arrière de la maison, avec une vue sur le port. C'était la plus intime. Il dut baisser la tête pour y entrer. Elle ne contenait qu'un petit lit, une chaise et une table de chevet sur laquelle était posée une bassine, mais, au moins, elle était propre.

— Tu préfères qu'on te fasse monter ton repas ici ou le prendre en bas avec les hommes ? demanda-t-il.

Elle se tourna vers lui, inquiète. Comptait-il la laisser seule ?

— Tu es très fâché contre moi ? demanda-t-elle.

Il eut un mouvement de surprise.

— Fâché ? Pourquoi ?

Elle sentit les larmes lui monter aux yeux.

— Tu ne voulais pas venir, mais j'ai insisté. Je suis désolé, de t'avoir traîné jusqu'ici.

Il lui prit doucement le menton et la regarda dans les yeux.

— Arrête. Tu n'as pas à t'excuser. Tu ne m'as traîné nulle part. J'aurais dû venir ici il y a des années, quand mon père me l'a demandé. J'ai péché par orgueil. Je ne voulais pas qu'elle croie que j'avais besoin d'elle.

Il essayait de la réconforter, ce qui ne fit qu'accroître son sentiment de culpabilité.

— J'aurais dû retenir la leçon, depuis le temps. Chaque fois que j'obéis à mes impulsions, ça ne m'attire que des ennuis.

— Tu ne nous as pas attiré d'ennuis, répondit-il en lui caressant la joue. J'étais déjà dans de sales draps. C'est ce que j'aime en toi : ta passion, ta joie de vivre.

Passion et joie de vivre ? C'était une manière de voir les choses.

— Mon père aurait plutôt appelé ça de la frivolité.

L'expression de Duncan se fit soudain grave.

— Tu n'es pas ta mère, Jeannie. Tu suis ton cœur, mais pas sans réfléchir. Cesse de te punir pour ses erreurs.

Elle acquiesça et s'écarta.

— Je ne veux pas te retenir. Je sais que tu as des choses à faire et...

— Cela peut attendre.

Il referma la porte derrière lui et la prit dans ses bras.

— Pars avec moi, Jeannie. Nous pouvons embarquer aujourd'hui même pour la France. Dans une semaine, nous serons en Espagne. Tu ne manqueras de rien et nous serons en sécurité.

Jeannie écarquilla les yeux et scruta son visage. Il paraissait sincère.

— Mais... je ne peux pas.

— Ne veux-tu pas être avec moi ? Je t'aime, Jeannie. Je n'ai jamais cessé de t'aimer. J'espérais que tu m'aimais aussi.

— Moi aussi je t'aime, Duncan. Mais je ne pourrais jamais laisser mes enfants et...

Elle s'interrompit, prenant conscience de ce qu'elle venait de dire.

Il sourit et déposa un baiser sur le bout de son nez.

— Tu vois ? Tu ne ressembles en rien à ta mère.

Elle en fut toute décontenancée. Il avait raison. Son impulsivité avait des limites. Sa mère s'était enfuie sans se soucier de ceux qu'elle laissait derrière elle. Elle avait été enjouée et insouciante, mais également égoïste et irresponsable. Jeannie aimait Duncan de tout son cœur, mais elle n'abandonnerait jamais ses enfants, même pour lui.

Ce n'était pas la seule différence. Sa mère tombait amoureuse aussi facilement qu'elle changeait de vêtements, mais Jeannie n'avait connu qu'un seul amour. Elle avait peut-être hérité de l'impétuosité maternelle, mais elle possédait également un sens du devoir et de la loyauté qui avait fait défaut à sa mère.

Elle releva les yeux vers lui.

— Tu penses vraiment ce que tu as dit ou tu me faisais simplement la leçon ?

Il esquissa un sourire espiègle qui creusa son irrésistible fossette.

— Quoi ? À propos de partir ensemble, ou de t'aimer ?

— Les deux, murmura-t-elle.

— Pas pour ce qui est de partir. J'ai bien l'intention de rester et de me battre. Mais pour ce qui est de t'aimer…

Il caressa sa lèvre du pouce et poursuivit d'une voix rauque :

— Oui, Jeannie, je t'aime. Depuis l'instant où je t'ai vue pour la première fois.

Jeannie sentit l'émotion lui nouer la gorge. Elle avait oublié ce qu'était d'être vraiment heureuse.

— Moi aussi, je t'aime. Je n'ai jamais cessé. Quand tu es parti, j'ai cru que mon cœur s'était brisé à jamais, mais mon amour pour toi ne s'est jamais éteint.

Ils scellèrent leurs aveux par un baiser passionné qui dégénéra rapidement. Quelques minutes plus tard, ils étaient nus et ne faisaient plus qu'un.

Ils firent l'amour avec plus de passion et d'abandon que jamais, chacun conforté dans la certitude de leur amour partagé, alternant la fougue et la tendresse. Au paroxysme de la jouissance, elle cria son nom et il entrevit le paradis, se répandant en elle dans un torrent de plaisir et de bonheur parfait.

Jeannie avait dû s'assoupir car, quand elle ouvrit les yeux, il faisait nuit. Duncan avait allumé une chandelle et était assis sur le bord du lit, se rhabillant.

Il se tourna vers elle en l'entendant bouger. Il contempla son corps nu avec un sourire lascif.

— Désolé de t'avoir réveillée. Je dois descendre voir mes hommes et m'assurer que tout est prêt pour notre retour demain matin.

Un frisson la parcourut, ses paroles la ramenant brutalement à la dure réalité. Ce n'était pas juste. Duncan n'était pas un bandit. Il ne devrait pas avoir à vivre en se cachant, la mort aux trousses. Comment son cousin ne pouvait-il voir qu'il n'aurait jamais trahi les siens ?

— Comment fais-tu, Duncan ? demanda-t-elle. Comment se fait-il que tu ne sois pas plus amer après tout ce que tu as subi ?

— À quoi bon ? Ce n'est pas en pestant contre l'injustice que je retrouverai ma liberté. Je préfère croire que la justice finira par l'emporter.

Elle étudia ses beaux traits nobles et sourit.

— Ne me dis pas que le guerrier le plus redouté du pays est un optimiste.

Il se mit à rire.

— Non, un réaliste. La vérité finira par sortir au grand jour. Elle triomphe toujours.

La vérité. Après tout ce qu'ils avaient partagé, comment pouvait-elle encore la lui cacher ? Comment pouvait-elle lui dire qu'elle l'aimait et ne pas lui révéler qu'il avait un fils ? Elle avait peur. Peur de ce qu'il penserait et de ce que l'avenir leur réservait. Des larmes de frustration lui piquèrent les yeux.

— Qu'allons-nous devenir ? gémit-elle malgré elle.

Il se pencha vers elle et déposa un baiser sur ses paupières.

— Ne me donne pas déjà pour vaincu, mon cœur. J'ai l'intention de vivre encore longtemps. Suffisamment pour t'épouser et voir un nourrisson ou deux suspendu à ces seins merveilleux.

Il a déjà un fils. Dis-le-lui.

— J'en ai assez de fuir, reprit-il. Si je ne trouve pas Colin, j'irai à Inveraray parler moi-même à Archie.

Elle fut saisie d'effroi et s'agrippa à son bras.

— Tu ne peux pas faire ça ! S'il ne te croit pas ? Il te fera exécuter sur-le-champ.

— J'espère que nous n'en arriverons pas là, répondit-il avant de l'embrasser sur la bouche. Aie foi en moi.

— Je ne doute pas de toi, c'est d'Argyll dont je me méfie.

Elle ne pouvait le laisser courir un tel risque. Elle devait faire quelque chose.

— Et si nous partions tous avec toi ? proposa-t-elle. Moi et les enfants. Nous irons où tu voudras jusqu'à ce que tu sois innocenté.

Même si cela signifiait de sacrifier tout ce pour quoi elle avait œuvré.

Il secoua la tête.

— Je ne peux pas te demander ça, Jeannie. Je ne priverai pas tes enfants de l'avenir qui leur revient de droit. Je refuse que ton fils perde ce que…

— Dougall n'est pas le fils de Francis, lâcha-t-elle.

Les mots étaient sortis avant qu'elle n'ait pu les retenir. Un silence de plomb s'abattit dans la petite chambre. Les yeux de Duncan devinrent noirs comme du charbon, la sondant avec une intensité glaçante.

— Qu'est-ce que tu viens de dire ?

Le changement en lui avait été instantané. Sa voix plate et dure était méconnaissable. Elle sentit la panique monter en elle. Toutefois, elle avait confiance en lui. Il comprendrait.

Il la prit par le bras et la traîna nue hors du lit. Ses doigts serraient sa chair comme un étau.

— Répète ! ordonna-t-il.

Elle releva le menton, se préparant à la tempête.

— Dougall est ton fils.

Elle aurait pu tout autant lui tirer une nouvelle balle dans le ventre. Il éructa un juron épouvantable avant de grogner :

— Tu m'as menti. Comment as-tu pu me le cacher ?

Il la dévisageait comme s'il ne la reconnaissait pas. Il avait eu ce même regard dix ans plus tôt, quand il s'était glissé dans sa chambre pour l'accuser de l'avoir trahi.

Ce souvenir la mit hors d'elle. Comment osait-il laisser entendre qu'elle avait voulu lui nuire ! Elle avait fait de son mieux compte tenu des circonstances. Elle n'avait pensé qu'au bien de son fils... de leur fils.

Elle libéra son bras et le repoussa.

— C'est toi qui nous as quittés, Duncan. C'est toi qui m'as laissée seule et enceinte.

Il tressaillit, mais peu importait. Il voulait la vérité ? Qu'il l'assume !

— Après que tu m'as cruellement accusée de t'avoir trahi, j'ai ravalé ma fierté et me suis rendue à Castleswene pour t'annoncer que j'attendais ton enfant. Que crois-tu que j'ai ressenti en apprenant que tu étais parti ? Qu'étais-je censée faire ? J'étais terrifiée à l'idée que cela se sache. Je ne pouvais supporter l'idée que mon enfant innocent paye pour mon erreur. Je savais le genre de vie qui l'attendait... et je suis sûre que tu peux l'imaginer toi aussi. Aussi, quand Francis Gordon m'a demandé de l'épouser, j'ai fait ce que j'avais à faire. Je te défie de me juger !

Il plissa les yeux.

— Tu l'as trompé, lui aussi.

Elle serra les poings, prise d'une furieuse envie de le frapper.

— Je lui ai tout raconté. Tout ! L'homme que tu voulais tant détruire a toujours su que l'enfant était de toi. Il a pourtant juré de l'aimer et de l'élever comme le sien. Et il a tenu sa promesse. En échange de quoi ? D'une épouse froide et distante, d'une femme qui était incapable de lui retourner son amour car son cœur se languissait pour l'homme qui l'avait brisé.

— Tu ne l'as jamais aimé, dit-il platement.

Elle se détourna et arracha le plaid du lit pour le draper autour d'elle, se sentant soudain très nue.

— Non, confirma-t-elle. Je n'ai même pas pu lui donner ça. Pour notre plus grande déception à tous les deux.

Duncan ne voulait plus entendre parler de saint Francis Gordon, l'homme qui avait élevé son fils. Pas plus qu'il ne voulait entendre ses piètres justifications.

Sa trahison l'avait atteint droit au cœur. *Mon fils, maudite femme.* Comment avait-elle pu ne pas le lui dire ? Il avait repris confiance en elle, pour découvrir qu'elle lui mentait depuis le début.

Il avait su. Au fond de lui, il avait compris que l'enfant était son fils, mais il avait choisi de la croire, le crétin !

— Comment as-tu fait pour dissimuler sa naissance ? demanda-t-il.

Elle s'assit sur le bord du lit, semblant vidée par son explosion de colère.

— Après la bataille, Huntly et la plupart des chefs de son camp ont été contraints de s'exiler. Avec Francis, nous nous sommes réfugiés dans un des châteaux des Gordon tout au nord. Quand nous sommes revenus deux ans plus tard, personne n'avait de raison de s'interroger sur la date exacte de la naissance de

Dougall. Je crois bien que mon père avait des soupçons, mais il n'a jamais rien dit.

— Voilà qui arrangeait bien tout le monde ! Gordon m'a volé mon fils et personne ne s'est posé de questions.

Elle s'enflamma à nouveau.

— Il a donné à ton fils tout ce que tu lui as refusé en t'enfuyant !

— Cela va changer.

Elle pâlit.

— Que veux-tu dire ?

— Qu'est-ce que tu crois ? J'ai bien l'intention de le reconnaître !

— Je ne peux pas te laisser faire ça.

Il se mit à rire et lui lança au visage ce qu'elle lui avait dit autrefois :

— Et comment comptes-tu m'en empêcher ?

Elle se précipita vers lui, tenant le plaid autour de son cou d'une main et s'agrippant à son bras de l'autre.

— Tu ne peux pas, Duncan ! Tu détruirais tout ce que j'ai fait pour lui.

Duncan se figea en comprenant les implications de sa phrase. La vérité était aussi amère qu'un reflux de bile. En revendiquant la paternité de son fils, il le condamnait au sort qui l'avait hanté toute sa vie : celui d'un bâtard, et le bâtard d'un hors-la-loi de surcroît. Dans le cas contraire, Dougall porterait le nom d'un autre homme et hériterait de terres et de propriétés qui ne lui appartenaient pas.

Il toisa la femme qu'il avait tenue dans ses bras et à qui il avait fait l'amour une heure plus tôt. Si elle avait voulu le blesser, elle n'aurait pu trouver un moyen plus douloureux.

C'est mon fils, je le veux.

Jamais sa situation ne lui avait paru plus inique. Il maudit le ciel, son père, Jeannie et lui-même. Avait-il encore visé trop haut ? Il avait tenté de s'élever vers le bonheur, pour être brutalement rejeté sur la terre ferme.

Il ne finit même pas de s'habiller. Il attrapa ses bottes et ses armes, puis se dirigea vers la porte.

— Attends ! Où vas-tu ?

Il resta indifférent à la peur dans sa voix. Il la sentit derrière lui, mais refusa de se retourner. La regarder lui faisait trop mal.

— N'importe où plutôt qu'ici.

Avant qu'elle ait pu dire autre chose, il sortit en claquant la porte derrière lui.

22

Jeannie fixa la porte durant des heures, certaine qu'il reviendrait. Il avait besoin de temps pour réfléchir, puis finirait par comprendre qu'elle n'avait pas eu d'autre choix.

Il avait paru si furieux, la regardant comme si elle l'avait anéanti. Elle se demandait s'il avait seulement écouté ses explications.

Son ventre était tellement noué qu'elle en avait la nausée. À mesure que les heures passaient, elle dut se rendre à l'évidence : son impulsivité lui avait de nouveau fait commettre une terrible erreur.

Elle était totalement désorientée, au point de ne plus distinguer le bien du mal. En revanche, elle savait que Duncan n'accepterait jamais sa façon de voir les choses, pas si cela signifiait perpétuer un mensonge. Animée de bonnes intentions ou pas, c'était précisément ce qu'elle avait fait durant toutes ces années, et aurait continué de faire, pour le bien de son fils, si Duncan n'était pas brusquement réapparu.

Avait-elle le droit d'empêcher son fils de connaître son véritable père ?

Elle se souvint d'avoir dit un jour à Duncan que ce n'était pas sa naissance qui faisait de lui un bâtard, mais ses actes. L'avait-elle vraiment pensé ? Si elle croyait en Duncan, ne pouvait-elle pas faire confiance à Dougall ?

L'enfant souffrirait, mais il était fort. Avec son aide, il braverait la tempête et la surmonterait.

C'était ce qu'elle comptait dire à Duncan à son retour. D'ici une heure, il ferait jour. Il finirait bien par revenir.

Il n'allait tout de même pas la quitter à nouveau… n'est-ce pas ?

Un bruit à la porte la fit sursauter. Elle bondit de sa chaise et se précipita pour l'ouvrir.

— Dunc…

Le mot mourut dans sa gorge. Ce n'était que la fille de l'aubergiste qui lui apportait un repas. Sa déception fut vive. En voyant son air affligé, la jeune fille s'inquiéta :

— Je suis venue trop tôt, ma dame ? Je peux revenir plus tard.

C'était une jolie brune d'environ dix-sept ans, avec un visage rond et des formes pulpeuses.

— Je vous ai entendue aller et venir dans la pièce, expliqua-t-elle. J'ai pensé que vous deviez avoir faim.

— Merci, répondit Jeannie en ouvrant la porte et en la laissant entrer.

Le bol de bouillon de bœuf et le pain frais dégageaient une odeur alléchante, mais elle savait déjà qu'elle ne pourrait rien avaler.

— Je vous ai prise pour un de mes gardes, déclara-t-elle.

— Après toute la bière qu'ils ont sifflée hier soir, ils dorment encore. Sauf leur chef, un grand brun. Il est parti il n'y a pas longtemps.

Parti ? Jeannie déglutit péniblement.

— Vous savez où ?

— Aux quais, je crois. En tout cas, il a pris cette direction.

Jeannie s'efforça de rester calme. Il préparait sans doute leur départ. Il ne partirait pas sans elle.

La jeune fille déposa son plateau sur la petite table, et proposa de lui monter de l'eau fraîche pour la bassine. Jeannie lui répondit que ce ne serait pas nécessaire.

— Vous voulez que je vous aide à vous habiller ? demanda la jeune fille en constatant qu'elle était toujours en chemise de nuit.

Jeannie aurait préféré rester seule mais ne pouvait fermer sa robe sans aide. Elle accepta son offre plutôt que d'attendre Duncan, ne sachant pas quand il réapparaîtrait.

— Vous êtes venue pour voir quelqu'un au château ? demanda la jeune fille en laçant l'arrière de son corsage.

Jeannie acquiesça.

— J'espérais rencontrer la vieille gouvernante, Kathrin.

— Katy ?

— En effet, j'ai été désolée d'apprendre son décès.

— Quelle tragédie ! La pauvre Katy a dû glisser et tomber de la falaise en rentrant chez elle. La mer a rejeté son corps sur la grève une semaine plus tard. On n'a pu l'identifier que grâce à ses cheveux. Ils étaient dorés comme les blés, tout emmêlés d'algues.

Jeannie grimaça, ne tenant pas à entendre les détails sordides. Puis elle fronça les sourcils.

— Elle était blonde ? J'avais cru comprendre qu'elle était très brune.

La servante secoua la tête.

— Oh non, ma dame. Katy avait une chevelure aussi éclatante que le soleil. C'était sa grande fierté.

Jeannie tenta de réfréner son excitation montante. « Noirs comme des ailes de corbeau » avait déclaré lady MacDonald. Elle était certaine de l'avoir bien entendue. Cela étant, la vieille dame était bouleversée.

Non, elle savait très bien ce qu'elle disait.

Leur aurait-elle menti ?

Son instinct... Elle s'arrêta aussitôt. Ce seul mot aurait dû la retenir d'aller plus loin. Ce n'était probablement rien, la méprise innocente d'une vieille dame troublée.

Mais si ce n'était pas le cas ? S'il y avait une chance que lady MacDonald sache quelque chose, elle ne pouvait la laisser passer. Duncan avait hâte de partir, et, après leur dernière conversation, il serait peu enclin à l'écouter. Elle se tourna vers la servante.

— Serait-il possible que quelqu'un me conduise au château ?

— Oui, il y a mon frère, Davy. Mais vous ne voulez pas attendre le retour de votre garde ?

— À vrai dire, je préférerais qu'il ne sache rien.

Avec un peu de chance, il ne saurait même pas qu'elle était partie.

— S'il vient me chercher...

Elle chercha rapidement un prétexte.

— ... Dites-lui que j'ai oublié mon éventail hier au château et que je suis retournée le chercher. Je rentrerai le plus rapidement possible.

La jeune fille acquiesça.

— Bien, ma dame. Je vais prévenir Davy tout de suite.

— Avant que vous ne partiez, puis-je vous demander encore une chose ? Pourrais-je vous emprunter un tartan ?

La servante ne sourcilla même pas. Jeannie ne devait pas être la première à s'éclipser discrètement de l'auberge.

— Oui, bien sûr, ma dame.

Quelques minutes plus tard, Jeannie descendit l'escalier sur la pointe des pieds. Elle évita la salle principale de la taverne, passant par la cuisine. La jeune fille la fit sortir par la porte de service et la conduisit à travers un jardin.

Son frère Davy les attendait devant l'écurie, tenant la bride d'un robuste poney des Highlands. Il était aussi maigre que sa sœur était potelée. Sachant que Duncan avait placé un garde sur la route, Jeannie rabattit le tartan sur sa tête telle une capuche, espérant qu'on la prendrait pour une femme du village.

Ce fut sans doute efficace car personne ne les arrêta. Ils parcoururent les quelques kilomètres qui les séparaient du château, y arrivant juste au chant du coq.

Une fois dans la cour, ils attachèrent leurs montures près des écuries, puis Jeannie alla demander une nouvelle audience auprès de lady MacDonald, priant pour que, cette fois, elle soit plus fructueuse.

Colin Campbell avait attendu la tombée de la nuit pour jeter l'ancre dans une petite crique juste au nord de Leodamas. Si les récits qui couraient sur la pugnacité de son frère étaient corrects, ce dont il ne doutait pas, il valait mieux le prendre par surprise. Néanmoins, par précaution, un autre *birlinn* attendait près de la baie pour contrecarrer toute tentative de fuite.

Colin savait que Duncan se trouvait sur l'île. Dès que ses hommes avaient aperçu l'embarcation quitter Castleswene et se diriger vers le détroit, il avait deviné sa destination. Son espion placé à Dunyvaig parmi les gardes MacDonald avait confirmé ses soupçons : ils logeaient dans une auberge du port de Leod. Ils s'étaient rendus au château de Dunyvaig hier, où ils avaient eu un bref entretien avec Mary MacDonald.

La présence de Duncan au château prouvait qu'il était trop près du but. Colin était certain d'avoir fait le nécessaire, mais il pouvait avoir négligé un détail. Il avait espéré ne pas en arriver à une telle extrémité, mais il ne pouvait courir aucun risque.

Ce qu'il s'apprêtait à faire ne lui procurait aucun plaisir. Il avait toujours admiré Duncan. Il aurait aimé être comme lui, ce qui avait sans doute toujours été le problème. Il était condamné à n'être qu'une pâle copie de son frère aîné.

C'est lui ou moi, se répéta-t-il. Au fond de lui-même, il l'avait toujours su.

Cette foutue carte ! Il avait simplement voulu ridiculiser Duncan devant les autres. Au lieu de cela, c'était lui qui avait été berné. Grant l'avait manipulé, exploitant sa jalousie. Colin lui avait fait confiance, se croyant fiancé à sa fille. Ce suppôt de Satan les avait trahis tous les deux et Colin avait été contraint de cacher l'or dans la sacoche de son frère pour masquer son rôle dans la débâcle.

Le billet avait été la dernière goutte. Il avait reconnu l'écriture féminine et su qu'il venait d'elle. Sa promise. Duncan savait qu'ils étaient fiancés, mais cela ne l'avait pas empêché de la rejoindre. Il l'avait baisée, le gueux ! Et continuait probablement de le faire aujourd'hui. La colère étouffa toute compassion qu'il aurait pu ressentir à l'égard de son frère. Ce dernier méritait amplement son sort.

Ce qui n'avait pas été le cas de leur père. Il n'avait jamais voulu qu'il lui arrive malheur, mais sa mort était sans doute pour le mieux. Lorsqu'il lui avait avoué avoir connu les sentiments de Duncan pour Jean Grant avant de la demander en mariage, son père avait tonné : « J'aurais dû faire de Duncan mon héritier ! » Colin avait été indigné, humilié. Cependant, il ne l'avait pas vraiment cru, jusqu'à ce que ses dernières paroles ne lui glacent le sang.

Colin glissa les deux pistolets sous sa ceinture et vérifia que le fourreau de son épée était bien attaché. Ses hommes finissaient de replier le camp qu'ils avaient monté pour la nuit sur une petite colline dominant le village. Il restait une heure avant le lever du soleil, le moment idéal pour les surprendre. Duncan n'avait qu'une poignée de gardes avec lui, mais il ne fallait pas le sous-estimer. D'un autre côté, il avait un point faible. Il suffisait à Colin de mettre la main sur elle.

Pourquoi Duncan n'était-il pas resté au loin ? Dès qu'il avait appris le retour de son frère en Écosse, Colin avait su ce qu'il lui restait à faire. Il espérait que Duncan lui donnerait une bonne raison. Il n'aimerait pas être contraint de l'abattre d'une balle dans le dos.

Duncan parcourut la brève distance entre la plage et l'auberge en secouant ses cheveux pour les sécher. Les mèches gelées battaient contre ses tempes. Au cours de la nuit, un brouillard glacé s'était étendu sur l'île. Il ne se dissiperait pas avant le lever du jour. Le froid ne l'avait jamais gêné. Ayant grandi dans les Highlands au bord de la mer, il y était habitué. Certes, tous les Highlanders ne prenaient pas des bains de mer en plein hiver. Peut-être avait-il plus de sang nordique qu'il ne le pensait.

Le village était silencieux. En approchant, il remarqua les premiers signes de vie. Des volutes de fumée s'élevaient de quelques toits.

La nuit avait été longue. Après avoir quitté Jeannie, il avait rejoint ses hommes dans la salle de la taverne. Il avait les nerfs en pelote et ressentait le besoin de boire ou de se battre.

En voyant son expression, Conall et Leif s'étaient prudemment tenus à distance. Plusieurs chopes du meilleur *cuirm* du tavernier avaient à peine émoussé sa fureur. Il avait passé de longues heures devant le feu de cheminée avant d'abandonner tout espoir de trouver le sommeil et de décider de s'éclaircir les idées dans la mer. Même les eaux glacées n'étaient pas parvenues à le calmer.

J'ai un fils. Il avait encore du mal à comprendre ce que cela signifiait.

Pourquoi ne le lui avait-elle pas dit plus tôt ? *Parce qu'elle ne te faisait pas confiance.* Pourquoi l'aurait-elle fait ? *Tu l'as quittée.*

Il chassa cette petite voix exaspérante. Il ne voulait pas voir le point de vue de Jeannie. Sa colère était encore trop vive.

Il passa devant les étals déserts du marché et aperçut l'auberge. Comme à son habitude, il examina les environs. Quelque chose clochait : le garde Gordon censé faire le guet n'était pas à sa place. Ses sens en alerte, tout lui parut soudain trop calme. Rien ne bougeait.

Il baissa les yeux vers le sol boueux et vit des empreintes venant de toutes les directions autour du bâtiment. Une vingtaine d'hommes au moins. Il devait y en avoir d'autres postés dans les environs et derrière les arbres. Cela faisait beaucoup comparé à sa poignée de gardes, d'autant plus qu'il avait envoyé Leif surveiller le château un peu plus tôt. Il recula de quelques pas, mais il était trop tard. Il se sentait observé.

C'était un piège, dans lequel il n'avait pas l'intention de tomber. Puis il se souvint. Il avait laissé Jeannie seule dans l'auberge, leur offrant une arme idéale. Tous ses muscles se bandèrent. S'ils lui avaient fait du mal, il les tuerait jusqu'au dernier, même s'ils étaient toute une armée.

Il lança un regard vers la fenêtre à l'étage et ne décela aucun mouvement.

Soudain, il entendit un cri étouffé de femme qui lui glaça le sang.

Il s'élança sans hésiter.

Il n'était plus qu'à quelques mètres de la porte quand un tir de mousquet assourdissant déchira l'air matinal.

Colin fulminait. Tout avait pourtant si bien commencé. Trop bien. Enfin, excepté pour le grand Irlandais. Ses hommes avaient pris l'auberge sans même tirer un coup de fusil. Une dague avait fait son affaire à l'unique garde à l'extérieur. Les autres avaient été surpris dans leur sommeil. Tout ça pour découvrir que ni son frère ni lady Gordon ne se trouvaient à l'intérieur.

L'Irlandais blessé et les quatre Gordon étaient ligotés et assis sur le plancher. Le tavernier, sa femme et leur fille avaient également été arrêtés.

— Où sont-ils ? demanda-t- il au malabar.

L'Irlandais saignait du nez et sa pommette commençait à jaunir là où l'avait frappé une crosse de mousquet. Il sourit néanmoins.

— Qui donc ?

Colin eut du mal à retenir son irritation. Seule l'envie de capturer son frère l'empêcha d'ordonner qu'il soit exécuté sur-le-champ.

— Duncan Dubh, le hors-la-loi.

Le grand rouquin haussa les épaules.

— Je ne connais pas de hors-la-loi.

Colin lui colla le canon de son pistolet sous le menton.

— Tu en es sûr ?

L'Irlandais ne sourcilla pas.

— Oui.

Il était clair qu'il ne trahirait jamais son chef. Colin allait appuyer sur la détente quand, du coin de l'œil, il aperçut la fille du tavernier la bouche grande ouverte.

— Tu as quelque chose à dire ? lui demanda-t-il. Tu sais où sont le hors-la-loi et la femme ?

La jeune fille paraissait terrifiée.

— Je... Je... balbutia-t-elle.

— Amenez-la-moi, ordonna Colin à ses hommes.

Elle se mit à hurler quand ils lui prirent les bras.

— Ils ne... sont pas l-l-là, hoqueta-t-elle. On ne savait pas que c'était un hors-la-loi. On ne veut pas d'ennuis. J'ai vu l'homme sortir il y a un petit moment. Il allait vers le port. Je les ai entendus se disputer hier soir.

Alors je suis montée voir la dame. Elle est partie peu après lui pour...

Elle fut interrompue par une détonation.

Colin n'osait espérer que quelqu'un avait réglé son problème pour lui.

Le cœur de Jeannie battait à tout rompre tandis qu'elle éperonnait son poney pour le pousser à galoper plus vite. Le vent cinglait son visage et faisait voler ses cheveux. Des larmes coulaient sur son visage, mais elle le remarqua à peine. Elle ne pensait qu'à rentrer au village. Elle avait hâte d'annoncer à Duncan ce qu'elle avait découvert.

Refusant de se laisser intimider, elle avait défié la vieille femme. Il lui avait suffi de quelques questions bien pesées. Telles des vannes qui ne demandaient qu'à lâcher, toute l'histoire sordide s'était alors déversée des lèvres de lady MacDonald.

— Attention !

Davy avait crié juste avant qu'elle aperçoive l'homme surgissant d'entre les arbres sur sa gauche, lui coupant la route. Elle tira sur les rênes de toutes ses forces.

Cela s'était passé si vite qu'elle n'avait pas eu le temps de reconnaître Leif, l'un des hommes de Duncan. Dans les meilleures des circonstances, il la mettait mal à l'aise, mais l'air glacial qu'il arborait à présent faisait froid dans le dos.

— Que faisiez-vous au château ? demanda-t-il

Elle n'apprécia guère son ton soupçonneux.

Davy se retrancha derrière elle en tremblant.

Elle se retint de rétorquer au géant nordique que ce n'étaient pas ses oignons. Néanmoins, elle savait qu'il n'était motivé que par sa loyauté envers Duncan. En outre, elle ne voulait pas perdre de temps.

— J'ai obtenu la preuve que nous cherchions.

Elle fouilla dans sa bourse et en sortit un morceau de parchemin froissé qu'elle lui tendit. Elle espérait qu'il savait lire le latin.

Il déplia le papier, toujours méfiant. Puis il le lut. Le texte n'était pas long. Ses traits s'adoucirent légèrement. Il le relut, puis leva les yeux vers elle, ne pouvant cacher sa surprise.

— D'où avez-vous sorti ça ?

L'arrogance de son ton la hérissa et elle rétorqua sèchement :

— Lady MacDonald.

Il marmonna dans sa barbe d'un air incrédule puis lui rendit le document qu'elle rangea soigneusement dans sa bourse avant de déclarer sur un ton caustique :

— À présent, si vous n'y voyez pas d'inconvénient, j'aimerais trouver Duncan.

— Je vais vous conduire à lui.

Si c'était là sa façon de s'excuser, ses manières laissaient à désirer. Ils galopèrent ventre à terre vers l'auberge, Davy s'efforçant de les suivre. Ils arrivaient au sommet de la colline qui surplombait le village quand un coup de feu retentit.

Un frisson prémonitoire parcourut l'échine de Jeannie et elle plaqua une main sur sa bouche pour étouffer son cri.

Leif jura en tirant sur ses rênes, et leur fit signe de s'arrêter.

De là où ils se tenaient, ils pouvaient voir l'écurie et le potager, mais pas la cour devant l'auberge. Jeannie n'osait pas imaginer ce qui s'y passait. Si Duncan avait été arrêté, il risquait d'être exécuté sur place. Était-ce la détonation qu'ils venaient d'entendre ? Non, ce n'était pas possible ! Ils étaient si près du but. Lisant dans ses pensées, Leif tenta de la rassurer :

— Ne vous inquiétez pas, le capitaine sait se défendre.

Il s'efforça de sourire.

Leurs montures ne pouvaient que les gêner à présent. Ils les attachèrent et Leif ordonna à Davy de rester en arrière pour les surveiller, une mission que le jeune homme terrifié accepta avec empressement.

Ils descendirent furtivement la colline. Après ce qui parut à Jeannie durer une heure mais ne leur prit qu'une minute ou deux, ils parvinrent derrière l'écurie. Deux hommes montaient la garde devant la porte de la cuisine de l'auberge, manifestement pour empêcher ses occupants d'en sortir. Ils entendaient des éclats de voix venant de la cour de l'autre côté. Ils contournèrent le bâtiment à pas de loup pour voir l'entrée de l'auberge.

Leurs pires soupçons se confirmèrent. Il y avait une vingtaine de soldats. L'un d'eux se tenait de dos, mais sa silhouette parut étrangement familière à Jeannie. Puis il se tourna légèrement…

Jeannie se figea. Colin !

Puis elle aperçut Duncan.

Prévoyant sa réaction, Leif l'attira à lui et lui plaqua une main sur la bouche pour retenir son cri.

Duncan sentit à peine la brûlure de la balle de mousquet qui lui érafla l'épaule, mais le sang se mit aussitôt à ruisseler le long de son bras. Heureusement, les armes à feu des soldats n'étaient pas très précises. Le tireur devait se trouver à une cinquantaine de mètres, caché derrière les arbres.

La détonation avait attiré les hommes qui se tenaient dans l'auberge. La porte s'ouvrit et une poignée de soldats jaillit dans la cour.

L'un d'eux était son frère.

Colin avait changé en dix ans, même si sa transformation n'était pas aussi spectaculaire que celle de Jamie. Il mesurait quelques centimètres de moins que Duncan et était plus trapu. Il avait mauvaise mine et paraissait à cran, semblant ne pas avoir dormi depuis une semaine.

Colin le salua d'un signe de tête.

— Duncan ! Cela faisait longtemps.

Duncan crut détecter une note de regret dans sa voix, mais elle fut vite effacée par une détermination froide. S'il avait espéré trouver un allié en son frère, il s'était trompé.

Il lança un regard vers la porte derrière Colin, mais ne vit personne.

— J'ai entendu une femme crier, déclara-t-il. Où est-elle ?

Colin esquissa un petit sourire cynique.

— Comment ? Tu veux dire que tu ne le sais pas toi-même ?

— Laisse partir les gens que tu retiens dans cette auberge, et je me rendrai sans faire d'histoire.

— Tu n'es pas en position de négocier, Duncan. Que tu te rendes de ton plein gré ou pas, tu n'as aucune chance.

Duncan s'efforça de rester calme. S'il voulait s'échapper, ce n'étaient pas quelques gardes qui le retiendraient.

— Ces gens n'ont rien fait de mal, reprit-il. Tu n'as aucune raison de t'en prendre à eux.

— Héberger un hors-la-loi est un crime.

Colin baissa les yeux vers le couteau que tenait Duncan avant de poursuivre :

— Lâche ton arme et je te promets qu'il ne sera fait de mal à personne.

Duncan n'hésita pas. Il laissa tomber sa lame, lança son pistolet sur le sol, puis dégrafa la ceinture qui retenait le fourreau de son épée et la tendit à son frère.

Colin l'examina et manqua d'exploser.

— L'épée de notre père ! Tu l'avais volée et conservée tout ce temps !

Duncan ne se défendit pas. L'arme ne lui avait jamais vraiment appartenu. Il l'avait prise sur un coup de tête, choqué de voir son père mortellement blessé sur le champ de bataille.

Il se laissa ligoter, fléchissant légèrement les poignets pour laisser un peu de jeu dans la corde.

— Attachez-le solidement, ordonna Colin en devinant ses intentions. Et fouillez-le bien au cas où il cacherait d'autres armes.

Deux de ses hommes s'exécutèrent, trouvant deux autres couteaux dont le *sgain dubh* de Duncan, puis Colin cria aux soldats à l'intérieur de l'auberge :

— Faites-les sortir !

Duncan attendit le cœur battant, priant de la voir apparaître indemne. Il fut amèrement déçu. Le groupe qui s'avança dans la cour ne contenait que Conall, sérieusement amoché mais vivant, ainsi que trois des Gordon qui les avaient accompagnés.

Il conserva un visage de marbre en dépit de l'angoisse qui lui rongeait les entrailles. Jeannie n'était pas là.

Si Leif ne l'avait pas retenue, Jeannie se serait élancée dans la cour. Duncan se rendait parce qu'il la croyait retenue à l'intérieur de l'auberge. Elle devait le sauver. Au mieux, il serait emprisonné dans une prison épouvantable ; au pire...

Elle ne pouvait même pas y penser.

— C'est son frère ? chuchota Leif à ses côtés.

Elle acquiesça et il ôta enfin sa main de sa bouche.

— Vous ne pouvez rien pour lui pour le moment, déclara-t-il.

Il avait raison. Elle était plus que jamais convaincue que Colin était derrière le coup monté contre Duncan. Sa preuve n'aurait aucun effet sur lui ; au contraire, elle lui donnerait une raison de plus de l'abattre sommairement. De fait, elle se demandait pourquoi il ne l'avait pas déjà fait.

Elle entendit Duncan demander :

— Où est-elle ?

— Pas ici, répondit Colin. Ne me dis pas qu'elle t'a encore laissé tomber ?

Il se tourna vers un de ses hommes.

— Amène la fille, ordonna-t-il.

Quelques instants plus tard, la fille de l'aubergiste fut traînée dans la cour, roulant des yeux affolés.

— Où est partie la dame ? demanda Colin.

La malheureuse pouvait à peine parler.

— Au... au ch-château, balbutia-t-elle. Elle... ne voulait p-pas qu'il le sache, ajouta-t-elle en pointant un doigt vers Duncan.

— Pourquoi ? demanda Colin sur un ton suspicieux.

— Je... je ne sais pas. Elle était troublée. Elle semblait avoir pleuré t-toute la nuit. Je les ai entendus se d-disputer.

Jeannie sentit le feu lui monter aux joues. Les parois de l'auberge étaient encore plus fines qu'elle ne l'avait cru.

— Elle m'a trahi, déclara froidement Duncan. Je ne serais pas surpris qu'elle soit partie avertir McDonald de ma présence sur l'île.

Jeannie se raidit. Comment pouvait-il penser une horreur pareille ?

— C'est une feinte, lui chuchota Leif pour la rassurer.

Il paraissait toutefois moins sûr de lui que plus tôt. Il avait sans doute, lui aussi, entendu leurs éclats de voix la veille. Il avait également vu la tête de Duncan quand il était redescendu de leur chambre.

— Malgré ça, tu es prêt à te rendre pour lui sauver la vie ? demanda Colin sceptique.

— C'est de ma faute si elle se trouve sur Islay, répondit Duncan. J'en ferais autant pour n'importe quelle femme sous ma responsabilité.

Colin hocha la tête. Cela correspondait bien à l'esprit chevaleresque dont Duncan avait toujours fait preuve.

— Qu'es-tu venu faire ici ? lui demanda-t-il.

— Je recherchais ma mère.

— Et tu l'as trouvée ?

— Non, elle est morte il y a dix ans.

Sa réponse parut satisfaire Colin. Il changea de sujet.

— Après ce que Jean Grant t'a fait autrefois, je m'étonne que tu sois allé la trouver.

— J'espérais qu'elle aurait des remords de m'avoir trahi. Je me trompais. Elle est aussi fourbe que belle.

Colin étudia son visage, ne semblant pas totalement convaincu.

— Quoi qu'il en soit, j'aimerais quand même interroger lady Gordon. Je vais envoyer des hommes la chercher au château. Notre cousin m'a ordonné de vous ramener tous les deux à Inveraray. Il souhaite te voir avant que ta sentence soit exécutée.

Jeannie respira un peu mieux. Elle savait à présent pourquoi Colin ne l'avait pas encore tué. Elle en aurait presque été reconnaissante à Argyll.

Duncan haussa les épaules.

— Comme tu voudras, répondit-il. En ce qui me concerne, elle peut bien rentrer chez elle à la nage.

Le cœur de Jeannie se serra. Même s'il était convaincant, elle savait qu'il n'en pensait pas un mot. Néanmoins, elle ne pouvait s'empêcher de penser à leur querelle.

Colin ordonna à ses hommes de conduire les prisonniers au *birlinn*. Leif tira sur le bras de Jeannie pour l'entraîner à l'abri dans l'écurie.

— Il essaie simplement de vous protéger, expliqua-t-il.

— Je sais, répondit Jeannie en reniflant.

Je l'espère ! Elle s'essuya les yeux sur sa manche, essayant de maîtriser son angoisse afin de réfléchir.

— Nous devons arriver à Inveraray avant eux, déclara-t-elle. Argyll le tuera. Comment faire ?

Le redoutable Nordique lui sourit, un vrai sourire cette fois, qui était encore plus effrayant que son air teigneux habituel.

— Nous les battrons ! affirma-t-il. Nous autres, les Vikings, nous ne sommes pas célèbres uniquement pour nos massacres et nos pillages. Personne n'est plus rapide que nous sur les flots.

Jeannie ignorait si elle devait être soulagée ou terrifiée. *Des massacres et des pillages, il ne manquait plus que ça !*

23

Duncan fut soulagé quand les hommes de Colin rentrèrent bredouilles de Dunyvaig Castle. Lady MacDonald leur avait répondu que Jeannie avait quitté l'île tôt le matin. Il ignorait si c'était vrai, mais le principal était de la savoir le plus loin possible de son frère.

Il se laissa conduire sur le *birlinn*, s'efforçant de refouler son inquiétude pour Jeannie. Il valait mieux qu'ils ne soient pas ensemble pour le moment, Colin ne serait ainsi pas tenté de se servir d'elle contre lui. Son frère n'avait pas paru totalement convaincu par sa prétendue indifférence. En outre, s'il décidait de s'enfuir, ce serait plus facile sans elle.

Toutefois, de la laisser seule hérissait tous les poils de son corps.

Elle s'en sortira, se convainquit-il. Leif avait dû l'intercepter sur la route de Dunyvaig. Le Nordique la protégerait au péril de sa vie.

Mais qu'était-elle allée faire au château ?

L'idée qu'elle ait pu le quitter comme l'avait suggéré Colin, ou qu'elle ait voulu le dénoncer comme lui-même l'avait affirmé, ne lui avait traversé l'esprit qu'une fraction de seconde, sans qu'il y ait vraiment cru. Elle l'aimait. Elle ne lui aurait jamais révélé la vérité au sujet de Dougall si elle n'avait pas eu pleinement confiance en lui.

Et lui en elle. Il le savait désormais avec une certitude qui ne s'expliquait pas. Même mis face à une montagne de preuves accablantes contre elle, il n'y aurait pas cru.

Il devait sans doute en être reconnaissant à Colin. Dès qu'il avait entendu la femme crier, tout était devenu clair. Il avait fulminé contre elle pour ne pas lui avoir dit la vérité au sujet de Dougall, mais c'était contre lui-même qu'il était furieux. Il était responsable de l'avoir abandonnée alors qu'elle portait leur enfant. Il ne pourrait jamais corriger son erreur, mais il se jura de tout faire pour la racheter.

Duncan ne tenait pas à s'échapper, pas encore. Il voulait d'abord une occasion d'interroger son frère. Toutefois, Colin se tenait à l'écart, de l'autre côté du bateau, ne semblant pas tenté le moins du monde de renouer des liens fraternels. Il devrait attendre qu'ils aient accosté à Tarbet. De là, en portant les deux *birlinns* (le second les avait rejoints dès qu'ils étaient sortis du port), ils parcourraient à pied la bande de terre de moins de deux kilomètres de large qui séparait Kintyre et Knapdale du loch Fyne, avant de reprendre la mer jusqu'à Inveraray.

À bord, Duncan eut tout loisir d'observer le comportement de Colin avec ses hommes. Ce n'était pas brillant. Son frère était colérique et avait la main leste. Ses hommes lui adressaient rarement la parole à moins d'y être contraints. Cela ne semblait pas déranger Colin. Au contraire, il paraissait même fier de l'autorité tyrannique qu'il exerçait en tant que chef de clan.

Le vent était contre eux, si bien que pour contourner l'île de Gigha, les soldats durent sortir les rames. Un orage menaçait. Le ciel grondait et des rafales glacées soulevaient une forte houle.

À mesure que le temps empirait, l'humeur de Colin s'assombrissait. Il n'avait jamais eu le pied marin et, le temps qu'ils entrent dans le port de Tarbert, son teint avait viré au verdâtre. La nuit était tombée et un crachin transperçait l'épais brouillard.

Peu désireux d'affronter une tempête en mer dans le noir, Colin ordonna à ses hommes de leur procurer des chevaux. Quitte à faire un détour, ils se rendraient à Inveraray par voie de terre.

Alors qu'ils débarquaient, Duncan échangea un regard avec son frère et en déduisit que le moment de s'expliquer n'était pas encore venu.

Il ne tarda pas à se rendre compte que Colin ne demandait qu'à ce qu'il s'enfuie. Il lui en donnait toutes les occasions. À plusieurs reprises, pendant que les soldats déchargeaient les embarcations et préparaient les chevaux, il fut laissé sous la surveillance d'un seul garde. C'était un jeune gringalet qui n'avait même pas encore de poil au menton. Duncan aurait pu le maîtriser les mains et les pieds liés.

À un autre moment, Colin le fit s'adosser à un arbre près d'une pierre tranchante. Duncan aurait pu limer la corde qui retenait ses poignets en quelques minutes.

Il aurait aimé voir là l'expression d'une sollicitude fraternelle, mais craignait que les desseins de son frère ne soient beaucoup plus noirs. Colin cherchait une bonne excuse pour l'abattre.

Ses doutes se confirmèrent lorsqu'ils reprirent la route. Au lieu de le jeter en travers d'une selle, Colin ordonna qu'on relâche légèrement ses liens afin qu'il puisse chevaucher le dos droit. Bien que la route soit assez large pour deux carrioles, il organisa ses soldats en rang de deux, plaçant Duncan en queue de la colonne. Lui-même chevauchait non loin. Il avait beau feindre d'avoir l'esprit ailleurs, Duncan savait qu'il surveillait ses moindres gestes. Il était comme un serpent enroulé sur lui-même, prêt à bondir.

À mesure qu'ils avançaient, il devint plus nerveux encore. Il sursautait au moindre bruit et lançait des regards inquiets vers les ténèbres comme s'il s'attendait à voir surgir un fantôme.

Duncan se souvint de ce que Jamie lui avait raconté à propos des MacGregor et de Niall Lamont. Les craintes de Colin étaient justifiées. À plus d'une reprise, Duncan eut la nette impression qu'ils étaient suivis.

Lorsque Colin accéléra le pas et ordonna à l'homme à ses côtés de partir reconnaître le terrain, Duncan profita de l'espace laissé vacant pour venir se placer à sa hauteur.

— Que se passe-t-il, cher frère, tu es donc si pressé de me conduire à Inveraray ou tu as simplement hâte de quitter cette route ?

Colin tiqua, n'appréciant pas que Duncan perçoive ses faiblesses.

— Toi en revanche, tu me parais très détendu pour un homme à quelques heures de monter sur le gibet.

Duncan haussa les épaules.

— Je suis prêt à voir la vérité éclater au grand jour.

— Quelle vérité ? demanda Colin avec une lueur d'inquiétude dans les yeux.

— Je n'ai pas trahi notre clan. Quelqu'un m'a volé la carte pour la donner à Grant.

— Qui ?

— Je l'ignore.

— Tu as des preuves ?

— Uniquement ma parole.

Colin éclata de rire.

— Et tu t'imagines qu'elle suffira ? Tu as oublié qui était notre cousin. Si j'étais toi, je chercherais un autre moyen de sauver ma peau.

— Si je ne te connaissais pas mieux, mon frère, je jurerais que tu souhaites me voir m'enfuir.

Colin ne sourcilla pas.

— Pourquoi le souhaiterais-je ?

— À toi de me le dire. Qu'est-ce que tu as à gagner en me livrant à Archie, Colin ?

— Je ne cherche aucun gain, rétorqua sèchement Colin. J'accomplis simplement mon devoir envers notre cousin. Cela ne m'enchante pas plus que toi.

— Pourtant, tu sais que je n'ai pas commis ce dont on m'accuse.

— Je sais que tu as été jugé et déclaré coupable.

— Pour quelle raison aurais-je trahi mon clan ?

— La jalousie. Tu n'as pas supporté mes fiançailles. Tu étais furieux contre père parce qu'il ne t'a pas laissé épouser la fille que tu voulais.

— Uniquement parce que tu as été lui parler en premier. Pourquoi, Colin ? Pourquoi as-tu demandé sa main alors que tu savais que je l'aimais ? Tu me hais donc à ce point ?

— Oui, lâcha Colin.

Cet aveu sembla le surprendre encore plus que Duncan et il se ressaisit rapidement.

— Tu aurais dû rester à ta juste place, grommela-t-il.

Il éperonna sa monture pour couper court à la conversation. Toutefois, Duncan en avait entendu assez. La rancœur de son frère à son égard était bien plus profonde que ce qu'il avait imaginé.

Colin poursuivit sa route, poussant ses hommes et leurs montures à la limite de leurs forces. Toutefois, il arriva un moment où ils furent bien obligés de faire une halte pour laisser souffler les chevaux.

Ne voulant courir aucun risque, il dispersa la moitié de ses hommes pour établir un périmètre de sécurité, pendant que les autres s'occupaient des bêtes.

Duncan avait été séparé des autres prisonniers et était assis au bord du loch, adossé à un arbre. Il n'avait rien avalé de la journée et fut surpris quand le jeune garde lui offrit un morceau de bœuf séché et un peu de bière. Il le remercia chaleureusement.

Le garçon lança un regard à la ronde puis lui demanda :

— C'est vrai ce qu'on dit sur vous ?

— Ça dépend, répondit Duncan. On raconte beaucoup de choses sur moi.

— On prétend que vous êtes le Highlander noir. Que vous êtes le plus redoutable des guerriers et...

— Ça suffit, Gillis ! tonna la voix de Colin. Quelle que soit la réputation de cet homme, ici, dans les Highlands, c'est un hors-la-loi condamné pour trahison.

— Oui, chef, balbutia Gillis, confus. Excusez-moi, chef.

— Va t'occuper des chevaux. Il est l'heure de repartir.

Duncan était aux aguets. Le moment redouté était arrivé. Il n'y avait personne à la ronde. Les soldats étaient à bonne distance, s'apprêtant à reprendre la route.

— Lève-toi, ordonna Colin.

Duncan se leva lentement. Du coin de l'œil, il vit son frère porter la main à sa ceinture et sortir son pistolet.

Les mains toujours liées dans le dos, il pivota et lança un grand coup de pied. Sa botte rencontra le bras de Colin et envoya l'arme voler dans les airs. Sans attendre que son frère réagisse, il frappa à nouveau, visant cette fois la tête de Colin qui s'était baissé instinctivement vers son poignet blessé. Cela l'étourdit suffisamment pour que Duncan fonce sur lui, le cueillant d'un coup de tête en plein ventre et les envoyant tous les deux rouler au sol.

Son cri fut entendu par Conall qui réagit au quart de tour et se rebella à son tour. Ils n'étaient que deux contre une vingtaine de soldats et, en dépit de sa réputation, les talents de Duncan n'étaient pas sans limites. Leurs chances s'accroîtraient considérablement si Conall parvenait à libérer les Gordon.

Duncan arracha un cri de douleur à son frère en lui envoyant son coude dans le bas-ventre. Il parvint à arracher le couteau glissé sous sa ceinture et à libérer ses mains juste avant que Colin ne rétorque avec un crochet qui l'atteignit à la tempe. L'impact résonna contre les parois de son crâne. Son frère avait de nombreux défauts, mais il savait se battre.

Il lui rendit la pareille avec un coup de poing dans la mâchoire qui l'envoya à la renverse.

Tenant fermement le couteau, il se planta solidement sur ses jambes. Il entendait des hommes se battre non loin et se tenait prêt à affronter ses assaillants. Il distinguait des ombres qui s'approchaient dans l'obscurité.

Colin se releva péniblement en se massant la mâchoire.

— Sale ordure ! cracha-t-il.

— Ce n'est pas moi qui essaie d'assassiner mon propre frère, rétorqua Duncan.

Colin sortit son second pistolet et tira. Duncan esquiva le coup de justesse, puis, profitant qu'il était occupé à sortir la longue épée de leur père de son fourreau, bondit en avant et plaqua son frère contre un arbre. Lui écrasant le torse de son bras, il tint la pointe du couteau sous son cou.

Colin se débattit, mais ne parvint pas à faire bouger Duncan d'un pouce.

— Pourquoi ? demanda ce dernier d'une voix tremblante de rage.

S'il avait espéré lui arracher une confession, il fut vite déçu.

— Tu ne me tueras pas, le défia Colin.

Duncan lança un regard dans la direction des combats et hésita. Il comprenait à présent pourquoi les soldats n'étaient pas venus à la rescousse de leur chef. Les hommes dont il avait distingué les silhouettes un peu plus tôt s'approchèrent. Leur chef ressemblait tant à sa sœur que Duncan n'avait pas besoin de présentations.

Il se tourna à nouveau vers Colin, ressentant soudain une profonde tristesse.

— Tu as raison, je ne te tuerai pas.

— Mais moi, si, déclara l'autre homme.

Colin le vit à son tour et blêmit.

Duncan le relâcha et recula d'un pas.

Niall Lamont était venu venger le viol de la femme qu'il aimait. Il salua Duncan d'un signe de tête sans quitter Colin des yeux.

Les deux hommes dégainèrent leurs épées et se firent face. Lamont attaqua le premier avec une férocité quasi surhumaine. Le choc des lames retentit avec un fracas qui résonna entre les arbres. Lamont charga encore et encore, infatigable, assenant des coups que Colin peinait à parer.

Le combat n'avait qu'une seule issue possible. Duncan le savait et, à en croire la lueur affolée dans ses yeux, Colin aussi.

Ne voulant pas assister à l'inévitable, Duncan tourna les talons et s'éloigna. Il aurait aimé avoir de la peine pour son frère, mais ce dernier avait choisi sa voie. Le moment était venu pour lui de rendre des comptes.

Colin était mort.

Lamont et sa bande MacGregor disparurent dans la nuit aussi subitement qu'ils étaient apparus. Leur combat n'avait été que contre un seul homme.

Avant toute chose, Duncan ordonna à Conall de retourner chercher Jeannie sur Islay. Le grand Irlandais n'était pas ravi, mais comprit.

Il aurait sans doute eu du mal à convaincre le reste des soldats de ne pas le tuer sur place sans l'intervention de Gillis. Le jeune homme s'était retourné juste au moment où Colin avait sorti son pistolet pour abattre lâchement le prisonnier. Un tel manque d'honneur passait mal auprès des Highlanders et, Duncan acceptant de bon gré de se soumettre à leur autorité, ils décidèrent de poursuivre leur mission qui était de le conduire sain et sauf devant Argyll.

Après avoir soigné les blessés et ramassé les morts, ils reprirent la route. L'aube pointait quand la sinistre procession franchit les portes d'Inveraray Castle, l'impressionnante forteresse du comte d'Argyll.

S'étant attendu à être directement jeté dans un cachot, Duncan fut surpris d'être conduit dans le bureau du laird.

Il n'était pas venu à Inveraray depuis longtemps. Il avait oublié les goûts de luxe de son cousin. Le château était digne d'un roi. Le bureau était surchargé de lourdes tentures en velours, de brocarts, de meubles ouvragés... la moindre surface disponible avait été dorée à la feuille.

Il se raidit en entendant la porte s'ouvrir. Il se retourna et resta sans voix. Jeannie ?

Elle se mordit la lèvre et entra dans la pièce, ne faisant que quelques pas hésitants. Elle semblait attendre sa réaction. Elle ne tarda pas. Il la rejoignit en deux enjambées et la prit dans ses bras.

Elle s'affaissa contre lui avec un profond soupir de soulagement. Il déposa un baiser sur le sommet de son crâne, humant le doux parfum fleuri de sa chevelure.

Lorsqu'il la lâcha enfin, il la dévisagea longuement comme pour s'assurer que c'était bien elle.

— Comment es-tu arrivée jusqu'...

Il s'interrompit. Leif. Il pouvait naviguer à travers n'importe quelle tempête. Il lui avait fait courir un risque immense en la conduisant à Inveraray.

Elle lut dans ses pensées.

— N'en veux pas à Leif. Nous devions venir ici coûte que coûte. En outre, sans lui je serais encore en train de nager.

Il grimaça, se souvenant de ses propres paroles.

— Je ne le pensais pas, se défendit-il. Je voulais t'éloigner de Colin.

— Je l'avais compris, répondit-elle avec un sourire timide. Du moins, je l'espérais. Mais, après tout ce que je t'avais dit, je n'étais pas sûre que tu aies envie de me revoir.

Il fut assailli de remords en voyant la douleur dans ses yeux. Il la serra à nouveau dans ses bras et murmura :

— Pardonne-moi. Je n'aurais jamais dû te laisser. J'étais plus furieux contre moi-même que contre toi. Je sais que tu n'essayais que de protéger notre fils et je ne ferai jamais rien qui puisse détruire tout ce que tu as fait pour lui.

Elle releva les yeux vers lui.

— Que veux-tu dire ?

Il prit une profonde inspiration, rassemblant son courage pour prononcer les mots suivants.

— J'ai perdu tout droit sur mon fils en t'abandonnant il y a dix ans.

— Tu ferais vraiment ça pour moi… pour nous ?

Il acquiesça et le visage de Jeannie s'illumina de bonheur. Incapable de se retenir plus longtemps, il l'embrassa tendrement. Lorsqu'il parvint enfin à s'arracher à ses lèvres, elle déclara :

— Tu ne dois pas renoncer à ton fils. Lui cacher la vérité n'entraînera que plus de souffrances plus tard. Dougall mérite de connaître son vrai père.

Ce fut au tour de Duncan d'être surpris.

— Tu en es sûre ? Nous n'avons pas besoin de prendre une décision pour le moment. Tu changeras peut-être d'avis si je ne parviens pas à convaincre mon cousin.

— Il est déjà convaincu.

Elle n'eut pas le temps d'expliquer ce qu'elle entendait par là. La porte s'ouvrit à nouveau et, comme appelé par son signal, Archibald dit « le sinistre », dix-septième comte d'Argyll, entra dans le bureau.

D'instinct, Duncan fit un pas pour se placer devant elle et la protéger. Il soutint le regard froid de son cousin, remarquant que ses traits sombres et anguleux s'étaient creusés au fil des ans. Ils avaient à peu près le même âge, mais Archie paraissait nettement plus vieux. Son visage était ridé. Ses tempes commençaient à se dégarnir et sa barbe taillée en pointe était striée de gris. L'exercice du pouvoir avait un prix. Duncan nota également que son goût extravagant s'étendait à ses tenues. Au moins, il portait de la soie noire, et non bleu paon.

Argyll lança un regard à Jeannie.

— Je pense vous avoir laissé suffisamment de temps.

— J'allais justement lui expliquer, répondit-elle en rougissant.

— Elle n'a rien à voir dans cette histoire, la défendit Duncan.

Argyll arqua des sourcils surpris.

— Comment ça ? Sans lady Gordon, tu serais déjà assis au fond d'un cachot. C'est vrai, au sujet de Colin ?

Duncan hocha la tête.

— Que s'est-il passé ? demanda Jeannie.

Duncan raconta brièvement son voyage depuis Islay, y compris la tentative d'assassinat de son frère et l'arrivée inopinée de Niall Lamont.

Archie soupira.

— Le roi ne sera pas enchanté d'apprendre que « la justice des Highlands » a encore frappé.

Œil pour œil, dent pour dent. C'était la manière de régler les conflits dans les Highlands.

Il ajouta sournoisement :

— Sa déception sera peut-être atténuée quand il apprendra que ton affaire a enfin été réglée.

Archie ne laissait jamais rien transparaître de ses émotions, mais Duncan le connaissait suffisamment pour deviner qu'il manigançait quelque chose.

— Jamie t'a-t-il apporté les documents que j'ai trouvés ? demanda-t-il.

— Oui, ton frère et ta sœur ont débarqué en masse l'autre jour avec la carte disparue et la lettre de Grant. (Il les balaya d'un geste de dédain.) Il aurait pu vouloir dire n'importe quoi.

— Tu es donc déterminé à me faire pendre pour un crime que je n'ai pas commis ?

Jeannie tira sur son bras pour attirer son attention.

— Duncan...

Il la fit taire d'un geste et s'approcha de son cousin, le dominant d'une tête. L'autre ne cilla pas.

— Archie, comment peux-tu croire que je t'aurais trahi ?

— Je ne le crois pas, répondit son cousin avec une moue ironique.

— Ah non ? dit Duncan, perplexe.

— Duncan ! s'exclama Jeannie en venant se planter devant lui. Si tu me laissais parler, tu saurais déjà que tu as été gracié !

— Quoi ?

Sa stupeur était presque comique à voir.

Au même instant, la porte s'ouvrit à nouveau. Cette fois, ce fut au tour de Lizzie de faire son entrée, talonnée par son mari, Jamie et Caitrina. Lizzie se jeta dans les bras de Duncan.

— N'est-ce pas merveilleux ? s'exclama-t-elle.

Jeannie se mit à rire.

— Je n'ai pas encore eu le temps de lui raconter toute l'histoire.

Lorsqu'elle avait demandé à Argyll de lui laisser cinq minutes pour parler à Duncan seule à seul, elle n'avait pas prévu leur baiser. La prochaine fois, elle ferait mieux de demander une bonne heure.

Elle se tourna vers Duncan.

— Tu ne m'as pas demandé pourquoi je suis retournée au château.

— J'ai pensé que tu avais une bonne raison. Pour être sincère, j'étais surtout soulagé que tu ne sois pas à l'auberge quand Colin et ses hommes sont arrivés.

Elle aussi. Pour une fois, son instinct ne l'avait pas fourvoyée. Elle lui expliqua la remarque de la fille de l'aubergiste concernant les cheveux de Kathrin.

— La vieille dame se serait trompée ? demanda-t-il en fronçant les sourcils.

— C'est ce que j'ai d'abord pensé, mais il me paraissait étrange qu'elle se trompe sur ce détail. En réalité, ta mère avait vraiment les cheveux noirs.

Elle sortit un parchemin de sa bourse et le lui tendit. C'était une page de registre paroissial.

— Ta mère s'appelait Anna. Anna MacDonald.

Duncan lut le parchemin et releva les yeux vers elle.

— Je ne comprends toujours pas.

— Ton père et ta mère étaient mariés. Comme elle était catholique, ils se sont unis en secret dans une église à l'autre bout de l'île.

Elle pouvait voir la confusion et les émotions conflictuelles sur son visage et se hâta d'expliquer :

— Ta mère était la fille benjamine du vieux laird MacDonald, la petite sœur de Mary, qui était de vingt ans son aînée. Ton père et elle se sont rencontrés à la cour. Ils s'aimaient, mais, en raison de la guerre entre leurs clans, ils ne pouvaient espérer avoir l'accord de leurs familles. Ils se sont donc mariés en secret avec la gouvernante et Mary pour seuls témoins. Jusqu'à ce que les relations s'améliorent entre les clans, ils étaient contraints de se voir en cachette. Ton père voulait qu'ils s'enfuient, mais Anna refusait de se couper définitivement des siens. Cette situation insupportable dégénéra et ils eurent un jour une terrible dispute. Le temps que ton père revienne, déterminé à réclamer son épouse, il était trop tard. Anna était morte en couches et sa famille s'était « débarrassée » de son bâtard, te confiant à la gouvernante. Jusqu'à son dernier souffle, ta mère avait refusé de nommer ton père. Ce dernier est parvenu à retrouver Kathrin et t'a emmené vivre à Castleswene.

Duncan était remarquablement calme compte tenu de ce qu'elle venait de lui raconter. Cependant, sa voix trahit son émotion quand il demanda :

— Pourquoi mon père a-t-il caché la vérité durant toutes ces années ?

Ce fut Jamie qui lui répondit :

— À cause de notre grand-père. Il haïssait profondément les MacDonald. Tu te souviens comment il te traitait alors qu'il croyait que tu n'étais que le fils d'une simple servante ? Il n'aurait jamais permis qu'un MacDonald hérite de son titre de laird.

— Ton père cherchait uniquement à te protéger, ajouta Jeannie.

Elle pouvait lire la douleur dans les yeux de Duncan. Quelles qu'aient été les raisons de son père, il le ressentait comme une terrible trahison.

— Cela explique pourquoi il a menti au début, déclara-t-il. Pas pourquoi il a entretenu le mensonge jusqu'au bout.

— Parce qu'ensuite il a épousé ma mère, intervint à nouveau Jamie. En rétablissant la vérité, il aurait déshérité un autre fils.

— Il a dû changer d'avis, déclara Argyll. Je n'en ai compris la portée que lorsque lady Gordon m'a montré le document mais, la veille de la bataille, Auchinbreck m'a annoncé qu'il avait l'intention de faire de toi son *tanaiste*.

Jeannie sentit les muscles de Duncan se contracter sous ses doigts. Le comte poursuivit :

— Il est déjà arrivé qu'un fils illégitime hérite du titre de son père, mais je lui ai expliqué que cela n'irait pas sans soulever des problèmes. Il m'a répondu de ne pas m'en inquiéter, qu'il expliquerait tout le moment venu. Lorsqu'il est mort et que tu as été accusé de trahison, j'ai été soulagé qu'il n'ait pas divulgué publiquement son projet.

— Tu crois qu'il en avait parlé à Colin ? demanda Lizzie.

Duncan réfléchit un instant.

— C'est possible… après que je lui ai fait part de mon intention d'épouser Jeannie. J'ai eu l'impression que Colin et lui étaient en froid, mais j'ignorais pourquoi.

— Colin savait sûrement quelque chose, déclara Jeannie. Il s'est rendu à Dunyvaig peu après Glenlivet et y a posé tout un tas de questions.

Duncan se tourna vers elle.

— Tu penses qu'il serait responsable de la mort de Kathrin ?

— Je ne sais pas, mais Mary MacDonald en est convaincue. En outre, l'église où tes parents se sont mariés a brûlé peu avant son départ. Si Mary n'avait pas arraché la page du registre pour éviter que ton grand-père ne tombe dessus un jour, nous n'aurions sans doute jamais rien su.

— Pourquoi lady MacDonald ne nous a rien dit lorsque nous lui avons parlé la première fois ?

— Elle avait peur. Colin croyait que la gouvernante était la seule à connaître la vérité. Vu ce qui lui est arrivé, je peux comprendre Mary.

Duncan regarda son cousin.

— Même sans les aveux de Colin, tu es maintenant disposé à croire que je n'ai pas volé la carte pour la vendre à Grant ?

Argyll parut légèrement piqué.

— Je reconnais que tu n'étais pas le seul à avoir un motif.

Voyant que Duncan n'allait pas le lâcher aussi facilement et continuait à le dévisager fixement, il concéda enfin :

— Soit, je reconnais que je n'étais pas d'une humeur particulièrement généreuse à cette époque, et que je n'aurais pas dû te condamner aussi rapidement.

— Prends garde, Archie, le railla Jamie. Cela ressemble presque à des excuses !

Argyll lui lança un regard noir et bougonna quelque chose au sujet de l'insolence des exécuteurs.

— Que va-t-il arriver à Colin ? demanda Lizzie.

Il y eut un silence gêné, puis Argyll lui prit le bras, la regardant avec une tendresse inattendue.

— Viens, ma chère cousine. J'ai quelque chose à te dire et je crois que ton frère aimerait s'entretenir en tête à tête avec lady Gordon. (Il lança un regard à Duncan.) Si j'étais lui, je chercherais un moyen de lui exprimer toute ma reconnaissance.

Devinant probablement ce qu'il allait lui dire, Lizzie se laissa entraîner sans broncher. Les autres les suivirent hors de la pièce.

— Cela ne ressemble pas à Argyll de se montrer aussi prévenant, observa Duncan. Il se ramollit avec l'âge.

Jeannie se mit à rire, puis remarqua son air troublé. Les rebondissements de ces derniers jours faisaient beaucoup d'éléments à avaler.

— Bon sang ! Je n'arrive pas à croire que mes parents étaient mariés.

— Ils ont dû beaucoup souffrir. J'ai de la peine pour eux, murmura Jeannie.

Elle le vit se rembrunir et devina que ses sentiments pour son père étaient ambivalents. Puis, il sembla se détendre.

— Oui, dit-il. Ils ont dû s'aimer beaucoup pour prendre autant de risques.

— Il t'aimait toi aussi, Duncan. Ce qu'il a fait était mal, mais il essayait de racheter son erreur.

Il acquiesça, puis s'assit sur une chaise, l'attira sur ses genoux et la serra contre lui. Elle appuya la tête contre son épaule, savourant sa chaleur.

— C'est étrange comme ma vie reflète celle de mon père, dit-il soudain. Sauf sur un point.

— Lequel ?

— Mon père n'a pas eu la chance de faire amende honorable, moi si.

Il lui prit la main et la baisa tendrement avant de reprendre :

— Il y a dix ans, je t'ai demandé de m'épouser. Je ne mérite pas une seconde chance, mais, si tu m'acceptes à nouveau, je jure de passer le reste de ma vie à me racheter auprès de toi.

Jeannie voulut déglutir, mais sa gorge était trop nouée. Les larmes lui montèrent aux yeux. Elle avait peine à croire que ses rêves se réalisaient enfin.

— Oui, je t'épouserai.

Il sourit puis l'embrassa longuement. Cette fois, personne ne vint les interrompre.

Épilogue

1er mai 1609, Dunoon Castle

Jeannie s'arrêta sur le seuil de la grande salle et contempla le spectacle festif devant elle. L'émotion lui nouait la gorge. C'était presque trop beau et elle fut tentée de se pincer.

Elle avait attendu dix ans ce mariage. Il paraissait approprié qu'il ait lieu le jour de Beltaine, la fête ancestrale de la fertilité et du printemps, une célébration de tous les recommencements, et le véritable jour anniversaire de Dougall.

Elle sourit. Quelques secondes plus tard, Duncan la serrait dans ses bras chauds et il enfouit son visage dans son cou pour y déposer un baiser.

— Tout est à la hauteur de tes attentes, mon épouse ?

Mon épouse. Elle ne se lasserait jamais de l'entendre. Ils n'avaient pu attendre et s'étaient mariés en secret quatre mois plus tôt. Aujourd'hui, ils célébraient publiquement leurs noces avec toutes leurs familles réunies.

Elle inclina la tête pour mieux le dévisager. Avec son sourire espiègle, il était exactement ce jeune guerrier qu'elle avait aperçu à l'autre bout de la salle de Stirling Castle des années plus tôt. L'intensité de son amour pour lui n'avait pas changé. Elle était simplement devenue assez forte pour ne plus en douter.

— Tout est parfait, mon laird, répondit-elle.

Il rougit. Il avait toutes les raisons d'être fier. Il s'était aisément glissé dans son nouveau rôle, gagnant le respect et l'admiration des hommes de son clan. Il avait toujours été un meneur d'hommes. Toutefois, il ne s'était pas encore complètement habitué à porter le titre de laird d'Auchinbreck.

Elle balaya la salle du regard et aperçut son frère et sa femme, ses deux jeunes sœurs et leurs époux. Même Huntly et la comtesse avaient laissé de côté leurs différends avec Argyll pour l'occasion. Leur annoncer la vraie paternité de Dougall avait été une des pires épreuves qu'elle ait eu à affronter. Sa belle-mère ne lui avait posé qu'une question : « Mon fils le savait-il ? » La réponse de Jeannie lui avait suffi. L'amour féroce de la comtesse pour sa famille n'inclurait peut-être jamais Jeannie, mais ses enfants, si. Tous les deux.

Ils n'avaient pas encore dit la vérité à Dougall, attendant le bon moment pour le faire. Toutefois, le garçon était si perspicace (comme son père) qu'elle se demandait s'il ne savait pas déjà. Elle plissa soudain le front.

— Où sont Dougall et Ella ?

Duncan leva les yeux au ciel.

— Devine !

Depuis qu'il avait raconté aux enfants que son épée avait servi à son ancêtre pour sauver le roi Robert Bruce, ils se comportaient comme s'il s'agissait d'Excalibur.

— Ils sont encore en train de se chamailler pour savoir qui aura l'honneur de la nettoyer ?

Il acquiesça.

— Je crois que je vais avoir l'épée la plus propre du royaume. Ne t'inquiète pas, ils ont promis de descendre déjeuner dès qu'ils auront terminé.

— Cela nous laisse une heure avant que Ella ne vienne t'accaparer.

Il rit doucement dans ses cheveux avant de déclarer :

— J'en doute. J'ai l'impression que quelqu'un m'a supplanté dans son cœur.

Elle suivit son regard.

— Tu as peut-être raison. Je suis ravie que Jamie et Caitrina aient finalement pu venir.

— En effet, et je suis très reconnaissant à ma petite nièce d'être venue au monde avec quelques semaines d'avance pour qu'ils puissent faire le voyage.

Jeannie n'avait jamais vu un aussi beau bébé, ce qui n'était pas surprenant compte tenu de ses parents. Ella était presque aussi fascinée par le nourrisson que par l'épée, ce qui était un honneur insigne.

— Tu crois qu'ils lui auront enfin trouvé un nom avant de repartir ? demanda-t-elle.

— Je n'en mettrais pas ma main au feu. Aux dernières nouvelles, Caitrina voulait l'appeler « Paix », parce que Jamie n'en connaîtrait sans doute plus jamais, ou « Pénitence », en raison de ce qu'il devra subir quand sa fille sera assez grande pour attirer le regard des hommes.

Jeannie se mit à rire, puis aperçut Lizzie qui tenait dans ses bras sa nouvelle petite nièce sans nom.

— Je m'étonne que Patrick l'ait laissée venir alors qu'elle est sur le point d'accoucher.

— Avec tous ces coussins en soie sur lesquels il l'oblige à s'asseoir, je suis surtout surpris qu'il ne l'ait pas forcée à voyager dans une litière.

— Ne va pas lui donner des idées !

Elle aperçut une autre convive. La présence de celle-ci avait été une surprise.

— C'est bien de ta part de l'avoir invitée.

Duncan n'eut pas besoin de suivre son regard pour savoir de qui elle parlait.

— Sans elle, je n'aurais peut-être jamais appris la vérité. Lady Mary m'a protégé ainsi que le secret de mes parents durant toutes ces années.

— J'ai toujours su la vérité, déclara-t-elle.

— Comment ça ?

Elle posa une main sur sa joue.

— J'ai tout de suite compris que tu étais destiné à de grandes choses. Tu l'as toujours eu en toi, Duncan. Le mariage de tes parents ne change pas qui tu es.

L'amour qu'il vit dans ses yeux lui remplit le cœur. Il se pencha et l'embrassa sur la bouche.

— Si nous n'étions pas attendus par une salle remplie de convives, je te proposerais bien de nous éclipser pour prendre un petit bain dans le loch. Sauf que, cette fois, je préférerais que tu n'apportes pas ton pistolet.

Elle se mit à rire.

— Hmm, je ne sais pas. Une fille peut s'attirer bien des ennuis en nageant dans un loch. On ne sait jamais quels bandits rôdent dans le coin.

— Je te protégerai.

— Oui, c'est ça. Comme un loup protège les moutons.

— Un loup affamé, précisa-t-il. Peut-être pourrais-je te convaincre de te joindre à moi une autre fois. As-tu déjà nagé au clair de lune ?

— Une ou deux fois.

Il plissa les yeux.

— Comment ça, « deux fois » ?

— Ou une seule fois, je ne m'en souviens plus très bien.

Il la fit pivoter face à lui, leurs invités provisoirement oubliés.

— Peut-être devrais-je te rafraîchir la mémoire ?

— Essaie donc, qui sait ?

Ce qu'il fit plus tard cette nuit-là, dans les moindres détails.

Note de l'autrice

Bien que Jeannie et Duncan soient des personnages de fiction, les Grant de Freuchie et les Campbell d'Auchinbreck sont des clans bien réels qui ont participé à la bataille de Glenlivet.

Celle-ci a eu lieu en 1595 (et non en 1599). On la considère souvent comme une guerre de religion ayant opposé des catholiques, les comtes de Huntly et d'Eroll, aux protestants, le roi Jacques Stuart et le comte d'Argyll. Toutefois, elle a marqué avant tout la victoire de l'artillerie et de la cavalerie sur l'infanterie.

La défaite fut une profonde humiliation pour Argyll, qui n'avait alors que dix-huit ans. Comme je le raconte dans le livre, il aurait quitté le champ de bataille en larmes. Apparemment, le roi ne fut pas fâché de le voir remis à sa place (même s'il se battait en son nom). Il aurait déclaré : « Chapeau bas, Georgie Gordon, pour l'avoir renvoyé (Argyll) dans ses pénates la queue entre les jambes. » Comme aurait dit ma mère, Argyll commençait à avoir la grosse tête et le roi considérait qu'il était temps de lui rabattre le caquet.

J'ai modifié quelques détails, mais la bataille s'est déroulée plus ou moins telle que je l'ai décrite. Un conseil de guerre eut lieu la nuit précédente à Drumin Castle et Argyll décida de passer outre l'ordre d'attendre des renforts. Bien que son assaut ait été précipité, il semblerait qu'il ait été trahi par plusieurs membres de son camp.

La perfidie de Colin s'inspire de celle de Campbell de Lochnell, qui aurait donné la position d'Argyll à Huntly. Toutefois, par un juste retour des choses, Lochnell fut décapité par le premier boulet de canon.

Le chef des Grant fut également soupçonné de trahison. Ses hommes et lui fuirent le champ de bataille dès la première canonnade, handicapant gravement l'avant-garde d'Argyll. Cependant, il ne s'agissait pas du père de Jeannie (mort à l'époque), mais de son frère John. Ceux qui ont lu ma première série seront peut-être intéressés d'apprendre que le père d'Isabel (*Le secret du Highlander*), MacDonald de Glengarry, était fiancé à Helen Grant (la tante de John) ; leur fils Angus était l'héritier des Glengarry et le demi-frère d'Isabel.

Campbell d'Auchinbreck (le père de Duncan) est bien mort d'une balle destinée à Argyll. Le chef des MacLean, qui jouait le rôle du méchant dans *La fierté du Highlander*, s'est réellement illustré au cours de la bataille. La rodomontade d'Argyll, affirmant que son étendard flotterait au sommet du château des Gordon à Strathbogie, lui fut renvoyée à la figure quand le drapeau fut effectivement hissé, mais en symbole de sa déconfiture.

La victoire de Huntly et d'Eroll fut de courte durée. Une semaine après Glenlivet, le roi détruisit leurs châteaux respectifs (Strathbogie et Slains). Les comtes furent contraints de s'exiler pendant plusieurs années. Toutefois, en dépit de ses nombreuses provocations, Huntly jouissait d'une certaine bienveillance de la part de Jacques VI. En 1599, cinq ans après Glenlivet, il fut érigé au rang de marquis, alors que Argyll resta comte jusqu'à la fin de ses jours (son fils fut le premier marquis de la lignée). Dix ans plus tard, le marquis de

Huntly s'attira à nouveau les foudres de l'Église et fut emprisonné à Stirling Castle. Il fut libéré en 1610.

La marquise/comtesse de Huntly était réputée pour être aussi impitoyable que son mari. L'histoire de la décapitation du laird Mackintosh n'est qu'un des récits de ce genre la concernant dans les archives du clan.

Si Duncan avait débarqué sur Islay en quête de sa mère au cours de l'hiver 1608, il serait arrivé quelques mois trop tard. En août de la même année, Angus MacDonald de Dunyvaig, le chef du clan Donald à l'époque, fut contraint de céder Dunyvaig Castle à lord Ochiltree et à l'évêque Andrew Knox, entraînant la signature forcée des fameux statuts d'Iona par les lairds de l'île l'année suivante.

Un mot au sujet des châteaux mentionnés dans le roman : Freuchie Castle est également connu sous le nom de Balloch Castle et devint plus tard Castle Grant. L'histoire de Barbara Grant, cloîtrée par son père car elle refusait d'épouser un homme qu'elle n'aimait pas, est encore racontée au château de nos jours, et la tour où elle est morte s'appelle bien « la tour de Barbie ». Le crâne de Comyn fut conservé dans la grande salle durant des années. On ignore où il se trouve aujourd'hui car le château fut abandonné durant des lustres et a été vendu voici quelques années.

Aujourd'hui, Strathbogie Castle est connu sous le nom de Huntly Castle.

Aboyne Castle, également appelé Bonty ou Bunty Castle, a réellement appartenu autrefois aux Templiers et la rumeur d'une galerie souterraine ainsi que d'une salle secrète court toujours.

Remerciements

Rédiger d'affilée les trois parties d'une trilogie n'est pas chose simple, mais le dur labeur ne s'achève pas une fois que j'ai cliqué sur la touche « Envoi ». Transformer un manuscrit en roman requiert un travail colossal. Je remercie Kate pour son savoir, sa flexibilité et sa rapidité. Personne ne sait mieux qu'elle jongler avec la lecture, les révisions et les corrections d'épreuves. Merci à Kelly de s'être assurée que les délais soient assurés. Merci également aux secrétaires d'édition ainsi qu'à toute l'équipe de production de Ballantine. Les dieux de l'illustration ont brillé non pas une mais deux fois, avec les deux trilogies. Merci pour avoir si bien rendu mes fringants jeunes guerriers !

Toute ma gratitude à Jami et Nyree pour leurs talents : comploter, résoudre les problèmes, corriger, encourager et, parfois même, me servir de psychiatre. Je ne remercierai jamais assez le ciel de m'avoir conduite à cette réunion du RWA à San Francisco début 2003 !

À ma compagne de voyage Veronica : je crois qu'un nouveau séjour en Écosse s'impose, nous méritons de prendre notre revanche aux quiz de pub (cette fois, en enlevant toutes les questions relatives au football et à la télévision britannique). À Ian Watson, notre acolyte et guide : merci pour cette merveilleuse visite du comté d'Argyll. Votre connaissance de l'histoire, des expressions et du folklore de la région est stupéfiante.

Mes remerciements chaleureux également à mes agentes Andrea, Annelise et Kelly ; à Emily et à l'équipe de conception numérique de Wax Creative ; ainsi qu'à Anne, Candice, Barbara, Carol, et plus particulièrement à Penny et Tracy, qui m'ont aidée à mettre au point ces histoires au cours d'un déjeuner, il y a très, très longtemps.

Enfin et surtout, je remercie mon mari et mes enfants, qui se montrent toujours plus compréhensifs à chaque roman (à moins que ce ne soit moi qui devienne de plus en plus sourde).

10084

Composition
FACOMPO

Achevé d'imprimer en Italie
par GRAFICA VENETA
le 5 octobre 2025

Dépôt légal : novembre 2025
EAN 9782290255339
OTP L21EPSN002354-435716

ÉDITIONS J'AI LU
82, rue Saint-Lazare, 75009 Paris

Diffusion France et étranger : Flammarion